來世

AFTER LIVES

阿卜杜勒拉扎克・古納——著
郁保林——譯

ABDULRAZAK GURNAH

各界推薦

閱讀《來世》像看一條染血的河靜靜流淌而過。跨越大陸和種族的數十年戰爭映照在水面上，反射出小人物生存的各種樣貌，將道德批判昇華成對人性的共情。——林禹瑄（作家）

《來世》呈現了無情的大時代巨輪之下，人們如何以自己的方式，享受著平凡的快樂與生活。古納是一位無與倫比的小說家，一位藝術形式的大師，他了解人類在政治和親密衝突中的弱點，以及這些弱點如何造成痛苦，而這些痛苦使國家和個人一代又一代地繼續遭受不必要的傷痛。

——《紐約時報》書評

這既是一部橫跨全球的歐洲殖民主義史詩，又是對地球上許多被忽視的角落之一的鄉村生活的近距離觀察。這兩部分——歷史和心靈的開拓——同樣具有啟發性。古納最偉大的愛和藝術表現在於，他能夠收集破碎生活的碎片，並在書中創造出令人驚嘆的藝術織錦。

——《華盛頓郵報》

對於另一種安靜平凡的英雄主義讚賞之情貫穿全書。我們可以從這部小說中汲取教訓和意義，但這一切也許不如其逼近人物的純粹與真實性更重要，古納忠實地塑造了他們的存在，包括他們的夢想、悲傷和韌性。

——《華爾街日報》

奪目耀眼的傑作！充分揭示了以生存之名，我們所能得到與失去的一切。——《時代雜誌》

讓人著迷，令人心碎。這部傑出的小說，召喚了所有角落裡原本遭到遺忘的人們，並拒絕將他們從歷史中抹除。

——《衛報》

《來世》沿著故事漫長的弧線，抵達一個可以重新開始的起點，一個完整人格能夠重新形塑之處。古納是如此清晰而仔細地構建了這本他筆下最新的宏偉小說，讀到最後幾行將愛和善良帶回我們心中的段落，仍舊不忍釋卷。

——《洛杉磯時報》

史詩般的故事、深刻而強烈。

——《浮華世界》雜誌

席捲全球的史詩！正是古納對角色的如此親近的描寫，使其成為令人心碎、眼界大開的傑出作品。

——《奧普拉日報》

引人入勝！古納簡潔、樸素的散文以嚴厲而誠實的方式揭示了非洲殖民歷史的殘酷……透過他筆下豐富的主要人物，殖民主義和其他重大全球事件的影響真正擊中要害。這部關於帝國和普通人的深刻記述不容錯過。

——《出版者周刊》（星級評論）

讓人歎為觀止的美麗巨作！古納構建了一幅關於溫柔、深情和渴望的非凡肖像，跨越了時間和空間。《來世》引人入勝、歷久彌新，是屬於當代偉大作家的非凡閱讀體驗。

——《書單雜誌》（星級評論）

完美無瑕之作！古納以人物性格為出發，構建了一個延續幾代人的複雜故事。

——《科克斯評論》（星級評論）

一部不朽的史詩小說，一個超越流派的故事。可以作為歷史小說、冒險小說，最終作為愛情故事來閱讀。

——《匹茲堡城市報》（*Pittsburgh City Paper*）

諾貝爾獎得主古納的最新作品，透過三個年輕人的生活，對東非的殖民暴力和流離失所，進行了幾代人的探索。

——《The Millions》線上文學雜誌

一本引人入勝、重要的小說。

——Lit Hub文學網站

充滿了人類的同情心和歷史洞察力……一部引人入勝、迷人、富有啟發性的小說作品。

——BookPage

在一生中，這樣的閱讀經驗極其稀有——你打開一本書，發現它概括了一段愛情如此迷人的特質……閱讀時幾乎不敢呼吸，生怕打破這種魅力。

——《泰晤士報》

《來世》以溫柔的手法，描述了平凡人生的不凡，結合引人入勝的故事講述與書寫，對情感細膩與精確的刻劃，令古納得以躋身現代英文散文名家之林。《來世》因其幽默、恢宏靈性以及對人性無限矛盾的洞察，如同所有的傑作，值得一讀再讀。

——《倫敦旗幟晚報》(*Evening standard*)

古納以簡潔嚴謹的散文，聚焦於個人的暴行與意想不到的善舉。《來世》是一部讓人回味無窮的作品，令人入迷。

——《每日電訊報》(*Daily Telegraph*)

古納巧妙營造了這一書寫壯舉，其中既有他對殖民暴行那激動人心的控訴，又有漂泊人生中熟悉的平凡。

——《旁觀者》（*Spectator*）

層次豐富，暴力、美麗而且奇異。一本關於非洲以及「未知」所蘊藏之力量的書，詩意而生動。

——《週日獨立報》（*Independent on Sunday*）

一部生動、活力滿盈的小說，展現人類慷慨與貪婪、卑劣與高貴的一切天性，即使次要角色似乎也有能力獨自撐起整部小說。

——《先驅報》（*Herald*）

阿卜杜勒拉扎克·古納是藝術大師，寫出這一部錯綜複雜、精緻細膩的小說，不可不讀。

——《新國際主義者》（*New Internationalist*）

《來世》匯集抉擇、愛情、記憶以及歷史等等主題。古納這部小說所講述的故事震撼人心，促使我們審視己身抉擇，以及這些抉擇已將我們帶到今天什麼樣的境地。

——《倫敦雜誌》（*London Magazine*）

一部非凡的小說，出自一位絕妙作家之手，引人入勝，一條線索將人類與其背後的殖民遺緒聯繫起來，切入方式十分深刻。

——作家菲利普・桑茲（Philippe Sands）

一部具有非凡力量的作品，以近距離的方式展示了殖民世界的殘酷和複雜，讓我們沉浸在生動的角色中，以及令人難以置信的溫柔和美麗的時刻，並悄悄地重新排列了我們對於歷史的感知。

——作家菲爾・克萊（Phil Klay）

閱讀《來世》就是享受聽人說故事的樂趣，因為阿卜杜勒拉扎克・古納會將讀者帶到歷史與虛構人生碰撞之處。哈姆扎和阿菲亞的故事像印度洋的海水一樣清澈、富有韻律，是一段受殖民者野心衝擊的樸實人生，講述忍耐、維持尊嚴與懷抱希望生活的故事。

——作家阿米納塔・佛納（Aminatta Forna）

故事迷人，不見斧鑿。古納擅長描繪殘酷以及不公所導致的卑下人生，那個世界美麗、殘酷交織，其中遭遇苦樂參半，夾有憐憫，命運曲折、起落無常，感覺如此真實，會讓你幾乎忘記正在閱讀小說。

——作家雷拉・阿布萊拉（Leila Aboulela）

Based on UN map Tanzania, 2007/10/22

編按：城市中文譯名以本書內文為準，其他資訊保留原文供讀者參考。

地圖諮詢：郁保林

CONTENTS

※編按：本書寫作混合多種語言，非英語首次出現時均附原文並以代號標註，如：斯，斯瓦希里語；阿，阿拉伯語；印，印度語；德，德語；土，土耳其語。例如「野蠻人（washenzi，斯）」。之後再度出現則不附原文，如「野蠻人（斯）」。其中斯瓦希里語屬於班圖語族，是非洲語言中使用人數最多的語言之一，屬非洲三大語言之一，為坦尚尼亞、肯亞、烏干達的官方語言。在尚比亞、馬拉威、盧安達、莫三比克等東非和中非國家亦被作為交際語言使用。

第一部

PART ONE

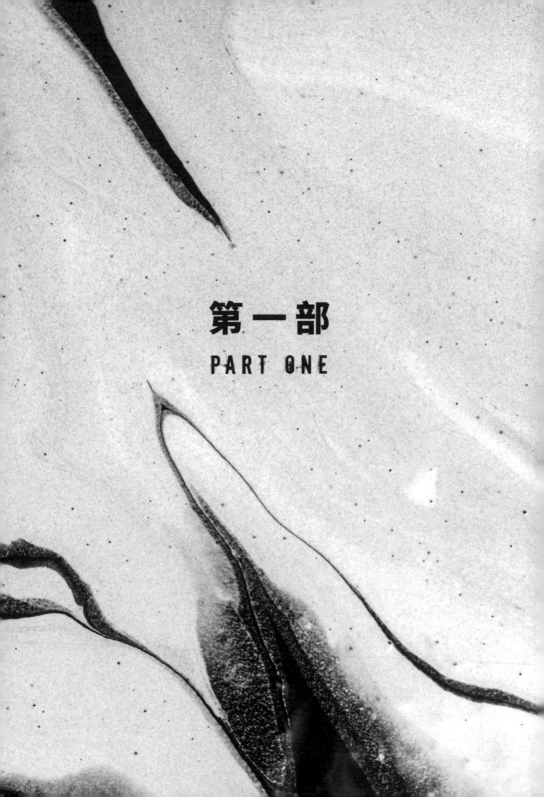

1

哈利法（Khalifa）認識商人阿穆爾・比亞沙拉（Amur Biashara）時才二十六歲。當時他在一家小型私人銀行工作，銀行老闆是來自古吉拉特邦（Gujarat）[1]的兩兄弟。印度人經營的私人銀行是唯一與當地商人打交道，並已適應對方經商方式的銀行。大銀行一般只透過書面來往、證券和抵押品來經營業務，而這並不總適合本地商人，因為後者倚重的常是肉眼看不見的合夥關係和人脈。兩兄弟因哈利法是父親那一頭的親戚，所以才僱用他。也許「親戚」一詞言過其實了，但他倆的父親也來自古吉拉特邦，有時光憑這一點就夠了。哈利法的母親是鄉下人，當年與哈利法的父親是在一位印度大地主的農場工作時認識的。農場距離小鎮兩天路程，他父親成年後大多住在那裡。哈利法看起來不像印度人，或者不像在他們那裡看到的印度人。他的膚色、頭髮、鼻子都比較像非洲的母親，不過他會看時機表明自己的血統。是啊，沒錯，家父是印度人。我看起來不像他，對吧？他和我媽結婚後沒變過心。有些印度男人只是和非洲女人玩玩，等到該從家鄉娶印度女子為妻時便拋棄她們。但我爸不曾離開過我媽。

他的父親名叫卡西姆（Qassim），出生在古吉拉特邦的一個小村莊，村人有窮有富，有信印度教的，有信伊斯蘭教的，甚至還有一些哈比沙（Hubshi）[2]基督徒。卡西姆家信伊斯蘭教，而且很窮。他因此長成了一個勤奮的少年，習慣了艱困度日。家裡送他到村裡的一所清真寺學校就讀，然後再送到附近鎮上一所講古吉拉特語（Gujarati）的公立學校。卡西姆的父親是收稅員，專為雇主在村落間往返走動，而據他盤算，卡西姆上了學，日後也可從事收稅員或類似受人尊敬的工作。卡西姆的父親沒和家人住在一起，一年只回去探望他們兩三次。卡西姆的母親則負責照顧失明的婆婆和五個孩子。他是老大，下有一弟三妹，但最後的那兩個妹妹，小小年紀就夭折了。父親偶爾會寄錢回來，但他們仍需自食其力，村裡能找到什麼工作就做什麼。卡西姆長大後，古吉拉特語學校的老師鼓勵他申請孟買一所英語初等學校的獎學金，他的命運從此改變。卡西姆的父親和親戚張羅了一筆貸款，讓他在孟買上學時能盡量住得舒適一些。他的情況隨時間推移而有所好轉，他成為一位同學家裡的房客，而且對方還幫他找到一份家教工作，讓他輔導年幼的孩子。他能從這份差事賺進幾個安納（Anna）[3]，足夠他養活自己。

畢業後不久，有人問他願不願意去非洲東岸加入一個團隊，專為某位地主管帳。他似乎要

1 位於印度最西部的邦。該邦西部和西南部緊鄰阿拉伯海，人口逾六千萬。

2 居住於非洲之角，包括厄利垂亞和衣索比亞高地之人口群體的統稱，是衣索比亞人口的主幹，也是唯一有自己文字的非洲民族。

3 英屬印度時代使用的貨幣單位，等於十六分之一盧比。印度在一九五七年將其貨幣改為十進制，安納這一貨幣單位即被廢除。

開始走運，不但謀生之路為他鋪平，也許還能讓他碰上什麼機會。提議的人是卡西姆家鄉村子裡的伊瑪目（Imam）[4]。東非那位地主的祖先也出身同一村子，需要管帳員的時候，總會從家鄉招人過來，目的在於找個忠於自己、依賴自己的人來打理事務。每逢齋戒月，卡西姆都會為家鄉的伊瑪目寄去一筆錢，這是地主從他工資中扣下的，託伊瑪目轉交給他的家人。卡西姆再也沒回去古吉拉特。

這就是父親告訴哈利法的故事，講述自己小時候奮鬥的過程。他之所以說出往事，是因為身為父親的人都會告訴孩子這些，而且他還希望兒子的志向更加遠大。他教兒子讀寫羅馬字母，學會基本算術。等到哈利法稍微大一點了，大約十一歲左右，他也把兒子送到附近鎮上一位私人教師那裡，讓他學習數學、簿記和常用的英語詞彙。這些都是卡西姆離開印度時懷抱的雄心和策略，可惜在往後的生涯中未能實現。

哈利法不是老師唯一的學生。那裡共有四名學生，全是印度男孩。他們住在老師家裡，吃睡都在樓梯下方走廊的地板上。他們不准上樓，教室是個小房間，地板鋪著墊子，牆壁高處開了一扇裝上鐵條的窗。房子後面有一條未加蓋的排水溝，學生聞得到那氣味，卻看不見外面的光景。老師把教室當作一個神聖空間，下課後就鎖起來，每天早晨上課前，學生必須將其打掃乾淨。他們早上第一件事就是上課，到了下午還要繼續學習，直到天色太暗了才下課。下午一、二點左右，老師吃過午餐便去睡覺，而晚上為節省蠟燭也不上課。學生課餘閒暇之時，或到市場或到岸邊找點零活，不然就在街上閒逛。哈利法根本沒想過，日後自己會帶著鄉愁般的心情留戀這段時光。

德國人來到鎮上的那一年，他開始拜師學習，如今五年過去了。那是阿布希里起義（Al Bushiri uprising）[5]的年代，在此期間，由於德國自稱是那片土地的統治者，沿岸商人和商隊商人等阿拉伯人和斯瓦希里人（Waswahili）[6]便群起反抗。德國人先前已和英國人、法國人、比利時人、葡萄牙人、義大利人以及其他相關各方舉行會議[7]，畫好了瓜分地圖，簽署了條約，所以這種抵抗根本無濟於事。鎮壓行動由威斯曼中尉（Colonel Wissmann）[8]及其新成立的保護軍軍團執行。阿布希里起義失敗三年後，也就是哈利法拜師學習的期間快結束時，德國人又開始投入另一場戰爭，交戰對象是遙遠南方的瓦赫赫人（Wahehe）[9]。該族也不願臣服於德國的統治，而且比阿布希里起義的抵抗更頑強，結果造成保護軍軍團意想不到的重大傷亡，也激發起軍團以殘酷手

4 伊瑪目在阿拉伯語中原意是領袖、師表、表率、楷模、祈禱主持的意思。遜尼派中該詞亦為此意，是伊斯蘭教集體禮拜時在眾人前面率眾禮拜者。在什葉派中，伊瑪目代表教長，即人和真主之間的中介，有特別神聖的意義。

5 阿布希里（約一八四〇年～一八八九年），是阿曼阿拉伯裔的富商和擁有種植園的奴隸主，因團結當地阿拉伯商人和非洲部落反對德國殖民主義而受人推崇。

6 分布於東非肯亞、坦尚尼亞、尚吉巴與莫三比克北部的民族，使用的斯瓦希里語今日仍是肯亞與坦尚尼亞官方語言。

7 此處乃指柏林會議，又稱西非會議，指歐洲列強於一八八四年～一八八五年與德意志帝國在柏林的帝國總理府舉行的會議。與會國最後達成了柏林會議總議定書，正式開始瓜分非洲。

8 一八五三年～一九〇五年，德國探險家及非洲行政官。

9 東非班圖族的一支，分布於坦尚尼亞中南部。

段加以弭平的堅定決心。

哈利法顯露讀寫、記帳的天賦，父親看在眼裡很是歡喜。就在那時，父親聽從老師的建議，寫信給在同一鎮上開銀行的那對古吉拉特兄弟。老師擬了這封信的草稿，然後讓哈利法交給父親。父親親手抄了一遍，接著把信託給一個馬車夫，讓他送給老師，再請老師轉交開銀行的兄弟。大家一致認定，老師出面背書，事情穩妥多了。

父親寫道：「兩位尊貴的先生，事業普獲讚佩，如有職缺，小犬是否有幸受僱？小犬生性勤奮，雖欠經驗，記帳確有天賦，能寫羅馬數字，並且粗通英文。小犬一生終將銘感五內。古吉拉特邦的卑微同鄉敬上。」

他們等了幾個月才收到回信。久候並非沒有原因：老師為了維護名聲，多次懇求那兩兄弟，而這需要時間。信中寫道：「把他帶過來讓我們試用，一切順利的話，我們就會僱用。古吉拉特穆斯林終須相互幫助。如不彼此照顧，誰來照顧我們？」

父親在地主莊園擔任記帳員，也在莊園落戶，哈利法渴望離開這個家。等待銀行兄弟回信的那段時間裡，哈利法幫父親幹活：登錄薪資、填寫訂單、條列各項支出，還必須傾聽反正愛莫能助的投訴。莊園工作繁重，工人薪資微薄，經常發燒、身體痠痛，生活環境髒亂。他們耕種莊園所提供的一小塊地，收穫的作物可改善伙食。哈利法的母親瑪里亞穆（Mariamu）也是如此，種一點番茄、菠菜、秋葵和地瓜，菜園就闢在窄仄住家的旁邊。哈利法有時對寒傖生活感到沮喪、煩悶，以致竟懷念起與老師一起度過的那段嚴格時光。所以，銀行兄弟的信一到，他便做好出發準備，並下決心要讓對方正式僱用他。這一僱就是十一年。銀行兄弟一開始就算對哈利法的相貌頗感驚訝，卻也不曾表露出來；銀行的一些印度客戶會打聽原因，但這對兄弟從未當面向哈利法問起。銀行兄弟告訴他們：「不不不，他是我們同鄉，和我們一樣都是古吉拉特人啊。」

哈利法只是辦事員，負責將數字登進分類帳，同時更新紀錄。這就是雇主讓他負責的全部工作了。哈利法認為雇主並未完全信任他，所以不願把業務交代他處理，可是說到錢和買賣，這畢竟是人之常情。哈希姆（Hashim）和古拉柏（Gulab）兩兄弟曾向哈利法解釋，銀行業的本質就是放貸，自己做的正是這行。不過，他們的客戶沒有私人的帳戶，這點和大銀行不同。兩個兄弟年紀相仿，長得也像：個子矮小，體格結實，顴骨寬闊，蓄著精心修剪的小鬍子，動不動就堆起笑臉。當地幾個商人和金融家悉數為古吉拉特籍，而且都將閒錢存在兩兄弟那裡，兩兄弟再將這錢借給當地的生意人和貿易商，賺取對方的利息。每年聖紀節（The Prophet's birthday）[10]當天，他們會在自家宅邸的花園舉行聖歌朗誦會，並向所有來賓分發食物。

阿穆爾．比亞沙拉向哈利法提議時，他已經在銀行兄弟那裡工作十年了。因為阿穆爾．比

---

10 伊斯蘭教的重要節日，是先知穆罕默德的誕辰紀念日。據說當年穆罕默德經常在自己出生的日子（星期一）進行齋戒，但現在穆斯林過聖紀節並不持齋，而是準備食品慶祝，並且講述穆罕默德生前的事蹟等。

亞沙拉與銀行向有往來，哈利法先前就認識對方。銀行兄弟沒料想到，有些消息哈利法其實是知情的。這回，哈利法向阿穆爾・比亞沙拉透露一些有關佣金和利息的細節，結果幫了大忙，讓這個商人成交了一筆好買賣。阿穆爾・比亞沙拉付錢向他買內情，賄賂哈利法，但金額不算大，而自己從中獲取的好處也非可觀，其真正目的在於維護自己「冷血殺價手」的名聲，何況只要哪種手段能偷偷來，他就抗拒不了誘惑。在哈利法看來，賄賂金額區區一點，足以壓下背叛雇主的罪惡感。他認為自己只是在累積買賣經驗，也是為了理解經商時的一些旁門左道。

在哈利法與阿穆爾・比亞沙拉達成小小協議的幾個月後，銀行兄弟決定將自家的業務轉移到蒙巴薩（Mombasa），當年正值蒙巴薩至基蘇木（Kisumu）[11]的鐵路開工興建，因為鼓勵歐洲人到當時稱為「英屬東非」定居的殖民政策已獲批准，並且付諸實行。銀行兄弟期望到那裡之後的發展機會能更好，何況遷往該地的印度商人和工匠不只他們兩個。與此同時，阿穆爾・比亞沙拉也在拓展自家業務。他不會寫羅馬字母，但是哈利法會，因此便僱用哈利法當辦事員。商人認定這種知識對自己很有用。

那時候，德國人已經鎮壓了德屬東非（Deutsch-Ostafrika）所有的反抗行動，或者至少如此認定。他們已壓制了阿布希里事件，也弭平了沿海商隊商人的抗議和暴亂。經過一番戰鬥，他們鎮住叛亂，俘虜阿布希里，並於一八八八年將他吊死。在維斯曼中尉及手下德國軍官指揮下的「保護軍軍團」〔schutztruppe，又稱為「阿斯卡里」（Askari）[12]〕由兩主幹構成：其一是之前曾在蘇丹為英國人征討過馬赫迪（Mahdi）而後來已解散的努比亞（Nubi）[13]兵；其二是從葡屬東非（Portuguese East Africa）南部招募來的祖魯族尚干人（Shangaan）[14]新兵。德國當局公開絞死阿布希里，在後來幾年裡，他們也以同一手段執行多次處決。他們將巴加莫約（Bagamoyo）[15]軍營（昔日阿布希里的一個據點）充作德軍的指揮所，更認定其象徵了自己將秩序和文明帶入該地區的使命。巴加莫約也是舊商隊貿易的終點，是那段海岸線上最繁忙的港口。攻下巴加莫約軍營並加以占據，是德國控制殖民地的重要證明。

不過，德國人要克服的障礙還很多。他們向內陸推進時，遇到許多其他不願臣服於德國的民族：瓦尼亞姆威奇人（Wanyamwezi）、瓦洽卡人（Wachagga）、瓦梅盧人（Wameru）[16]以及南

---

11 蒙巴薩是肯亞第二大城市，位於印度洋非洲東岸，是肯亞的主要港口。一四一五年，鄭和的船隊曾到訪蒙巴薩。基蘇木是臨維多利亞湖的港口城市，是肯亞的第三大城市、肯亞西部的最大城市。

12 在阿拉伯語、波斯語、索馬里語和斯瓦希里語中的意思是「士兵」。在西方，該詞常指為中東和東非歐洲殖民勢力效勞的非洲人僱傭軍。

13 馬赫迪戰爭又名英蘇戰爭或蘇丹馬赫迪起義，英國則稱之為蘇丹戰役，是十九世紀晚期的一場殖民戰爭。努比亞人現主要居住在北非和東非的蘇丹與埃及。

14 葡屬東非又稱葡屬莫三比克，是葡萄牙在非洲東部地區殖民地的統稱。葡萄牙在一四九八年首次到達東非海岸並在此建設殖民據點，一九五一年改為葡萄牙的海外省。一九七五年，葡屬東非宣布獨立，即今之莫三比克。尚干人則是主要生活於莫三比克南方與南非林波波（Limpopo）省的民族。宗教信仰大多為基督新教及天主教。

15 坦尚尼亞的城鎮，位於舊首都三蘭港以北，曾是德屬東非的首都，也是東非印度洋沿岸數一數二重要的貿易港口。現今，巴加莫約是濱海區的首府，最近被登錄為世界遺產。

16 瓦尼亞姆威奇人為東非班圖族的一支，今為坦尚尼亞第二大民族。瓦洽卡人亦為東非班圖族的一支，今為坦尚尼亞第三大民族。瓦梅盧人亦為東非班圖族的一支。

方最難對付的瓦赫赫人。德國人以飢餓和燒殺為手段，歷經八年戰爭，終於耗盡瓦赫赫人的抵抗力。勝利之後，德國人砍下瓦赫赫領袖姆夸瓦（Mkwawa）的頭，當戰利品送回德國。保護軍軍團從當地戰敗者中招募新兵，並在這些新兵的協助下，成為一支經驗豐富、破壞力極強的部隊。這一批人為自己壞事做絕的惡名感到驕傲，而他們的軍官與德屬東非的行政人員也贊成這樣的行徑。他們並不知道馬及馬及起義（Maji-Maji uprising）[17]已在醞釀，並將在南部和西部爆發開來，然後演變成最嚴重的動亂，導致德國人及其阿斯卡里部隊犯下更兇殘的暴行。這也是哈利法正要去阿穆爾．比亞沙拉處就職的節骨眼。

當時，德國政府正在推行新的商事法令和規則。阿穆爾．比亞沙拉希望哈利法學會如何代他談判，也希望哈利法閱讀政府發布的法令和報告，並填寫報關和稅務表格。除此之外，其他業務，阿穆爾．比亞沙拉從不假手他人，定奪總由他來，所以哈利法不過是總務助理，雇主指派他做什麼，他就聽命辦理，而非如他原先所期待的，成為東家的心腹職員。這個商人有時會告訴他一點什麼，但有時卻隻字不提。哈利法負責寫信去政府相關部門申辦一些執照或許可文件，順便打探消息、聽聽八卦。此外，凡是阿穆爾．比亞沙拉希望繼續交好的人，哈利法就為對方送去小禮物和甜頭。儘管如此，哈利法還是認為阿穆爾．比亞沙拉倚重他的判斷力，就像他信賴任何人那樣。

在阿穆爾．比亞沙拉手下做事倒不困難。他的個頭不大，但很優雅，而且禮貌周到，說話輕聲細語，又是當地清真寺會眾中勤於出席且樂於助人的一員。只要有人遭遇小災小難，他會響應捐款活動，而且從不錯過鄰人葬禮。路過的陌生人可能誤判，以為他是社區裡謙遜甚至德行高尚的居民，但是知情者另有看法，並且會以欽佩之情談論他的冷酷行徑以及傳說中的財富。大家都說，他做生意遮遮掩掩、手段狠辣，但這不都是商人的基本素質？眾人津津樂道，說他做買賣像搞陰謀。哈利法覺得他像海盜，堪稱是「勿因事小而不為」的角色：走私、放貸，貨品無論稀缺或是尋常，一概囤積以求居奇，幾乎什麼物品都會進口。只要有需求，無論缺什麼他都願意去做。阿穆爾・比亞沙拉誰也不信任，何況有些交易非得謹慎為之不可，所以他只用腦袋做買賣。在哈利法看來，這個商人似乎樂於行賄，喜歡耍伎倆做生意，只要能如己所願，即便是暗暗付錢，他心裡也覺得踏實。他的腦袋總在不停盤算，掂掂與他交手的人幾斤幾兩。他表面很溫和，而且有心的話，還可表現出厚道的一面，但哈利法也知道老闆有多麼刻薄。在他那裡任職多年，哈利法深知這個商人的心腸硬到什麼地步。

所以哈利法就只負責寫寫信，付付賄款，但同時也收集商人願意透露出的一切零碎訊息，這樣他已相當滿意。對於閒言流語，他特別有一套，不但愛聽也愛散播。他不常端坐在辦公桌前，反而為了和人聊天，耗時流連街頭以及咖啡館，商人見狀也不責備。知道人家在說什麼總比

17 德屬東非境內爆發的一次反抗德國殖民統的武裝起義，從一九〇五年持續到一九〇七年，起因是德國殖民者迫使土著居民種植棉花的政策。戰爭造成二十五萬至三十萬人死亡，其中大部分是死於饑荒的平民。

蒙在鼓裡要好。哈利法很願意多多奉獻心力，並且藉機了解更多交易內幕，但這不太可能遂願。他連東家保險箱的密碼都不知道。每次需要哪份文件，都必須由商人開箱親手取出。阿穆爾・比亞沙拉在保險箱裡放了很多錢，如果碰巧哈利法或其他人也在辦公室，他甚至從不完全打開保險箱的門。每當需要從箱裡取出東西，他就站在箱門前面，一邊轉動密碼鎖，一邊以身體遮掩，然後只把門打開幾寸再伸手進去，活像扒手行竊似的。

哈利法接到母親瑪里亞穆猝逝的消息時，他在阿穆爾先生（Bwana Amur）[18]手下已經工作三年多了。瑪里亞穆當時四十幾快五十歲，她的撒手完全出乎大家意料。哈利法趕回家陪伴父親，卻發現他身體不適，心煩意亂。哈利法是家中獨子，但那陣子很少見到雙親，所以目睹父親如此疲乏虛弱，他是頗驚訝的。他生了病，但未找人檢查是哪裡出了問題。附近沒有醫生，最近的醫院遠在哈利法居住的沿岸城鎮。

哈利法對父親說：「你早該告訴我，我會來看你的。」

父親的身體不斷輕微顫抖，一丁點力氣都沒有。他無法幹活，只能呆坐在自家小屋的門廊，整天茫然望著外面。那間小屋只有兩個房間，建在地主的莊園裡。

他告訴哈利法：「幾個月前，我的身體突然變得虛弱，原本以為我會先走，誰知道你媽媽反而搶先一步。她閉上眼睛睡去，然後就死了。現在該怎麼辦才好？」

哈利法陪父親住了四天，而且從他發高燒、食慾不振、眼現黃疸、尿液發紅等症狀來看，應是染患瘧疾才致重病。他從經驗得知，莊園裡的蚊子是禍害。他與父親同睡一個房間，醒過來時，發現手上耳上滿是叮痕。第四天早上，哈利法醒來時發現父親還在睡覺，便離開他身邊，先到屋後洗漱，然後燒水備茶。他站著等水燒開時，突然一陣恐懼襲來，回到房間一看，發現父親不是睡著，而是死了。哈利法站了一會兒，看著父親，過去如此健壯、堪稱人生鬥士的人，死後卻是那麼單薄、皺縮。他把遺體蓋好，再去莊園的辦公室找人幫忙。他們把遺體送往莊園旁村子裡的小清真寺。幾個熟悉禮儀的人前來指導，哈利法於是依習俗為父親淨了身。傍晚時分，他們將逝者葬在清真寺後面的墓地裡。哈利法將父母遺留下的、為數不多的物品捐給清真寺的伊瑪目，並請對方處置，將其轉送可能需要的人。

回到城裡後的幾個月裡，哈利法覺得自己在世上孤獨一人，只是個忘恩負義又不成材的兒子。這種感受出乎他的意料。他一生中，大部分時間都不在父母身邊：先是住在老師家裡，接著又與銀行兄弟一起過活，然後又到商人那裡供職，雖然忽視父母，心中卻無絲毫悔意。父母突然離世，彷彿是一場災難，是對他的審判。這個城鎮不是他的家鄉，他在那裡過的生活毫無意義，而國內又似乎戰事不絕，時常聽說南部或西部又爆發了另一場動亂。

就在那時，阿穆爾・比亞沙拉找他談話。

「到今天為止，你已經跟了我好幾年……多少年呢？三年……四年？你辦事有效率並且得

18 Bwana 為斯瓦希里語，在東非是對人尊稱時所使用。

人尊重。這些我都看在眼裡。」

「感謝先生。」哈利法答道，但心中不確定對方是打算加他薪水或將他解僱。

商人又道：「你的父母雙雙過世，你心中必定忍受了悲傷打擊，這點我很清楚。看得出來，你很難過。願上天憐憫兩位的靈魂。你本著敬業和謙遜的態度為我效勞這麼久，如能給你一些建議，我想也算妥當。」

「歡迎先生指教。」哈利法答，心想對方不像要解僱自己。

商人說：「你就像我的家人，指導你是我的職責。你也該結婚了，我這裡有個對象，我想很適合嫁給你。她是我的親戚，不過最近父母都過世了。這個女孩恭敬有禮，而且還繼承了一筆財產。我建議你向她求婚。」接著又笑著補充道：「要不是我滿足現狀，自己就先娶進門了。你服務我這麼多年，這樣的安排也算恰當了。」

哈利法明白商人要把對方當禮物送給自己，而且這位年輕女子在婚事上不太可以自作主張。他說對方是恭敬的女孩，但這話從精明商人的嘴裡說出來，其實說了等於白說。儘管哈利法有時也會憂心，想著準新娘是否惹人厭又難取悅，還有不知哪些癖性令他不敢恭維，但他依然同意這項安排，因為他估計推託不了，更何況自己也渴望成親。新人在婚禮前、甚至婚禮上都沒見過面。婚禮十分簡單。伊瑪目問哈利法是不是願意娶阿莎．芙阿迪（Asha Fuadi）為妻，他答願意。接著阿穆爾．比亞沙拉先生再以年長男性親屬的身分代替新娘表示同意。婚禮全部完成之後，接著供應咖啡。咖啡喝完，商人親自陪哈利法前去女方家裡，並將他介紹給新婚妻子。房子是阿莎・芙阿迪繼承來的財產，但說繼承其實也不算真正繼承。

阿莎二十歲，哈利法三十一歲。阿莎已故的母親是阿穆爾・比亞沙拉的姊姊。她的眼神還透著新近喪母的哀痛，鵝蛋臉十分討人喜歡，不過神態肅穆、不苟言笑。哈利法毫不猶豫地上前擁抱，但也感覺得到，她一開始只是勉強忍耐著他的擁抱，過了一段時間，她才報以相同熱情，並告訴丈夫自身的故事，以便讓他徹底了解自己。倒不是她的人生多麼不尋常，而是她受圈子中那一班奸商慣有的謹慎態度所影響，所以顯得含蓄。她的沉默寡言主要也是因為她花了一些時間才開始信任新婚丈夫，她想確認他究竟對誰忠心，對她或是對阿穆爾・比亞沙拉。

她告訴哈利法：「阿穆爾舅舅借錢給我爸爸，不是一次，而是好幾次。舅舅非借不可，因為我爸爸就是他姊夫，是家裡的一分子，既然人家開口了，他只能答應。舅舅對我爸爸沒什麼好感，因為他認為爸爸在金錢方面不太可靠，不過也有可能真是這樣。我聽見媽媽當面數落過他好幾次。最後，舅舅要求爸爸抵押房子……我們的房子，這棟房子……當作貸款的擔保。舅舅用這一招，但是沒告訴我媽媽。男人都是這樣做生意的，鬼鬼祟祟、深不可測，好像嫌棄親族裡的女人無足輕重，說什麼都不能相信她們。其實媽媽如果早早風聞，絕不會放任丈夫這麼行事。把錢借給無力還債的人，然後再從他們手裡奪走房子，這種伎倆實不道德，和盜竊沒兩樣。阿穆爾舅舅就是拿這辦法對待爸爸、對待我們。」

眼見阿莎沉默良久，哈利法追問道：「妳爸爸欠他多少錢？」

她簡單回答：「多少並不重要，反正目前還不起，他什麼也沒留下。」

「你爸爸一定覺得來日方長，不料卻突然死了。」

她點了點頭。「爸爸顯然沒有好好安排身後的事。去年的雨下個不停，他的瘧疾復發，發起高燒，這病雖然每年都來一遍，但那次比起以前任何一次都更嚴重，最後果真沒熬過來。看到他臨終的狀態，真讓人覺得可怕又措手不及。但願上天憐憫他的靈魂。媽媽並不真正了解爸爸生意上的詳細情況，但我們很快就發現，貸款還沒償還，而他什麼也沒留下，就算我們想裝出有意還款的樣子也沒辦法。爸爸的男性親戚登門要求分他的遺產，而所謂的遺產實際只有這間房子，這些親戚很快就發現房子已歸舅舅所有。這件事對每個人都是可怕的打擊，媽媽尤其如此。我們活在世上，一無所有，兩手空空。還有更嚴重的：阿穆爾舅舅是家族中地位最高的男性長輩，因此成為我們的監護人，這樣一來，我們連命都不是自己的。他可決定我們的事。爸爸死後，媽媽再也沒能振作起來。多年前，她第一次生病，此後身體一直不舒服。起初我以為是積鬱所致，不像她說的病得那麼厲害，只不過放任自己在困境中糊塗過日子罷了。我實在不明白她為什麼那麼痛苦，或許有人對她下藥，或許她對人生失望。有時她被附身，用陌生的聲音說話，儘管爸爸反對，我們還是請人過來醫治。爸爸死後，她的痛苦演變成勢不可遏的悲傷，但在死前幾個月裡，她受背痛折磨，又好像有什麼東西啃食她的內臟。這是她自己表達的感受，『好像有什麼東西在啃食我的內臟』。那時，我知道她活不久了，這已不是悲傷足以形容。她嚥氣前的那幾天，總是擔心我日後的境遇，因此拜託阿穆爾舅舅照顧我，而他也答應了。」阿莎面色凝重看著丈夫好一會兒，然後說道：「所以才把我送給你。」

「也可以說是把我送給妳啊，這件事很糟糕嗎？」為了減輕妻子語氣中的那份苦楚，哈利法面帶著微笑說。

她聳了聳肩。哈利法明白，或者猜想到，阿穆爾．比亞沙拉決定將阿莎嫁給他的動機。首先，他將監護外甥女的責任丟給別人；其次，不管她心裡是否已有意中人，把她嫁掉便可防範她受到引誘、結下什麼丟人現眼的男女關係。只有夠厲害的族長才會這樣動腦筋。由你去擔待吧（Utamsitiri，斯），哈利法可讓她免陷恥辱，並使家族名聲保持乾淨。他這個人也沒什麼特別，但商人熟識他，阿莎若嫁給他，名聲得以確保，從而也維護了阿穆爾．比亞沙拉的名聲，令其免受恥辱玷汙。哈利法這樣依賴他，外甥女與哈利法結親十分安全，因為商人的財產利益將獲完整保障，房子的問題可留在家族中解決。

就算哈利法後來知道房子的事，並了解妻子遭受到的不公正待遇，他也無法對商人說起。那些都是家族內的事務，而他不真算是其中成員。他說動了阿莎，請她親自出面和舅舅談，要求歸還她自己的那份產權。哈利法告訴她：「只要舅舅願意，他做事還是可以講公平的。」他這麼說給妻子聽，一方面也在說服自己。「我工作時觀察過妳舅舅，很了解他。妳必須讓他覺得難為情，要他把妳的權益吐回來，不然的話，他會假裝一切順順當當，什麼都不願做。」

最後，她對舅舅說了。當時哈利法不在場，隨後商人禮貌地問起來，他只推說完全不知情。舅舅告訴阿莎，他已經在遺囑中為她預留了一筆，並希望這件事目前暫時擱下。換句話說，他不想再為房子的進一步磋商而煩惱。

哈利法和阿莎是在一九〇七年年初結婚的，當時正處於馬及馬及起義、德國人恣行暴虐的最後階段。起義行動被壓制了，其代價則是非洲人在性命和生計上所承受的巨大犧牲。反叛行動在林迪（Lindi）[19]爆發，然後蔓延到坦尚尼亞南部和西部的農村和城鎮，前後持續了三年。由於反抗德國統治的勢力越演越烈，殖民政府的反應也隨之更加殘酷無情。德軍司令部眼見單靠軍事舉措無法敉平叛亂，於是開始讓人民挨餓以令其屈服。在起義行動涵蓋的地區內，保護軍軍團將人人都視為叛亂分子。他們燒毀村莊、踐踏田野、搶劫食品店鋪。非洲人的屍身被掛在路邊的絞刑架上，鄉野一片焦土，恐慌震懾人心。在自己居住的地區中，哈利法夫婦只能從傳言獲悉這些事件的消息。對其而言，這些僅止於駭人聽聞的故事，畢竟他們鎮上看不出有什麼叛亂跡象。自從阿布希里被絞死後，儘管周圍德軍時時揚言報復，這種酷刑再也沒執行過。

這些人拒絕淪為德屬東非帝國的臣民，此一堅定態度讓德國人甚感驚訝，特別是因為南方的瓦赫赫人以及東北山區的瓦洽卡人和瓦梅盧人都被掃蕩之後，竟未收殺雞儆猴之效。德軍雖然壓下馬及馬及起義，但這場勝利導致數十萬人餓死，另外還有數十萬人戰死或遭公開處決。在德屬東非一些統治者的眼裡，這一結果是無可避免、遲早都要發生。與此同時，帝國非得讓非洲人感受德意志握緊拳頭的威力不可，如此他們才會懂得逆來順受、扛起奴役枷鎖。日子一天一天過去，德國強權將這枷鎖牢牢扣在那些不甘心服從之臣民的頸項上。殖民當局正在加強對這片土地的控制，範圍擴大，降民增多。越來越多德國移民到來，好的土地都被占了。強迫勞役的制度擴及修建道路和清理路邊排水溝等任務，為顧及殖民者的休閒需求，同時維繫帝國的美名，當局徵調人民開闢大道以及公園。德國人在世界這方角落建立帝國的時間較晚，但是他們深耕經營，期待停留很長時間，並且希望在此期間過上舒坦日子。他們建造教堂，建造帶柱廊的辦公廳以及築有齒狀城垛的軍營，在在為落實一種文明的生活方式，也為讓自己新近征服的臣民敬畏，並令競爭對手留下深刻印象。

新近的起義反抗讓一些德國人萌生不同的想法。他們清楚知道，單靠暴力不足以制服殖民地，而且無法提升其生產力，因此他們建議開設診所，同時展開防治瘧疾和霍亂的行動。起初，這些措施僅用來保障定居當地之殖民者和官員並維護軍團士兵的健康和福利，後來才擴及當地居民。政府還開辦了新學校。鎮上幾年前已開設一所高等學校，目的在培養非洲人，讓他們成為公務員以及教師，不過招收人數很少，就算成為精英也僅侷限於下屬地位。如今興辦新的學校，可為更多民眾提供初等教育，而阿穆爾．比亞沙拉則名列第一批將兒子送進學校就讀的人。兒子名叫納索爾（Nassor），當年哈利法來商人手下工作時，這男孩才九歲，到了十四歲才去上學。這

19 坦尚尼亞東南部的海邊小鎮，林迪區的首府。

年齡才上學有點晚，但這無關緊要，反正他上的學校訓練學生的不是代數而是手藝，何況他的年齡適合學習使用鋸子、揮動重錘或是砌磚。於是商人的兒子就在那裡學習了木工。他在學校讀了四年，畢業時能識字也懂算數，成為了一名稱職木匠。

那些年裡，哈利法和阿莎各有各的人生課題待其探索。他了解到，妻子是個精力充沛又固執的女人，喜歡忙碌，同時知道自己所求為何。起初，他驚嘆於妻子的精力，揶揄她對鄰人自以為扼要的評論。她說那些人都善妒、惡毒、褻瀆神明。他反駁道，哦，拜託，別那麼誇大，而她依然故我，皺著眉頭不表贊同。阿莎認為自己一輩子活在這些人身邊，哪裡是誇大其詞了。妻子開口閉口必稱真主之名，動不動就引用《古蘭經》的章節。哈利法原以為她和某些人一樣，只是習慣以這種方式說話，不過就是口頭禪罷了。但後來他逐漸理解，妻子不僅藉此展現知識以及細膩心思，而且還是天性莊重虔誠使然。哈利法認為阿莎不快樂，並且想方設法希望減少她的孤獨感。他慾求阿莎，也想辦法讓對方慾求自己，可是妻子全然自我完足，不情不願。哈利法認為妻子只是容忍他，配合滿足他的熾旺之情，摟住丈夫、迎合性事，充其量只是在盡義務而已。

阿莎知道自己比丈夫強，但要過了很久，她才能直截了當面對事實。她有自己的想法，就算不是每次這樣，至少經常如此，而且一旦讓她想起這點，她的立場就無可撼動了。反觀哈利法則很容易受他人的言語影響，有時連自己的立場也搖擺不定。儘管阿莎想遵守宗教訓誨，尊重自己已過世的父親，但對父親的印象會干擾她對哈利法的評斷，而且越來越難掩飾對哈利法的不耐煩。每當她克制不了，就會忍不住對他拋出尖刻的話，但事後有時也會後悔。哈利法為人倒穩重，但對她舅舅未免太百依百順，那個人不過是個賊，是個不敬真主的偽君子，明明滿口謊言，卻擺出道貌岸然的姿態。這個丈夫太容易滿足了，而且經常被人利用，但既然這是真主的旨意，她也就盡量逆來順受了。阿莎覺得，丈夫那些說個沒完沒了的故事教人厭煩。

阿莎婚後的前幾年一共流產了三次。三年內第三次流產後，鄰人勸她找一位斯瓦希里語稱為姆甘加（mganga）的草藥巫醫來治一治。巫醫讓她躺在地板上，並用一件坎加（kanga）[20]從頭到腳蓋住她，然後在她身旁坐了很久，反覆輕哼歌曲，說著阿莎聽不懂的話。後來巫醫告訴她，有個隱形之靈侵入了她的身體，不讓胎兒在她體內生長。巫醫可以說服隱形之靈離開，但須先了解其需求並且加以滿足，如此方能完事。探知隱形之靈意圖的唯一方法就是藉阿莎的嘴說出來，但為實現這個目標，須先讓對方完全占有她。

姆甘加帶進一個助手，讓阿莎再度躺回地板。她們用一條厚厚的床單蓋住阿莎，然後兩人同時哼起曲調，並將臉頰靠近她的頭部。過一會兒，姆甘加和助手開始唱歌，阿莎渾身抖動得越來越厲害，接著突然脫口爆出極難理解的言語和聲音。然後她高聲喊叫，這陣發洩達到了高潮。

20 一種流行於東非大湖地區的布料，通常由女性穿著，偶爾也見男性穿著。這類印花棉布通常四邊帶框（在斯瓦希里語中稱為pindo）以及一個與邊框圖案設計不同的中央部分（mji）。布料通常成對出售，剪開後再車邊，可縫製作為衣飾。

最終她用一種清晰但怪異的聲音說道：我可以離開這個女人，但她丈夫必須答應帶她去麥加朝覲，還須定時上清真寺，並且不能再吸鼻煙。姆甘加得意地歡叫起來，然後囑咐阿莎喝下一帖草藥飲劑，阿莎平靜下來，同時打起瞌睡。

姆甘加當著阿莎的面，將隱形之靈一事及其要求告訴哈利法。他點點頭表示依從，並付了對方作法的費用。哈利法說：「我保證立刻把鼻煙戒掉，淨身之後馬上去清真寺。從清真寺回家的路上，我也會開始打聽朝覲的事。現在請立刻除掉這個惡魔吧。」

哈利法確實戒掉了鼻煙，並且去過清真寺一兩次，但赴麥加朝覲的事就不見下文了。阿莎知道，丈夫表面順服，但姆甘加的話終究沒聽進去，只是在心底挖苦她，因為她竟讓鄰人用那種褻瀆神明的療法說動自己。丈夫在她耳邊不斷絮叨，她真煩躁透頂，但也無能為力，再說哈利法硬是不肯再去清真寺祈禱，這事讓她尤其憎惡，而她又是萬般不願割捨麥加朝覲之旅。丈夫對她這些訴求不屑一顧，只是暗地裡以嘲弄的心態看待，阿莎深感他的漠然。因此，妻子不願意再為生孩子的事努力，同時想方設法潑丈夫慾情的冷水，又在對方色慾勃發的興頭上，推阻讓她不愉快的急切擺弄。

納索爾．比亞沙拉學完了全部的課程，十八歲那年便從德國人辦的技職學校畢業。木料香氣令他十分著迷。阿穆爾．比亞沙拉對兒子相當寬容，而且因他偏好單打獨鬥，從沒想過讓他幫自己做生意，基於相同考量，也不要求哈利法知道太多交易的細節。納索爾打算自己做生意，請求父親資助他辦一間木工作坊。商人爽快答應，因為這投資聽起來不錯，還可以暫時讓兒子不必插手他的業務。說到帶他涉足商界，日後有得是時間呢。

老派商人基於互信，以彼此借貸周轉的方式經商。他們當中的一些人雖說彼此認識，但通常只靠書信往返或經由熟人居間聯繫。錢從這一手傳到另一手，有時賣掉一筆債權以支付另一筆債務，有時買賣貨物並不需要看見實物。居間聯繫的人可以遠在摩加迪休（Mogadishu）、亞丁（Aden）、馬斯喀特（Muscat）[21]、孟買、加爾各答以及其他僅耳聞而非親歷的地方。也許因為鎮上大多數人不曾去過，大家聽見這些地名就像聽見音樂一樣。他們並非想像不到，這些城市可能和其他地方沒兩樣，都需要你艱苦奮鬥、忍耐貧窮，但就是抗拒不了這些地名所流露的奇異美感。

老派商人做生意講的是信用，但不代表他們真能彼此信任，所以阿穆爾．比亞沙拉才只憑一顆腦袋做生意，懶得白紙黑字記錄明細。到頭來，這狡猾心計卻害了他。到底是他運氣欠佳，還是命中注定、真主安排，或者你愛怎麼推測都行，反正他突然染上了流行病。歐洲人尚未引進藥物和衛生設備之前，一些可怕流行病的傳染要比後來嚴重得多。誰料想得到，大家習以為常的汙穢環境竟潛伏了這麼多種疾病？歐洲人都來統治了，他還是因為流行病倒下。老天要人三更

---

21 摩加迪休是位於東部非洲偏北印度洋岸的海港城市，今為索馬利亞第一大城市兼首都。亞丁位於阿拉伯半島南端、亞丁灣北岸，鄭和下西洋曾登陸此地，係葉門共和國現在的臨時首都、經濟中心，亞丁省省會，重要國際港口。馬斯喀特位於阿曼東北部，北回歸線通過其南部地區，今為阿曼首都，亦是該國第一大城市，《鄭和航海圖》中稱作麻實吉。

死，絕不留人到五更。可能因他喝了髒水，或是吃了變質的肉，或被毒蟲叮咬，有天清晨，他醒來時，發燒伴隨嘔吐，從此再也沒能下床。他的意識幾乎喪失，拖到第五天就死了。那五天裡，他都不曾清醒過來，所有祕密因此無從揭露。他的債權人在恰當時機現身，相關資料都整理得井井有條，而欠他錢的人紛紛保持低調、悶聲不響。老商人的財產一下子比傳聞中的少了一截。也許他本來打算將房子歸還阿莎，只是一直抽出不出時間辦理手續，此外，遺囑也未言明給外甥女留下什麼東西。房子如今成為納索爾・比亞沙拉的財產，但就像商人留下的其他東西一樣，先扣除納索爾母親和兩個姊妹應得的份額，然後再讓債權人拿走其份額，剩下來的才歸納索爾・比亞沙拉所有。

2

伊利亞斯（Ilyas）在阿穆爾・比亞沙拉突然去世之前來到鎮上。他隨身帶了一封介紹信，是寫給一位負責德國人經營的大型瓊麻莊園的經理。他沒見到經理，因為對方也是莊園的股東，想必無法指望他為這種小事騰出時間。伊利亞斯將信交給管理中心的辦公室，人家要他等著。辦公室助理倒給他一杯水，然後在談話的過程中試探打聽，以便評估他，同時考慮他適合擔任什麼職務。過了一會兒，一個年輕的德國男人從辦公室內間走出來，答應給他一份工作，而那位名叫哈比卜（Habib）的辦公室助理則負責協助他安頓下來。哈比卜介紹伊利亞斯認識一位叫馬利姆・阿布達拉（Maalim Abdalla）的學校老師，然後由老師幫他在一個自己認識的家戶裡租下房間。伊利亞斯來到鎮上的第一天，下午才過一半，他就找到工作，而住處也有著落了。馬利姆・阿布達拉告訴他：我稍後再回來找你，帶你見一些人。當天下午較晚時分，老師來到那棟房子，然後領著伊利亞斯在鎮上散步。他們先後在兩家咖啡館停腳，喝咖啡、聊聊天，接著老師再把他介紹給現場的人。

馬利姆・阿布達拉宣布：「我們這位伊利亞斯弟兄，來到瓊麻大莊園高就。他是經理的朋友，而經理也就是那位了不起的德國地主。他說德語，說得和母語一樣好。他暫時寄宿在奧馬爾・哈姆達尼（Omar Hamdani）家裡，地主一定會為這樣優秀的幕僚找到合適的住所。」

伊利亞斯微笑表示不服，並戲而不謔地回敬對方幾句。他那輕鬆脫口的笑聲和自嘲的態度令人覺得舒服，也讓他結交了一些新朋友。這種態度總是吃得開的。之後，馬利姆・阿布達拉又帶他去了港口以及鎮上的德國區。老師指向一座軍營（boma，斯），伊利亞斯問他，那是不是德國人吊死阿布希里的地方，老師回答不是。阿布希里是在潘加尼（Pangani）[22]受絞刑的，話說回來，這裡也沒有大到足以容納一大群人的空間。德國人把那場絞刑當成表演節目來籌辦，現場可能有樂隊、遊行隊伍和圍觀群眾，這樣便需要一個寬廣的場地。哈利法家是他們散步路線的終點，那裡也是馬利姆・阿布達拉抒發己見的場所，他晚上經常去那裡閒聊、交流一下消息。

哈利法對伊利亞斯說：「歡迎你來作客。大家晚上都需要去論壇（baraza，斯）坐坐，以便和人接觸、聽聽新聞。下班後，鎮上其實沒什麼事可做。」

伊利亞斯和哈利法很快就成為好朋友，才過幾天就知無不言了。伊利亞斯告訴哈利法，他小時候離家出走，四處遊蕩了好幾天，然後在火車站被保護軍軍團的阿斯卡里兵綁架，擄到山上。獲釋之後，便被送進一所德國人辦的教會學校。

哈利法問：「他們會不會要你像基督徒那樣禱告呢？」

兩人此刻在海邊漫步，無需疑慮隔牆有耳，但伊利亞斯還是沉默了片刻，嘴唇古怪地抿在一起。他問：「我說出來，你不會告訴別人吧？」

哈利法笑著說：「那些人果真這麼對待你，讓你犯了這種罪過。」

伊利亞斯懇求：「不要告訴別人。我不得不配合，不然就得離開學校，所以只好裝裝樣子。他們對我十分滿意，但我知道上帝看得清楚我內心真正的想法。」

哈利法還想繼續逗他一逗，於是說：「好虛偽（mnafiki，斯）！到了最後審判那天，自然會有專門伺候偽君子的懲罰。要不要我說給你聽？算了，說也說不清啦，反正遲早你碰得上。」

既然哈利法在開玩笑，伊利亞斯也面露微笑道：「上帝知道我心中真實的想法。我心中只有上帝。」他按著胸口說。「有一個德國人送我上學，後來我就在他的咖啡園裡幹活過日子。」

哈利法追問：「那邊還在打仗嗎？」

伊利亞斯回答：「之前打過多少場仗，我不清楚，但我到那裡的時候，戰事都結束了。一切變得非常平靜。新農場和新學校設立了，也出現了新城鎮。當地人把孩子送到教會學校，並在德國人經營的農場工作。就算真有什麼動盪，那也是喜歡鬧事的壞人幹的。送我上學的那位農民寫了封信，幫我在這個鎮上找到一份差事。莊園經理是他的親戚。」

---

22 坦尚尼亞東北部鄰近肯亞的城鎮。

接著，伊利亞斯又補充道：「我一直沒回去以前住的村子，不知道那裡的長輩近況如何。現在我來小鎮過活，才真正體會到，兩地距離並不遠啊。其實，來這小鎮之前，我就知道老家離我很近，只是盡量不去想罷了。」

哈利法說道：「應該回去看看。你離開多久了？」

伊利亞斯回答：「十年了，回去幹什麼？」

哈利法想起自己曾置父母於不顧，而事後感到多麼愧疚，於是說道：「你該回去看看家人。搭便車的話，一兩天也就到了。這樣不聞不問是不對的。回去告訴他們，你過得很順利。要是你願意，我陪你去。」

伊利亞斯辯解道：「何必呢，你不知道那地方有多窮苦、多悲慘。」

眼見伊利亞斯開始動搖，哈利法以更堅定的語氣補充：「那麼你可以讓大家知道，自己取得多大成就。那是你的家啊，不管再怎麼想，家人就是家人。」

伊利亞斯皺著眉頭，坐了一兩分鐘，然後眼睛慢慢露出神采。這個想法最終令他興奮起來，於是說道：「好，我回去。」哈利法後來發現他的個性就是那樣：如果哪個計畫打動他了，他就全力以赴。「是啊，你的話真有道理。我自己回去就好了。以前我動過這個念頭好幾次，只是一再拖延了下去。幸虧有你這種愛嘮叨的傢伙，才能強迫我就範呢。」

哈利法聯繫了一位車夫，他的車預計會朝伊利亞斯家鄉的方向駛去。哈利法和他說好了，可以讓伊利亞斯搭一段便車。他還給伊利亞斯一個生意上有往來的人的名字，對方就住在離伊利亞斯目的地不遠的主幹道旁。如有必要，他可以在那裡住上一晚。幾天後，伊利亞斯坐上一輛驢車，沿著海岸公路向南前行，不過路面相當顛簸。車夫是一位俾路支（Baluchi）[23]老人，負責沿途為鄉村地區的商店送去貨品，但其實要運去的東西也不多。他在兩家商店停留後便轉向內陸，駛上一條狀況較好的路，然後再以相當快的速度震盪前行，結果下午三點左右便抵達了哈利法交給伊利亞斯的地址。原來對方是一位名叫卡里姆（Karim）的印度商人，專做新鮮食品買賣。他從當地人那裡收購農產，然後送去鎮上的市場，這些都是香蕉、木薯、南瓜、地瓜、秋葵等耐放的作物，在路上保鮮一兩天沒問題的。俾路支人給驢子餵吃的、喝的，然後似乎又和牠說起悄悄話。車夫告訴伊利亞斯，時間還早，自己要先踏上返程，然後停在早先送貨去的一家商店過夜，況且驢子也樂意呢。農產品堆上俾路支人的驢車，卡里姆一直在旁邊監督，接著在自己的分類帳上記下數字，再將數字抄在一塊粗糙的紙片上，以便讓車夫帶到鎮上市場，交給他的買家。

車夫離開之後，伊利亞斯向卡里姆解釋來意，但對方看起來半信半疑。他就著周圍的光線，從背心口袋裡掏出一塊懷錶，以誇大的手勢喀嗒一聲打開錶蓋，然後沮喪地搖搖頭。

23 位於西南亞荒漠氣候及地勢崎嶇的多山地區。俾路支地區包括巴基斯坦俾路支省、伊朗俾路支地區和阿富汗南部的俾路支地區。

他說：「今天不可能啦，明天早上好了。現在離昏禮（maghrib）[24]只剩一個半小時，等我找到可以載你去的車夫，天都快暗了。你可不想摸黑趕路吧。別自找麻煩了。你可能一下子就迷路，也可能碰到壞人。明早第一件事就是讓你上路。今晚，我來找個車夫談談，現在你該休息了，歡迎你住下來。這裡有專為訪客準備的房間。來吧。」

卡里姆將伊利亞斯帶進商店旁一間泥土地的小房間。商店和房間的門都以金屬浪形板製成，不過都生鏽了，而且搖搖晃晃，雖然用鐵掛鎖鎖住，看似確保安全，不過是擺擺樣子。小房間裡有一張床，底座以繩編成，上面鋪了墊子，伊利亞斯心想，這床一定爬滿臭蟲。他馬上注意到，床上未設蚊帳，只能無奈嘆了口氣。這裡是供吃苦耐勞的流動商販湊合過夜的，沒得挑。他也沒料到，卡里姆竟會邀請一個陌生男性住進家裡。

伊利亞斯先將帆布包掛在門框上，然後出門四下張望。卡里姆的房子位在同一個院子裡，是一座堅固的建築，門的兩側各有一個設置柵欄的窗，窗口朝前。房前有一個離地面三階高的露台，卡里姆正坐在露台的墊子上。他看到了伊利亞斯，揮手示意對方過去。他們坐著聊了一會兒，談到小鎮，談到尚吉巴（Zanzibar）[25]爆發嚴重霍亂的消息，也談到做買賣的事。這時從屋子裡走出來一個七、八歲的小女孩，用木盤端來兩小杯咖啡。暮色掩至，卡里姆又掏出懷錶看了一眼。

他說：「昏禮的時間到了。」他喊了一聲，過一會兒，女孩又走過來，這次她費勁提著一桶水，卡里姆笑著將水桶接下，然後走到台階下的地面，再把水桶放在旁邊一個洗腳的石砌平台上。他示意客人過來行淨禮[26]，但伊利亞斯極力反對，因此卡里姆自己先洗了腳，為祈禱預做準備。接著輪到伊利亞斯，他才依樣學卡里姆洗好了腳。兩人回到舉行禮拜的露台上，卡里姆按照慣例和禮貌，邀請伊利亞斯主持儀式。對方再度堅決不肯，卡里姆才走上前來領頭。

伊利亞斯不懂如何祈禱，也不知道禱詞為何。他從未去過清真寺，小時候住的地方也沒有清真寺，日後他待了多年的咖啡農場裡也沒有。附近的山城倒有一座清真寺，但農場或學校裡也沒有人告訴他應該到那裡去。到後來，就算要學，時機已晚，太丟臉了。那時他已長大成人，在瓊麻園工作，居住的小鎮上，三五步就有一間清真寺，但還是沒人要求他去。他知道遲早會發生這種尷尬的事。卡里姆邀請他祈禱，這是他第一次被人識破，只好盡量裝模作樣，模仿對方的每一個手勢，同時喃喃自語，好像他也懂得神聖禱詞似的。

卡里姆說話算話，隔天就安排了另一位車夫將伊利亞斯送到距離不遠的老家村子。伊利亞

---

24 「禮拜」的實踐是穆斯林基本的宗教義務，透過禮拜直接與阿拉溝通，表達作為其僕人的誠意。穆斯林必須每天做禮拜，一日五次（遜尼派）或一日三次（什葉派）。五次的禮拜皆要按時執行：破曉時分為晨禮、正午為晌禮、下午為晡禮、太陽下山為昏禮、晚上為宵禮。

25 位於東非坦尚尼亞共和國東部的半自治區，尚吉巴一度為獨立的島嶼，與阿拉伯世界有著悠久的貿易史，於一九六四年與坦干伊喀合併組成坦尚尼亞。尚吉巴的首府尚吉巴市，老區是著名的石頭城，因其獨特的歷史文化價值被登錄為世界遺產。

26 淨禮在伊斯蘭教指的是用水洗淨身體的某些部位以達清潔，並進行某些宗教活動，在進行每日五次的禮拜前皆需進行淨禮，包括以水清洗手、口、鼻孔、胳膊、頭、足。也可在非宗教活動前進行以保持潔淨。

斯整夜睡不安穩，早上一聽院子裡有了動靜就走出來。他們送上一根香蕉和錫杯裝著的紅茶，作為早餐，他一面吃著，一面等著車夫現身。他看到那個小女孩正在打掃庭院，但沒見到她母親的身影。這回的車夫是個能外出就開心的少年，一路不停敘述自己和朋友最近四處嬉遊的經過。伊利亞斯禮貌聽著，必要時笑著應酬一下，但心裡卻想著：「好一個鄉巴佬！」

大約一小時後，他們到達村子。車夫解釋，因為進村的路太窄，車子駛不進去，得在大路旁等著，伊利亞斯只要從旁邊一條小路走一小段就可以了。好，我知道。伊利亞斯說。他沿著那條通往自家老房子的小路走去，一切顯得那麼凌亂卻又熟悉，彷彿他才離開幾個月似的。稱這地方為「村莊」實在勉強，因為此處只有零落的茅草屋和屋後的一小片耕地。他還沒走到自家老房子，就先看到一個女人，雖不記得她的名字，但面孔是很熟悉的。女人坐在自家外面的空地上，正用椰葉編織一張墊子，而那荊棘混泥巴搭起的房子，看起來是那麼不牢固。她腳邊的三塊石頭上正擱著鍋在加熱，兩隻雞在房子周圍地上啄食。伊利亞斯一走近，女人便扯直身上的坎加，遮起頭部。

伊利亞斯問候道：「您好（Shikamoo，斯）。」

女人回禮，然後等著，同時上下打量他那一身鎮民派頭的衣著。他猜不出女人的年齡，但如果對方果真是他自認為認識的那個人，那麼就是昔日與他同齡的幾個孩子的母親。他突然記起，那些孩子當中有一個名叫哈桑（Hassan）的男孩，是他當年的玩伴。伊利亞斯的父親也叫哈桑，所以他才這麼容易就記起這個名字。女人坐在一張矮凳上，既沒有站起來的意思，也未面露微笑。

他說：「我叫伊利亞斯，以前住在那邊。」接著，他告訴她自家父母的名字。「他們還住在那邊嗎？」

女人沒有答腔，伊利亞斯不確定對方究竟是沒聽見他說話，還是沒能理解他的意思。他正準備繼續前行，自己前去一探究竟，這時突然有個男人從屋裡走出來。他比那個女人年長，步履蹣跚地走到伊利亞斯面前，湊近端詳起他，視力好像很差的樣子。男人滿臉皺紋鬍渣，看起來十分虛弱，彷彿有病在身。

伊利亞斯又重複報上自己的名字，還交代父母的名字。男人和女人對視了一眼，女人這才開口說話。她說：「我記得伊利亞斯這個名字。你是走失的那個孩子嗎？」然後再用雙手摀一下頭表示同情。女人繼續說道：「當年發生了很多恐怖的事，大家都以為你遭遇不幸，以為你被魯加魯加（Ruga ruga，斯）或瓦曼加人（Wamanga，斯）[27]綁架了。我們則認為你被穆達奇人

27 魯加魯加是指東非非正規的士兵，通常由西方殖民部隊募集而來。他們與經常在非洲其他地區受僱的職業軍人阿斯卡里（Askari）一起擔任傭兵或在地的補充兵員，不過阿斯卡里係由在非洲的歐洲殖民列強官員訓練而成，而魯加魯加主要是在衝突時期臨時僱來的部落戰士。瓦曼加人則為來自阿曼的阿拉伯人（特別是指馬斯喀特地區）。他們移民到尚吉巴等東非的部分地區，但與同樣來自阿曼、早已在東非扎根的第一波移民不同，不僅因為前者在那裡算是新移民（通常是第一代），還因為他們的教育和融合水準、對伊斯蘭教的理解、社會經濟地位、打算停留的時間而有別於阿曼的第一波移民。這些阿拉伯人有些是小農、小商販或是種植園、篷車隊的管理人。

（Mdachi，斯）[28]殺了。大家把所有可能發生的事都猜了一遍。是啊，我記得伊利亞斯。你是伊利亞斯嗎？你看起來像政府裡的人。你媽媽很久前就死了，現在沒人住在老家，連房子都倒塌了。她的運氣太壞，沒人敢住在那裡。她把一個才一歲三、四個月大的幼兒托給你爸爸照顧，而你爸爸卻把她送給了別人。」

伊利亞斯想了一想，然後問：「把她送給別人？這是什麼意思？」

男人以虛弱的粗嗓子回答：「你爸爸和大家一樣，很窮又病得不輕，所以才把她送走。」他舉手指了指道路的方向，然後累得說不下去了。

女人繼續說道：「阿菲亞，小女孩名叫阿菲亞，沒錯。你從哪裡來的？你媽媽死了，你爸爸死了，妹妹又被送走。你後來去哪裡了？」

這和伊利亞斯預料的八九不離十，他們應該都不在人世了。伊利亞斯記得他小的時候，父親就一直患有糖尿病，而母親則常苦於一些困擾女性又說不出所以然的病痛。此外，她的背部受傷，呼吸困難，胸腔積水，並且因連年不斷懷孕而嘔吐。雖然這是意料中事，但這樣突然得知父母的死訊，伊利亞斯還是感到震驚。最後，他問：「我妹妹還在村裡嗎？」

男人又開口了，費勁用他那沙啞的聲音告訴伊利亞斯，帶走阿菲亞的那戶人家住在哪裡。他陪伊利亞斯走到大路上，幫年輕的車夫指了路。

她成長的小村子位在馬路一側，村子就位於一座灌木叢覆蓋的圓錐形暗色山丘的山腳下。每當她走出家門，山丘總在那裡，好像倚著馬路向下俯瞰著對面的房屋和院子，但是在她還很小的時候並未察覺山的存在，等到後來學會給慣常的景象賦予意義，山丘才潛入了她的意識。沒有人對她說明原委，只告誡她千萬不能上山，所以她就用自己所想像的一切恐怖事物將那座山填滿了。阿姨警告過她，絕對不能上山，此外還講了其他的故事：一條能吞下小孩子的蛇、月圓時會有一個高大男人的影子掠過屋頂，還有一個蓬頭散髮的老婦人，經常在通向大海的路上遊蕩，有時她會化身為豹侵入村子，偷山羊偷嬰孩。儘管阿姨沒那樣說，但女孩很篤定，大蛇、高個兒男人以及蓬頭散髮的老婦人都住在山上，然後下山驚嚇村民。

馬路對面那些屋舍及其後院的背面是田野，再過去便是山丘了。年歲漸長，她覺得雄踞村後上方的山丘似乎氣勢越來越顯壯觀，尤其到了日暮時分，山丘像一個忿忿不平的鬼魂那樣壓在眾人身上。萬一晚上非出門不可，她知道該把視線移開。寂靜的深夜裡，她能聽到輕柔的嘶嘶耳語聲漸漸傳來，有時也會傳到屋子周圍和後面。阿姨告訴女孩，那是隱形之靈的聲音，只有女人

28 指德國人。

才聽得見，但不管他們的耳語多麼哀傷，多麼揮之不去，她都不會開門。很久之後，阿菲亞才知道，上山去的男孩都能平安歸來，也從不曾提及大蛇、高個兒男人或是蓬頭散髮的老婦人，也從不曾聽見什麼竊竊私語。他們說上山是為了打獵，如果抓到什麼獵物，會就地生火烤來吃。男孩們總是空手而歸，阿菲亞不知道他們是不是在逗弄自己。

村旁道路一端通向海岸，另一端則連接內陸深處，主供行人使用，有一些人揹負重物，有時也有騎驢或駕牛車的人經過。路的寬度足夠讓手推車通行，但路面不平坦，車行其上搖搖晃晃。遠處的地平線上，只見迤邐群山的輪廓。山名都很奇怪，讓她感到危險。

她和阿姨、叔叔及哥哥姊姊住在一起。哥哥名叫伊薩（Issa），姊姊叫扎瓦蒂（Zawadi）。她必須和阿姨同時起床，阿姨會搖醒她，然後在她的屁股上輕拍一下，讓她下床。醒來吧，小調皮。阿姨名叫瑪萊卡（Malaika），但大家都叫她媽媽。女孩起床後的第一件事就是打水，而阿姨則負責在火盆裡生火，火盆前一晚已清理乾淨，並且填入新炭。水不怕不夠用，只是必須從外面提進來。浴室門外有個水桶和一支勺，專供屋裡使用。家裡有一處通向外面水溝的水閘，旁邊也擺了一個水桶，這是他們清洗鍋子和盤碟的地方，也是洗完衣服倒髒水的地方。不過叔叔洗澡和家裡泡茶用的水，她都得從外面那個巨大的陶土水槽裡打回來。水槽加蓋，上方設有使水保持清涼的遮陽篷。給叔叔洗澡和泡茶的水必須潔淨，水桶裡的水只能拿來幹髒活。有時水會致病，這就是她得另外燒水給叔叔洗澡和泡茶的原因。

水槽很高，阿菲亞的個子小，得站在一個反扣過來的簍筐上才舀得到水。有時水位太低或水販還沒來加水，她就得將半個身子探入濕滑的水槽裡，這時如果她開口說話，聲音聽起來就像鬼怪，讓她覺得自己無比巨大。有時甚至不打水的時候她也會這樣做，把頭伸進水槽，得意地叫上幾聲或是呻吟幾聲，彷彿自己是個龐然大物。她把水舀進兩個盆子裡，不過都只各裝一半，否則太重，她搬不動。阿姨已經生好兩個火盆的火，她把水盆裡的水分別倒入火盆上的大鍋，接著往返水槽數次，直到大鍋裡的水量足夠為止。水燒好後，其中一鍋供叔叔洗澡，另一鍋用來泡茶。

和阿姨叔叔一起過日子，這是她懂事以來，第一件體認到的事。伊薩和扎瓦蒂都比她年長，約莫大個五、六歲。他們當然不是阿菲亞的親兄姊，儘管他們戲弄她、傷害她，並且以此為樂，但她仍認對方為親兄姊。他們有時會故意打阿菲亞，不是因為她做出什麼招惹他們的事，單純是因為他們喜歡打人，況且她也無力制止。如果只有小孩留在家裡，沒有大人可以當場聽見她的哭聲，或者他們覺得無聊，就會打她，總之時常發生。他們會要求阿菲亞做她不喜歡做的事，只要她哭起來或不肯從命，就會搧她耳光並吐她口水。忙完家務之後，阿菲亞沒什麼可做的事時，如果他們出去和朋友玩或去鄰家樹上偷摘水果，她也會跟去，但他們並不總是樂意見她跟著，他們的朋友也是如此。女孩們會用不堪的話辱罵她以逗男孩們發笑，有時還會把她趕走。哥哥姊姊每天都打她、掐她或偷走她的食物，理由五花八門。對於他們打她、掐她或是偷走食物的事，因為沒有造成太大傷害，阿菲亞並不特別難過，其他的事才會讓她感到較為傷心，讓她覺得自己在這世上很渺小、很疏離。畢竟其他孩子也是同樣天天挨打。

從很小的時候起，阿菲亞就必須做家務，也不記得從何時開始，反正總會被喊去幹點什麼，掃地、挑水，或者去商店為阿姨跑腿，年紀稍大之後才開始洗衣服、按吩咐將食材去皮切碎、加熱叔叔的洗澡水以及家裡泡茶的水。村裡其他孩子也必須為長輩做些雜活，不是在家中，就是在田裡。阿菲亞的叔叔、阿姨沒有田地，甚至沒有菜園，所以她所有的家務活都集中在屋內和後院。阿姨對她說話有時十分嚴厲，不過大部分的時候還算和善，還會說故事給她聽。有些故事很恐怖，例如有個衣衫襤褸、身材臃腫、指甲長又髒的男人，夜裡身後拖著一條鐵鍊走在路上，想抓走一個小女孩，然後把她藏進地洞。由於鏈條拖地，大家總能聽到他逼近的聲音。阿姨說的許多故事都與拐走小女孩的骯髒老人有關。阿姨只要看到伊薩或扎瓦蒂虐待妹妹，就會斥責甚至處罰他們。她會對他們說：她很可憐，你們要當她是親妹妹。

阿菲亞知道自己的生母已經死了，但不知道為什麼阿姨和叔叔會收留她。六歲那年的某一天，阿姨告訴她說：「因為妳無依無靠，我們才收留妳。當年妳爸爸病得很重。以前妳的爸媽就住在這條路再過去比較遠的地方，我們都認識的。妳媽媽的身體不好，真可憐啊，妳才兩歲左右，她就死了。妳爸爸帶著妳來拜託我們，讓我們照顧妳，直到他身體好起來再接回去，不料他沒能好起來，老天帶走他了。這種事都是老天說了算。從那時起，妳這擔子就由我家挑起來了。」

阿姨洗完頭後會抹髮油，然後再編辮子，這事每週都做，目的在於驅除頭蝨。她就是這個時候告訴阿菲亞這件事的。她坐在阿姨兩腿間，看不到她的臉，但她的聲音很親切，甚至有些溫柔。得知這件事後，她才明白，他們也不是自己真正的叔叔、阿姨，而且她的父親已經死了。她不記得生母的樣子，但想起來還是很難過。阿菲亞設法想像生母的模樣，但腦中浮現的卻只是村中某個婦女的樣貌。

叔叔不怎麼跟她說話，她也不怎麼跟叔叔說話。阿菲亞難得去找叔叔說話，就算只是替她阿姨傳個話，叔叔一律皺起眉頭。叔叔要阿菲亞過去他身邊時，就打個響指或喊道：喂！叔叔名叫馬卡梅（Makame），身材高大，臉圓鼻圓，鼓著一個突起的大肚子。如果一切如他所願，他就心滿意足。可是一旦他嚴厲責罵起家裡哪個孩子，房子都會因他的盛怒而震動，這時誰都不敢吭聲。她總會刻意避開叔叔的視線，因為在他那一張怒氣勃勃的臉上，目光經常炙熱而且駭人。她知道叔叔不喜歡自己，但她不明白自己到底做錯什麼，才讓對方心生反感。他的手掌很大，胳臂和她的脖子一樣粗，每當他拍打阿菲亞的後腦勺，她都會踉蹌一下，感到頭暈目眩。

阿姨有個習慣：要堅定表達什麼意見時，就會連連點頭幾次，但她的臉既窄且長，鼻子又高，看上去總像在啄食什麼東西似的。阿姨告訴她道：「妳的叔叔身強力壯，所以人家才聘他當政府（Serikali，斯）倉庫的守衛。」叔叔負責開關大門，防止流浪漢擅闖。政府挑中他，大家都怕他。大家都說，馬卡梅的拳頭像棍子一樣硬。如果不是因他坐鎮，那些人恐怕要耍起流氓，東西能偷就偷。

自有記憶以來，阿菲亞一直睡在房子入口處的地板上。早上打開門時，就能看到那座山丘，即使晚上關上了門，她也知道山丘就在那裡，若隱若現地籠罩著他們一家人。狗在夜裡吠叫，蚊子繞著她的臉嗡嗡響，門板單薄又有裂縫，昆蟲在那後面嘎吱叫、嘰嘰吵。然後，每當耳語聲開始從山上傳來、一直傳到房子後方，昆蟲都噤聲了。她會緊閉著眼皮，生怕有一雙忿恨的眼睛透過門板的裂縫在窺視自己。

那是一棟泥磚砌成的小屋子，裡裡外外都粉刷成白色。屋裡有兩個小房間，由入口的廊道和一扇通向院子的後門隔開。屋子四周築有藤編籬笆，外面設了洗手間和廚房。其他四人睡在比較大的那個房間，母親和女兒睡一張床，父親和兒子睡另一張床。有時兒子和女兒也會睡在比較小的那個房間。比較小的房間白天充作客廳或是用來放置東西，家人也在這裡用餐或接待來訪鄰居。這個村子位於偏僻鄉野，無自來水可用，所以為了泡茶和準備叔叔的洗澡水，阿菲亞每次都得往巨大的陶土槽裡取水。每回水位低了，水販會來把水倒滿。水販從不遠處的村井裡汲水，自己拉著車挨家挨戶替付錢的人送水。很多人自己去或差孩子去打井水，但是她阿姨和叔叔出得起買水錢。

某天，她在院子裡幫阿姨洗衣服，這時大家聽到前門有人呼叫。阿姨對她說：「去看看是誰。」阿菲亞在門口看到一個穿著長袖白襯衫、卡其色長褲以及厚底軟皮鞋的男人。他剛從馬路邊走來，停住了腳步，右手拎著一個帆布包，顯然是來自海岸一帶城鎮的人。

她禮貌地說：「歡迎（Karibu，斯）[29]！」

伊利亞斯笑答：「妳好（Marahaba，斯）[30]！」過了一會兒，他問：「能請問一下妳的名字嗎？」

她說：「我叫阿菲亞。」對方笑得更燦爛了，但同時也嘆了口氣。然後他蹲下身，讓自己的臉和女孩的臉齊平。他說：「我是妳的哥哥啊，找妳找了好久。以前我不知道妳是不是還活著，也不知道爸媽是不是還活著。現在總算找到妳了，謝天謝地。有人在家嗎？」

她點點頭，然後去叫阿姨。阿姨一面走出來，一面用身上的坎加擦手。那個男人已經站直身子，開始自我介紹。他說：「我叫伊利亞斯，是阿菲亞的哥哥。我回去老家看了一下，發現家人都過世了，但鄰居告訴我，妹妹住在你們這裡。我以前都不知道。」阿姨聽了他說的話，似乎感到煩憂，也許還對他的外表感到不安。他穿得像政府官員。「歡迎！以前也沒有人知道你的下落。麻煩稍等一下，我叫阿菲亞去請他叔叔回來。」她說：「快，快去。」

阿菲亞跑到倉庫，告訴叔叔，阿姨要他回家，叔叔連忙探問原因。她說，我哥哥來了。他問：從哪裡來？但阿菲亞只顧跑在叔叔前面。回到家的時候，他有些喘不過氣，但仍面帶微笑，一副彬彬有禮的樣子，和他平時在家的模樣判若兩人。哥哥待在小房間裡，那裡局促、凌亂一如往常，叔叔進去與他會面，一面握手，一面微笑。他說：「兄弟，歡迎光臨。感謝上天保佑你平安無事，還把你帶到我家和妹妹相認。你爸爸以前告訴我們，說你走失了。誰也不知道該如何把

---

29 借自阿曼阿拉伯語的問候語。

30 地位低向地位高者打招呼後，地位高者回敬地位低者的問候語。

你找回來。我們都盡力照顧她，現在就像家裡的一分子。」叔叔說這些話時，左手按在胸口，右臂伸出，表示歡迎之意。

阿菲亞的哥哥說道：「不知你是不是還記得我，但我可以保證，我說的那個人真的是我。」

叔叔回答：「看得出來，你們一家人確實有相似之處，你也不須保證什麼。」

幾分鐘後，阿菲亞端著上面放了兩杯開水的托盤回來，同時發現兩人談得十分深入。她聽見哥哥說：「謝謝你們照顧她這麼久，實在感激不盡，但是，現在既然找到她了，我想帶她回去同住。」

叔叔答道：「她這一走，大家會很難過，畢竟現在她就像我們自己的女兒，她和我們一起生活，我們十分樂意負擔這些開銷。她當然得和哥哥一起過活啦，不都說『血濃於水』嘛。」他的臉皮因汗漬而顯得油亮。

他們又聊了一會兒，才叫了阿菲亞進來。伊利亞斯示意妹妹坐下，然後說要帶她到鎮上一起住，請她收拾好自己的東西，再過一會兒就和他一起離開。她把物品兜成個小包袱，才幾分鐘就準備好了。阿姨仔細觀察著阿菲亞。她責備道，就這樣嗎？連說聲謝謝都省了。再見。阿菲亞對於自己急於離去的樣子感到羞愧地說：謝謝，再見。

阿菲亞甚至不知道自己竟有個真正的哥哥，不敢相信他人就出現在眼前，剛剛才從馬路過來，隨即等著將她帶走。哥哥那麼乾淨瀟灑，笑聲輕鬆脫口而出。伊利亞斯事後告訴妹妹，他對叔叔阿姨感到不滿，只是沒有表現出來，畢竟他們願意收留非親非故的人，如果多加計較，難免顯得忘恩負義。這對夫妻收留阿菲亞絕不是平白無故行善。伊利亞斯送了他們一些錢，是報答其宅心仁厚的禮金，但其實沒必要，因為當他找到阿菲亞時，她穿著一身破爛骯髒的舊衣服，看起來就像個家奴似的。他說：「如要認真計較，妳為他們賣力幹活這麼長的時間，他們才應該付妳一筆錢。」當時阿菲亞並沒有那種感受，直到後來和哥哥一起生活了，才覺得自己吃了虧。

他找到妹妹的當天早上，就用驢車把她載到卡里姆的店裡。阿菲亞以前從不曾坐過驢車。他們在商店裡等著換車，隔天又坐上另一輛驢車。阿菲亞坐在裝滿芒果、木薯和成袋穀物的籃子中間，而哥哥則坐在馬夫身旁的座位上。他帶著妹妹到了自己住的海濱小鎮。他在鎮上向一戶人家租了一間位在樓下的房間。兄妹倆到達之後，哥哥帶阿菲亞上樓認識住在二樓的人。這戶人家的母親和兩個十來歲的女兒都在家，而且母女都說隨時歡迎阿菲亞上樓去。和哥哥住一起的那段時間，是阿菲亞有生以來第一次能睡在床上。她的床在房間一端，有自己的蚊帳，而哥哥的床則在另一端。房間中央擺著一張桌，每天下午下班回來，伊利亞斯都會教妹妹做功課。

就在伊利亞斯帶妹妹回鎮上幾天後的某個早上，他又領妹妹去了海邊的公立醫院。阿菲亞從不曾見過大海。一個穿著白外套的男人在她胳臂上接種，然後要她尿在一個小罐子裡。伊利亞斯解釋，接種是為了預防她發燒生病，驗尿液則是為了檢查她是否患有血吸蟲病。他說，這是德國人的醫術。

當伊利亞斯早上出門上班後，阿菲亞便會上樓去找那家人，她們會大方為她挪出空間。她們會問她一些問題，阿菲亞則把自己能說的那一點事全都告訴了對方。她會去廚房幫忙，那是她唯一能做的事，或者坐在那一家姊妹身邊一起聊天和縫補。有時她們也會派阿菲亞去街上的商店買東西。姊妹的名字分別是賈米拉（Jamila）和莎妲（Saada），從一開始，阿菲亞就和她們交上朋友了。等家裡的男主人回來，她便和大家一起用餐。姊妹要阿菲亞稱呼她們的父親奧馬里（Omari）叔叔，這讓她覺得自己成了這個家庭的一員。下午，等到哥哥下班回來洗漱完畢，阿菲亞就把他的午餐端下樓，坐下來陪著他用餐。

「妳一定要學會讀書寫字。」他說。阿菲亞知道什麼是文字，因為村裡店鋪的罐頭、盒子上都有印字，而且她也看見過店鋪老闆凳子上方的架子上放了一本書，但就是不曾親眼見過哪個人在讀書或寫字。店主告訴阿菲亞，那是一本聖書，如果沒有預先像準備祈禱前那樣做好淨禮，萬萬不該碰那本書。她認為自己不可能學會讀懂一本如此神聖的書，哥哥笑她，讓她坐在身邊，然後一邊寫下字母，一邊要她跟著唸。後來阿菲亞便開始自行練寫字母。

某天下午，樓上的人都出去了，他帶妹妹拜訪一個朋友。對方名叫哈利法，伊利亞斯表示，這是他在鎮上最好的朋友。他們彼此揶揄一番，然後開懷笑了一陣，過了一會兒，哥哥說還要繼續散步，但答應以後還會再帶她來看哈利法。阿菲亞早上多半會上樓找賈米拉和莎妲，陪她們一起做飯、聊天和縫補衣物。有時伊利亞斯晚間會上咖啡館或和朋友相聚，這時阿菲亞也會上樓，並在兩姊妹羨慕的目光下練習讀寫字母。她們兩位都不識字，母親也不識字。

不過，伊利亞斯也不是每晚都外出，有時晚上也會留在家裡教妹妹玩牌或唱歌，或者把自己的經歷說給她聽。他告訴阿菲亞：「媽媽懷妳的時候，我離家出走，但不確定自己是不是真想逃開，我想應該不至於。當年我才十一歲。爸媽很窮，大家都窮。我不知道他們如何度日，又怎麼活下來。爸爸有糖尿病，身體很差，沒法工作。也許是鄰居幫了他們吧。我記得自己總是一身破爛的衣服，而且老是餓肚子。當時我有兩個妹妹，但出生後不久都夭折了。現在，我猜她們是染了瘧疾，但當時我只是個孩子，不可能知道那樣的事。我還記得那對雙胞胎剛出生時的模樣。不過才幾個月，她們都病倒了，哭了好幾天才死掉。有些夜裡，我根本睡不著，有時是因為太餓，有時是因為爸爸呻吟得太大聲。他的雙腿腫脹，散發出難聞的氣味，像腐肉似的氣味。那是糖尿病造成的，他又能怎樣呢？別哭，看得出來，妳的眼睛濕了。哥哥不是故意要對妳說這些殘忍的事，而是想讓妳明白，這也許是我想逃走的原因。

「我覺得自己並不真想一走了之，然而一旦上路，我就只能一直走下去。沒有人特別注意我，餓了就討飯吃，或偷摘水果果腹，晚上總找得到地方溜進去睡覺。有時我很害怕，但有時也忘了安危，只是專注觀察周圍發生的事。過了幾天，我走到了沿海的一個大鎮，就是現在住的這個地方。我看見士兵伴隨樂聲在街上邁步，厚重的靴子將路面踩得砰砰作響，一群年輕人假想自己是士兵，跟在一旁前行。我也加入了他們的行列，他們那身制服、邁步英姿，還有那支樂隊，在在讓我興奮極了。遊行隊伍最後停在火車站，我站在那裡，看著房子那般大的鐵皮車廂。火車頭在低吼，噴著濃煙，彷彿有生命力似的。哥哥以前沒見過火車啊。一群阿斯卡里兵站在月台等候上車，我就在他們的附近徘徊，只是看著、聽著。那時馬及馬及戰事還沒結束。這件事妳聽說過嗎？當時我也沒聽說過。馬及馬及的事以後再說給妳聽吧。火車準備就緒後，阿斯卡里兵便開始上車，其中一個尚干人把我推上去，也不管我掙扎表示不從，只是笑著緊握我的手腕，不讓我走。那個人告訴我，我得幫他保管步槍，在他們行軍時替他揹槍。他說，你會喜歡。他帶我上了火車，一直坐到軌道的盡頭，也就是他們當年修的那條鐵路的終點站，接著大家一路行軍了好幾天，最後才抵達了山城。

「抵達山城後，有人要大家在一處大院裡等一會兒。那個尚干人估計我不會逃走，甚至不再抓住我的手腕了，也可能他認定我就算想逃也無處去吧。我看到一個印度人站在一堆貨物上面，向搬運工發號施令，並在一塊木板上做筆記。我跑到他面前，向他說明，阿斯卡里兵把我從家鄉綁來了山上。那個印度人開口罵我：滾蛋，你這髒賊！我當時看起來一定很髒，身上穿的只是破布：一條麻袋布做的短褲外加一件撕破了的舊襯衫，髒到我都懶得洗了。我告訴那個印度人，我叫伊利亞斯，把我從家鄉綁來這裡的尚干族阿斯卡里兵，就是站在旁邊盯著我們的那個大塊頭。那個印度人起先把目光移開，但隨後要我把名字再說一遍，接著又讓我重說了兩次，最後笑著跟著唸出：伊利亞斯。他點點頭，並牽起我的手。」伊利亞斯一邊說，一邊拉著阿菲亞的手，像那個印度人一樣，微笑著站起身來。「當時有個身穿白制服的德國軍官也在院裡，印度人拉著我朝他走去。對方是阿斯卡里兵團的軍官，正在忙著指揮部下。他的頭髮是灰金色的，眉毛也是。我生平第一次站得離德國人那麼近，這是我親眼觀察到的。他對著我皺起眉頭，然後不知道對印度人說了些什麼，結果印度人說我自由了，可以走了。我說自己無處可去，阿斯卡里兵團軍官聽到這話再度皺起眉頭，並喚另一個德國人過去。」

兄妹兩人再度坐下，阿菲亞仍然面帶微笑。她聽著這個故事，目光飽含喜悅。伊利亞斯則面帶嚴肅神情，繼續講述。

「另外那個德國人並不是穿神氣白制服的軍官，而是一個表情兇巴巴的人，當時正指揮工人裝貨，由印度人負責計數。軍官跟他說完話，把我叫到身邊，厲聲問道，發生什麼事了？我告訴他，我叫伊利亞斯，有個阿斯卡里兵把我從家鄉拐走。他唸出我的名字，臉上終於浮現笑意。他說：伊利亞斯，這名字挺不錯。你在這裡等我，讓我先辦完事再說。我沒聽他的話，只是寸步不離跟著，生怕那個尚干族的阿斯卡里兵又回來找我。那個德國人在山上不遠處的一座咖啡園工作，園主也是德國人。對方把我帶回園裡，讓我在畜欄裡幹活。他們養了幾頭驢子，還有一匹關在專屬廄舍裡的母馬。沒錯，是匹母馬，身軀龐大，看在一個小男孩的眼裡相當嚇人。咖啡園剛開闢不久，要幹的活可多著呢。那就是有著兇臉的德國人帶我去那裡的緣故，他們需要人手。

「園主看見我在畜欄裡掃驢糞，做些其他工作——那些工作內容，如今我已想不起來。他去問了那個把我從車站領回去的人，我是誰。一聽說是被阿斯卡里兵擄走的人，竟然生氣起來。他說怎麼可以幹出這種野蠻的事，這不是我們來非洲的目的啊！我能確定他當時是這麼說的，因為後來他也親口告訴我了。他對於自己的處理方式十分滿意，並且樂於對我或是對別人談起這件事。他認為我的年紀太小，還不能幹粗活，應該先去上學。園主又說，德國人來非洲不是為了擄人為奴。然後他們准許我進教會學校讀書，不過那是專門為信徒開辦的。我在咖啡園裡，一待就待了好多年。」

阿菲亞問：「當時我出生了嗎？」

伊利亞斯回答：「出生了，妳應該是在我離家出走幾個月後出生的。我在咖啡園待了九年，算一算，妳該有十歲左右。哥哥真的很喜歡住那裡。我先在咖啡園工作，然後上學，學會讀書、寫字、唱歌和德國話。」

他停下來，唱了想必是哪一首德國歌曲的幾段歌詞。她覺得哥哥的聲音十分動聽，等他唱完，還站起來為他鼓掌。伊利亞斯咧嘴高興笑了。他喜歡唱歌。

他繼續說：「有一天，那還是不久前的事，園主叫我過去說話。在我心目中，這位男士就像我的爸爸。他照顧園子裡所有的工人，如果有人生病，他會把人送到修道會的診所看病。他問我願不願意留在咖啡園，又說如果留下來幹農活未免大材小用，難道我不想搬回機會更多的沿海地區？他為我寫了一封信，讓我轉交給他在這個鎮上一家瓊麻工廠的親戚。他在信中寫道，這個人值得尊重信賴，也會讀寫德文。園主在封信之前親口讀了一遍給我聽。於是我在德國人經營的瓊麻廠找到了辦事員的差事，所以妳也必須學習讀寫，只有這樣，將來妳才能明瞭世事，並且學會照顧自己。」

阿菲亞嘴上答應，但仍沒準備好去想未來的事。「園主的頭髮是不是和那個穿白制服的德國軍官一樣，都是灰金色的？」

伊利亞斯答道：「不是，他的頭髮是黑色的。他的身材削瘦，為人沉著冷靜，從來不對工人大呼小叫或是辱罵，看起來就像一個……博學的人，一個內斂克己的人。」

阿菲亞想了想哥哥描述的園主，然後問道：「爸爸的頭髮也是黑的嗎？」

伊利亞斯答道：「我離家的時候，他已滿頭灰髮，不過，我猜，他年輕時，頭髮應該也是黑的。」

阿菲亞追問：「那個園主長得像我們的爸爸嗎？」

伊利亞斯放聲大笑，然後說：「不像，他看起來就是德國人的樣子啊。我們的爸爸……」

伊利亞斯停了下來，搖了搖頭，一時沒能繼續。他接著說：「我們的爸爸，身體很差。」

哈利法對伊利亞斯說道：「我不想這麼快就說死人的壞話，但說那老頭子是強盜並不過分。至於那個年輕的有錢人（tajiri，斯），嗯，我認識他很多年了。記得當年我來阿穆爾先生這裡工作時，他還是個九歲的小男孩，而今天卻成長為一個如同驚弓之鳥的年輕人——如果爸爸始終把你蒙在鼓裡，你難道不會變成那樣？事發突然，他一下子就上陣了，在債權人湧來時要應付搶劫般的局面。他的父親去世之後，事情亂成一團，這種狀況讓他損失不少。他對這方面的業務一無所知，白白讓其他的強盜占了便宜。他真正感興趣的東西是木頭，甚至說動父親讓他開辦了

那座木料場和家具工廠。在木料場閒逛、聞聞木頭的香氣，他只喜歡做這些事，其他一切都亂糟糟的。

「我跟你提過這間房子的事。嗯，起初我們還以為他不是老爹那樣的壞胚子，也許會拿出善意，把阿莎夫人（Bi Asha，斯）[31]對房子的訴求聽進去。不料他和老爹一樣貪得無厭。他對這間房子無權做出任何主張，原本應該將其物歸原主。儘管當他得知房子竟然不是阿莎夫人的，他也十分驚訝，但說什麼都不願拋棄。他大可以要求我們搬家，但我猜他太怕我太太了。你知道，他們是表親，幾乎就像手足一樣，但偏偏不肯歸還本應屬於我太太家的房子。又一個貪婪的無賴。」

哈利法和伊利亞斯常每天在咖啡館相聚一兩個小時，不是下午稍晚就是傍晚稍早時分。他們加入現場的話局，這也是他們泡咖啡館的主要目的。哈利法人面廣，會向別人介紹伊利亞斯，同時鼓勵他說出自己的經歷，多半是關於他在山城的德國學校讀書、德國園主有恩於他等等的事。別人也有故事可講，其中有些聽來不可思議，但咖啡館的談話風格就是這樣，話題越雜越好。哈利法是聽故事、聊八卦的能手，名氣都打開了，人家有時還會找他過來為同一故事的不同版本仲裁高下。哈利法和伊利亞斯在咖啡館聊夠之後，會沿著海邊漫步，或者回到哈利法家門前的門廊處，他的一些朋友晚上也會來這裡參與議論。那時大家關注的都是即將與英國衝突的傳言，據說這會是一場大規模的戰爭，不像以前打阿拉伯人、斯瓦希里人、瓦赫赫人、瓦尼亞姆威奇人和瓦梅盧人以及其他所有民族的小規模征討。以前那些小規模的衝突已經夠可怕了，而未來將是一場大戰！據說德國在戰爭中會祭出如同小山那麼大的砲艦和潛水船，而且有些大砲的轟擊威力可達數英里外的城鎮。有人甚至提起一種能飛行的機器，只是沒人見過而已。

伊利亞斯說道：「英國人，別想打贏了！」眾人有些低語表示贊同。「德國人天資高而且靈巧，懂得組織擘劃，知道怎麼打仗，考慮周詳……除此之外，他們比英國人仁慈得多。」

他的聽眾笑聲四起。

一位常泡咖啡館、名叫曼貢古（Mangungu）的人答道：「他們到底哪裡仁慈？在我看來，德國人冷酷惡毒，阿斯卡里軍團裡的努比亞人和瓦尼亞姆威奇人都學足了，他們會拿那些手段來侍候英國人。說到冷酷，德國人當仁不讓。」

伊利亞斯答道：「你說這話就不對了，我在德國人身上看到的，除了友善還是友善。」

另一個名叫馬穆都（Mahmudu）的人對伊利亞斯說道：「算了吧，總不能因為有個德國人對你好，就將他們多年來在這裡的所作所為一筆勾銷吧。他們占領這片土地三十多年，殺掉太多人了，到處都是骷髏骨骸，大地都被鮮血浸濕。我可不是誇大其詞。」

伊利亞斯反駁：「你說得太誇張。」

馬穆都繼續說道：「你們這地方的人並不知道南方發生了什麼事。就算戰爭在陸地上開

31 Bi為斯瓦希里語對已婚女性的尊稱。

打，英國人休想贏，但這絕不是因為德國人仁慈。」

另一個名叫麻富德（Mahfudh）的人附和道：「我同意。他們的阿斯卡里兵團是徹頭徹尾兇殘的野蠻人。天知道他們怎麼會變成那樣。」

曼貢古以權威的語氣開口，打算按照自己習慣的方式解決爭論：「上行下效嘛。阿斯卡里兵團從他們的軍官身上學會了兇殘。」

「和德國人廝殺的敵人不也是同樣野蠻，同樣有仇必報？他們對付德國人的手段，怕你聽過的連一半還不到呢。德國人不得不嚴厲報復，這是讓野蠻人學會秩序和服從的唯一方法。德國人是高尚的文明人，自從來到這裡，已經做了很多好事。」伊利亞斯毫不畏懼地答道。

面對如此激烈的言語交鋒，聽眾都沉默以對。曼貢古仍像往常一樣，非由他來下結論不可：「兄弟啊，他們已經把你吃了。」

唇槍舌劍到這地步，伊利亞斯接著仍然宣布自己志願加入保護軍軍團的計畫，這點令哈利法大吃一驚。他問伊利亞斯：「你瘋了不成？這跟你有什麼相干？這是兩個邪惡暴力的侵略者在狗咬狗，一方就在我們身邊，另一方在北部。雙方混戰的目的在於決定由誰來生吞我們。這跟你到底有什麼相干？你打算加入的是一支兇殘野蠻出了名的傭傭軍。大家說的話你沒聽進去嗎？你還可能因此身負重傷……甚至更糟糕呢。兄弟，你的腦袋有沒有問題啊？」

這話沒能勸阻伊利亞斯，他甚至不想為此一決定辯護。他說，自己唯一關心的事，就是如何為妹妹做出妥善安排。

整整一年過去了。對阿菲亞而言，自從哥哥回來並找到她，她的日子便充滿了笑聲，她感覺這是自己長這麼大以來最快樂的時光。哥哥真的愛笑，總是在笑，而他笑的時候阿菲亞也忍俊不住。然而，突然之間——或說她的感覺便是如此，伊利亞斯對她說：「我加入了保護軍軍團。妳知道那是什麼嗎？就是一種武裝部隊，是一支政府軍（jeshi la serikali，斯）。我將成為阿斯卡里軍人，成為德國人的士兵。戰爭快開打了。」

雖然這消息讓阿菲亞感到驚慌，她仍平靜地問：「你一定要去嗎？會不會很久？」為了讓妹妹安心，伊利亞斯笑答：「不會太久，保護軍是支強大無敵的軍隊，每個人都怕他們。我去幾個月就回來。」

她問：「我要一直留在這裡，等你回來，是嗎？」

伊利亞斯搖頭說道：「妳還太年輕，哥哥不能讓妳一個人留在這裡。我問過奧馬里叔叔，可不可以讓妳和他們一家人住在一起，但是他不想承擔責任，就怕有什麼閃失……畢竟我們和他們沒有血緣關係。」他聳聳肩又道：「妳不能留在這裡，又不能和哥哥上戰場。我實在不想把妳送回鄉下叔叔阿姨那裡，但也沒有別的辦法。不過，現在他們知道我會回來接妳，想必會好好對待妳。」

阿菲亞不明白哥哥怎能忍心把自己送回去，畢竟他已讓她知道那一家人對她的所作所為有多麼冷酷，也讓她看清楚了和對方一起生活的苦處。她忍不住哭了好一會兒。伊利亞斯將她摟在懷裡，摸著她的頭髮，低聲安慰。那天晚上，他讓妹妹和他同床共眠，同時在她入睡之際，說著自己在山城上學的時光。阿菲亞知道他急著要走，又不想被哥哥討厭，怕他日後不回來接她，所以哥哥說別哭，她就不哭了。樓上的姊妹為她做了一件衣服，說是送別禮物，而女主人則給了她一件自己的舊坎加。姊妹說道：相信妳在鄉下會很開心，阿菲亞答是。她不曾告訴對方半點關於鄉下叔叔和阿姨的事——伊利亞斯勸她別說——而她也沒表示出自己害怕回去的心事。他們還去向哈利法和阿莎夫人道別。伊利亞斯知道自己將被派往三蘭港（Dar es Salam）[32]受訓。

她哥哥的朋友哈利法對女孩說：「實在不明白，妳哥哥為什不留在這裡照顧妳，反而跑去打仗。這場戰爭干他什麼事。他加入的那一夥人可都是殺人無數、雙手沾滿鮮血的阿斯卡里兵啊。阿菲亞，聽我說，在他回來之前，如果妳需要幫助，一定要告訴我們。口信請捎到我工作的地方，商人比亞沙拉會轉達的。記住了嗎？」

伊利亞斯說道：「她會寫字。」

哈利法答道：「既然如此，到時就寫張便條給我吧。」最後兩個朋友便笑著互道珍重了。

幾天之後，一切都安排妥當了，阿菲亞很快就回到了鄉下叔叔阿姨的身邊。她把僅有的幾樣東西都裝在一個小布包裡：姊妹為她縫製的衣服、媽媽送給她的舊坎加、一塊小石板和一包她哥哥下班帶回來讓她練習寫字的廢紙。她又睡回了入口處的地板上，回到了山丘的陰影下。阿姨對待阿菲亞的態度彷彿她前幾天才離開似的，希望她能像以前一樣幹家務活。叔叔依舊對她不理不睬。女兒扎瓦蒂冷笑道：「我們的奴才回來了，她怎麼高攀得上鎮裡的大哥呢。」兒子伊薩在阿菲亞鼻尖下打響指，就像他父親召喚她過來時的德性。一切都比以前更糟，造成的傷痛也更深了。哥哥要她忍耐，所以她告誡自己要忍耐，只要等他回來，永遠不再離開，那麼一切都會過去。阿姨比起以往對她更加嘮叨，抱怨她做家事手腳不夠勤快，即使她哥哥付了錢託他們照顧她，但種種開銷哪裡夠用啊。兒子現在十六歲了，有時會在四下無人時靠上去緊貼著她，捏她的乳頭，而阿菲亞根本閃避不及。

阿菲亞回到鄉下幾天後，某個寂靜又炎熱的午後，阿姨看見她一個人坐在後院，埋頭在石板上練習寫字。阿姨剛從飯後的午睡中醒來，正要上洗手間。她起初一言不發，只是冷眼看著，然後便走上前。她看到阿菲亞寫下的並非歪曲的塗鴉線條，於是指著石板厲聲質問：「這是什麼？妳在寫字？寫什麼鬼東西？」

阿菲亞指著每個詞依次說道：「昨天、今天、明天（Jana、leo、kesho，斯）。」

阿姨一臉煩躁，十分不以為然，但沒有說什麼。她走向洗手間，阿菲亞連忙收起石板，提醒自己以後練習寫字要低調為之。阿姨沒有再提起石板的事，但必定已經說給丈夫聽了。第二

32 意為「和平之家」，坦尚尼亞最大的城市兼舊都，同名省份三蘭港區的首府，堪稱坦尚尼亞的經濟首都。

大，叔叔吃完午餐後，她感到家裡的氣氛異常緊張。他朝阿菲亞打了個響指，並指了指小房間。阿菲亞轉身服從命令時，卻看到伊薩臉上漾著期待的微笑。當她走進房間，正對著門，這時叔叔右手拿著拐杖走了進來，接著把門閂上，然後用厭惡的表情盯了她一會兒。「聽說妳學會了寫字，其實，不必問是誰教的，反正我心裡很清楚，就是一個沒責任感的人。哦，不對，應該說是一個喪心病狂的人。女孩子為什麼要學寫字？是不是要寫給拉皮條的？」

他走上前，用左手一巴掌便朝著她的太陽穴摑去，然後將拐杖換到左手，再用右手往她的臉和頭又是一陣耳光。這頓擊打令阿菲亞踉蹌幾步，接著叔叔對她大吼，她也只能向後退縮。叔叔沉默很長一段時間，又開始用手杖抽打，一開始故意打不中，接著越欺越近。阿菲亞嚇得高聲叫嚷，拚命想逃，但那房間很小，門又被他閂上。阿菲亞無處可躲，所以她邊跑邊閃，一面承受落在身上的痛打。拐杖大多落在她的後背和肩膀上，讓她渾身顫抖，同時發聲慘叫，最後她跌跌撞撞摔倒了。這時她只能伸出左手掩護臉部，但拐杖仍以無堅不摧的狠力落在她臉上。她太疼痛，以致難以呼吸，然後出於震驚，吁吁喘起氣來，最後發出撕心裂肺的尖叫聲。她躺在叔叔的腳邊，哀號著、抽泣著，而他持續對阿菲亞大發雷霆的時候，也不見誰來阻止。直到他逞兇逞飽，才推門走出房間。

後來，在流淚和抽泣之際，她察覺阿姨挨過來，脫下她的髒衣服，將她的身體擦乾淨，然後為她蓋上被單，對她喃喃低語，後來她便暈厥過去。阿菲亞不省人事的時間，可能只有一會兒，因為她醒轉過來時，窗外陽光依然刺眼，房間裡仍暑氣逼人。她整個下午都躺在原地，有時淚流滿面、口出囈語，有時察覺阿姨就靠坐在牆邊。到了傍晚，阿姨帶她到草藥巫醫那裡將手包紮起來。巫醫對阿姨說：「你們怎麼沒羞死啊，村裡每個人都聽到他大喊大叫還痛打孩子。到底瘋了還是怎樣？」

阿姨辯稱：「只是一場意外，叔叔不是有意要這樣傷害她。」

巫醫回答：「妳以為不會有人來算這筆帳？」

巫醫竭盡所能醫治女孩，但是她那隻手沒能完全復原。幸好，阿菲亞還有另一隻手，在挨打的幾天後，她寫了一張紙條捎給她哥哥在鎮上結識的朋友哈利法，並依哈利法先前的指示照做，然後請阿穆爾先生代為轉達。她寫道：「他打傷我。請救我。阿菲亞（Ka niumiza. Nisaidie. Afiya，斯）。」阿菲亞把字條交給店主，店主看完將紙對折，然後交給了一個將車開往海岸地區的車夫。她哥哥的朋友和為他送來紙條的車夫一起趕到鄉下，並付錢請對方隔天回來接他。阿菲亞因瘀傷以及手部骨折，當時仍然渾身疼痛。他們把車停在屋外，只見她坐在門口的台階上，凝視著對面的山丘。店主指點他們應該上哪裡去。阿菲亞的叔叔外出工作，並未回家。他一定知道誰來了，村莊範圍畢竟不大。

她看到哥哥的朋友，於是站起身來。他叫了一聲「阿菲亞」，然後走到她的身邊，檢查她的傷勢。他牽起女孩那一隻完好的手，一言不發，陪她走向車旁。

阿菲亞道：「等等！」她跑進屋裡，撿起放在她睡覺地方的包袱，她一直放在大門的入口處。

很長一段時間，阿菲亞不管什麼地方都不願意去，生怕人家回來找她。她什麼人都怕，哥哥的那對朋友夫妻是唯一例外，也就是現在她稱呼為哈利法爸爸（Baba Khalifa，斯）的哈利法，還有阿莎夫人。阿莎夫人餵她吃麥粥和魚湯以增強她的體力，而阿菲亞現在開始叫她女主人（Bimkubwa，斯）了。她很確定，如果哈利法爸爸當時沒出現，叔叔遲早會殺了她，或者，如果不是叔叔，也會由他兒子下手。幸虧哈利法爸爸來了。

第二部

PART TWO

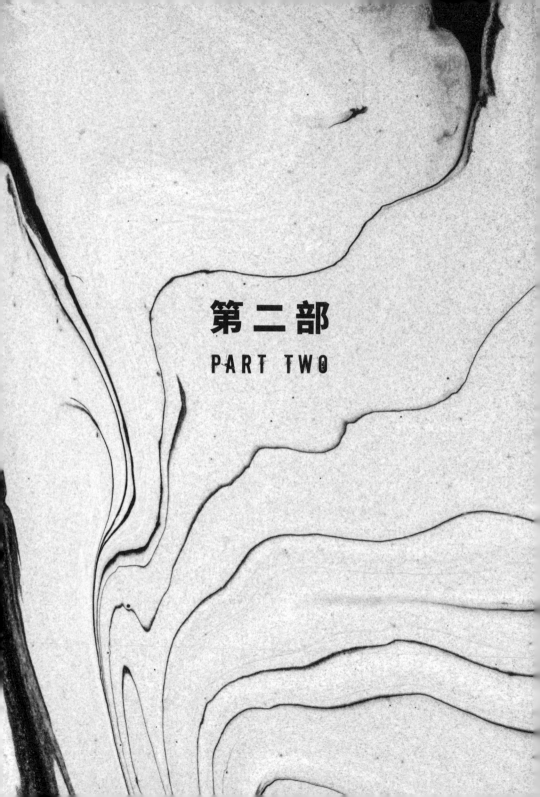

3

第一天早上檢查的時候，他一眼就挑出哈姆扎。這個軍官。地點就在軍營裡的營地。眾人先被帶到那裡，並與早些時候聚攏在該處的其他新兵會合。在從車站到軍營的行軍途中，負責督送的人站在他們前面、後面，有時甚至旁邊也有，一面出言威嚇、嘲弄並且催促加快腳步。他們會說：「你們不過是一群野蠻人（washenzi，斯），只配丟給野獸吃。不要像娘娘腔（shoga，阿）那樣搖屁股。我們可不是來帶你們逛妓院的。還不給我挺起肩膀，你們這群混蛋！軍隊會教你們怎樣繃緊屁股。」

行軍隊伍中的這些新兵，參軍意願的程度各不相同：有些是自發的志願兵，有些是因長輩受脅迫，只好打發晚輩去當志願兵，有些則遭掃地出門或迫不得已，還有些是從路上強拉來的。保護軍軍團正在擴大編制，並渴望募來戰鬥新血。這些新兵彷彿早對從軍一事駕輕就熟、滿懷期待似的，就暢所欲言招搖起來，督送人員欺凌的話語反而逗得他們哈哈大笑，甚至以頂撞表示毫不在乎。其他人則保持沉默，焦慮不安，甚至有些畏懼，因為他們還不確定未來會發生什麼事。哈姆扎（Hamza）可歸為後一類人，暗自為自己的抉擇感到難過。他是自願的，沒人逼迫他。

黎明時分，他們從徵兵站出發。哈姆扎誰也不認識，一開始只隨其他人昂首闊步，不過這奇特的情境倒讓他壯起膽了，因為天才剛亮，大夥就要開始冒險之旅，出發去訓練營。幾個渾身肌肉的壯漢在前面帶頭，自信滿滿邁開大步，領著其他跟在後面的人。其中一個壯漢唱起了歌，聲音深沉而且陰鬱，其他懂得歌詞語言的人也跟著唱起來。哈姆扎認為那是基亞姆威奇語（Kinyamwezi）[33]，因為在他看來，唱歌的人長得就是瓦尼亞姆威奇人的樣子。軍隊擔任護衛的人，其中幾個面帶微笑，看起來也像是瓦尼亞姆威奇人，有時甚至加進來唱兩句。氣氛稍冷之際，有人開始用斯瓦希里語唱起另一首歌。實際來說，算不上一首歌，更像一段歌唱形式的對話，以歡快的進行曲節奏表現，每個樂句結尾都有中氣十足的應和。

Tumefanya fungo na Mjarumani, tayari.
Tayari!
Askari wa balozi wa Mdachi, tayari.
Tayari!

---

33 基亞姆威奇語為東非班圖語的一支，是坦尚尼亞第二大民族基亞姆威奇人〔又稱尼亞姆威奇人（Nyamwezi）〕的語言。下文的瓦尼亞姆威奇人則是基亞姆威奇人的別稱。

Tutampigania bila hofu.
Bila hofu!
Tutawatisha adui wajue hofu.
Wajue hofu!

他們興高采烈地唱著，用搥胸的動作略表自嘲之意：

我們加入德軍，
我們準備好了！
我們是德國總督的士兵，
我們準備好了！
我們無所驚恐，為他而戰，
無所驚恐！
我們嚇阻敵人，敵人心生畏懼，
心生畏懼！

他們唱得氣勢磅礴，並加入自編的淫穢歌詞，護衛人員也和他們一起笑了起來。

接著，大夥朝鄉下行軍而去。氣溫升高，陽光照在哈姆扎的脖子和肩膀上，汗水從他臉上流下，順著後背滑落，他的焦慮又襲了上來。他一時衝動自願從軍，只為逃避似乎再也不堪忍受的事，然而，現在他不知道到底為了什麼賣命，也不知道自己是否能符合軍旅對他的要求。哈姆扎選擇和那些人為伍，而自己對他們並非一無所知。誰都聽過阿斯卡里部隊和保護軍軍團，聽過他們對人民的兇殘行徑。大家都知道他們的德國軍官鐵石心腸。哈姆扎選擇成為他們的一員士兵，只為了逃離一切；然而當他汗流浹背、疲憊不堪之際，大夥忍受酷暑沿著土路行軍之際，他的這個決定所觸發的焦慮有時便張狂起來，令他幾乎無法喘息。

大夥停下來喝點水，又吃了些無花果乾和椰棗乾。眾人走下大路，切入一條條的小徑，走向被枝葉遮蔽的村莊，但沒見到半個人影。村民似乎都躲起來了。路邊有一大棵羅望子樹，下方的一小塊空地上放著一串串香蕉、一小堆木薯、一籃黃瓜和一籃番茄。村民顯然匆促離開市集。他們必定風聞軍隊就快抵達的消息，受了驚擾，甚至來不及收拾所有的貨物，寧可走為上策，撤到安全之地。人人都知道新兵隊伍下鄉來了。

護衛人員命令他們在那裡暫停腳步，同時高聲喊叫，要求貨物主人現身，但沒人敢出來。於是，護衛自行將香蕉分發給行軍的人，而且只拿香蕉，然後又向躲起來的商販高聲喊叫，讓他們將帳單送交德皇總督。護衛不允許行軍的人離開其視線範圍，同時不管他們是否真有尿意，一律要求他們六人一組，就在路邊當眾小便。護衛人員笑道：這是在教你們遵守紀律。送進營地之前，要把髒東西都排乾淨，再用泥土掩蓋妥當。

他們行軍整整一天，大多數人赤腳，少部分人穿著皮製涼鞋。護衛人員告訴他們，德國人修了這條路，這樣就不必在叢林裡掙扎前進。如此一來，才可以讓你們這些混蛋舒坦一些。到了中午時分，哈姆扎的腿和背都痛得厲害，只能硬著頭皮、依靠本能撐下，繼續前行，別無他法。他後來記不得那次行軍是如何收尾的，不過，等到護衛人員宣布終點將至時，都像牲口走近畜欄一樣，個個再度恢復生機。

日暮時分，眾人抵達營地。在此之前，他們先穿越一座大型村落的周邊，只見那裡已聚了一群人，等待觀看他們拖著沉重腳步走過。踵隨其後的是友善的叫喊和笑聲，直到他們穿過大門、走進築有圍牆的軍營內才靜下來。營地右側延伸一棟長條形的、粉刷成白色的建築。樓上房間有幾間亮著燈，一律設有面向開闊場地的陽台。下方一樓的那排門戶則都緊閉。除此之外，還另有一棟較小的建築，面朝營區大門，位在那開闊場地的盡頭。這棟建築也有樓層，在那幽暗之中透著光亮，而樓下卻只有關閉的一道門以及兩扇窗戶。那開闊場地的左邊設有兩個半開放式的棚子和幾間畜欄。離大門最近的拐角還有一棟兩層小樓，原先是充作囚房的地方。營方帶他們走進樓下的一個大廳，那裡天花板的橫梁吊掛著燈。通往樓上的門關著，但一樓的主前門則開著。一路陪大夥行軍的阿斯卡里兵似乎也疲憊不堪，不過也留下來，而且眼睛依然盯著新兵。他們累壞了，連嘲笑和辱罵新兵的力氣都用盡了，只能坐在門口，等待命令下達，宣布解散歇息。

這一群人當中有十八名新兵，此刻擠在狹窄的房間裡，個個倦怠不堪、汗流浹背，一句話也說不出來。哈姆扎又餓又累，全身麻木，心臟因無法壓制的痛苦而狂跳。村裡三位老婦端來一個土鍋，裡面盛著混合香蕉和切碎內臟煮熟的東西，行軍的人圍成一圈盡情享用，在鍋子尚未見底前，輪流伸手抓上一把。換班守衛來到，將新兵一次一個摸黑帶往囚樓一側的室外獨立桶式廁所。之後，守衛挑出了兩個人，責成他們將糞桶拿到大門外向糞坑裡傾倒。

一名守衛說道：「這裡是白人的營地，一切乾乾淨淨，不准你們在軍營內隨便拉屎。不准你們在這裡做野蠻的事（Boma la mzungu, kila kitu safi. Hataki mavi yenu ndani ya boma lake. Hapana ruhusa kufanya mambo ya kishenzi hapa.，斯）。」

之後，軍營大門關上。那時已是深夜，但哈姆扎仍能聽到牆外村子裡傳來的喁喁人語。令他驚訝的是，穆安津（muadhin，阿）還在喚人做宵禮（isha prayer）[34]。過了一會兒，哈姆扎透過囚樓敞開的門，看到開闊場地有油燈在夜色中移動，但沒有任何一盞靠過來。有時他在夜裡醒來，看到粉刷成白色的建築在黑暗中發光，目光所及之處不見半個守衛。似乎沒人負責看管他

34 muadhin為阿拉伯文，意譯宣禮員或喚禮員，不屬於神職人員。宵禮亦即「夜間祈禱」，係伊斯蘭教每天五個常規祈禱中的一個。

們。但，說不定守衛會在圍牆外看守新兵，以免他們起床到外面搞鬼，或者也許他們知道，三更半夜，新兵沒有安全場所可去。

早上，他們面對長條形的白色建築排隊接受檢查。在日光下，哈姆扎看清楚了，這建築覆著漆成灰色的錫皮屋頂，同時設有一個架離地面的木平台，從屋子前的這一頭延伸到另一頭。他還察覺，前一天黃昏時看到的那幾扇緊閉的門是辦公室或儲藏室的門。他數了數，有七道門和八扇百葉窗。房子中段的門和窗都敞開著，而那開闊場地約略中央的位置則矗立一根旗桿。後來他學別人將這片開闊場地稱為「閱兵場」（Exerzierplatz，德）。

早上喚醒他們並將大家帶到閱兵場的班長（ombasha，斯）是個努比亞人。班長闊步行走，起先領著新兵，繼而跟在後面，一聲不響，只用手中一根結實竹杖戳戳他們，直到隊伍排成直線為止。新兵身著日常便服，而且都沒穿鞋，即使那些穿涼鞋入營的，現在也光著腳。班長則穿卡其軍服，繫上附有彈藥袋的皮帶、足登鉚釘靴子、頭戴一頂正面飾有鷹徽並附遮頸布的土耳其帽。這是一個壯年男子，鬍子刮得乾乾淨淨，雖然挺出腹部，不過身體其他部位則精瘦而結實。他可能常嚼食巧茶（ghat-eater）[35]，牙齒才會染成紅褐色。他的臉龐閃閃發光，然而表情嚴厲毫無笑容，兩邊太陽穴上都有疤痕，這就是阿斯卡里努比亞士兵令人恐懼的那張寡情的臉。

班長對於這支排得筆直又靜止不動的隊伍十分滿意，於是轉身朝向剛才已現身的軍官，對方就站在建築物中間辦公室敞開的門口外。班長挺直了脊梁，大聲喊道，豬仔已經準備接受檢查（Hawa schwein tayari）[36]。同樣身穿卡其制服並戴著頭盔的軍官沒有立即移步，而是舉起精美的手杖回應了班長。軍官地位尊貴，必得暫時駐足一下，然後才從架高的木平台走下來，朝新兵走過去。他從隊伍一端開始檢閱，慢慢移步前進，有時停下來仔細端詳其中一些人，不過始終沒有說話。他先後以手杖碰觸了四個人。班長先前已經告誡新兵，必須站立不動，目光直視前方，千萬、絕對不可與德國軍官視線相對。哈姆扎知道他一眼就挑中了自己，甚至軍官尚未走出門口他就已經知道了——他的身材削瘦、鬍子刮得乾乾淨淨——軍官停在哈姆扎的面前時，他甚至忍不住打了個寒顫。對方看起來並不像方才站在平台上那麼高，但還是比哈姆扎高。軍官只在他面前站了幾秒就繼續往前走，而哈姆扎雖然沒有直視對方，卻也能感受到對方目光冷峻，幾乎可說是透明的。他離開之後，仍留下一股辛辣的藥物氣味。

新兵中有四個人被派往運輸部隊的辦公室，將受訓成為擔架手或運輸兵，而這四員即是軍官在經過其面前時用手杖碰觸的幾位。也許因為他們年齡太大了，或者看樣子行動遲緩，又或者單純只是軍官看不順眼。他把剩下的新兵交由班長指揮。哈姆扎既困惑又害怕，心想運輸部隊雖然地位低下，但說不定自己更喜歡那裡。他知道那是自己的怯懦之心在說話。就算只需負責搬

35 又名衣索比亞茶（Ethiopian tea）、索馬利亞茶（Somali tea）、阿拉伯茶（Arabian tea）、布希曼茶（Bushman's tea）、東非罌粟等等，分布在熱帶非洲、衣索比亞、阿拉伯半島以及中國大陸的海南、廣西等地。此係常青灌木，葉含興奮物質卡西酮，可嚼碎食用，目前已由人工引種栽培。

36 Hawa及tayari為斯瓦希里語，schwein為德語，這句為雙語混用句。

運，阿斯卡里部隊艱辛的生活他們也有份，況且穿得破破爛爛，有時還得赤腳行走，遭受所有人的訕笑。班長把新兵帶到幾呎遠的位置，然後安排他們坐在那棟較小樓房前的地上，而樓下正中央的那道門現正開著，樓房一端的另一扇門上下都加了掛鎖。

圍牆附近不見半棵樹木，閱兵場上也無陰影。時間還是清晨，但因必須坐著不動，曬在哈姆扎脖子和頭頂的陽光已教他吃不消了。幾分鐘後，另一位德國軍官從大樓裡走出來，身後一兩步遠的距離還跟著一個身穿制服的人。這位德國軍官很胖，穿著及膝長褲和一件有好幾個口袋的外套。這個人的左上臂綁著一條帶紅十字的白色布條。他的膚色紅潤，蓄著黃銅色的濃密小鬍，不過頭髮稀疏，髮際線退得很後面。短褲、肥腰和大鬍子令他顯得有點滑稽。他打量了新兵很久時間，命令他們站起身來，然後又讓他們坐下，接著再度命令他們站起身來。他笑了笑，對身後的人說了些什麼，然後回到室內。那個手臂同樣綁著紅十字白布條的助理向班長點頭示意，然後回到醫務室裡。接著新兵一次一個被送進去接受檢查。

輪到哈姆扎了。他走進一個通風良好、光線充足的房間，裡面有六張空床，都收拾得整整齊齊。盡頭是一間隔開來的小診療室，裡面一側擺了一張折疊桌，另一側則放著一張檢查床。助手身材苗條矮小，看來飽經風霜，而且一臉老練、對人有戒心的樣子。他對哈姆扎微笑，用斯瓦希里語詢問他的姓名、年齡、住址和宗教信仰，接著再用德語與軍官交談。聽他的語氣，似乎對自己傳達的訊息有些懷疑。軍官聽取報告之後，也仔細思量了那些細節，要將資料填入卡片之前，還瞥了哈姆扎一眼，好像必須確認一下似的。哈姆扎先前謊報了年齡，把歲數說得比實際年長。

助理指著他的褲子說道：「脫掉（suruwali，斯）！」哈姆扎不情願地照辦。軍官嫌他動作慢，於是催促道：「這件，快點（haya schnell）！[37]」軍官向前傾身，略顯不便，然後仔細觀察了哈姆扎的生殖器，接著突然伸掌向上，輕輕拍打他的睪丸。哈姆扎驚訝得跳起來，對方噗哧一聲，然後和助手一起露出微笑。接著軍官伸手向前，輕柔地、反覆地捏擠哈姆扎的陰莖，直到開始勃起為止。「很管用（inafanya kazi，斯）。」他對助手說道，很管用——但這話說得很笨拙，好像他的舌頭不太靈活，或者他有語言障礙似的。他鬆開了陰莖，彷彿不太情願。軍官接著檢查哈姆扎的眼睛，要他張開嘴巴，並握住一會兒他的手腕。他接著從金屬托盤拿起一根針頭，拔掉一個小玻璃瓶的塞子，再將針頭浸入黏稠的液體中。他用針頭輕快地在哈姆扎的上臂劃了一下，然後再把針頭放進另一個盛著半透明乾淨液體的盤子裡。助手隨後遞給哈姆扎一顆藥丸，讓他喝一杯水吞服下去。藥味苦澀，哈姆扎畏縮了一下，對方笑了。與此同時，軍官在哈姆扎的卡片上寫了些字，又望著哈姆扎好一會兒，然後微露笑意，揮手讓他出去。那是他第一次見到醫官。

新兵領取了制服、腰帶、靴子和土耳其帽。努比亞人班長告訴他們：「我是二等兵

---

37 haya 是斯瓦希里語，schnell 為德語，這句為兩種語言的混用句。

（Gefreiter，德）海達爾・哈馬德（Haidar al-Hamad），是負責訓練你們這些阿斯卡里兵的班長。你們的舉止必須始終保持得體，還必須服從我。我從東至南，由西到北，四處都打過仗，先後服務過英國人和赫迪夫（Khedive）[38]，現在則為德皇效勞。我是一個有榮譽感又富經驗的人。我將會教導你們如何成為阿斯卡里軍人，在受訓結束之前，你們個個是豬。我將教你們如何成為阿斯卡里兵，在此之前，你們和所有平民一樣都是『野蠻人』（斯）。你們每天都能體會，身為阿斯卡里軍人是多幸運的事。務必尊敬、服從，不然你試試看。聽進去了沒有（Unafahamu，斯）？大家一起跟著我喊：遵命，長官（ndio bwana，斯）。現在，你們這身制服、這雙靴子、這條腰帶、這頂土耳其帽……這些都是一等一重要的東西。你們必須穿戴整齊，並且（na，斯）保持衣飾清潔。每天都要保持乾淨，這是你們阿斯卡里兵的首要職責。大家每天都要檢查制服、靴子、腰帶，其他的也要檢查。如果沒弄乾淨，當眾笞打、把你罵個狗血淋頭，沒有二十五鞭（hamsa ishirin，斯）不會罷休。用杖抽你，這樣懂嗎？就是用棍子抽你大屁股二十五下。等你混到特種兵（askari khasa，斯）了，就會像我一樣，戴上另一種款式的氈帽。我絕對會把你們教會，你們都得保持乾淨，不然就走著瞧吧。設備都要注意清潔。聽進去了沒有（斯）？」

「遵命，長官（斯）。」

他詳細解釋了每件物品佩戴和保養的方式。他的口吻嚴厲，斯瓦希里語、阿拉伯語和幾個德語單詞都用上了，但說得斷斷續續且不完整。他用沒有誤解餘地的姿態和手勢補充自己所說的話，並且重複再三，直到眾人全部點頭表示聽懂為止。遵命，長官（斯）。班長說：「很好，在營地裡就是要把『遵命，長官』（斯）掛在嘴邊，懂吧？」然後揚了揚手杖補充道：「如果你還不懂，以後就讓這根東西來解釋吧。」

新兵被安置在軍營牆外村子裡的一座營房。從第一天的早晨起，日常訓練弄得他們精疲力竭，這已成為他們的家常便飯。黎明時分，號角吹響，訓練從此開展，一直持續到中午。操課都在軍營內進行，開始時會先由努比亞人班長帶領，也就是二等兵海達爾・哈馬德，後續再由下士阿里・努古魯・哈桑（Ali Nguru Hassan）接手。阿里也是努比亞人，一副皺眉頭的苦行僧模樣，想取悅他不容易。經過幾天訓練，他們才遇到了中士德國人瓦爾特（Walther）。

中士身軀高大結實，聲音洪亮，長了一頭黑髮，又蓄著一把大鬍子，讓他生氣或是不高興了，會睜大並鼓凸他那雙棕色眼睛，每說一句話，嘴唇幾乎都要輕蔑地扭曲一下。他的訓練課程奮發充實卻又嚴格，但新兵的表現動不動就令他惱火。教導的過程中，他命新兵賣力操練，這時他就雙手叉腰，並用粗俗和侮辱的言語斥責他們。這些言語就像汙水湧入排水溝裡。即使沉默不語之際，他也忙著抑制怒氣，完全符合哈姆扎想像的德國軍官。他總拿著一根漂亮手杖，不耐煩地扣打自己的右腿，有時力道很大。不過，就算怒火旺到無法控制，他也只是用手杖指點，或者

38 源自波斯語的尊稱，是一八〇五年到一九一四年歷任埃及統治者的頭銜。

猛然在半空中揮舞著手杖。德國軍官不打阿斯卡里兵，那樣有失體面，所以軍官要強調命令時，就會找訓練課程在場的班長進場，饗以新兵老拳。

新兵每天先要注射一劑奎寧，然後出發行軍幾個小時。保護軍軍團一走出去便是一場精采的展演，中士會對他們吼叫糾正，畢竟陣容是否精準對這場展演而言至關重要。他們學會以軍人的派頭保持體態，後來又學會在彼此面前獨自邁步，然後在班長、下士或中士高聲的命令和辱罵中完成團體行進的任務。之後，他們學會如何握好並且使用武器，如何臥在地上瞄準，如何射擊，如何命中目標，如何快速移動還有裝填彈藥。阿斯卡里兵非令不退、遇襲不慌，堅定重於一切。聽進去了沒有（斯）？每道命令都喊著說出來，並且伴隨辱罵。遵命，長官（斯）。根據嚴重程度，每次失誤都會受到暴力或苦役的懲罰。懲罰經常執行而且公諸於眾，每隔幾天，整個部隊，無論新兵還是老兵，都會被帶到軍營觀看二十五下的笞刑，只要觸犯哪項罪條，當事人就必須公開接受笞刑，即使有時所犯的錯似乎不該受到如此屈辱。班長告訴大家，這是為了讓他們懂得服從，學會無所畏懼。笞責任務總由非洲士兵執行，德國人從來不會親自動手。

到了下午，新兵就得打掃軍營和自己的營房，並按指示執行其他任務。他們擦拭武器、鞋子以及綁腿，還要清洗制服，而且受檢不只一次，一旦發現髒汙，新兵都要受罰，有時是一個人，有時是一整組。他們參與鍛鍊以求增強體魄，項目包括跑步、急行軍和健身操等。哈姆扎所屬小組的新兵多數是當地人，聽得懂彼此說的話，但部隊中也講其他語言，主要是阿拉伯語、基亞姆威奇語和德語。所有語言的單詞與斯瓦希里語混合在一起，最後成為部隊通行的主要語言。

例行工作令人疲憊不堪，哈姆扎在其中頗感迷惘。入伍之後，第一波恐慌向他襲來，他擔心自己會被那些慣施暴虐、只看重蠻力和韌性的人蔑視和欺凌。然而，才過不久，他便看出小組中明顯講究秩序，體力及敏捷程度只是其中兩項指標。小組中有兩個人，孔巴（Komba）和富拉尼（Fulani），由於其熱忱和體力，自然而然脫穎而出，成為領導角色，而且沒人膽敢質疑。富拉尼具備一些軍事背景，只不過不是保護軍軍團那種級別。他是瓦尼亞姆威奇人，曾在某商人的私人軍隊中擔任衛兵，而「富拉尼」這名字是那商人為他取的，意思是「某某人」，因為這商人始終記不住他那基亞姆威奇語的本名。富拉尼挺喜歡這個帶創意的新名字，因此採納了。孔巴十分健壯並且充滿自信，是個天生的運動員。這兩個人負責帶頭所有的演練，也和送食物來的婦女聊天，並暗示她們夜闌時分相見。上菜總先上他們的，而且分量很足。他們始終受到班長誇讚，也是中士巴結的對象，但中士虐待起他們也是絲毫不留情面。孔巴在背後嘲笑中士，叫他公雞（jogoo，斯）。只要有女人在場，中士就趾高氣揚地走來走去。大家都很清楚，中士毆打這兩個人，尤其孔巴，等於認可他們在部隊中的優越地位。他必須壓制這兩個人，才能在不削弱其利用價值的情況下建立自己的威勢。哈姆扎以搪塞蒙混的心態服從這套秩序，並在其中找到安身的位置，其他人也是如此。

富拉尼和孔巴的優勢在哈姆扎看來似乎不重要，也不構成問題，嚴苛訓練及承受懲罰才是這群人普遍最在意的事。沒有人對二等兵或下士的鄙夷和暴力表示不滿，對瓦爾特中士的鄙夷和暴力尤其如此。不管和哪位教官說話，沒有人敢直呼其名，或根本不敢和他們說話，只求盡量勤快服從命令。只有孔巴才會設法規避懲罰，因為他那一副疏慵的紈絝模樣，讓人覺得他只是在無心之下冒犯別人，或者根本沒有蓄意對人無禮的念頭。

儘管軍紀嚴酷，哈姆扎還是對自己不斷增強的體力和技能感到既意外又滿足。過了一段時間，他不再因「笨豬」和「野蠻人」等咆哮罵詞或其他自己還聽不懂的德語髒話而畏縮。教官經常向他們吐口水。出乎意料的是，他開始因身為這團體的一員而感自豪，也不曾像他原先擔心的那樣被人排拒和嘲弄，反而在那裡和別人一起忍耐家常便飯般的受罰，忍受疲憊和怨言。他感覺身體變得更強壯，同時學會更熟練地回應命令及符合教官的要求，行軍時也更準確了。不過，同袍熟睡時由疲憊身體散發出的惡臭及放屁的味道，他卻花了更長時間才能適應。教官開的玩笑很粗暴，可是每個人都深受其害，所以哈姆扎學會了隱忍自己該隱忍的，同時處處保持低調。等到大夥開始外出演習，他看到村民們在阿斯卡里兵來到時所顯現的驚恐。目睹這份驚恐，他竟也壓抑不下心中一陣強烈的快感。

從第一天早晨過後，那個軍官就是個遙不可及的人物。新兵的晨訓經常在軍營中的閱兵場舉行，軍官有時會出來監督他們，但從未走下架高的木平台，也不曾駐足久看。他比較常和正規部隊離開軍營去執行田野任務。根據其他阿斯卡里兵的說法，這種外出任務其實在於舉行協商會議，目的在於給予「建議」（shauri，斯），有時解釋政府政策，有時對於爭端作出判決，有時對於冒犯當局的村莊和頭目施予懲罰。直到自己的部隊加入「建議」任務的訓練，哈姆扎才體會到，其實諮詢建議並非主要任務。這類演練不過是為了管教並恐嚇愚蠢的野蠻村民，迫使他們服從政府指令，同時不加質疑。

他們受訓幾週之後，某天早上，這名軍官從木平台上走下來，走近新兵。這一刻似乎是預先安排好的，因為負責訓練他們的三名教官都在現場，也就是海達爾．哈馬德二等兵、阿里．努古魯．哈桑下士和瓦爾特中士。他們穿著盛裝，軍官也身著一身光鮮的白色駐軍制服。班長解釋，這次檢閱將從該小組中選才，分發到通訊分隊或樂隊，讓他們接受特殊訓練。新兵當中有個吹小號的，只是沒有人親耳聽他演奏過，他就打算申請加入樂隊（musikkapelle，德）。他請求班長同意讓自己毛遂自薦。通訊分隊選拔的人必須具備閱讀能力，哈姆扎雖然夠資格，卻未據此提出要求。哈姆扎決定不申請，也希望別人不要注意到自己，可是海達爾班長曾看到他在同袍歇息時間，向大夥高聲朗讀官辦斯瓦希里文報紙《領袖》（*Kiongozi*）[39]的內容。班長向眾人說明檢閱時將執行選拔的過程，並在提到通訊分隊時瞥了哈姆扎一眼。

軍官和第一天早上一樣，沿著排成直線的隊伍向前走，只是這次他輪流停在每個人面前仔細檢查了一番。最後，他站在部隊前幾呎的地方，而大家都立正站好。中士喊出喇叭手的名字，

---

39 該刊物由當時的德屬東非政府在一九〇四年至一九一六年間出版，並用拉丁字母取代阿拉伯文字來拼寫斯瓦希里文，也是在官辦學校受過教育之非洲精英的讀物。

是阿布杜（Abudu）。他按吩咐向前踏出兩步。接著中士叫了哈姆扎的名字，他也同樣踏出兩步。軍官行了個禮，轉身走回自己的辦公室。部隊先行離開，只留下阿布杜和哈姆扎獨自站在閱兵場上。近午的陽光照射在他們身上，他們仍按命令立正站著。兩個人都知道，這是另一項懲罰性質的測驗，如果他們移動或是交談，就會受到令人厭惡的懲罰，所有進一步的訓練也都將取消。在哈姆扎看來，這種殘酷怪招似乎毫無意義，但到這時才想通也無濟於事，當下除了忍耐別無他法。

很難估計他們在近午的陽光下究竟站了多久，也許一刻鐘吧，但是過了一段時間，海達爾班長回來了，並吩咐阿布杜跟著他走，至於哈姆扎則留在閱兵場原地。輪到哈姆扎時，他聽從命令走在班長前面，最終在辦公室敞開的門前停下腳步，濃濃的陰影讓他一時睜不開眼。就在這時，裡面傳來一個聲音。這是他首度聽到中尉軍官的聲音，他甚至從對方的筋肉中便能看出其嚴厲的個性。他走進一間寬大的辦公室，前面設有兩扇窗戶，後方與門相對處則放置一張辦公桌。桌前有一把椅子，靠牆之處另有一張小桌，上面放著繪圖板。軍官坐在桌子後面，靠著椅背，由於未戴頭盔，他的臉顯得更瘦了，左臉頰上部和髮際線下方太陽穴的皮膚上有一條皺紋。眼睛是銳利的藍色。

經過一段長時間的刻意沉默，軍官終於開口說起德語，而班長則負責翻譯。「中尉問你想不想當通訊兵。」

哈姆扎盡可能鼓起自信，然後對軍官頭頂上的空氣高聲道：「遵命，長官。」他不知道當通訊兵是不是比當阿斯卡里兵安全，但現在不是支支吾吾的時候。

軍官又簡單吐了一個字。班長翻譯道：「為什麼？」

哈姆扎早該想好這個問題的答案，但他沒有。他想了想，然後答道：「我想學會一項新的技能，盡我所能為保護軍軍團效命。」

他飛快地瞥了軍官一眼，發現對方笑了。這是哈姆扎第一次看到自己日後會越來越熟悉的冷笑。

班長再次翻譯：「你識字嗎？」

「我能看懂一點。」

中尉軍官一臉疑惑，要他說明清楚，但哈姆扎不知道該如何說明。他認識所有的字母，如果是斯瓦希里語的話，用點耐心能辨識出字詞，但他不確定這是不是軍官想知道的，所以只能重新盯著對方的頭頂，什麼話也沒說。軍官用德語慢慢說話，說完後，班長在軍官的注視下開始翻譯。這些德語句子以努比亞人一貫顛三倒四的凌亂風格翻譯出來。因為哈姆扎就站在軍官面前，他能用眼睛餘光瞥見，對方偶爾會因班長胡亂的譯法而蹙眉。據說該名軍官是所有德國人中，斯瓦希里語說得最漂亮的。

「中尉問你為什麼不多讀點書？為什麼你不能像他那樣，不管什麼內容都讀得通？他把資料擺在你的面前，而你卻學不會，你就是一條狗（kelb，斯）嘛。你不懂何謂文明，這就是你一直如此野蠻的原因。他說你得學習，還說了一個詞……素……素什麼……之類的啦。反正你就是不會嘛。」

軍官補充：「我剛才說『數學』。」

班長繼續說：「對，『樹學』，你不懂啦，真是一條狗（斯），一條野狗。」

軍官乾脆不管班長，直接用斯瓦希里語問哈姆扎：「『數學』一詞在你們的語言中怎麼說？（Nini jina la mathematics kwa lugha yako，斯）」，接著又說：「你知道數學是什麼嗎？如果不會數學，就沒辦法理解世界上的任何學問，無法理解音樂或是哲學，更不用說通訊的原理了。這樣懂嗎（斯）？」

哈姆扎高聲道：「是的，長官。」

軍官答道：「你連數學是什麼都不知道，對吧？德國人來到這裡就是為了引進這些事情，數學和其他巧妙的種種事物，要是沒有我們，你們不會擁有這些東西的。這是我們基於文明使命該執行的任務。」軍官接著用左臂指著窗戶外面的軍營，他那張瘦削的臉龐和薄薄的嘴唇因冷笑而皺起：「這是德國人的精心布局，只有小孩子才會誤解我們的美意。我們來這裡是為了教化你們。聽進去了沒有（斯）？」

「遵命，長官（斯）。」

這名軍官小心翼翼說著斯瓦希里語，用心斟酌合適詞彙，可是就好像在表演一種他無法掌握的語言，彷彿他雖然懂得這些詞，卻無法傳遞其中負載的情感，只會把這些詞以不適切的方式吐出來。他的眼中閃爍著警惕的光芒，在好奇和輕蔑之間擺盪不定，不斷觀察自己的話對哈姆扎所發揮的影響。哈姆扎則恰恰相反，在目光盡量不接觸的情況下掂量這位軍官。後來，哈姆扎才了解到，軍官那雙眼睛閃耀出的明亮光芒，同時也承載了施暴的能力。

「不過我認為你永遠別想學會數學，因為學習這門學問需要一種心智紀律，偏偏你們這種族群無法辦到。」接著軍官突然說道：「這樣夠了。」然後揮手示意，要班長和哈姆扎離開他的辦公室。

當天晚些時候，哈姆扎獲知自己被指派為中尉軍官的私人僕役，即他的勤務兵，隔天早上第一件事就是到軍官的住處報到，以便即將卸任的勤務兵教導他日後的職責。他申請加入通訊分隊的要求並未獲准，也沒人告訴他原因何在。同袍獲知哈姆扎的這項任命後，孔巴帶頭挖苦。他說：「你是男寵，這就是他選中你的原因。他想要一個俊俏好看的人為他按摩後背、為他準備晚餐。山上很冷，晚上少不了要有人讓他取暖，就像小老婆那樣啦。你在部隊裡能幹什麼呢？誰都看得出來，你長得太漂亮，當不了兵。」

富拉尼擺擺手，以緩和的聲音接道：「這些德國人就喜歡和好看的年輕人一起玩，尤其是像你這樣懂禮貌的人，又更難割捨了。就看你想不想囉（Kwa hisani yako，斯）。」

孔巴一面伸手撫摸哈姆扎的臉頰，一面說道：「唉唷，真是個頂呱呱的小美人。」其他人也跟著起鬨，以誇張的媚態嬌氣走動，表演幻想中的場面，有的模仿服侍吃喝，有的假裝按摩搥背。也有人說：「哪天德國人要厭倦你了，隨時歡迎回來，我的背給你摸。」鬧了好一會兒，眾人玩夠了才散去，留下他一個人呆著。直到剛才，哈姆扎都因羞辱而默默畏縮，並且擔心同袍預測的事真會降臨在他身上。此前，他一直覺得自己是同袍中的一員，和大家一起承受物資的匱乏和教官的懲罰，而且同袍中從不曾有人以如此輕蔑的方式對他說話，好像他們打算強行將他從團體中驅逐出去似的。

4

哈利法說，他們遲遲沒收到伊利亞斯的半點消息，但這也沒什麼好擔心的。「三蘭港那麼遠。我們不要以為一下子就可以收到音訊。等到有人從三蘭港來了，我們便會知道他的近況，又或者他屆時會捎張紙條回來，反正遲早會收到他的消息。」

阿菲亞去投靠了女主人和哈利法爸爸，和他們住在一起。起先她和這對夫妻睡在同一間房內，就睡在地板的一塊木棉薄墊上。後院有個房間，用來儲物，裡面放著一筐木炭，還有舊鍋子和綁成綑的家具棍條，也許未來還能派上用場。哈利法表示會將那間房清理乾淨，讓她使用。房間需要先刷一層石灰水殺死蟲子，但應該還算是舒適的空間。房前還有另一間儲物間，有一扇獨立的門。哈利法說：「我們可以把雜七雜八的東西都搬進那裡。但也不用著急，先讓她習慣我們這裡。她還是個孩子，先讓她克服恐懼吧。」

阿莎夫人說道：「她又不是嬰兒。」不過也沒堅持下去。

雖然病情逐漸減輕，但阿菲亞仍在發燒，手還是痛。阿莎夫人帶她去找了一位接骨師，對方先是按摩她的手，然後再用由香草、麵粉和雞蛋混合的敷劑裹上。接骨師說：「這樣可以幫助骨頭癒合。」幾天後，他移除敷劑，並教阿菲亞做復健，以改善手部動作的靈活程度。他告訴阿莎夫人道：「我不確定她的手是否能完全康復，像以前那樣使用自如。她的手部纖維可能受到了永久性的損傷。」

阿莎夫人為她祈禱，並教她讀《古蘭經》。她說，如果我們一起讀經，妳就不會一直想著手痛的事，真主會保佑妳、回報妳。阿菲亞每天努力學習，幾星期過去了，她取得了長足進步，已能駕馭幾則短篇蘇拉（sura）[40]。阿莎夫人看見她的學習成果，便將她送到一位女鄰哈比芭夫人（Bi Habiba）那裡。哈比芭夫人每天早上都在家裡幫四個女孩上課。阿莎夫人認為，如有其他孩子陪伴，阿菲亞會學得更好。但阿莎夫人曾向丈夫吐露，她懷疑哈比芭夫人是否真的適任。那些小女孩看得出老師性格寬容，總是加以利用，耍花招要她講故事，藉此逃避上課。

哈利法問：「什麼故事？」他也喜歡聽故事。

阿莎夫人知道丈夫沒抓住要點，沒好氣地回答：「我怎麼知道，大概就是先知和他同伴的故事，但她們應該練習閱讀能力才是啊。我付錢給她不就是為這個。」

「哦，好故事啊。」這話惹惱了阿莎夫人，因為她聽出丈夫的語氣透著輕蔑。哈利法對於虔誠之事刻意表現得漠不關心，此一態度經常令妻子大為光火。

她答道：「但願是好故事啦，可是你以為我付錢是讓她去聽人閒扯淡？」

丈夫補上一句：「就算聽些拉拉雜雜的，妳付的錢說不定還不夠呢。」他對自己的機智頗感得意。

幾個星期過去了，阿菲亞的閱讀速度越來越快，手的傷勢也恢復不少，下課後還能幫忙做兩個小時左右的家務，這是每天早上最重要的事。從哈比芭夫人家回來後，她會先講述當天早上所讀到的內容，有時還必須向女主人說明論證的過程。之後阿菲亞會陪她上市場買蔬菜水果，開葷日可能還會陪她買肉。阿莎夫人教她認識貨品價格，如何付錢、如何管錢。阿莎夫人說，等妳夠大了，就去幫我買東西。有時她們路過商人納索爾·比亞沙拉的房子，會看到哈利法面朝敞開的門，坐在辦公桌前。辦公室是那商人家樓下的一個房間，而他則和家人住在樓上。每天早上稍晚時分，她們從市場回來，都會有個男子提著籃子沿家挨戶兜售鮮魚。他從海邊漁民那裡買貨回來，這樣他的顧客就不必親臨市場捱著魚的鱗片內臟討價還價。阿菲亞學會了烹魚前的處理工作：用磨石將大蒜、生薑和辣椒碾碎成泥，然後將蒜薑泥塗抹在魚身和腹腔。她能用右手磨製糊料，左手雖仍無法完全抓牢磨石，但穩住它倒還可以。她學會了這個方法和其他可比照的辦理方式，這樣就可應付手上的傷。

阿菲亞回去探望與伊利亞斯寄宿時認識那一家人，賈米拉和莎妲姊妹和她們母親。母女們很高興見到阿菲亞，並且像以前那樣親切歡迎她。她們注意到阿菲亞的手變得笨拙，問起原因。她告訴母女們，因為她學會寫字，叔叔就打了她，女主人聞言道：「這種愚昧無知簡直是罪

---

40 指《古蘭經》的「章」。《古蘭經》的內文按每章長度編排，大體而言，長的在前，短的在後。

過。」大姊賈米拉此時已經訂婚，但她父親認為她的年紀還太小，不能出嫁，應等到十八歲，否則還來不及享受青春，人生就因生育而毀掉了。賈米拉說在家裡很開心，不介意等一等，她的未婚夫也不介意。男方住在尚吉巴，兩人只見過一次面，彼此了解還不夠深，不足以讓賈米拉掛念。她們問起伊利亞斯的近況，阿菲亞說沒有消息。女主人道：「但願上天保佑他平安。每次從樓下經過你們以前住的房間，都會想起你們兄妹。」

哈利法每天都回家吃午餐，阿莎夫人做完晌禮後，食物立即就會端上桌。阿莎夫人要求阿菲亞陪她一起祈禱，哈利法通常會在她們做完才進來。阿莎夫人會先高聲唸出禱詞，讓阿菲亞聽見然後重複一遍。她向阿菲亞解釋，祈禱時是直接對真主說話，不能停下和別人講話或忙其他事，因此在祈禱過程中，她不能停下來解釋、指導。阿菲亞只能以她為榜樣，並且不斷練習。午餐過後，穿著襯衫和吉闊伊服飾（kikoi，斯）[41]的哈利法會在臥室裡踱步，然後在墊子上伸個懶腰，小睡一下。阿莎夫人也會上床休息，就留阿菲亞自己打發時間。她很喜歡中午這段悠閒時光，炎熱的街道似乎整個靜下來了。她洗好鍋子，清理了火盆，又將後院打掃乾淨。接著，她會坐在院子的角落，拿著石板或紙片練習寫字，或者朗讀阿莎夫人買給她的《古蘭經》。阿莎夫人說，人人都該有自己的一本《古蘭經》，而且說這話時，她甚至懶得看丈夫一眼，因為很久以前，哈利法就不知把自己的那一本忘在了哪裡。

穆安津開始喚拜，這是成年人該起床做晡禮的信號，哈利法會迅速洗漱一下，再回去工作兩小時左右，阿莎夫人則在屋裡做些雜事，然後外出拜訪鄰居或在家裡接待他們。有一天，哈利法問阿菲亞是否願意跟他一起去辦公室，還是寧可到鄰家串門子，於是她陪著哈利法去了辦公室。辦公室裡有三張桌子，寬敞廳間的門口正朝向阿莎夫人和她上市場的必經路途。哈利法爸爸的桌子是中間面對門的那一張。門右邊的那一張則是商人納索爾．比亞沙拉的。阿菲亞當天第一次見到商人，不過先前已聽說他是個貪婪的惡棍，或者更挖苦些，被稱為「我們那個大富商」。她預期將看到一個比實際年齡老得多、一臉刻薄吝嗇相的男人。

結果她被安置在門左邊的那張桌子前，手邊擺著一支鉛筆和哈利法爸爸為她找來的幾張便條紙。男人有時進來扯上兩句或談談生意，但主要還是來掌握最新消息、聽聽八卦。對於大多數人而言，這是能跟上世界局勢的唯一辦法。上門的人常說起她，「我知道你聘了新職員」，或是「辦公室的這個人看起來很清楚該做些什麼嘛」。她一邊假裝忙著塗塗寫寫，一邊聽著大家談論政治以及政府危機。他們也常常說起迫在眉睫的戰爭和保護軍軍團的兇惡行徑，語氣同時透著厭惡與欽佩。阿菲亞聽到他們說，那些阿斯卡里，簡直是一群禽獸！她問哈利法，他們說的那些阿斯卡里是否就是和伊利亞斯並肩作戰的同一批人。

哈利法回答：「說是也行，說不是也可以。並非所有的阿斯卡里都是大家口中的禽獸。他

41 一種非洲的長方形傳統機織布，亦被視為斯瓦希里文化的一種元素，主要供肯亞的馬賽族男性以及坦尚尼亞和尚吉巴的男性穿用。

們當中有些人是警察、辦事員或醫護，有些人甚至只負責在樂隊中吹吹打打。我認為伊利亞斯應該屬於其中一類。我們一定會很快收到他的消息，想必他現在已經完成了訓練，也許會回家住幾天。看到他再當面問問。」

商人一般不會和她說太多話。他本來就不怎麼健談，又經常埋頭處理帳本和信件，或是忙著接待訪客。他和人交談通常只是默默聽著，而訪客和哈利法則滔滔不絕。他寫字時會戴起金屬絲框的眼鏡，阿菲亞以前從沒見過有人戴這種眼鏡。有一次商人正在工作，她不自覺地站在那裡盯著他看。她很好奇，鏡腿在他耳朵後面擰曲起來，戴上這種眼鏡到底疼不疼。納索爾．比亞沙拉最終抬起頭，將眼鏡推到頭頂。他揉了幾秒鐘眼睛，然後向後靠著椅背，凝視阿菲亞。

他問：「妳看什麼呀？」

阿菲亞指著他的眼鏡，哈利法厲聲道：「不要那樣指著別人的臉。」

商人同樣粗聲粗氣罵道：「別干涉她。」阿菲亞明白了，哈利法爸爸不喜歡他，就像他對爸爸也沒好感。

有天她在辦公室裡咳嗽不止，納索爾．比亞沙拉皺起眉頭，關切地望向她。見她沒能停下，於是說道：「跟我來吧。」通往他們樓上住家的門就在辦公室旁，納索爾站在樓梯下，向上喊道：「卡莉達（Khalida），阿菲亞上去喝點水。」她就是這樣認識了商人的妻子。她並不是每天都陪哈利法爸爸去辦公室，但此後只要陪著去，她就會上樓喝水，有時也吃一塊米製糕點。卡莉達要照顧嬰孩，不常出門，所以總是在家接待訪客，一般是她的朋友和鄰居、其他商人的妻子和親戚，以及他們僱用的人。她們和女主人坐在一起，全都身穿灑了香水的坎加和發出摩擦綷綵聲的雪紡綢連衣裙，話題離不開誰結婚了、誰生小孩了，還有誰留下什麼遺產。她們語帶惡意，暢快嘲笑別人，阿菲亞聽得嘴巴都闔不攏了：哪個男人自負狂妄，哪個女人愛擺架子，據說哪個權貴最偽善了，有的死了，有的還活著呢。她們饒過自己的丈夫和親戚，但對於成為自己談資的人則絲毫不留情面。阿菲亞懶得裝出沒注意聽的樣子。眾婦揶揄她那份過於熱切的關注，並且互使眼色、互擠眉毛、互說一些暗語，警告彼此不要在小女孩面前洩露太多。阿菲亞知道她們何時準備開始談論不想讓自己知道的事，比方嗯哼一聲，或是假咳，或是說話拐彎抹角，或是比劃手勢，其間還要心照不宣地在這遊戲中哈哈大笑，這一切只是表示——這房間有人憋不住，就是愛聽別人的事。雖然阿菲亞假裝聽不懂，但通常還是會弄清楚眾婦想對她隱瞞的事。過了很長一段時間，她才明白，她們說長道短、批評他人的事，並非全屬實情。

阿菲亞是如此安排時間的：先去哈比芭夫人小房子的走廊上上課，聽老師講述降臨在真主眾先知身上的奇蹟，從摩西先知到亞伯拉罕先知再到爾撒先知（Nabi Issa），尤其是真主使者（salallahuwaale）[42]；然後拜訪賈米拉和莎妲及其母親；之後坐在商人的辦公室裡，一面聽著男人

42 「爾撒先知」這個名稱來源於希臘文的耶穌（Iesous），在伊斯蘭教中被視為真主的使者，穆斯林宣稱爾撒即是基督宗教中的耶穌，也是真主阿拉派遣予猶太人之先知。真主使者即指伊斯蘭先知穆罕默德。

聊天，一面在紙片上寫寫畫畫；接著上樓去見商人的妻子卡莉達和她那群朋友，邊吃米製糕點，邊聽她們誹謗別人的話。阿菲亞當時人在福中不知福，後來她才知道，與阿莎夫人和哈利法爸爸一起生活的頭幾個月，實在是稱心如意的時光。

後院房間裡雜七雜八的東西，終於移進了屋子前的儲藏室。之後，牆壁塗上石灰，地板打掃乾淨，並用肥皂水刷淨了，最後窗框髹上清漆，欄杆也塗好了油漆。

阿莎夫人說道：「以前爸爸一直利用屋前那個儲藏室放點東西。後來納索爾那個有錢人要求，要把他的垃圾塞進去，我怎麼肯聽他的呢。他本來打算鎖上儲藏室並且保留鑰匙。那是他玩伎倆的第一招，先拿下儲藏室，然後再占院子，最終吞掉整間房子，我們只能流落街頭。那個惡棍什麼把戲變不出來？父親在那房間堆放什麼貨品？其實有什麼賣什麼。大家都拿手邊現有的東西做買賣：一袋袋降價時很暢銷的白米、豐收的玉米或小米、金屬托盤、玫瑰水和椰棗等等。有些貨物產自當地，有些渡海運來。某年，不明白為什麼，他從印度買來幾十個陶水罐。這批貨在店里囤了很多年，也不知道最後的去向。先父不是個靈光的生意人，天曉得為什麼，他做的決定總是錯的，無論是買是賣，要麼時機不對，要麼價格不對。總之，可憐的爸爸沒賺到錢，然後又讓阿穆爾舅舅從他手裡偷走這間房子。」

一張附有蚊帳架框的新床從納索爾・比亞沙拉的工廠運來了，這是商人送給阿菲亞的禮物。接著做床墊的人也上門了，把阿菲亞睡在地板上那塊破舊的床墊拆開，再將新木棉填進去。他們又從裁縫那裡訂製了一頂新蚊帳，白晃晃地掛在架框上。十二歲那一年，阿菲亞首度擁有了自己的房間，這奢侈的享受出乎她的意料。起初她覺得住在院子裡的小房間有點可怕，只是沒說出口而已。她按照叮囑鎖上門，並讓一扇窗微微開著，然後再把蚊帳的下襬塞好。幽暗之中充斥不祥的沙沙聲，但她逐漸習慣不加理會。

阿莎夫人告訴她：「妳不知道自己有多幸運。希望這些舒適享受不至於寵壞妳。」說這話時，阿莎夫人面露微笑，語氣沒有半點責備。

哈利法說起自己在同一歲數時的往事，當年他和其他幾個男孩就睡在老師家樓梯下的墊子上，不過這種生活仍值得一試。阿莎夫人打斷丈夫的話。又開始扯起他那本印度帳了。她說。哈利法寬厚地笑一笑，吃完午餐就去睡了。

有天早上，阿菲亞準備去哈比芭夫人家裡上《古蘭經》課，阿莎夫人拿給她一條坎加，並且教她如何披戴。妳現在長大了，必須謹守端莊得體，外出時，整個人要包起來。她說。

阿菲亞覺得乳頭又痛又腫，也注意到上街時，男人的目光都落在她的胸口。她還發現，納索爾・比亞沙拉希望當男客進來辦公室時，她能避到樓上。阿菲亞知道，由於男客盯著她看，會令納索爾覺得很尷尬。無需旁人解釋，她就明白發生什麼事了。所以，她感激地接過坎加，按照囑咐將自己裹起來。

5

軍官享有一套兩室居所，位在軍營內右手邊建築物樓上的一端，一間是小臥室，另一間擺放著兩把舒適的椅子和一張小桌，軍官有時會坐下來寫字。樓上共有七個房間，和樓下的布局一模一樣，不過格局卻有等級之分。樓上一端的兩間房專供指揮軍官使用，緊挨著的是位於建築物中央、充作食堂的一個大廳間，再過去便是其他軍官的房間，共計四間，每人一間，醫療官在第一間，中士在最後一間。中士軍階最低，所以分配到最遠端的小房間。軍營其他三名軍官的房間位在大門對面的小樓裡，樓下是醫務室和上了鎖的儲藏室，其中存放了軍官食堂的儲備品：歐洲美食罐頭和瓶裝啤酒、葡萄酒、杜松子酒和白蘭地。這兩棟建築物都整理得有條不紊。兩棟的洗手間都設在樓下一旁的屋裡。服務軍官的人則睡在建築物後面獨立的房子，裡面計有兩個房間，共用一個洗手間。服務四名軍官的哈姆扎和朱利葉斯（Julius）共用一間房，而在那棟較小樓房裡服務的其他兩人則共用另一間。

朱利葉斯三十多歲，比哈姆扎年長。他是高階的勤務兵，在保護軍軍團服役了十多年。他會說點德語，聽力更是強的多。他是唯一有權進入食品儲藏室的勤務兵，而該室的鑰匙則由負責補給的軍官保管。朱利葉斯向人解釋，因為自己懂得讀寫，上級才賦予他這一責任。只要他從儲藏室裡拿走任何東西，就須記在那裡的一本簿子上。他向哈姆扎講述自己在巴加莫約接受過的教會教育，至於在校讀了多久時間則含糊其辭。他為自己的教育和宗教信仰感到驕傲，時不時就說：如果你和我一樣受過教育，信仰基督，你對一切事情的看法就不一樣了。有次當局到某村子突襲查稅，朱利葉斯在行動中受了輕傷，指揮官在他康復期間派他擔任勤務兵。他說：「我幹第三年了，表現一定很好，所以沒人想調動我。」

雖然已有了泵水上樓的規劃，但當時還沒有實現，所以哈姆扎每天早上必須在軍官的臉盆注滿清水，然後再跑去炊事棚取咖啡。眾軍官的餐食都是由村裡的婦女在軍營內的一個棚子裡做好，而且她們的丈夫都是阿斯卡里兵。哈姆扎回來時，擔任總指揮的軍官已經走出內室，穿好了襯衫和褲子，等待他把咖啡送來。哈姆扎隨後會到內室將床鋪好，整理衣物，但時常察覺到軍官的目光透過敞開的門注視著他。之後，他會再進去食堂幫朱利葉斯布置早餐桌。兩棟建築裡的軍官都聚在食堂吃早餐，然後每天晚上再度於食堂集合，一起正式享用晚餐。朱利葉斯會向他說明所需的陶製器皿和刀叉及服侍用餐的基本常識。接著哈姆扎便和朱利葉斯一同下樓，等待負責小樓勤務的人將早餐從炊事棚送來，兩人再回到食堂將早餐擺上桌，最後請軍官前來用膳。

早餐過後，他們便要撤下軍官專用的碗碟，清洗乾淨，然後收進櫃子，接著打掃食堂及各軍官的私人房間。哈姆扎負責清潔指揮官的那兩間房，除去灰塵加以通風，還要洗好臉盆、尿壺，最後打掃前後陽台，把髒床單塞進標示長官名字的袋子裡，擱至樓下，讓洗衣婦過來收走。這些事情都是每日的例行程序，哈姆扎得在早上七點前完成所有工作。

擔任中尉軍官貼身僕役的最初幾週裡，因為哈姆扎的初級訓練尚未完成，所以七點剛過不久，他還必須回到部隊。七點之前，他還在打掃陽台或熨燙軍官的制服時，就已看到聚集在閱兵場上的同袍，由班長或下士訓練踩步伐的姿勢，他巴不得趕快加入他們。一旦歸隊，他便全心全意投入訓練，為的是擺脫心中矮人一截的感覺。而觸發這種感覺的原因，全是因為自己擔任了軍官的貼身僕役。有時大夥會去野外練習打靶或是操演，但是如果去的地方太遠，哈姆扎就不能隨行。正午之前，他必須匆忙將自己梳理整齊，準備好服侍當天在食堂吃午餐的軍官。到了午餐時間，天氣往往太熱，軍官無法在食堂裡逗留太久，只能狼吞虎嚥吃完食物，然後趕忙回到各自房間休息，等待氣溫降低。在哈姆扎看來，這是一天中最愜意的時刻了，因為軍營和周圍民居的所有建築物彷彿都隱去了，陷入一片沉寂。為度過熾熱的那幾個小時，就連村裡的山羊和狗也都趴在陰涼的角落大口喘氣。他好整以暇留在食堂和後陽台上，因為在一天中的這個時段，那裡才是最涼爽的處所。等到下樓回到共用的房間時，他通常發現朱利葉斯已經睡著了。

下午四點左右，穆安津在軍營外村子裡的清真寺召集居民參加晡禮（alasiri prayer），哈姆扎為軍官端去一杯咖啡，而那時軍官應該已經洗完澡，進了辦公室。軍官指示他坐在附近戶外陽台的凳子上，在聽力可及的範圍內待命，這是每天下午皆須執行的例行差事。他會被派往其他軍官那裡跑腿，執行各種任務，或應答軍官一切額外的要求：送一杯水、一杯咖啡或遞一條乾淨的毛巾。一開始，在下午的某個時刻，中尉軍官會把哈姆扎叫進去教他德語，原本可能只因好玩，但後來也因哈姆扎表現出十分樂意學習的態度。對方是先從東西的名稱著手教起。

軍官指著窗戶說：「這叫Fenster，你跟著唸。」接著又指其他地方或是自己身體道：「Tür，你說說看。Stuhl、Auge、Herz、Kopf[43]。」

接著，哈姆扎必須跟著唸出完整的句子。「Mein Name ist Siegfried（我的名字是齊格弗里德）。不不，你要說自己的名字呀。Mein Name ist Hamza（我的名字是哈姆扎）。Sie sind herzlich willkommen in meinem Land。你唸唸看，但必須說得好像真心相信的樣子。Sie sind herzlich willkommen in meinem Land。挺不錯。你說得很好呀。」接著，軍官冷笑補充：「這句話的意思是『竭誠歡迎您來到我國』。」

然後他把哈姆扎帶到製圖桌旁，桌上放著一本翻開的野地操練手冊，旁邊放著一張白紙。軍官讓哈姆扎抄了幾行，這樣他就可以熟悉德文字的書寫。哈姆扎每天都會練習一會兒，接著再高聲朗讀出來，不過一開始他並不明白其中的涵義。軍官一有機會就對哈姆扎說德語，有時覺得這樣十分逗趣，而哈姆扎也會誇張地裝出困惑表情以惹中尉上司發笑。一旦哈姆扎哪裡不懂了，

43 Tür、Stuhl、Auge、Herz、Kopf，德文的意思分別是：門、椅、眼、心、頭。

軍官就會翻譯，但是希望下次他能理解並能回答。有時軍官會捉弄他，讓他跟著說些自我調侃的話，然後笑著解釋意思。軍官愛玩這種遊戲，也很高興看到哈姆扎不但有反應，而且十分迅速。他的目光透著淘氣神采。我很快就會讓你讀讀席勒（Schiller）[44]的作品。他說。

他的眼睛。有時，哈姆扎在整理床鋪、打掃前廊或熨燙襯衫時，環顧一下四周，就會發現那雙清澈的藍眼睛死死盯著自己。第一次接觸時，哈姆扎以為軍官剛才是對自己說了什麼而在等著回答，但是對方目不轉睛，嘴唇也沒張開。那目光的強度令哈姆扎覺得困擾，但也只能懷著疑惑走開。有時走近軍官身邊，他能感覺對方靜止不動，而且知道如果抬頭看上一眼，便會發現兩道目光也是靜止不動投向自己。這種注視非但無禮，而且侵擾，但他別無選擇，只能放任軍官鍥而不捨逼視自己，讓對方以為他無力回應那種凝望。哈姆扎設法不去看他。

他成功學會了說讀一點德語，中尉軍官很是高興。他會向食堂中的其他軍官展示哈姆扎的學習成就，尤其是在晚餐時和晚餐過後，大家喝著啤酒和杜松子酒的時候。軍官促請同袍與哈姆扎交談，試探他的斤兩。醫官和善地笑了笑，將他上下打量一遍，彷彿想在哈姆扎身上看出他有木事輕鬆說德語的證據。住在同一棟房的另外兩名軍官比較樂意配合上級軍官的娛興，提出成年人可能會親切詢問兒童的簡單問題，像是你幾歲啦（Wie alt sind Sie）？此舉逗得其他軍官失聲大笑，有人還會添上幾句哈姆扎聽不懂的話，眾人更加樂不可支。眾軍官的這些花樣只有瓦爾特中士不覺開心，他輕蔑地哼了一聲，又用氣憤的嘲諷語氣嘟噥了幾句，都是哈姆扎無法理解的字，但從瓦爾特說話的語氣判斷，他猜內容應是淫穢或不屑的。朱利葉斯在這番操弄中以長輩護著晚輩的態度陪笑，然後再告訴哈姆扎，眾軍官把他當猴子耍了。為了擺脫他們那種高高在上的戲謔態度，哈姆扎只能趕在這場飲酒歡鬧失控前盡速離開食堂。

朱利葉斯告訴哈姆扎：「別理會那個中士。他很不入流，不配和這些尊貴的軍官住在同一棟樓房裡。他大麻抽太兇，又去外面村子裡獵豔。他的房間都是大麻味，臭死了。」

有時聚飲會持續到很晚，也許是因為其中一名軍官將要執行任務，出發懲戒某個村莊或是某個頭目，也許是因為將要率隊執行長時間的野外演習。每當這種時候，整座軍營都聽得到他們的聲音和歡笑。隔天早上，中尉會鬧頭疼。他會伸出手指按住太陽穴，眼睛痛苦地瞇起來。只要晚睡，中尉隔天就不對勁。

有天下午，哈姆扎端著咖啡走進辦公室，並按吩咐用德語向中尉指揮官打招呼，但是對方埋頭閱讀，並未回答。他手裡拿的東西看起來像是官方文書，因為哈姆扎看到頁面上部印有政府的徽章。終於，中尉軍官注意到了哈姆扎，卻只是揮手示意他離開辦公室，也沒叫他回來上通常持續半小時的會話課。哈姆扎進來收拾咖啡杯時，軍官正靠在椅背上，眼神茫然，若有所思。他等著中尉進一步的指令。結果沒有，他便上前去端咖啡托盤。哈姆扎因全神貫注審視軍官，以致

44 約翰·克里斯多福·弗里德里希·馮·席勒，德語全名 Johann Christoph Friedrich von Schiller，一七五九～一八〇五年，德國啟蒙文學的代表人物之一，也被公認為德意志文學史上地位僅次於歌德的偉大作家。

一時大意，沒能留意動作。他在桌前一個踉蹌撞上去，托盤上的陶製杯碟發出一串碰撞聲。中尉軍官猛一轉頭，眼中閃過一絲怒意。「滾出去！」他說。

那天晚上，食堂的氣氛特別熱絡，這一定與下午中尉軍官閱讀的那份文書有關。指揮官必然接到新命令了。眾軍官的興奮之情溢於言表，即便偶爾會暫時消沉下去，但是整體而言，說話過於流暢快速，以至於哈姆扎沒把握跟得上。他認為，眾軍官說話速度飛快並非有意讓他和朱利葉斯聽得滿頭霧水。他們有好一陣子似乎都忘了僕役仍在身邊，直到後來才互使了眼色，決定不要冒險，讓人聽懂了怎麼辦？指揮官朝中士點了點頭，後者於是命令朱利葉斯和哈姆扎離開食堂。哈姆扎聽到很多字眼，其含義要聽到後來才比較清楚，不過其中Krieg一詞倒是他已經知道的，該詞等於斯瓦希里語的vita，戰爭。

他們回到自己的房間後，哈姆扎問朱利葉斯道：「我們在和誰打仗？」

朱利葉斯不屑地皺起眉頭並回答：「還有誰？你沒聽他們說，這次會是一場大決鬥嗎？我還以為你是德語天才呢！對手可能是比利時人，也可能是葡萄牙人，但英國人絕不會放任他們為所欲為，所以一定是聯合所有人。我們要對付的就是他們全部的人。如果德國人要打的只是瓦洽卡人或瓦哈迪姆人（Wahadimu）[45]，德國人就不會說那將是一場大決鬥了。」

隔天早上，哈姆扎送咖啡給中尉軍官時，對方帶著一貫諷刺意味的微笑說：「昨天你缺了一堂課，今天來補課吧。希望你一做完雜事就到我辦公室，總不能讓最高指揮部的來函耽誤你的課程。」

時光流逝，哈姆扎的例行任務有了變化。中尉軍官越來越常要求哈姆扎待在他身邊。教導他的僕人說讀德語，這個遊戲吸引住他，而且態度變得認真起來。甚至才幾杯酒下肚，他就挑戰手下軍官，打賭能在季風吹起之前，讓這位年輕的學生（schüler，德）閱讀席勒的作品。其他軍官笑道：「哪年的季風啊？也許十年後吧！」

哈姆扎一如往常，每天早上都會在軍官的臉盆裡注滿溫水，然後去端咖啡。咖啡豆必須前一晚就先焙好，隔天早上第一件事就是將豆子磨碎。哈姆扎不清楚炊事棚裡的婦女是否完全按照那些步驟行事，不過中尉倒是從無怨言。不像以前那樣，咖啡送過去時，長官應已起床並穿好襯衫和褲子。這回哈姆扎端著咖啡回來時，軍官還躺在內室的床上，所以咖啡就在那裡喝了。中尉洗漱之際，哈姆扎先退到後陽台上待命，等到聽見召喚，他才須進房幫上司穿靴子打綁腿。哈姆扎判斷軍官應已洗漱完畢了，但回房時卻看到對方還裸露上身，站在內室。他的身上布滿燒傷疤痕。哈姆扎忙不迭退下，等待中尉召回。他原以為會因此受斥責，不料對方若無其事，如平時一

45 也稱哈迪姆（Hadimu）人，是尚吉巴島和奔巴島（Pemba）的班圖族土著。

樣對他說話，並且命他回答。這便是中尉所稱的當天第一堂會話課。也許剛才軍官並未看到哈姆扎走進來。哈姆扎走進內室鋪床，軍官則一邊刮鬍子一邊繼續說話。有時，中尉沉默下來，哈姆扎不用抬眼也知道，對方正以奇怪的眼神盯著他瞧。

早餐過後，他和朱利葉斯開始清理食堂、整理每個房間，接著忙碌其他雜務，然後哈姆扎再回到中尉的辦公室，打掃需清理的地方，最後站到外面等候差遣。他會將口信傳給其他軍官，有時傳給軍營外面村子裡的部隊。如果不趕時間，他就在村裡閒逛一會兒，若恰巧碰上晨禮，他就去清真寺禮拜並回部隊探望同袍。哈姆扎每天都要從醫官那裡收取病歷。醫官不願意讓自己的助手把病歷帶給中尉，他說那位助手是醫務勤務兵，不必幫人跑腿。儘管官兵每天服用一劑奎寧，也睡在蚊帳裡，但仍不時有許多人染上瘧疾。有些人在入伍前就患有瘧疾，也有些人是在野外演習時未做好保護，蚊子大肆為害而染病。常見的病例還包括痢疾、性病以及腳趾寄生沙蚤。偶爾也會爆發小規模的傷寒，這時病患必須嚴加隔離，並且留置在醫務室。由於偷偷讀了病例報告，哈姆扎探得一個不為人知的祕密：那些非編制內的努比亞籍士官，都有鴉片成癮的問題。

他每天去醫務室走動，醫務官對他微笑的方式有種「你知我知」的意味，哈姆扎開始不喜歡他了，但不得不假裝沒注意到。有天早上，哈姆扎遞交報告時，這位醫官以一種全為哈姆扎著想的態度，小心翼翼對自己的助手說：「我們的中尉對這個小夥子痴迷不已，打算讓他成為一名學者。中尉曾向我們發誓，不出多久，小夥子就能在睡前唸書給他聽了。」

兩人相視一笑，助理也同時斜眼瞅了他一下。哈姆扎在食堂當差的過程中，有時走近醫官的座椅旁，就會感到大腿被人摸了一把。醫官偷偷摸摸下手，沒讓旁人注意，然後，等到與哈姆扎四目相接之際，又對他報以同樣的微笑。哈姆扎問朱利葉斯，醫官是否也這樣對待他，對方咧嘴笑稱沒有。

「他喜歡你才找上你。你不明白是嗎？誰都知道醫官是同性戀（basha，土）。大家都說那個助手是他老婆。即便在德國本土，也是容許士兵之間發生性關係的。德屬東非歷屆的總督中就有一個是同性戀。幾年前，他才被告上法院，據說正是因為他僱男傭的目的只是為了發洩性慾。」

哈姆扎問：「總督本人也吃上官司？誰可以將總督告上法院？法院不是總督管的嗎？」

朱利葉斯帶著一絲自鳴得意的微笑答道：「這是個基督教政府，法院不是誰家開的。」

「堂堂一個總督，只因為是個同性戀就被送上法庭！」哈姆扎依然很難相信。

「是呀，包括總督本人和他手下的幾個官員。你沒聽說過嗎？」

哈姆扎答道：「沒有。」

朱利葉斯憐憫地看著對方。他認為哈姆扎很多方面都不走運，他也都對哈姆扎說過，像是未受教會教育、宗教信仰落後。哈姆扎猜，朱利葉斯肯定自認為比他更適合服侍中尉指揮官，而非屈就照料那些軍階較低的人，尤其是脾氣暴躁的中士，那個朱利葉斯一再強調的下等人。

朱利葉斯壓低嗓音繼續道：「我聽說連皇帝本人都好此道！」同時意味深長地點點頭。

哈姆扎誇張地表示不信：「唉唷，你還真會加油添醋。皇帝本人也是！」

「小聲一點！錯不了的。上級是害怕我們嘲笑才設法掩蓋一切。」

只要哈姆扎沒有受命跑腿，或正好坐在辦公室外的凳子上，而且軍官也未在軍營或野外執行軍事任務時，軍官似乎心血來潮就會喚他進來，讓他坐在製圖桌前練習寫字。他通常抄寫野地操練手冊中的文字，其中包括德文和斯瓦希里文簡單的短語對譯以及各種德文說明，這些都是哈姆扎必須抄寫和翻譯的。一旦遇到不認識的字詞，哈姆扎就大聲唸出，讓軍官告訴他意思。有時師生角色也會顛倒過來，軍官會問他某些事物如何用斯瓦希里語表達。乳香怎麼說？Ubani。麻木該怎麼講？Ganzi。泡沫該怎麼譯？泡沫？泡泡啦。Mapovu。

中尉軍官有時會停下手邊的工作，和哈姆扎交談個幾分鐘。如果哈姆扎表現得好，他會點頭表示贊許，但動作輕到幾乎難以察覺，如果哈姆扎達到意想不到的水準，他會報以微笑，而且笑意中藏著掩飾不住的欣喜。他對哈姆扎說：「你表現得不錯，但程度還不夠閱讀席勒。」有時課程一上就到下午，因此哈姆扎覺得自己好像在學校一樣，這是從未體驗過的感受。直到軍營外面傳來村子裡穆安津喚拜昏禮的聲音，課程才會結束，這通常也是軍官為自己斟上晚間第一杯杜松子酒的信號。

哈姆扎現在明顯受到中尉的擔待，雖然軍營中常見的霸凌以及虐待他未能倖免，但至少免受笞刑以及許多士兵無法逃避的苦役。不過，他仍躲不掉中士的鄙夷。中士稱哈姆扎為指揮官背後的玩具兵。

他搖著一根手指輕蔑地警告：「你是誰的玩具？你是他漂亮的玩具，小玻璃，冤枉你了嗎？」有一次甚至伸手掐住哈姆扎的乳頭。「看到你就想吐。」

中尉有時會陷入憂鬱，好長一段時間都不說話，就算說話，也是一些聽起來含糊不清、像是自嘲的話。當哈姆扎帶著探究目光抬頭望向他，中尉就會說些粗暴或是輕蔑的話：「是不是想知道我到底在說什麼呢？你這隻呆頭呆腦的狒狒！」因此，只要哈姆扎一察覺對方受到這層情緒左右，乾脆就不抬頭，情況允許的話，還要盡量躲遠。從一開始，他就知道這名軍官具有暴力傾向，因為從對方不由自主閃動的眼眸即可窺見，太陽穴繃起來的那處皺痕也是明證，彷彿他在壓抑一種急迫衝動。他在聚精會神或是垂頭喪氣之際，就會茫然揉揉那處皺痕。哈姆扎害怕這陰鬱的時刻，因為自己很容易淪為軍官橫加羞辱的靶子。中尉這方面的手段不一而足，其中包括投以輕蔑目光，有時要是什麼東西撞到桌子，他就連珠砲響一陣飆罵。看到他這樣發作，哈姆扎只能一動也不動站著，任由他大發雷霆，然後突然命自己離開。只要懷疑對方這種情緒即將潰決，哈姆扎就盡量走避，但如果軍官召喚而他不在或者來得太慢，對方也可能認為哈姆扎蓄意挑釁。

哈姆扎的德語聽力越來越強，他更容易理解軍官說的話。他有時會一再重複同樣的話，尤其在寫字的時候：「為什麼會變成這樣？為什麼會變成這樣？」他會怒罵酷熱的天氣或者在回信給戰地記者時大喊大叫：「一遍又一遍地回應同樣的事情根本毫無意義——而我現在就是在做這樣毫無意義的事！」有時，中尉也會直接對哈姆扎說話，好像兩人正在交談似的：「沒完沒了的解釋我們的立場，交代我們正在執行的事，這種蠢事簡直蠢到沒了上限，你說的話誰信服了？不過一而再、再而三回答同一套話。」碰到這種情況，哈姆扎就裝聾作啞，也許軍官根本沒注意到他在場。

有一天，中尉宣布兩天後要執行大規模的演習，命令所有部隊做好戰鬥準備。部署工作緊鑼密鼓進行，有關實地演習的消息和電報也來得越來越頻繁。大家都在等待開拔指示。眾軍官頻頻參加漫長而氣氛凝重的會議，但率領部隊執行定期演習的例程仍未偏廢。戰事山雨欲來。一天，騷動將結束之際，一個安靜的時刻，哈姆扎在軍官的房裡收拾東西時，突然察覺到一種陰險的寂靜，這種寂靜如此深沉，令他驚懼。

軍官打破沉默問道：「你在這裡能幹什麼？這行動如此野蠻，你這樣的人能幹什麼？」

哈姆扎站直身子，兩眼直視前方回答：「我在這裡可為保護軍軍團和德皇效命。」

軍官轉過身來面對哈姆扎，語帶嘲諷說：「喔！你很盡責，這錯不了，除了這個，難不成還有更高級的事可做？你不妨問我同樣的問題：你遠從舒適的馬爾巴赫（Marbach）[46]小鎮來到這個髒亂的狗屎地方，到底要做什麼？我出生在軍人家庭，延續傳統是我的責任。這就是我來到這裡的原因——我們是強大的勢力，所以理該占有屬於我們的東西。和我們打交道的盡是落後和野蠻的人，唯一的統治手段就是讓他們恐慌，威嚇那一些小不拉嘰的虛榮蘇丹，然後逼所有人唯命是從。保護軍軍團只是我們的工具，而你也是。當局希望你們遵守紀律，服從長官而且殘暴過人，最好還能超出我們意料。我們希望你們不顧廉恥，鐵石心腸，自誇自擂，毫不猶豫聽從上級吩咐，然後領取豐厚報酬，得到應獲得的尊重，無論奴隸、士兵還是流氓出身，我們都會一視同仁。可是你不一樣，你不是他們那樣的人。你顫抖著、感受著心臟的每次怦跳，彷彿這一切都在折磨你。他們剛把你帶到這裡時，我就開始注意你了。你滿腦子憧憬。」

哈姆扎紋風不動站著，眼睛直視前方。

軍官站在他面前兩步遠的地方道：「我把你從隊伍挑出來，那是因為我喜歡你的樣子。你怕我嗎？我喜歡人家怕我，這樣我會變得更強大。」

軍官走上前去，打了哈姆扎左臉一巴掌，再用手背打了他的右臉一巴掌。哈姆扎由於震驚而倒抽一口涼氣，片刻之後，感到臉部刺刺發痛。現在軍官距他只有幾吋，哈姆扎再度聞到一股熟悉的味道，那是第一天早上中尉檢查新兵時所散發的澀澀藥味。現在他才知道，那不是藥味，而是杜松子酒的氣味。

中尉越靠越近。他說：「打痛你了是嗎？我才不在乎你痛不痛呢。」哈姆扎避免與對方目光接觸，但看到他太陽穴繃緊的皮膚在頭骨上微微顫動。

「回答我的問題！你怕我嗎？」

哈姆扎用斯瓦希里語高聲回答：「是的，長官。」

軍官笑了。他說：「我教你說讀德語，就指望你能看懂席勒。現在你竟用這種幼稚的語言回答我。現在像樣點，重來一遍。」

46 位於德國路德維希堡縣（Ludwigsburg）境內的一座城鎮，詩人席勒的出生地。

哈姆扎改以德語答道：「確實害怕，中尉先生（Jawohl, herr Oberleutnant）。」接著仍以德語自言自語說道：「該死（Scheißer）。」

軍官板著臉看了哈姆扎一會兒，然後說：「如今你在這世上什麼都不是。天曉得為什麼我要操這個心，但我確實操心。嗯，也許我知道原因，但我想你不明白我在說什麼。我認為你渾然不知身邊有何危險。好吧，快去幹活。」他轉身走向內室時又回頭補充道：「到外面去，檢查一下我的演習裝備是不是齊全了。」

兩天後，戰事爆發了。部隊演習回來才一晚，隔天早上電報命令就傳來了。部隊必須先乘火車到莫希（Moshi）[47]，然後行軍到靠近邊境的陣地增援防線。部隊訓練有素，一向勤於演習，故能精準執行軍令。部隊以密集隊形從軍營走到鎮上，一邊唱著行軍歌曲，而軍官則騎騾前導或是闊步走在部下身邊。他們身後跟著運輸部隊、士兵、妻子、兒女以及牲口，所以等到每個人都上了火車，車廂已經擠滿，運輸兵和揹槍僮（Gun boy）[48]不得不坐上車頂。過了莫希，部隊繼續向北挺進，朝英屬東非（British East Africa）[49]邊界進軍。這就是當年世界那個角落的情勢，至少從地圖上看，那裡的每寸土地都被歐洲人占據：英屬東非、德屬東非、葡屬東非、比屬剛果（Congo Belge）[50]。

一百五十名阿斯卡里兵再加上所有跟在後面的人，隊伍迤邐少說一英里長。阿斯卡里兵走在軍隊前面，軍官騎騾領軍，外科醫官和醫療勤務兵緊隨其後。行軍和戰鬥中的編隊始終如此。運送設備、彈藥、補給以及軍官個人物品的輜重車押後。軍隊後面就是隨營移徙的眷屬，及在一名德國軍官的指揮下擔任後衛、負責防範逃兵和偷竊行為的一小群阿斯卡里兵。

士兵的妻子和陪員不僅單純隨營移徙。保護軍軍團行軍時，整個軍營旁定居點的人也跟著行動。首先，如果沒有陪員隨行，阿斯卡里兵是不會赴戰的。其次，保護軍軍團盡量就地覓食，婦女得負責尋找口糧、打聽消息，還為部隊做飯，遇到可做買賣的地方也做點買賣，並可慰藉丈夫。這是威斯曼在創立保護軍軍團時不得不做的讓步，如果不想冒士兵叛變和逃亡的風險，就不能廢止這一慣例。

哈姆扎部隊中有許多阿斯卡里軍人都是經驗豐富的老兵，其中一些十分熟悉那一地區。晚間，阿斯卡里部隊紮好一排排的營帳，老兵便開始講述自己當年在該地區的功績：他們如何制服不願順服的瓦洽卡族酋長林第（Rindi）和他的兒子梅里（Meli），並且絞殺其他十三名酋長，又

47 坦尚尼亞東北部的城市，是吉力馬扎羅區的首府，位於非洲最高山峰吉力馬扎羅山附近。

48 軍中隨行人員，負責為士兵保管步槍，在行軍時也替他們揹槍。

49 又稱「東非保護國」，曾經為英國在非洲東部的一個殖民地，範圍相當於今肯亞的大部分地區。十九世紀晚期，該地被英國控制，後稱英國的「保護國」，至一九二〇年改稱「英屬肯亞」。

50 比利時於一九〇八年至一九六〇年間在今日剛果民主共和國的殖民地。

是如何夷平藏匿食物或搞破壞的村莊，以及如何懲治殺害德國傳教士、叛亂的梅魯人和阿魯沙人。在阿斯卡里部隊眼裡，這些都是野蠻人，因此必須加以征服、鞭打、嚴懲以嚇破他們的膽。他們越是叛逆，受的處罰就該越重。這就是保護軍軍團行事的原則。只要出現絲毫抵抗跡象，就該擊垮笨豬，殺光牲口，並將村莊燒成焦土。他們奉命如此作為，懷著熱情、講求效率地執行軍令，務使敵人不寒而慄，並讓自己受阿斯卡里同儕以及社會的敬仰。他們兇殘冷酷，老天啊（wallahi，斯）！

他們講述自己豪壯的經歷，踏過大山裡逆風少雨的平原的故事，然而今天他們料想不到，自己將在沼澤、高山、森林和草原度過多年的廝殺生涯，冒著大雨、耐著乾旱殺人或被殺，面對的是他們一無所知的敵軍：旁遮普人和錫克人，梵蒂人（Fantis）、阿坎人（Akans）、豪薩人（Hausas）、約魯巴人（Yorubas）[51]、剛果人和盧巴人（Luba）[52]，都是參加歐洲人戰爭的僱傭兵。這些歐洲人包括德國的保護軍軍團、英國的國王非洲步槍團（King's African Rifles）和皇家西非邊境部隊（Royal West African Frontier Force）以及印度軍隊、比利時的公共部隊（Force Publique）。此外，還有南非人、比利時人和一群歐洲志願軍。他們認為殺戮是冒險事業，樂意為征伐行動與帝國的龐大組織效勞。看到那麼多各種各樣的民族，阿斯卡里兵甚感驚訝，因為他們對這些民族甚至聞所未聞。戰爭初期，他們向邊境推進時，誰都料想不到即將發生的事多麼嚴重。德國軍官騎著騾子走在士兵前面，士兵的妻子和孩子興高采烈散亂跟隨，不知何故，他們總有興致歌唱、大笑，歡樂共娛。

德國指揮官曾設法奪取幾百英里外的蒙巴薩，因此引發邊境上的敵對行動。結果補給線拉得太遠，保護軍軍團出於無奈只好撤退。接下來的幾個月裡，哈姆扎部隊的戰事任務就是反覆偵察、突擊，以切斷英屬東非的鐵路。海岸方面，英國人想辦法登陸坦噶（Tanga）[53]。一九一四年十一月，皇家海軍以及隨行軍艦抵達港口，並且要求德方投降。由於懼怕皇家海軍艦艇砲擊，人數有限的保護軍部隊撤出港鎮準備抵抗。對於城裡其他居民而言，戰爭並無任何利害關係，只能慌亂畏縮退避，情況允許者則儘可能逃往鄉下。港市位於鐵路起點，向北可以通往莫希，占領該地意義重大。

英國人的登陸行動終以慘敗收場。幾個營的主力均為印度軍隊，他們在距離港口不遠的岸外下船。其指揮官不確定會遭遇什麼反抗，因此才採取這種謹慎的策略。下船之際，四周一片闃黑，士兵在齊腰深的海水中費勁前行。到了早上，部隊已置身於濃密的灌木叢和高高的雜草叢中，根本無法判斷市區方向。就在他們朝著自認正確的方向移行時，保護軍部隊突然現身騷擾並

51 梵蒂人屬阿坎人的一支，主要分布在迦納中西部沿海地區。阿坎人主要居住在迦納和象牙海岸的民族群落，也是這兩個國家的主要民族。豪薩人是西非地區的一個民族，主要聚居於奈及利亞北部和尼日東南部。約魯巴人為西非主要民族之一，與東南部的伊博人和北部的豪薩人為奈及利亞的三大主要民族。

52 盧巴人屬中非班圖人中的一支，也是剛果民主共和國中人口最多的民族。

53 坦尚尼亞最北的海港城市，坦噶區首府，是該國數一數二的大城市，也是重要的鐵路樞紐，連接坦尚尼亞北部內陸與沿岸地區，並由鐵路連接非洲大湖地區和坦國經濟重鎮三蘭港。

開槍射擊，此前當局利用火車從莫希運來增援士兵大大壯實了該部隊的規模。保護軍軍團最擅長這種打了就跑的戰術，而這一策略終在敵方軍伍和輜重隊中引發恐慌，眾人只能各自走避。傷亡人數不斷增加，導致更多士兵潛逃，驚懼反覆襲來，最終落得不見半個人影，仍在登陸的兵直接轉身跑回海裡。

值此時刻，皇家海軍也向該市開砲，摧毀建築，炸死了數量不詳的居民。事後也無人費心統計。皇家海軍砲擊多個目標，其一是德國人收治傷員的醫院，子彈不長眼，純粹是戰爭帶來的厄運。塵埃落定之後，英方要求休戰，拋棄大部分的裝備，數百名英軍士兵死在路上和市區街道。運輸兵也有被殺害的或是溺水身亡的，人數不詳。同樣的，也無人統計捐軀的運輸兵人數，當時不曾統計，整個戰爭期間自始至終都無人統計過。這場遭遇戰（encounter）[54]一結束，哈姆扎的部隊便經鐵路送返莫希，然後回歸原本崗位。在保護軍軍團看來，後續戰爭都將採取相同策略，狂暴進擊、迅速後撤。

登陸雖然失敗，大英帝國這部機器依然全速運轉，軍隊開始從全世界各地抵達。他們相信衝突必定會在幾個月後結束，不過德軍的指揮官另作他想。每當大英帝國軍隊認為保護軍軍團已成甕中之鱉了，對方總能趁隙溜走，撇下病員及重傷傷員讓英國人照顧。保護軍的士兵經常疲乏不堪，許多人病倒，但是智取敵人，以迅雷不及掩耳的速度突襲和撤退也令保護軍十分振奮。他們在村莊和農場能找到什麼就吃什麼，遇到有東西可掠奪和沒收的，也都盡量逞其所能。

由於四面八方夾擊，保護軍決定分兩路撤退，一路沿著湖泊向西移師，另一路從莫希向南走避。哈姆扎被編在南撤的分隊中。大夥拖著笨重的槍枝和裝備，妻子、僕人和行李則跟隨其後，沿途越過烏盧古魯山脈（Uluguru）[55]。排長孔巴在從莫羅戈羅（Morogoro）[56]向烏盧古魯山脈撤退的路上喪生。有一塊巨大的砲彈金屬碎片砸進他的胸膛，把整個人撕成碎片。排中其他幾個同袍也在此一事件中罹難或下落不明。隨後幾個月裡，哈姆扎的部隊緩慢向南撤退到魯菲吉河（Rufiji river），沿途仍不斷迎戰，其中有些十分慘烈，比如基巴蒂（Kibati）那一場的陣亡人數即高達數千。

那年，魯菲吉河河水暴漲，蚊蟲猖獗。阿斯卡里部隊死於黑水熱（blackwater fever）[57]的人比死於其他原因的人都多。有運輸兵在穿越沼澤時被鱷魚咬住，而鬣狗會挖出死屍。這是噩夢一場。部隊終於渡過魯菲吉河，然後打了馬希瓦之役（Battle of Mahiwa）[58]，這是哈姆扎的部隊

54 交戰雙方在同一區域突然相遇，還來不及進行兵力部署、彈藥分配和戰術布置時即發生的戰鬥。
55 東非尚尼亞東部的山脈，距離印度洋約兩百公里，毗鄰舊都三蘭港。
56 坦尚尼亞南部高地的一座城市，位處烏盧古魯山山麓，是該區的農業中心兼莫羅戈羅區首府。
57 患者產生抗體攻擊受瘧原蟲感染的紅血球，導致紅血球大量破裂，引起極度溶血、血紅素尿、腎臟衰竭，死亡率極高。
58 第一次世界大戰東非戰場的一場戰役，發生於一九一七年十月十五至十八日德屬東非的馬希瓦，南非－奈及利亞聯軍與德軍交戰。德軍對聯軍造成重大傷亡，並迫使其撤軍，但自身卻也損失極大，導致他們最終也被迫撤離原據點，繼續進行游擊戰。

和整個保護軍軍團遭遇過最慘烈的一場戰事。德軍雖打勝戰，然而代價高昂，後來仍然退回南部高地，接著進一步撤到魯伏馬河（Ruvuma river）與葡屬東非接壤的邊界。途中，士兵留下裝備，甚至拋棄妻子兒女，讓英國人將其拘禁起來。他們不一定知道自己身處何地，而且雖有地圖可用，仍不得不俘擄當地居民並加以逼問。阿斯卡里部隊中總找得到多少聽得懂當地語言的人，由其負責訊問，而且不知何故，拷打夠重時總能套出所需要的答案。不需等誰命令，阿斯卡里兵即能對人施加暴力酷刑。他們自然知道該怎麼辦，任何指導都是多餘。戰爭打到這一階段，大多數參戰的士兵不是非洲人就是印度人：尼亞薩蘭（Nyasaland）[59]和烏干達的、奈及利亞和黃金海岸（Gold Coast）[60]的、剛果和印度的，而德國方面則為非洲保護軍軍團。

保護軍軍團即使因戰鬥、疾病和逃脫而折損戰鬥兵和運輸兵，然其軍官仍以狂躁的頑強和毅力繼續戰鬥。阿斯卡里軍隊造成那片土地滿目瘡痍，幾十萬人民不是挨餓便是瀕死，然而他們仍在盲目兇殘地服膺其理想。他們都不知道這一理想起源為何，也不明白殖民者統治非洲的野心終將徒勞，所以當前只能一昧為其奮力掙扎。大量的運輸兵死於瘧疾、痢疾以及過勞，誰也不會費心統計人數。有時，他們因極度恐懼而逃兵，最終常死在橫遭蹂躪的鄉野。後來，這些事件脫胎成荒誕且聽來渺遠的英雄故事，成為歐洲大悲劇的幾段插曲，然而，對於身歷其境的人而言，那是家園被鮮血浸透、屍橫遍野的時代。

在此期間，軍官依舊不忘維持歐洲人的威望。例如軍隊紮營時，德國人與阿斯卡里兵的營帳分屬不同行列，能睡在蚊帳內的行軍床上。在溪邊歇腳時，德國人和阿斯卡里兵總是分占上下游，而運輸兵和牲口還要更往下游去。軍官排除困難，以求每晚可以相聚用餐，並且盡量遵守禮節。他們絕對不參與和阿斯卡里兵或運輸兵的任何體力勞動：運送設備、搜尋糧秣、紮營、備餐、洗碗。雙方保持距離，分開用餐，德國人會盡可能要求非洲人尊敬他們。現在，一整團保護軍軍隊，無論軍官或者士兵，都穿著能從陣亡戰友以及敵人身上剝下的一切衣物。有些阿斯卡里兵不顧趾高氣揚、走來走去的軍官，也放縱地招搖展示著剝來的羽飾、徽章，彷彿自己配戴銀鈕釦、金肩章似的。說到尊嚴，阿斯卡里兵也要維護自己的原則。他們堅持自己與運輸兵不同，並認為搬運物資有損其軍人威信。

同軍營的眾軍官中，醫官以及綽號「公雞」的瓦爾特中士仍留在原部隊。另有兩名軍官在橫渡魯菲吉河撤退時陣亡，取而代之的是一名調自軍樂隊的軍官以及一名志願的殖民者。另外還有三位已被調往其他部隊。所有與哈姆扎同時入伍的阿斯卡里兵，不是死了就是失蹤或遭到俘擄。艱苦演習以及戰禍經年累月，倖存者個個衣衫襤褸，疲憊不堪。醫官體重減輕，長出濃密的黃銅色鬍鬚。他一直為照顧傷病而忙碌，在補給尚未告罄前，每天都向軍隊發放奎寧。藥品必須

---

59 一九〇七年，英國將原先的英屬中非保護國改名尼亞薩蘭，範圍相當於今日的馬拉威共和國。

60 西非幾內亞灣地區的名稱，以其自身主要出口資源黃金而得名，歷史上先後被葡萄牙、荷蘭、布蘭登堡、普魯士、瑞典、丹麥—挪威與英國殖民統治。黃金海岸於一九五七年與英屬多哥蘭（Togoland）共組迦納自治領，現為獨立國家迦納共和國。

盡量保存，所以運輸兵不再配給奎寧。他那個勤務兵還留在他身邊，高瘦淡漠一如既往。醫官比當初在營地時還快活，任務明明討厭可怕，他卻咯咯地笑，而他之所以如此開心，都和他小心翼翼保管在藥櫃裡的白蘭地和其他物資不無關連，故得以保持這種愉悅心境。他染上了瘧疾，每兩天會準時發作一次，一旦發作，就躺下來幾個小時。瘧疾不斷發作，他的健康大受戕害，每次再度下床，體重似乎都要減輕一些，笑容似乎較為無力。

現在，只要一遇刺激，中士便會勃然大怒，那是大麻菸和他們從村民那裡沒收來的高粱啤酒所造成的後遺症，如同瘋了一般。他似乎從不像其他的軍官那樣，三不五時就要生一場病。他的脾氣嚴重失控，經常用手邊的東西痛打阿斯卡里兵以及運輸兵，這些東西包括手杖、皮鞭或是一塊薪柴。當地人的土地橫遭掠奪，而他對那類人的仇恨和蔑視，比起以往更加劇烈。在他眼裡，他們是野蠻人，每次論及他們，中士流露的恨意甚至比對英國敵人表現的恨意更加兇狠。他對哈姆扎深惡痛絕，只要抓住了哪根微不足道的小辮子，就會破口辱罵，甚至杜撰情事指責哈姆扎犯錯。哈姆扎盡可能避免與他狹路相逢，但是中士有時似乎偏要故意過來尋釁。

出於指揮官的堅持，哈姆扎與中尉已是形影不離了，而這點激起一些軍官深沉的憤慨，也引來其他人的訕笑以及中士更多的恨意。阿斯卡里兵發怨言痛責哈姆扎，還告訴他大可把話轉述給他的長官聽。哈姆扎點點頭，但是什麼也沒轉述。中尉軍官要求哈姆扎於天色微暗時，在他的床邊鋪開睡墊，陪伴他一兩個小時，同時繼續上他所謂的會話課。上完課後，哈姆扎得收起睡墊，回到阿斯卡里兵的那列營帳。有幾天晚上，軍官在幽暗中伸手摸他。你還在啊，可真安靜。他這麼說。哈姆扎不明白對方想從自己身上獲取什麼。他感覺自己像是被困在軍官的懷抱裡，雖說在戰爭中比在軍營時更容易閃躲，但這種硬來的狎暱仍令他反胃。在野外時，指揮官有更多事情要忙，因為部隊必須突襲、躲藏以及覓食，會話課有時也只能敷衍了事。

部隊遭遇的困難越來越多，中尉軍官那份瞧不起人又好挖苦的銳氣也大大受挫，取而代之的常是冷峻和孤僻。有時他變得鬱鬱寡歡，好長一段時間都不說話。其他德國軍官與中尉保持疏遠的同僚關係，中尉的畏縮因而愈發明顯了。物資匱乏以及作戰方式削弱了許多軍官的體力，而中尉則變得內向，以前指揮起來威風凜凜，如今遇事猶豫不決。他對手下軍官和阿斯卡里兵動不動就發火，對遭部隊掠奪的村民也更加不耐煩了，時常發布苛刻的命令以嚴懲他所謂的「破壞行為」，先是沒收他們所有的物資，然後再燒毀他們的茅舍。有一次部隊來到一座村莊，有個老人不肯透露埋藏山藥的地點，他們拷打一名男孩，逼男孩說出下落才找到。其他軍官因此提議處決那個老人。面對部下所提出的要求，中尉當眾低垂眼眸，接著點點頭走開了。中士對準老人的頭就是一槍。

在部隊艱苦跋涉好幾百英里的噩夢中，中尉軍官盱衡部隊極其困頓的處境時，也會對哈姆扎下達命令。無論何種任務，哈姆扎都一一履行，並且想方設法為他辦到。哈姆扎盡量不引起別人注意。他和隊伍一起行軍，按受過的訓練屈膝彎腰跑步，必要時會開槍，可是不確定是否真射中了人。他和其他阿斯卡里軍人一樣，低頭躲避、迂迴前行、高聲叫喊，但只射擊暗影，故意避開目標。他很走運，從不須投身肉搏戰。有時上級因為村民背叛或是欺騙而下令展開報復，這時哈姆扎會避免射殺他們。他和別人一樣吃偷來的食物，目睹土地橫遭蹂躪，並在罪行犯下之後匆忙撤走。每天打從一覺醒來、睜開眼睛的那刻起，他就處於恐懼之中，但在身心交瘁之際，有時也會陷入一種特別的狀態：他不再害怕，不再虛張聲勢，不再裝腔作勢，全心超然於當下，對可能發生在自己身上的一切，保持安然的態度。不過，偶爾也會陷入絕望。

6

幾星期來，眾人一直在議論坦噶沿海一帶的戰事。他們大多認為，儘管攻擊造成重大損失，但是如今一切都已平靜下來。如同大家所料，英國人並非保護軍軍團的對手。消息從坦噶沿海岸傳開，謠言誇大並美化了阿斯卡里部隊的勇猛和紀律，同時強調印度軍的混亂驚惶。大家認定印度軍必然是引發恐慌的導火線。哈利法說，大家一定能聽到伊利亞斯談談德國人這場勝仗——而且他一定忍不住要大大讚美保護軍軍團——豈料伊利亞斯依然渺無音訊。

面對戰敗，英國的決定是由皇家海軍封鎖海岸。如此一來，與尚吉巴、蒙巴薩或奔巴島（Pemba）的貿易幾乎全數中斷，更遑論跨洋的長途貿易。一夕之間，物資出現短缺，因為商人搶著囤積商品，既是為了保有存貨，也是為了等待價格上漲，同時不讓商品落入德國當局手中，因為那些人勢必會為自己和軍隊沒收所有東西。父親去世之後，納索爾·比亞沙拉為清償債權人而遭遇困頓，甚至幾乎破產。後來生意好不容易漸有起色，如今卻發現陷入了更駭人的窘境。他訂購了幾種貨品，例如印度的糖、製粉用的小麥、高粱以及白米，準備批發給內陸的客戶，而且款項都已付訖，就等著交貨了。依他盤算，只要鼓起野心，做一樁大買賣，即可彌補債權人令他造成的損失，但是海岸封鎖，讓他無計可施。

受封鎖後果衝擊的不僅只是納索爾．比亞沙拉這樣的商人。許多物資比起以前更難買到，白米、咖啡、茶、糖、鹹魚、麵粉，而前三種都還是本地自產。保護軍軍團一向盡可能就地補給口糧，如今戰爭開打，一切物資都由他們支配。儘管皇家海軍封鎖海岸，保護軍軍團又將食品充公，但魚獲依然充足，椰子、香蕉以及木薯依然盛產。有段時間，當地居民流行以物易物：一件襯衫可換一籃芒果，一卷棉布可換一隻公羊。不太有人為錢發愁，因為不便只是暫時。就算有時找不到適合以物易物的東西，總有珠寶可用。大多數的家庭都有幾件嫁妝珠寶，代代相傳。商人知道黃金和寶石的恆久價值，如果有人兜售，勢必會買下。有段時間，四處皆瀰漫著物資稀缺引發的恐慌。

大家對內陸的戰事所知甚少，而德國政府發布的消息也很有限。坦噶一戰似乎斷了英國人再次登陸海岸的念頭。雖然德國人被封鎖，然而平靜時期一旦拉長，人們便習慣了，也懂得應付了，而且情勢越來越亂，他們樂得不再支付本應向德國當局繳納的稅金。但即便商貿環境普遍開始好轉，納索爾．比亞沙拉的生意卻仍難以為繼。

哈利法對他說：「你這是聰明反被聰明誤。」

納索爾有時不喜歡哈利法對他說話的口氣，好像自己做買賣還是新手似的。哈利法口不擇言時，他很明顯都在按捺怒火。他雙唇緊閉，只是回瞪一眼，然後將視線移開片刻，一會兒才開口慢慢反駁。他還不打算和哈利法正面衝突。「什麼聰明不聰明的！我只覺得應該做點什麼才能振興業務。誰料得到又是戰爭又是封鎖？」

哈利法答道：「你把雞蛋都擱在同一個籃子裡，還真沒有商業頭腦。」

納索爾．比亞沙拉氣呼呼地回嘴道：「不然，依你高見，應該出什麼絕招呢？袖手旁觀等著窮死？何況我也沒有全部押進那樁買賣。我們還有木材生意可做。」接著他深吸一口氣，過了片刻，改用比較緩和的口氣繼續說：「話說回來，要是你對商業了解那麼透徹，那麼我父親在世的債務堆積如山時，怎麼沒見你大顯身手？當初你為什麼不對他這樣說，現在才來對我發牢騷呢？」

哈利法說：「他所有的生意往來我都不清楚。難道我沒告訴過你？」

「你是他花錢僱來的，沒理由不知道，」納索爾．比亞沙拉說道：「你早該做好紀錄。」

哈利法帶著不屑的微笑溫和問道：「哦，你是因令尊的防人之心而責備我嗎？」

方才和哈利法談話時，納索爾．比亞沙拉把眼鏡推上額頭，現在又放下來，然後回到剛才手邊的工作，重新檢視起可作為他父親交易證據的分類帳冊，就怕自己先前遺漏了什麼。當天剩下的時間裡，他沒有再和哈利法交談，也避開目光的接觸。他就這麼沉默寡言過了幾天，有必要時才禮貌地和哈利法說上幾句。沒什麼業務可辦。納索爾．比亞沙拉越來越常待在他那間木材場的小辦公室裡。他們一起坐在辦公室時，大多只和路過進來的人交談，再沒有碰觸之前的話題，但，有一天，納索爾．比亞沙拉宣布，樓下的辦公室找到承租人了，對方打算開一間雜貨店（duka，斯）。「我打算把文書業務移到木材場，賣掉所有的家具。既然已無帳簿需要登錄，以後庫房就讓你看管了，真有什麼文書要處理，我自己來就好。此外，你還必須減薪。只要業務低迷下去，我們都得這樣辦。」

他宣布這項聲明的語氣略微粗魯，讓人打消與他再談下去的念頭。他說完該說的話，戴上帽子就上樓去了。

阿莎夫人說道：「他想擺脫你。好一個忘恩負義的卑鄙壞胚，好一個虛偽的矮冬瓜小偷，也不想想你為他們父子奉獻了那麼多。」她繼續這樣叨唸了很長時間，哈利法倒是滿懷感激地聽著妻子洩憤。他知道納索爾·比亞沙拉別無選擇，只能縮編，不過聽到阿莎夫人將小富翁狠罵一頓，他還是很暢快的。令他驚訝的是，這個在他心目中一直是害羞甚至膽小的年輕人，現在竟能夠如此果斷行事。想到這點，他甚至偷偷笑了笑。出租辦公室的舉措叫人有點心驚，但到頭來也不是很要緊，因為事情總有轉圜餘地。但倉庫若是空無一物，自己還能派上什麼用場？他擔心的是，倘若真讓阿莎夫人說中，商人其實是在下逐客令，再過不久，他連薪水都沒得領。說不定商人很快也不幹了。在這種低迷蕭條的時期，誰還需要辦事員呢？

但商人並未解僱哈利法。根據傳言，激烈的戰事已經轉往內陸了。納索爾·比亞沙拉決定投資木材，他估計衝突一旦結束，修復和重建勢必用得上。戰事一定不會再拖太久。他做決定前並未請哈利法提出建議，自己直接處理了檔案資料，他不需要假手不稱職的雇員。在這期間，哈利法打掃並整理倉庫，以容納商人購入的木料，同時也保留自己的記錄，就怕將來被罵無能或受到更糟糕的指控。

一位曾與阿穆爾．比亞沙拉有過生意往來的舊識拉希德．毛利迪（Rashid Maulidi），身為船東（nahodha，斯），有艘船一直閒泊在碼頭。他和納索爾．比亞沙拉談到打算從奔巴島進口白米和糖的計畫。納索爾雖然不知具體細節，但他確定當年與父親往來的那個不清不楚的商貿網路中，必然也包括拉希德．毛利迪在內。他說不行，太危險了。要是被英國人逮住，一定會擊沉他的船，可能還會把他抓進牢裡蹲上許多年。如果德國人得知他走私白米和糖，不但悉數充公，還會用棍杖打他一頓懲罰他囤積物資。拉希德．毛利迪便去找哈利法，向他解釋自己的盤算，他認為對方更熟悉自己所屬意的交易形式。哈利法仔細聆聽，並問拉希德．毛利迪是否能以自己的信用擔保去賒購一批貨物來賣。這樣行得通嗎？拉希德說自己在家鄉奔巴島的信用很好，但不確定是否要由自己承擔全部風險。要是出了什麼差錯，他不但無法挽救，還會賠上自己的船。哈利法說，納索爾這年輕人很神經質，得下番工夫說服。他建議拉希德．毛利迪不如先賒購一小批貨，證明構想行得通，他倆再去和納索爾．比亞沙拉商量。於是拉希德．毛利迪按照約定先運來少量的白米和糖，等貨物穩妥存進倉庫後，他們才邀納索爾．比亞沙拉過來看。

哈利法對納索爾．比亞沙拉說：「你不知道這裡有貨。你只要付錢給我，讓我以自己的名義支付貨款，然後我會把貨賣掉。之後，買賣自然能賺回足以支付買貨的成本。接著，我們再用所得款項去購買更多物資。你不必要牽扯進來。不管我們賺取多少利潤都會分四成給你，另外四成分給拉希德．毛利迪，兩成歸我。其他一切，你都不需要過問了。」

他們後來還針對一些交易細節討價還價，但來回爭論了半天，結果仍如當初所言。在英軍實施封鎖剩下的那幾年裡，拉希德．毛利迪運來了他在奔巴島能買到的少量物資，而哈利法則負責將這些東西藏進倉庫，只允許值得信賴的商人前來購買。這不是什麼可觀的橫財，不過生意至少能繼續做下去，哈利法也為自己找到了新的定位，成了走私販子兼倉庫的管理員。他禮節周到地和納索爾．比亞沙拉打交道，偶爾也會一肚子氣，但基本上，雙方都不干涉彼此。

英國軍隊於一九一六年七月三日占領坦噶，距離一九一四年那次損失慘重的出擊已經過去將近兩年。一支由數百名印度兵組成的小隊未開一槍便接管了港口。他們眼前的城市依然留有皇家海軍砲擊的痕跡，而德國人在撤離前，更將港口、海關大樓和碼頭炸成了廢墟。原先駐防坦噶的德軍都避走內陸投靠該地的指揮官，指揮官重新集結部隊再一起向南撤退。儘管到了八月，兩軍仍在巴加莫約和三蘭港打爭奪戰，不過那段海岸線其他地方的戰事均告平息。封鎖也已解除，與蒙巴薩、奔巴島和尚吉巴的商貿活動亦慢慢恢復了。現在人們也掌握了更多有關內陸戰事的詳細訊息。大家相信戰爭很快就會結束，並且都說，不會拖到季風（monsoon）[61]季節之後。

英國人控制海岸時，阿菲亞十三歲。伊利亞斯離開三蘭港已經兩年多了，這段時間以來，大家都未收到他的隻字片語。哈利法爸爸告訴她，內陸傳來消息，那裡依然遍地烽火，死傷甚眾，有德國人、英國人、南非白人（South African）[62]、印度人，但大多數還是非洲黑人。他說，保護軍軍團的士兵、國王非洲步槍團和西非軍隊中的許多非洲黑人慘遭殺戮，都成了歐洲人內鬨的犧牲品。馬利姆·阿布達拉說動了伊利亞斯在瓊麻莊園的同事哈比卜，請他蒐集一些消息。對方後來探聽到的有些是大家原先就已經知道的，例如伊利亞斯被派往三蘭港受訓；不過也有新發現：伊利亞斯後來成為一名信號員，並被派往南部的林迪地區。除此之外，哈比卜再也問不到其他的事了，就算想進一步探究也無人可問，因為莊園的那位德國經理現在已被英國人拘禁。

哈利法聽說塔波拉（Tabora）[63]被比利時的公共部隊占領，又是一場血淋淋的廝殺。最激烈的戰鬥隨後移向南方，如今到了林迪地區，而那裡應該是信號員伊利亞斯被派駐的地方。哈利法並未向阿菲亞提及這點，但是開始覺得她哥哥這麼長時間音訊全無，恐是不祥之兆。他和阿菲亞說話時，故意將自己的擔憂輕描淡寫。哈利法對她說：「信號員的職責並不涉及武力，哥哥不會

61 一般指季風季或雨季，在亞洲南部，特別是印度洋和南亞，尤指五至九月自西南、十至十二月自東北吹來的風。

62 通常可分為說南非語的荷蘭東印度公司原始定居者後裔（稱為阿非利卡人），以及說英語的英國殖民者後裔。南非白人是非洲迄今最大的歐洲裔族群。

63 坦尚尼亞的城市，也是該國西北部塔波拉區的首府。

有事。他的任務只須站在山上，利用鏡面反射發送訊息，可以遠遠避開麻煩。別擔心，我們很快就會收到他的消息。」

⁂

阿菲亞現在已經出落成一個少女（kijana，斯），不再是個女孩了，而且開始理解女性與外界的隔絕生活所引發的那種無止盡的怨恨。她不再像以前那樣經常登門拜訪卡莉達，阿莎夫人說她不該去。她說那一家人沒半個好東西，和卡莉達來往的那群女人，腦袋更是空空如也，只喜愛搬弄是非，極力詆毀別人，到底要不要臉。阿菲亞很清楚，阿莎夫人的話題主要都落在鄰居身上，總是一再描述那些人的缺點，談得津津有味。她並未抗議這項新禁令，但私下仍去卡莉達家裡作客，只不過沒有告訴阿莎夫人，也沒向卡莉達透露阿莎夫人是如何在背後議論他們夫妻及對她那群女伴的惡毒言辭。除了拜訪卡莉達和賈米拉外，阿菲亞不分日夜都被關在家裡，就算出門也得穿戴穆斯林婦女傳統的黑長袍和頭巾。她感覺自己好像變得畏縮、煩躁，只能等著挨罵。現在有太多事她都不能做了，因為那樣有失端莊。即便只是打個招呼，她也不能碰男性的手，此外，除非對方是她認識的人，否則也不能在街上和男性說話。她不能對陌生人微笑，走路時視線總要微微低垂，以免目光意外和人接觸。阿莎夫人會監督她的姿勢動作，或者設法加以干涉，以堅定的立場指導她的行為，告誡她不能見誰、什麼事不許做。

她的好友賈米拉仍未出嫁，阿莎夫人認為婚事很可能告吹。訂婚之後如果遲遲不結婚，通常就表示這件事辦不成了，因為這代表有一方開始三心二意。賈米拉的未婚夫住在尚吉巴，計劃婚後搬到她這邊，阿莎夫人並不感到意外。誰不想離開尚吉巴？只要說得出名稱的疾病，尚吉巴一應俱全，犯罪和失望都包括在內。阿菲亞聳了聳肩，任由悲哀的感覺爬過全身。賈米拉的家人似乎未因婚事延誤而生困擾，甚至公開談論此事，並且悠閒懶散地操辦下去。阿菲亞每次來訪都受到大家的歡迎，並把計畫都告訴她。伊利亞斯以前租的樓下房間將是賈米拉婚後的新家，賈米拉正請人準備裝潢。

阿莎夫人還沒禁止她到賈米拉家裡串門子，但她能感覺到阿莎夫人對她這位老朋友越來越不以為然。「賈米拉今年多大啦？一定快十九了。小倆口結婚要趁早，不然誰知道賈米拉要搞出什麼丟人的名堂。妳不明白男人有多狡猾，年輕的女人有多愚蠢。小女孩啊，記住我的話喔，他們這是在自找麻煩。」

我可不是小女孩了。阿菲亞心想，同時盡量不把這話當一回事。自從與阿莎夫人相處以來，阿菲亞都不曾違拗對方的心願，偶爾一意孤行，暗中玩玩小花樣，也只涉及無關緊要的事。悶聲不響去卡莉達家作客，已是她最嚴重的叛逆行為了，不然就是另外一些小事，例如上市場採買時私藏一根香蕉，以待有時夜裡餓了有東西可以墊肚子，又或收下一條瑪瑙貝項鍊——那是賈米拉和莎妲在母親的首飾盒裡找出來、轉送給阿菲亞的禮物。阿莎夫人不贊成佩戴飾品。不過，要是阿菲亞偷戴飾品被她看到，她也只是一笑置之，不介意這種小騙術。她對女孩說道：

「妳好聰明（Unakuwa mjanja we，斯），長心眼了。」哈利法爸爸有時會幫她解圍，不過只要阿菲亞和她獨處，阿莎夫人會貫徹最嚴格的教誨。

納索爾・比亞沙拉關閉了原來的辦公室，遷移到木材場，哈利法爸爸設法留下一本幾乎全新的空白分類帳冊，帶回家送給阿菲亞。冊頁又厚又亮，封面是灰色和粉紅色的大理石紋路。她在漂亮的冊頁寫下笨拙不美觀的文字，覺得似乎可惜了這本帳冊。不管在哪裡，只要看到過期的《領袖》雜誌，哈利法都會帶回家。英國人接管後，《領袖》就停刊了，但過期的仍在流通。哈利法還透過馬利姆・阿布達拉找來了幾份《吾友》（*Rafiki Yangu*）。這些報刊都成為阿菲亞的讀物，讀完了還要抄一遍練習寫字。阿莎夫人對這些刊物懷有疑懼，她認為撰稿者都不信教，目的在於用謊言改變讀者的信仰，他們作惡的欲望是永不歇止的。阿莎夫人做家務時偶爾會背誦一首蓋綏達（qasida）[64]，若是興致來了，也會口述幾節詩行，關愛地看著阿菲亞一句句寫出來。接著阿菲亞再把詩文唸給她聽，阿莎夫人聽完後會說「讓我瞧瞧」，並對阿菲亞的聰慧報以微笑。阿菲亞很高興，但這算不上聰慧，因為她閱讀的速度很慢，寫的字笨拙又欠流暢，不像哈利法爸爸的字體那麼優美。

他說：「只需要下工夫練習就可以。」

阿莎夫人說：「用不著像他寫成那樣。小女孩啊，他是辦公的，妳又不是。」

我不是小女孩了。

十五歲那年，開齋節（Idd）[65]的第一天，阿菲亞穿上一件朋友賈米拉和莎妲為她裁製的連衣裙。緊身胸衣是藍緞裁製的，十分合身，圓形的領口飾有白色蕾絲邊。下身裙子長度及地，打了褶襉，是淺藍色、帶小綠花的府綢料子。這些料子是她們的母親以前幫她們裁製其他連衣裙時剩下的料子。賈米拉有善用剩料設計連衣裙的天賦，送給阿菲亞的這件也出自她的巧思。阿菲亞在她們家試穿時，姊妹倆慶幸地相視而笑，並告訴阿菲亞，這件衣服非常合身。這是她穿過的最漂亮的連衣裙了。回家路上，她把連衣裙藏在黑長袍裡，然後收進自己房間的櫃子。她是出於本能這樣做的，否則難免要遭一頓數落。

大多數人在開齋節都會做新衣服穿：女人穿新的連衣裙或坎加，男人穿新的堪祖（Kanzu）

64 阿拉伯語詩歌的一種形式，隨著穆斯林征服行動曾傳播到其他文化中。蓋綏達遵循同一格律，一韻到底。每首蓋綏達通常有十五至八十行，有時甚至超過百行。

65 全球穆斯林慶祝齋月結束的節日。開齋節當天，穆斯林一般會很早起床，晨禮後就可以吃一些東西，象徵齋月結束。這一天穆斯林還會拜訪親友，互相擁抱問候，恢復朋友和親友之間的聯繫。穆斯林在這一天都穿節日衣服，喜氣洋洋，重要性相當於華人的農曆新年節日。

和可費亞（kofia）[66]甚至夾克。封鎖已經解除，但日子還是不好過，不過她知道阿莎夫人也會送自己一件連衣裙。這件不是新的，而是阿莎夫人幾年前做給自己的，現在修改一下，阿菲亞湊合著穿還可以。阿菲亞身材苗條，還在長高，連衣裙穿在她身上鬆垮垮的，阿莎夫人說問題不大，妳再長大些就會合身了。阿菲亞在開齋節前夕試穿，也不脫下，就在家裡炫耀似的走來走去。哈利法爸爸在阿莎夫人背後扮了個鬼臉，露出贊同的微笑。

開齋節的第一個早晨，阿菲亞穿著工作服做家務，幫忙準備節日早餐。上午過了一半，家務都忙完，眾人準備坐下來吃早餐前，阿菲亞便先回去房間換衣服。她知道大家都期待她穿上阿莎夫人為她修改的衣服現身。但她換上的是朋友為她裁製的那一襲，而事前她並未告訴阿莎夫人或哈利法爸爸。幾分鐘後，她走出來，爸爸點點頭，微笑著，然後一言不發，只管鼓掌。

他說：「好漂亮啊，現在妳看起來像個公主，不像孤兒了。這衣服哪裡弄來的？」

阿菲亞答道：「賈米拉和莎妲特地做給我的。」

阿莎夫人一言不發地瞧著，就在阿菲亞以為她會吩咐自己回房間換衣服的時候，她竟勉強擠出笑容說道：「她現在出落成小女人了。」接下來幾個月，阿莎夫人的這句話越來越顯貼切。每次阿菲亞準備出門，阿莎夫人都要問她去處，要她說明去做什麼。回到家裡，阿莎夫人還要她交代見過誰，都談了些什麼。阿菲亞漸漸意識到自己出門前會先徵求阿莎夫人的首肯，但一開始她甚至完全沒有察覺到這點。阿莎夫人會依據自己認定得體與否的標準評論她的穿著，有時稱讚，有時挑剔。阿莎夫人表示，開齋節的那件連衣裙早該禁止她穿，因為衣服對她來說已經太小，胸部縮得太緊，真不正經。甚至連哈利法爸爸在場，阿莎夫人都會要求阿菲亞用坎加裹好自己，只可露出臉部。阿莎夫人似乎也知道阿菲亞何時月經來潮，總要問上一問。對於經期來到的事，阿菲亞還沒完全克服厭惡的感覺，並且認為被迫描述那一團糟糕的顏色和流量，讓她覺得十分羞辱。

阿莎夫人對她說話的語氣常令她心煩，彷彿話音夾雜沉沉嘀咕。只有和阿莎夫人一起做禮拜或是下午和阿莎夫人一起閱讀《古蘭經》，才會令她感到滿意。如果打算出門訪友，阿菲亞得提前好一段時間就要表現出虔誠的樣子，偶爾才能獲得一點喘息的機會。她覺得自己無時無刻不被人圍觀、審視，彷彿她在暗中伺機犯罪似的。阿菲亞能確定，阿莎夫人會趁她外出時搜查她的房間。如今她既怨恨又感內疚，因為她常提醒自己，當年她還是個負傷受驚的小孩時，阿莎夫人是如何善待她。她想對阿莎夫人表示，自己不再是小孩了，然而終究不敢。阿菲亞甚至不知自己的真實年齡，因為不曾有人費心記下她出生的日子。

她對哈利法爸爸提起這件事，他答道：「我們一起想辦法解決吧！妳會知道自己是哪一年

66 堪祖是非洲大湖地區男性穿的白色或奶油色長袍，其長度及踝或及地，是坦尚尼亞和科摩羅群島的民族服裝，東非一些沿海穆斯林地區也穿著這種長袍。烏干達的男性則認為這是他們最重要的衣服。可費亞則是一種流行於科摩羅群島和東非沿岸的男帽，由女性手工繡成。常與堪祖一起在特別的節日穿戴，繡上的圖案各式各樣，但最受歡迎的是古蘭經的經文，用絲線繡出浮雕效果。

出生的，因為伊利亞斯正是那一年離家出走的，所以現在只需要挑個出生月日就得了。可不是每個人都有這種特權喔。我的出生月日就是我父親寫下來的。阿莎夫人的出生月日則是記錄在阿穆爾．比亞沙拉先生的帳簿中。妳可以挑個自己喜歡的日期。」

阿菲亞挑了六月的第六天（mwezi sita wa mfungo sita，斯），只因為她喜歡這種組合的抑揚頓挫。哈利法說：「所以，從今以後，妳就知道自己的確實年齡了。」阿菲亞在開齋節第一天穿上朋友為她裁製的連衣裙時，阿莎夫人曾說過：「她現在出落成小女人了。」如今阿菲亞十六歲才過了幾個月，阿莎夫人的這句話的重量開始壓下來了。

隔年開齋節的某一天，他們吃過早餐後坐在一起，阿莎夫人說道：「妳現在已經是個女人了。該給妳找個丈夫。」

哈利法爸爸咯咯笑了起來，以為阿莎夫人在逗阿菲亞，在笑她長大了。阿菲亞也這麼想，所以陪著笑了。

阿莎夫人冷冷地說：「這不是玩笑話。」阿菲亞瞬間明白了自己在一開始就該聽懂的事。不，阿莎夫人不是在開玩笑。「她都成年了，總不能一直無所事事坐在家裡，到頭來會出問題的，要替她找個丈夫才行。」

哈利法覺得不可思議，於是回答：「什麼成年了！明明還是個女孩，妳開口閉口都叫她小女孩，現在怎麼突然成年了。」

哈利法的反應令阿莎夫人吃驚地猛吸一口涼氣。阿莎夫人說：「不是突然，你別推說沒注意到。」

「先讓她享受一下青春歲月，別教她那麼早挑起生兒育女的重擔。急什麼呢？有人上門提親了嗎？」

「這倒沒有，但希望很快有人上門。至於對象，你自己該動動腦筋。都十六歲了，女孩這年紀出嫁正合適。」阿莎夫人堅持己見道。

爸爸激烈回道：「真是無知狹隘到家了。」

阿莎夫人噘起嘴，暫且收兵。

某天晚上，由中尉軍官率領、包括哈姆扎在內的五人分遣隊，前往一個名為基雷姆巴（Kilemba）的德國傳教據點，希望英國尚未控制該處。英國當局的策略是關閉包括農場和傳教據點在內的所有德國前哨基地，以防止保護軍軍團在那裡獲取補給。德國平民受到的禮遇是比照文明參戰國的公民，他們會被送往羅德西亞（Rhodesia）[67]、英屬東非或尼亞薩蘭的布蘭岱（Blantyre）[68]，並可交由其他歐洲人監禁直到敵對行動結束為止。不受監督的非洲人是不能看管和羈押歐洲人的。當地的非洲人既非公民，也不是某國國民，也不是文明人，是交戰國在推進的路途中遇上的，所以常被忽視或被搶劫，必要時還會被強行編入運輸部隊。

中尉軍官從地圖上得知，戰爭前的那個傳教據點就在附近，但不確定如今是否依然開放，或者已讓英國人捷足先登。通常這類任務會交給擅長偵察和追蹤的阿斯卡里部隊，然而指揮官本人對這處傳教據點十分好奇：他曾經聽另一名軍官談起那處據點，因為馬及馬及戰爭期間，對方在那裡休養過幾週。哈姆扎猜，那裡或許能吃頓德國菜、拿上幾瓶品質佳的杜松子酒，這些恐怕也是誘因。

他們毫不費力便找到了那個傳教據點，並在午後稍晚之際抵達該處。一行人先是穿過一片樹木繁茂的地帶。然後越過一道岩石懸崖，最後抵達群山環抱的草原。傳教據點就在平原中央的一個小丘上，那裡有個圍牆圍起來的院子、刷成白色的建築物與一棵枝廣葉茂的無花果樹。山丘上顯得寧靜祥和，牧師和妻子以及兩個金髮小女孩還住那裡。分遣隊到達時，這一家人站在內門等著迎接他們。牧師等人看到德軍顯然十分高興，大人面露微笑，小女孩則揮手致意。

大門之內有兩小塊用籬笆圍起來的田地，種著南瓜、高麗菜和另一種哈姆扎不認識的農作物。分遣隊的隊員就在那裡等候，只有軍官走上前去向牧師及其家人致意，接著再跟隨對方走了進去。片刻之後，走出一名非洲男子，邀請眾人進入內院。他的眉頭、臉龐布滿皺紋，脖子右側有道不平整的傷疤。這人說得一口流利的斯瓦希里語，介紹自己名叫帕斯卡（Pascal），在傳教據點裡做事。該據點占地很大，包括幾棟建築、一所學校、一間診療室、一座養雞場和一片菜園。因為附近一直發生戰鬥，所以鄰村的人都跑光了，據點才變得如此空曠。一般而言，學校裡通常有許多學生，診療室也不得閒，忙著治療經常折磨該地區居民的多種疾病，例如寄生蟲、嗜睡症、瘧疾。英國人准許傳教據點繼續開放，因為牧師及其家人曾照顧過一名受傷的

67 位於南部非洲，一九六五年十一月十一日宣布獨立卻未被國際普遍承認；直至一九七九年六月一日更改國名為辛巴威羅德西亞，一九八〇年四月十八日再更名為辛巴威，方獲國際普遍承認，沿用至今。

68 位於今馬拉威南部，係該國第二大城市。

羅德西亞軍官並結為朋友，所以該名軍官懇求當局不要把這家人送去布蘭岱拘禁，讓他們留下來照顧當地居民。

有位名叫弗朗茲（Frantz）的阿斯卡里兵問道：「為什麼村民不來這裡避難？」

帕斯卡答道：「牧師說不可以，他擔心英國人回來，怪罪他把魯加魯加收容在這裡。」

「魯加魯加來過這裡嗎？」弗朗茲儼然成了發言人，繼續追問。

「不知道。我自己倒沒見過。我們真正害怕的不是英國人和羅德西亞人，而是魯加魯加。據說他們會吃人。」帕斯卡答道。

幾個阿斯卡里兵大笑起來。一位名叫艾伯特（Albert）的士兵問：「誰告訴你的？」有些阿斯卡里兵趕時髦，取了德文名字。

帕斯卡平靜答道：「有人這麼說的。這裡的羅德西亞軍官曾經告訴牧師，魯加魯加不會把俘虜關起來，而是直接殺了吃人肉。我不知道是真是假。」

弗朗茲又是一陣笑聲，然後說道：「魯加魯加只是一群烏合之眾，不是什麼吃人肉的。他們是披羊皮、插羽毛的野蠻人，就愛耍狠。我們會利用這些人是因為他們聲名狼藉，大肆破壞，讓人一聽都嚇破膽了。你知道他們為什麼叫魯加魯加嗎？因為他們大麻抽得很兇，而且沒有一刻安分，就愛跳來跳去。魯加魯加，明白了嗎？你們真該害怕的是保護軍軍團。我們是一群冷血暴躁的混蛋，喜歡為所欲為，喜歡欺負未開化的平民，喜歡砍斷他們的手腳。我軍軍官個個是蠻橫的高手，最擅長引發恐慌。沒有我們，哪來的德屬東非呢？該怕我們才對。」

這個傳教據點的人平靜答道：「事情就是那樣（Ndio mambo yaliyo，斯）。」他彬彬有禮，但態度淡漠，讓人覺得他似乎並不真相信弗朗茲，也不像阿斯卡里兵所期待那樣表現出敬畏的樣子。

過了一會兒，帕斯卡為大家送來食物，包括玉米、燉鹹魚以及一些李子、無花果。他們在一間小小的斜頂棚屋裡攤開裝備和墊子，就地用餐。眾人吃得津津有味，帕斯卡陪著坐在一起。士兵都說：「真是一頓大餐。你想像不到我們在其他地方都吃些什麼。」之後，帕斯卡找來另外兩個也在傳教據點工作的人，維特尼斯（Witness）以及比較喜歡別人叫他朱瑪（Juma）的耶利米（Jeremiah）。他們都是傳教據點附近社區的基督徒。兩人負責照顧牲畜和菜園，而維特尼斯的妻子則為牧師管家。帕斯卡告訴士兵，她正在牧師屋裡為一家人和軍官端上美味的德式晚餐。弗朗茲開始談起各場戰役以及自己參與過的暴行，而其他士兵也紛紛說出自己曾經幹出什麼令人髮指的事。這本是為了嚇唬傳教據點的人，結果他們坐在那裡，目瞪口呆，一五一十全聽進去了。這也是帕斯卡的同事跟著進來的目的：聽聽阿斯卡里兵幹過哪些兇惡的勾當。故事越說越不堪，聽眾則越變越靜默，敬畏之情也越變越深。

帕斯卡說：「戰事眼看就要波及這裡，幸好最終沒有進來。我們照顧過一位德國軍官，還有一個羅德西亞人，就是我說過的那一個。上帝保佑他們和我們所有人，傳教據點並未折損半個人員。」

入夜之後，氣溫急劇下降。哈姆扎順著石梯登上牆頂，只覺臉上不斷刮來寒風。平原上有個水坑，在月光下發出詭異的光芒。一行人準備在據點過夜，黎明時再踏上歸途。在上帝照拂下，傳教據點和牧師等人顯然都很安全，軍官的好奇心完全滿足了。他們離開基雷姆巴時帶走幾條香腸和一瓶杜松子酒，打算作為送給其他軍官的禮物，此外還有一些菸草——就是種在階地上、哈姆扎不認得的那些農作物。帕斯卡剛向他們展示了烘烤菸葉的棚子，但不准阿斯卡里兵拿走分毫。牧師親自監管菸草，而且懂得如何盤點。要是有人拿走一些，那是瞞不過牧師的。帕斯卡可不想讓牧師誤以為他偷東西。

隔天他們很早就離開了，路上沒有遭遇任何困難就回到了部隊。當天夜裡稍晚，德國軍官用餐完畢，中尉躺在行軍床上，哈姆扎則坐在一旁的睡墊上。是上會話課的時候了。軍官參觀傳教據點回來，又喝了杜松子酒，心情頗為愉快。

軍官說道：「牧師為人正派，不過可能有點死板。」

哈姆扎答道：「沒錯，是個正派的人。」

「他帶著太太和年幼的孩子來到這麼遙遠、孤立又疾病肆虐的地方，誰知道在盤算什麼？她迷人而善良，果園也很漂亮，你說是吧？她負責照顧果樹和學校。這裡氣候涼爽，最適合種水果了。唉！可憐的女人，她被魯加魯加吃人肉的謠言嚇壞了。我安撫她說，那是英國人搞的宣傳啊。魯加魯加站在我們這邊，是我們的幫手，我們才不會跟吃人肉的人打交道呢。」

哈姆扎附和道：「長官能讓夫人放心，真好。」他不得不偶爾搭一兩句，否則軍官會生氣地訓斥他，他是在練習會話而非是在聽布道。如果實在無話可說，他便會把軍官最後說的話重複一遍。

「說不定真有吃人肉的事，你怎麼看？人類一旦失去理智，一切都有可能發生，像我們現在都這樣了，更別說那些嗜血如命、野蠻的魯加魯加了。這就是我們利用魯加魯加的原因，讓他們以徹底野蠻的行徑來嚇唬我們的敵人。他們吃自己殺死的人何必猶豫呢？你能想像吃人肉的情況嗎？我不是指戰爭中的瘋狂行徑，不是原始人吃敵人屍體以獲得力量的儀式，不是指哪種風俗或習慣，而是一種欲望、好奇或是冒險。你能想像這種行為嗎？」

因為軍官在等著他的回答，哈姆扎只能說：「沒辦法，我不能。」

中尉輕蔑地笑了笑，然後補上一句：「是啊，你看起來不像有那個膽。」

戰爭的最後幾週簡直是一場噩夢，因為他們必須一邊逃跑一邊躲避敵軍的進擊。德軍向南撤退，此舉引來英國及其盟友一路追到魯伏馬河。保護軍軍團不僅是逃跑躲藏，也同時成功地給了英國人及其盟友殘酷的痛擊：這些盟友主要包括南非人、羅德西亞人和國王非洲步槍團，甚至是在這節骨眼才決定參戰的葡萄牙人。德軍也遭受慘重的傷亡，尤其是馬希瓦之役後的各場戰鬥。運輸兵經常每隔幾天就大批逃亡，有些則可能因飢餓和疲倦而倒斃路邊。逃跑也不總是安全上策。他們現在身處之地正是近三十年前保護軍軍團與瓦赫赫人激戰的區域，大約十五年前馬及馬及戰爭中德軍也曾在此橫施暴行。從那些時代倖存下來的人，還有如今生命與物資也進一步遭到剝奪的人們，都被暴虐的保護軍軍團逼得筋疲力盡，因此不太可能對逃跑的運輸兵表現善意。

阿斯卡里兵依然堅定而忠誠，可說是一樁奇蹟。因為自從三蘭港淪陷、德國當局失去那裡的造幣廠後，他們有時可能一連幾個月甚至幾年都領不到軍餉。儘管如此困難重重，但在阿斯卡里兵眼裡，在這片敵意環伺的土地上，留在部隊總比當個逃兵更安全。他們缺彈藥、缺食物，就算繳獲敵方補給、劫掠村莊，所得也不再豐厚，土地已遭戰爭耗盡，到處只剩飢餓肆虐或空蕩的村莊，物資先前已一再被敵對軍隊掠奪搶走。渡過魯伏馬河之後，保護軍軍團朝西轉往羅德西亞，沿途所及之處皆故意將村莊燒成焦土以阻止敵軍追擊。敵軍自己也正竭力搜刮物資、對抗疾病。哈姆扎的部隊正處於撤退行動水深火熱之際，而他也因不斷移防而疲憊不堪，有時站著也能睡著。包括德國軍官在內，這支部隊穿的衣服混雜凌亂，說是軍隊，看起來更像一群烏合之眾。部隊現正循原路返回該年早些時候涉足的範圍，也就是靠近基雷姆巴傳教據點的地區。這裡也是哈姆扎參戰歷史的最後階段。

凌晨時分，天色仍暗，哈姆扎還沒睜眼就聞到雨的味道。部隊醒來，卻發現剩餘的運輸兵大部分在夜裡逃脫了。他們幾天來不斷在嘀嘀咕咕，對於哈姆扎或其他理解內情者而言，發生這種事並不意外：敵軍追擊毫不鬆懈，且工作負荷沉重，還被迫執行有辱尊嚴之事，最終個個筋疲力盡。他們都是僱來的搬運工，卻領不到薪酬，此外，他們之中有許多人被逼著從事自己不想做的工作。這群人的傷亡比例很高，吃得又差，裝備不足，大部分人都是赤腳，穿著搶來或偷來的破爛衣服。他們生了病又缺乏照護，只能等死，而保護軍軍團的處境又十分艱困，想必無論如何都要擺脫這支面臨戰敗的部隊。每天總是有少數運輸兵偷偷逃跑，不過這次卻是有組織、有籌謀的，因為他們認清保護軍軍團再也無法保障他們的安危或待遇。中尉大發雷霆，其他德國人也跟著動怒，大罵這群運輸兵軍紀渙散，好像他們真以為這支被自己毆打、鄙視和過度役使且衣衫襤褸的隊伍，理應對其效忠似的。

瓦爾特中士的語氣和態度越來越強硬：「沒辦法了，阿斯卡里兵必須兼做搬運工作。」中士向指揮官講話，要求對方聽從，但激昂的氣勢已接近目無軍紀。中尉搖了搖頭，瞥了一眼還在場的另外三個德國人。醫官同樣搖了搖頭。他現在身體很不舒服，除了瘧疾，還有胃部感染的問題，動不動就得跑到灌木叢裡方便，體力因此消耗殆盡，而手邊已沒有能減輕痛苦的藥物。另外兩名軍官是在過去幾個月撤退的煎熬中加入部隊，現在誰也沒有吭聲。其中一位是每天早上要求部隊參加鍛鍊，並在發號施令時向部下揮舞手槍的前軍樂老師；另一位是預備中尉，說話輕聲細語，健康狀況欠佳，是名定居當地的志願服役軍，似乎因磨難而顯得心力交瘁。他們出於恭敬，所以一言不發，但意思很明確。就算阿斯卡里兵都知道自己不負責搬運的鐵律，他們仍須聽命。服從就是軍人義務。就像歐洲人的威權神聖不可撼動，阿斯卡里兵必須服從也是天經地義。中尉再度搖了搖頭，既驚愕又躊躇，因為他知道無計可施了。如要拋棄裝備補給，那倒不如直接向最近的敵軍據點投降算了。這比手無寸鐵在飽含敵意的當地人之間遊蕩要安全得多。

中尉思考了幾分鐘，但也毫無結果，只能屈服於其他軍官緘默但是堅決的要求。中尉下令，阿斯卡里兵從此必須負搬運裝備補給的責任。中士得意洋洋笑了，然後接受該項任務。他吼著要士兵注意，等到大家都望向他，才宣布了新的命令。兵眾先是短暫沉默，接著引發一陣騷動。過了很長一段時間，氣憤的瓦爾特中士以及其他軍官揮舞手杖，甚至作勢開槍，迫使阿斯卡里兵安靜，並且表示服從，秩序久久才終於得以恢復。當時也開始下起雨來了，士兵沉著臉排成兩列，軍官站著面對他們，瓦爾特中士開始罵人。當天出發行軍之前，先由下級軍官將裝備物資分配給阿斯卡里兵搬運。上路之際，雨勢已經轉大。大夥只能頂著冰冷的傾盆大雨，辛苦跋涉、穿越荒野（nyika，斯）向懸崖走去。

儘管軍官揮舞手杖並高聲叫喊，部隊前進的速度依舊緩慢。班長和下士等低階軍官受了中士唆使，似乎也失去了理智，一再毆打阿斯卡里兵。過了一會兒，雖然討人厭的低階軍官都盡了最大努力，行軍隊伍還是不情願地拖曳腳步前行。士兵經常停下來休息或是調整搬運的裝備補給，每次一停下來，就有人會發起牢騷並且氣到皺起眉頭。他們無法避免行軍時經常忍受的苦處：蚊蟲叮咬、炎熱高溫、斷續大雨，穿破舊靴子走路也造成腳痛，體力耗盡。現在阿斯卡里兵被迫扛起卑微的體力活，這點讓他們覺得那些苦處比平時更加無法忍受。近晚時分，他們終於停下來紮營了，然而有人緊張地預感到，快要碰上麻煩事了。有的士兵故意高聲抱怨，抗議這種奴隸才做的蠻活並非當初入伍時同意幹的。他們知道英國人十分鼓勵他們脫逃，因為在突襲村莊搶劫食物的時候看過傳單，也聽過其他阿斯卡里兵的傳言。他們發出不平之鳴：英國當局才不會以如此輕蔑的態度對待自己的士兵。如此踐踏他們尊嚴，這事完全無法容忍。他們不滿的情緒萬分強烈，這令哈姆扎感到十分驚訝。有時這些情緒幾乎要訴諸暴力了，而大家都知道阿斯卡里兵兇殘起來會幹出什麼事。在最後幾週裡，哈姆扎覺得眾軍官似乎也開始擔心部下叛變血戰。他聽到中尉輕聲對其他德國人說：「每個人都應該保持警惕，可能會有麻煩。」

哈姆扎聽見中尉說的話，這也被中士看在眼裡。生活物資匱乏，中士反而變得精瘦剛勁。他的臉被太陽曬黑，目光透出戒慎，髮鬚又長又髒，舉止充滿對所有人的威脅和輕蔑，就連中尉也不例外。在哈姆扎看來，瓦爾特對中尉軍官的仇恨似乎殃及自己，而且程度多少還加重了。哈姆扎聽見中尉的警告，這一刻被中士看在眼裡，對方的目光瞬間變得凌厲威嚇。哈姆扎急忙移開視線。

夜幕降臨，狂風暴雨轉成雷雨。他們在樹林裡紮營，這做法雖不尋常，但部隊需要掩護以避開敵軍的偵察隊。林子裡有些樹木很高大。哈姆扎曾用雙臂抱住其中一棵的樹幹，竟感覺到樹的心在跳動，樹液湧上樹枝。閃電在樹上方霹靂作響，詭譎地照亮他們棲身的樹林。哈姆扎不確定大夥在這裡等待風暴平息是否安全。他躺在地面上，渾身濕漉漉的，由於土壤已飽含水分，地面也濕淋淋的，到處泥濘不堪。樹上的水滴落在他身上，哈姆扎感覺有東西爬過身軀，但他已經力氣用盡，無法動彈。深夜時分，他聽到了動靜，猜想是小動物在附近偷偷來去。接著，哈姆扎猛然明白了，那是阿斯卡里兵。他一動也不動，安靜躺在原地，只管把自己壓在軟爛的地面，彷彿這樣就可以讓自己消失。閃電劈下，哈姆扎不由自主閉上眼睛，但是就在閉眼前的那一瞬間，他瞥見有群人擠成一團，向樹林裡走去。鬼祟聲響持續了幾分鐘，然後停止，這時哈姆扎只能聽見雨水打在濕透了的地面上。他知道阿斯卡里兵開溜了，但是他依舊躺在滂沱大雨中，等待黎明。

最後，他想自己必定是睡著了，因為喊叫聲和命令聲突然將他驚醒。天才剛亮，其中一名低階軍官，估計應是下士，發現有兵逃了，並且出聲警示。好幾個人連忙站起身來，還不確定危險何在，便已驚慌失措大喊大叫，同時四處張望。下士六神無主大喊：「他們跑了，他們跑了（Wamekimbia，wamekimbia，斯）。」中尉下令清點人數，而中士則手中持劍，在大雨中穿梭來去。中士轉達命令要求低階軍官算算剩員，然後邊走邊吼：「叛徒，叛徒。」前一夜有二十九名阿斯卡里兵逃走，現在只剩下十二名，其中包括班長和發出警示的下士，兩位都是努比亞人，並長期在保護軍軍團中服役。瓦爾特中士瞪眼掃視剩下的兵員，視線最終固定在哈姆扎身上。為了避免目光接觸，哈姆扎趕緊移開視線，然而為時已晚。

中士指著面前兩步遠的地面叫道：「給我過來。」哈姆扎按命令走上前去，並在距離瓦爾特中士所指位置一兩步遠的地方停下。瓦爾特中士向中尉報告：「那天你告訴我們會碰上麻煩，他聽見了。」德國人分散站在一旁，面對著非洲部隊，軍樂老師和預備中尉手裡都握著左輪手槍。瓦爾特中士怒氣衝天嚷道：「你的這個叛徒臭婊子背叛了我們。慫恿大家逃走的就是他。他對他們說謊，大家才會逃走。」中士向前一步，然後猛力將劍揮向哈姆扎，哈姆扎急忙轉身想躲掉這一擊，但是劍仍砍在他的臀部，割裂肌肉，劈進骨頭。哈姆扎聽到有人尖叫，然後頭部重重撞在地面。他聽到幾個人在嚷嚷，還有另一個在他身邊狂亂尖叫。他掙扎著想要呼吸，而且死命挺著胸部，無奈沒法吸入空氣，接著他一定是昏過去了。

哈姆扎暫時清醒過來，但是頭暈目眩。他看到醫官跪在自己身邊，並感覺有手臂將他抱住。然後，他在憤怒的聲音和高喊的命令中再度甦醒。等到意識恢復，他發現自己躺在由兩名士兵抬著的擔架上。雨還在下，水順著他的臉流下來。他清醒了好一會兒，才漸漸能把混亂的印象拼湊起來，然後得出結論，只是不久又陷入昏迷。之後，哈姆扎數度恢復意識，其中一次，他看到中尉走在擔架旁，但轉眼又不見了。哈姆扎那時已出現幻覺，也許他甚至沒有躺在擔架上。他第二次看到中尉走在自己身邊，於是問：「是長官嗎（Sind Sie das，德）？」他整個人都在顫抖，一陣陣地抽搐，嘴裡還有一股嘔吐物的異味。他的全身都在抽動，左側尤其嚴重。他沒力氣移動身體的任何部位，但反正也不想移動哪個部位，就連睜開眼睛也很費勁。接著，旁人把他平放地上，這時，劇痛傳遍一整條腿，而他甚至還沒想要尖叫，聲音就脫口而出了。最後他完全清醒了，看到海達爾．哈馬德班長單膝跪在擔架旁。

班長說：「噓，別叫（shush wacha kelele，斯），真主啊（Alhamdulillah，阿）！別再這樣流淚了！阿斯卡里弟兄。」他的臉上沾滿雨水，嘟著嘴巴，好像在哄孩子一樣。

哈姆扎躺在地上，身體左側痛得撕心裂肺，嘴裡作嘔的感覺令他喘不過氣。這時他看到中尉站在幾呎外，正低頭注視著躺在地面擔架毯子上的自己。對方回答：「沒錯，是我。不用擔心（Ja, ich bin es. Macht nichts，德）。」

接著，哈姆扎又暈厥過去。部隊在夜間行軍時停下了一段時間。他知道這一點是因為他斷斷續續醒過幾次，只是時間十分暫短。天氣太冷。他全身濕透，不由自主地顫抖。後來，他聽到鬣狗在吠叫，又聽到一陣認不得的奇怪咳嗽聲。他還聽到了瀕死的動物在嚎叫。

天才剛亮，部隊再度啟程，雨也停了。陽光使他暖和起來，令他感覺輕鬆了些。他現在明白了，濕漉漉的感覺不僅來自雨水，還因他仍大量流血。蒼蠅聚在他周圍，停在他的臉部和身上，但他沒有力氣趕走。同袍找來一塊破布蓋住他的面孔，以免蒼蠅沾附。顫抖現在從間歇轉為持續，哈姆扎時睡時醒。他最後醒來時已是夜裡，過了好久，才發現自己躺在一個房間的床上，旁邊的桌子上點著一盞油燈，不過光線昏暗。他顫抖個不停，不由自主呻吟著，陣陣疼痛席捲全身。哈姆扎深陷苦楚中，對於其他一切無力關心。過了一會兒，他從敞開的房門察覺天快亮了，不一會兒，又聽見有人進門朝自己走來。

對方說道：「喔，你醒了。」這是個熟悉的聲音，但他累得睜不開眼。「兄弟，你人在基雷姆巴的傳教據點，現在安全了。我是帕斯卡，還記得帕斯卡嗎？你當然記得啊。我去找牧師過來。」

牧師將他那張曬黑的臉俯向哈姆扎，然後說道：「我們盡了最大努力，縫合你的傷口。」哈姆扎雖然聽得懂，帕斯卡還是幫他翻譯了。主僕兩人的聲音聽在哈姆扎的耳裡時而清晰時而模糊。「流血……還滲出一些。不能確定……骨頭內有沒有損傷……感染。最該注意……退燒……營養，就期待一切順利。我會告訴……軍官……醒了。」

中尉走進來，搬了把椅子放在床邊。哈姆扎沒辦法一直睜著眼睛，意識時有時無，但每次睜開眼時，軍官都守在床邊。他已梳洗乾淨，不過依然穿著在野地裡穿過的破衣服。哈姆扎費勁聽著，只見軍官臉上掛著一貫的揶揄笑意。哈姆扎現在比較容易聽懂他的話了。中尉以安慰的口氣緩緩說：「看來你終究保住性命了。你還真麻煩啊。現在你就在這個漂亮的傳教據點躺著休養，部隊……回去……繼續打毫無意義的仗。什麼『文明使命』（Zivilisierungmission，德）……我們為了帝國撒謊、殺人，然後美其名為開化野蠻人的使命。現在我們還在這裡，還在為這種使命殺人。你覺得很痛嗎？聽得見我說話嗎？如果能……就眨眨眼……你當然辦得到……很痛很痛，不過牧師和他手下……向我保證過了。他們都是好人，會扔掉你的制服，所以不會有人……過去你在阿斯卡里部隊服務，他們會給你充足的食物，也會經常為你祈禱，你很快就能康復。」

中尉的話聽起來那麼遙遠，那麼不真實。哈姆扎並未費力嘗試回答。

中尉問道：「告訴我，你到底幾歲？」他的話突然變得清晰起來。「根據你個人資料上的登載，你是二十歲入伍的，但我可不相信。」哈姆扎想回答，但要說清楚得費好大的勁。

中尉又道：「不，我不相信。要是你對軍官撒謊，我可以罰你五十鞭，就是打你兩頓二十五下的鞭刑。你入伍時應連十七歲都不到。我弟弟死的時候就是那個年紀。有次營房失火，我也在裡面。十八歲……一個俊美的男孩，我經常想起他。」他揉揉太陽穴繃緊的皮膚，然後僵直地坐了幾分鐘，好像不想再說下去了。他把手伸向床，不過又縮回來。「那場火災好可怕，燒得那麼猛。他不想入伍，也不適合軍旅，但我父親堅持，因為那是家族傳統……大家都是軍人……弟弟不想讓他失望……但他原來有自己的夢想。你學會了德語，真的很聰明……學得又快又好。我那個弟弟赫爾曼（Hermann），愛讀席勒。好吧，你現在該休息了。我們準備好就上路。」

海達爾．哈馬德班長和其他阿斯卡里弟兄進來向他道別。班長用一貫的粗聲粗氣對他說：「你這小伙子真走運。」他的嘴唇貼在哈姆扎的耳朵上，好像不想讓他聽漏半個字似的。「中尉喜歡你，這就是你走運的原因。否則我們只會把你丟在森林裡，像處理運輸兵那樣。」

另一個阿斯卡里同袍碰碰他的手臂說：「這是上帝的意旨。願上帝保佑你，我們要回去送死了（Amri ya Mungu. Mungu akueke, sisi tunarudi kwenda kuuliwa，斯）。」部隊準備動身之際，中尉再度現身，這次他所說的一切，哈姆扎都聽清楚了。中尉又露出一貫的揶揄笑容：「你知道我為什麼要把弟弟的事告訴你嗎？不，你當然不知道。你只是一個阿斯卡里兵，怎能揣測德國軍官的私事。你的不良紀錄越來越多，包括無禮、說謊還有逃兵。」他把一本書放在房間另一邊的桌子上，然後繼續說：「我把這個留給你，讓它陪你度過康復的時光，並幫助你練習德文。等你身體好到可以離開這裡，把這本書留給牧師吧。戰爭很快就會結束，也許改天我會回來拿走。預計英國人會把我們和黑鬼罪犯關在一起好一陣子，誰教我們處處讓他們頭痛呢！英國人要藉機羞辱我們，不過，終究會把我們送回國的。」

哈姆扎由帕斯卡負責照料。對方每天過來好幾次，餵他喝水、餵他喝牧師吩咐該喝的湯，或是為他清潔身體。哈姆扎對眼前周遭的事只有模糊和斷續的感覺。他發高燒，渾身發疼，而且再也分不清是哪個部位痛了。傷口位在他的左大腿上，整個身體左側都在劇烈抽動。他的右腿完全沒有感覺，兩隻手臂都不能動，有時甚至連睜眼都吃力。牧師白天過來檢查，同時指導帕斯卡如何幫哈姆扎保持清潔，並讓他舒服一些。主僕兩人的面孔在他視線中進進出出，白晝黑夜已交融成一片。哈姆扎時不時感到額頭靠上一隻冰涼的手，但是弄不清是誰的。

有天晚上，哈姆扎在一片闃黑中醒過來，察覺自己正是那個在噩夢中抽泣的人。腳邊全是鮮血，地面也滿是鮮血，身體被血浸透。許多斷肢和軀幹碎塊壓在他身上，有人以狂亂和恐懼的聲音尖叫、大喊。他止住了抽泣，但四肢仍不停抖動，也沒辦法拭去淚水。帕斯卡聽見他的動靜，拿著一盞燈走進來，然後一言不發掀開被單，檢查了一下繃帶，接著把燈擱在房間另一邊的桌上。他走回哈姆扎身邊，把手放上他的額頭，再用濕布拭去他的淚水，將從他鼻孔和嘴唇流出的黏液擦乾淨，然後讓他喝了點水。最後，帕斯卡拉過一把椅子，坐在床邊，等到哈姆扎的呼吸恢復平靜，他才開口說話。

「兄弟，你在這裡很安全。這些歐洲人都是好人（Hawa wazungu watu wema，斯），是上帝的子民。」他禁不住漾起微笑，然後繼續說道：「我雖不是醫生，但我想你已經退燒了。牧師說，只要燒一退，你就走上康復之路了。他能把人治好的。他來基雷姆巴服務前，我已在海邊為他效勞過很長一段時間。有一次我受傷，就是他用藥救活我的。」帕斯卡一面陳述，一面撫摸脖子上的傷疤。「牧師會讓你好起來，不過我們也不能凡事都依靠他。我們會求上帝幫助。讓我為你禱告吧。」帕斯卡閉上眼睛，雙手合十，開始禱告。哈姆扎現在可以清晰地看到對方，彷彿先前自己眼睛蒙了一層薄翳，如今被抹掉了一般。他端詳坐在床邊椅子上的帕斯卡，只見他的臉布滿皺紋、飽經風霜，此刻他正閉著眼，咕噥著在對神說話。哈姆扎環顧房間，看著點了燈的桌子，看著半開的門，就像自己生平第一次見到這些景象似的。帕斯卡禱告到一半，伸手握住哈姆扎那癱軟在床上的右手，然後將其舉起。哈姆扎看到自己的手被帕斯卡緊緊握住，卻完全沒有感覺。帕斯卡將另一隻手放上他的額頭，並且高聲說出祝禱的話語。

又過了一會兒，帕斯卡問：「你剛才是否回想起什麼不愉快的事？需要的話，我可以陪著你，不過，也許睡覺更好些。你叫一聲，我會聽到。門開著，我就睡在隔壁。要不要我留下來陪你？我想，明天牧師看到你的眼睛這樣閃閃發亮，應該會很高興。」

隔天早上，牧師量了哈姆扎的體溫，對他點頭表示嘉許。但牧師解開繃帶後，臉色看上去就不那麼開心了，不過還是浮現了勇敢以對的神情。帕斯卡調整哈姆扎的枕頭，牧師在旁邊等著。如同中尉所言，他是個瘦削、整潔又正直的人，腰桿總是硬硬挺著。等到帕斯卡調整好，哈姆扎感覺比較舒服了，牧師便用德語問他：「你聽得懂嗎（Verstehst du）？要不要帕斯卡翻譯？」

哈姆扎答道：「聽得懂。」同時覺得自己的聲音很陌生。

牧師嚴肅的臉露出了笑容，接著說道：「中尉告訴大家，你聽得懂德語。那挺好呀。如果我說的話你不明白，請搖搖頭。我想你的燒已經退了，但這只是康復過程的第一步，後續還有很長的路要走。」牧師說這話的語氣十分嚴厲，好像哈姆扎可能誤以為自己已經安然無恙。「滲血現象必須完全消失才行，接下來，會讓你稍微活動一下、做做練習。你的傷口還在滲血。戰爭期間，萬事困難。我們在這裡會竭盡所能，直到可以把你送去一間能妥善照顧你的醫院為止。最要緊的是必須防止感染。現在可以開始讓你吃固體食物了，要一步一步來。你能不能動一下右手臂？這是我們復健練習的第一步，先練習右臂和右腿。帕斯卡會教你的。」

帕斯卡是主要的照護者。雖然他在據點裡有自己的住處，但還是在隔壁房裡過夜。每天早上，他都會幫哈姆扎清潔身體，協助他坐起來，按摩他的雙臂以及右腿，用他那不疾不徐、略帶嚴肅的語氣和哈姆扎說話。然後他會閉著眼睛禱告，接著協助哈姆扎吃下用酸乳、高粱和南瓜泥拌成的一餐。他告訴哈姆扎，傳教據點裡其他的非洲工人也是吃這些食物。之後，他會讓哈姆扎能盡量躺得舒適一些，才會離開房間去執行在據點中的其他任務。

透過敞開的窗戶，哈姆扎可以看到一些無花果樹，還有牧師家的一部分。早上他大多會看到一隻淡綠色的小蒼鷺，一動不動站在屋脊上，很長時間，最後不知何故才又飛走。不知什麼原因，每次看到屋脊上定定站著的蒼鷺，他就覺得難過。這個景象令他感到孤獨。上午過了一半，牧師會進來檢查哈姆扎。每當他一湊近，哈姆扎就會聞到肥皂、潮濕肌膚和蔬菜發酵的混合氣味。牧師詳細地檢查傷口，幫助活動哈姆扎的四肢，然後問他一些問題，問得深入而且耗時頗長。無論檢查結果如何，他總顯得嚴肅、凝重。

透過窗戶，哈姆扎能聽到鋼琴聲以及小女孩唱歌和練嗓子的聲音，還能聽到她們在院子裡玩耍的聲音。她們的母親，牧師夫人，會在白天挑個時間過來探望哈姆扎。她的身材纖細，一頭金髮，看起來已經習慣辛勤勞作，即便有點疲倦，也總是很自然地綻放笑容。她通常會用錫盤端一些點心來給哈姆扎：餅乾和一錫杯咖啡，不然就是一小碗無花果或黃瓜片。牧師夫人會和他談起一家人搬來基雷姆巴前在海邊度過的那幾個月。這裡的景色是不是很棒？晚上涼風驅散蚊子，住過海岸的人就能體會這份福氣。牧師和她都出身務農之家，這裡的氣候非常適合他們的農作。你不喜歡這裡的氣候嗎？這對你有好處，以後你會明白。她問著哈姆扎這些問題，對他的德語程度驚嘆不已。遣詞用字多麼出色！牧師夫人告辭之後，哈姆扎總感覺自己的狀況比實際上好多了。萬一牧師夫人無法按習慣為他送來餅乾或水果，維特尼斯的妻子蘇比莉（Subiri）便會代替夫人端著錫盤走進來，然後放在床頭櫃上，並親切地低語幾聲。

兩週過後，哈姆扎才在院子看到小女孩。有天下午，他覺得手臂已恢復一些力氣，於是拿起帕斯卡為他做的木拐杖，並在對方的協助下，只以單腿著地，一瘸一拐走到窗前。哈姆扎感覺到血液在左腿裡奔湧，身體突然襲來刺痛感。他望向窗外，看到牧師住家外面院子的一角，還有兩個坐在墊子上玩娃娃屋的女孩。他聽見她們母親在跟她們說話的聲音，但沒看到母親。她們不知道哈姆扎正看著她們。他把椅子放在窗邊，有時整個上午都坐在那兒，看著進出傳教據點的人。等他行動變得比較靈活，可以一瘸一拐走出病房曬太陽了，他便向女孩揮手，而她們也揮手回應，母親則在一旁看著。他記得中尉曾說過她是如何擔心自家女兒，而他也看到她是如何寸步不離守在女兒身邊。有幾次，哈姆扎也曾看到牧師夫人走在住家旁邊的果園裡，兩個女孩則提籃子跟在母親後面。

有天早上，哈姆扎坐在病房搬出來的椅子上，牧師走到他的身邊，瞇著眼，站在陽光下，一言不發，注視著他。過了一會兒，牧師說：「我們剛剛聽說戰爭已經結束，德國已經投降。德屬東非的指揮官方才帶領剩餘部隊向英國人投降。整整三個星期，指揮官似乎沒聽說各方已經達成停戰協議。不過，現在一切都結束了。戰爭奪走這麼多條性命，上帝卻讓你活下來，我們必須為這件事感謝祂。你得永遠心存感激，謝謝上帝讓這傳教據點成為祂布施憐憫的處所。」

帕斯卡告訴哈姆扎，將為所有死者舉辦祈禱會，他應該來參加。他說：「如果你能出席，不只牧師夫婦將備感欣慰，上帝也會高興。再說一句，萬一你不能來，牧師可要苦惱了。要是能讓他開心該多好。英國人和羅德西亞人必然也會來這裡，牧師為人謹慎，希望在他們抵達前先送你離開。如果讓他們在這裡發現你，就會知道你是阿斯卡里傷兵，甚至可能關閉據點。如果牧師對你不滿意，他會讓那些人把你抓去監禁，但如果你成為信徒，他就不會這麼做了。」

傳教據點的村民信眾中有少數幾個回來了，有十幾個人出席了祈禱會，其中女性占大多數。哈姆扎第一次踏進傳教據點的禮拜堂，這是一間粉刷成白色的樸素房間，牆壁上掛著一個十字架，前面有個講台。哈姆扎自認為明白帕斯卡的用心，一則挽救他的性命，二則希望為救世主贏得哈姆扎的靈魂。哈姆扎不懂讚美詩，在整個禮拜過程中，他一直低頭坐著，聆聽會眾唱歌及牧師為死難者進行的祈禱。

接下來的幾個星期裡，哈姆扎的傷勢穩步好轉，只不過受損的髖關節和腹股溝經常在他走動時作痛。傷口已經癒合，而且藉由復健練習逐漸恢復了活動能力，不過牧師認為，哈姆扎的肌腱或是神經必定受到了損傷，他不夠專業，無法為哈姆扎治療。哈姆扎的腿還不夠強壯，不足以支撐其體重，還需要倚靠拐杖才能行走。帕斯卡說，看起來哈姆扎還得多留一段時間，所以最好改善起居條件，讓他過得舒適些。在維特尼斯的協助下，帕斯卡築起一道牆，牆骨是枝條編成的籬笆，然後再塗上厚厚的泥巴，將他與朱瑪合住的宿舍和一旁的斜頂小棚屋隔開，再協助哈姆扎搬進裡面。他說：「你只需要高喊一聲，我和朱瑪都聽得到。」

因應當地居民開始回來就診，哈姆扎住過的病房已恢復原本診療室的用途。戰爭結束之際，他們隨處都聽得到疾病開始流行的傳言，只不過最嚴重的情況尚未蔓延到基雷姆巴而已。哈姆扎也著手幫忙傳教據點的雜務，只能先從以坐姿可完成的事開始：分揀菸葉、洗滌蔬菜、修理家具。他發現自己在修理家具方面具備一定本領，於是牧師夫人以及帕斯卡就找來幾件家具讓他修理。牧師旁觀哈姆扎如何處理菸葉和家具，儘管一言不發，實則滿意。牧師天性警惕，他始終留意傳教據點中進行的事，但不經常出言糾正或者公開指責。到了晚上，哈姆扎則會和帕斯卡及其他工人一起吃晚餐，談論傳教據點牆外種種混亂的局面。

牧師夫人認為，哈姆扎能康復簡直是個奇蹟。他一定是堂堂正正在過日子。哈姆扎知道對方在取笑自己，故意誇大他復原的情況為他加油打氣，但他十分感激。每次他坐在樹蔭下，姊姊莉茲（Lise）和妹妹朵特（Dorthe）兩個女孩就會拿出聖歌歌單，教他認識上面印的歌詞。通常她們會自己先唸一遍，再讓他跟著誦讀，殊不知他自己即可以輕而易舉讀出來。他在聖歌下足了工夫，但小老師十分嚴格，必讓他將每行重複唸上幾遍。有一次，姊妹對於某個字的發音看法不一樣，他沒多想，就擅自從莉茲手裡拿來歌單，打算自己也看一眼，但她毫不猶豫，立刻一把搶回。她說，這是我的。就在看到詩歌的一瞬間，他模糊地回憶起來，記得中尉軍官在離開前曾說過有關一本什麼書的事。是什麼書？還是他的幻覺？抑或夢中情景？

他問帕斯卡：「中尉是不是留了一本書給我？」

帕斯卡答道：「什麼書？你懂德文嗎？」哈姆扎想起了軍官，記得自己還懂一點。「沒錯，我讀德文。」

帕斯卡回應道：「我也能讀德文。如果你想讀點什麼，教堂的櫃子裡放了幾本小冊子。也許晚上我們可以一起讀？有時我會讀給維特尼斯和蘇比莉聽。他們都是非常虔誠的信徒。」

哈姆扎說：「不……我是說，好啊，如果你想一起讀，我們就一起讀，不過，他有沒有留一本書給我？我是指中尉。」

帕斯卡聳聳肩。「他為什麼要把書留給你？他是你哥哥嗎？」

牧師夫人面帶微笑對他說：「莉茲告訴我，她教你聖歌的時候，你拿走了她的歌單。你那麼不客氣，她很在意。我在想，你是否願意讓我教你讀書。」

哈姆扎說：「我會讀呀。」

她微微揚起眉毛，只是一瞬間，然後說道：「我以前不知道你懂德文。」

哈姆扎謙虛補充道：「只懂一點，還需加強練習才行。中尉是不是留了一本書給我？」

夫人還沒回答，就把目光移開，然後答道：「我去問問牧師。你為什麼問這問題？」

就在她移開視線前的一瞬間，他看到對方眼裡一閃，明白了原來一切並非幻覺。軍官很可能確實留下了一本書，只是他們並沒有告訴自己。哈姆扎搖搖頭，好像自己也不確定或者是否該把這件事放在心上。他不想小題大作，因為也有可能是自己亢奮的想像力在搞怪，於是說道：「我只是依稀記得類似的事，但不確定。我的記憶好混亂啊！」

但他越想就越篤定，中尉軍官說的話迴盪在他腦海，逐漸成為較完整的片段：曾發生過一場火災，軍官死了弟弟，當時還很年輕。軍官又說，那本書是給哈姆扎練習德文用的，然後提到什麼黑鬼罪犯。哈姆扎不記得那是怎麼回事。他現在持續做著復健練習，默默感謝牧師和帕斯卡對自己的關懷，並將對於書的渴望壓抑下去，或是試著壓抑。現在傷口表面已經完全癒合，不過仍需要一根拐杖來支撐他的體重。好幾個星期過去，聖誕節和新年也過去了，有位英國軍官到訪傳教據點，在此期間，他們一直沒有讓他露面。英國軍官告訴牧師，當地和全世界一樣，都有流感肆虐，已有好幾千人病死。德國一片混亂，皇帝被罷黜了，國家宣布改制共和。俄國發生革命，沙皇和他全家都被殺害，俄國局勢飄搖，兵燹不斷。他說，整個世界都處於動蕩，而他們在這裡物資不缺還有得吃，最好暫時留在原地，等待當局下達較明確的命令。

後來，是牧師主動提起這本書的，但也並未直說。有一天，牧師為哈姆扎做完定期檢查之後，提議一起出去散步，以便哈姆扎能做點復健練習。那時已近傍晚，他們走到宣教大樓門口，然後再前行到園區門口。牧師這時停下腳步，他的目光掃視著前方平原以及遠處懸崖。

牧師說：「夕陽西下，風景看起來更美了，你說是吧？不過，你也知道，在這片風景裡，從未發生過什麼重要的事。無論從人類偉業或奮鬥的歷史而言，這都是一個毫無意義的地方。即便把這一頁從人類歷史中撕掉，也不會有任何影響。所以，我們可以理解，為何生活於此處的人，雖然受到多種疾病侵擾，卻能活得心滿意足。」他看了哈姆扎一眼，然後輕鬆綻放微笑，說起話來自在從容。「至少，在我們來到之前、在為他們帶來像進步、罪惡和救贖等不愉快的字眼前，是這樣的。這裡的人都有一個特點，他們不能長久堅持一個理念。這樣說來或許虛偽，但實際上他們確實不夠認真、難以信賴，無法專心一致。所以才必須重複下達指令，並加以監督。想像一下，如果我們明天離開這裡，他們就會像灌木叢一樣，恢復原先的生活方式。」

他再度瞥了哈姆扎一眼，然後轉過身往回走。哈姆扎認為牧師真是身陷為難處境之中，既要按照命令控制支配這個地方，又難違拗內心所嚮，希望對人伸出援手。他很好奇，歐洲的傳教士是否和他一樣，都以相同方式對待像當地人那樣落後的人。

牧師在散步的歸途中繼續說道：「揮劍砍你的那個軍官，想必是瘋了。中尉把他的事說給我聽了。他說那個軍官非常能幹，然而政治立場鮮明，對於德國貴族以及統治階級滿腔怨恨。德國是一個飽受分裂之苦的國家，如今軍事失敗，以往那些積怨的人推翻帝制，國內亂成一片。你應該想知道，像中士這樣的人在德屬東非的帝國軍隊裡究竟想做什麼。也許他被暴力吸引，而保護軍軍團能為他提供逞兇的機會。中尉還告訴我，這名軍官很難控制，因為他非常討厭當地人，以至於經常違反規定，幹出明令不准德國人對土著遂行之事，而且他對待阿斯卡里兵也是這樣我行我素。根據保護軍軍團的規定，他如此對待你，其實已屬犯罪行徑。中尉也告訴我，那個軍官砍你就彷彿砍在他身上似的。

「你聽得懂我說的一切嗎？你當然聽得懂。中尉說你的德語很不錯，而我也親耳聽你說過德語。也許看在其他德國軍官眼裡，他……和你交朋友，他……對你的照顧如此……親密，這樣似乎不對。我不清楚真實情況，不過因為中尉還說了一些別的事，我就猜猜罷了。也許有人認為，他的行為有損德國威望。我理解其他人可能會怎麼想，同時我也明白，戰爭會搭起意想不到的連結。」

在他們回到診療室前，牧師就沒多說話了。直到此刻，牧師站在窗邊，時而望向窗外，時而轉頭瞥哈姆扎一眼，不過目光避免與他接觸。「沒錯，就像你問我太太的那樣，中尉的確給你留下了一本書。中尉說你能讀德文，但我沒告訴她。中尉也說，把你編入保護軍軍團是大材小用。現在，我在這裡觀察了你好幾個月，我也感同身受。我看到你不以傷痛為意，只是耐心等待康復，這是有智慧、有信仰的人才辦得到的。我指的並不是宗教信仰。我知道帕斯卡希望把你爭取到救世主身邊，但是我不知道你在這方面的情況。帕斯卡是一個了不起的浪漫派，也是個睿智的人。

「當初我把書拿走的時候，並不了解你的情形，還怪中尉為人輕率，認為他是感情用事，只因為他覺得你受了傷，他應該承擔責任。正因如此，我才覺得他對你的呵護太過頭了，導致中士施暴的……正是這份熱切。中尉還說，你讓他想起以前認識的某個年輕人，我當時認為，一個德國軍官談起在地士兵時竟那麼感傷，這樣未免失格。我當時想，他留下的禮物對一個本地人來說實在太貴重了。後來我太太告訴我，你問起這本書，我又開始反省起自己的處置方式。我沒有告訴她，中尉說你會讀德文。當時我推說這本書太貴重了，不能隨便亂扔，她也相信我了，不過，話說回來，這本書真的很貴重。後來她告訴我，你想要這本書，還跟我說，你其實懂德文。我回答她，我以前就知道這點，於是她說，你必須把書還給他，那是留給他的。如果我早些時候就告訴她，你看得懂德文，那麼肯定她也會說出類似的話，這就是我一直守口如瓶的原因。我告訴她，我很懷疑你真能讀通這本書，不瞞你說，我到現在仍是這麼想。她要我別多管閒事，要物歸原主才是。」

牧師說這番話時一直面帶微笑。「不管怎麼說，我都說不過她。或許我應該說，她訓得我心服口服：把書拿走就是理虧，所以我決定把書還給你，並且充分解釋當初為什麼會把書拿走。以前是我誤會了。說不定哪天你真能像中尉預期的那樣，讀得津津有味。」他遞給哈姆扎一本封面為金黑兩色的小書：席勒寫的《一七九八年繆斯年鑑》（*Musen-Almanach für das Jahr 1798*）。

第三部

PART THREE

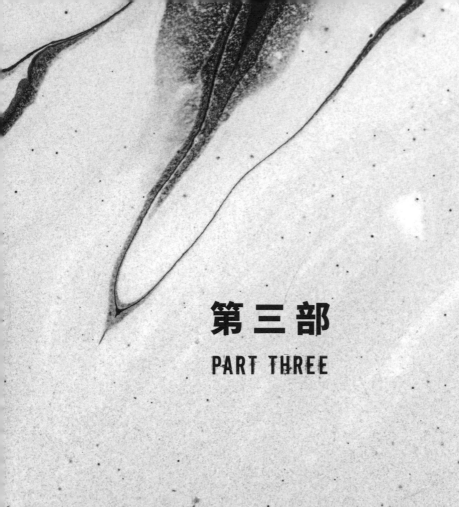

他們的船在傍晚的暮色中繞過防波堤，船東下令降下船帆，小心翼翼將船駛入港口。他說，潮水退了，無法確定航道。這一時期正好處在卡斯卡茲季風（kaskazi monsoon）[69]過後、風和洋流尚未轉向東南之前。每年到這季節，強大洋流有時會改變途徑。這艘船載滿了貨物，吃水很深，他不想擱淺在沙洲上或者撞到海底什麼東西。與船員商量之後，他最終判斷天色太黑，船隻無法安全靠近碼頭，只好在淺水區將錨拋下，等待天亮。岸上燈火點點，有些人在碼頭走來走去，幽暗中只見拉長了的影子，有時伸向人前，有時映向人後。小城從碼頭邊的倉庫後蔓延開，天空仍有餘暉，呈現琥珀般的色彩。再往右看，燈光昏暗的濱海馬路一直延向岬角，再過去一點點，岬角即隱沒在鄉間的夜幕中。哈姆扎還記得，這條路會途經他曾住過的房子，然後窄縮成為一條通向內陸、縫隙般的小徑。

望向海面，可以看到滿天繁星與一輪開始升起的巨大明月，照亮防波堤外浪濤湧動的海面和遠處礁脈旁激起泡沫的波峰。月亮升得更高之後，整片天地便淹沒在神祕的光華中，將倉庫、碼頭以及與繫在碼頭的船隻化成了虛渺的側影。船長及其三名船員吃起分配給自己的、份量少得可憐的米飯和鹹魚，還邀哈姆扎一起享用。飯後，眾人安頓下來休息。他們彼此緊緊挨著，躺在裝滿小米以及扁豆的袋子上，這些就是船隻所運送的貨物。哈姆扎也靠近船員躺下，聽他們談談天，聽他們撂粗話，聽他們唱出愁緒的思鄉歌曲。潮水上湧，船隻隨之顛簸。大家幾乎同時入睡，呼吸聲音有時突然深沉濃濁，接著便又安靜下來。鼾聲靜止，短暫安靜片刻，船身又因為海浪洶湧而晃盪起來，傳來小船彷彿受到折磨發出的嘎吱嘎吱聲響。哈姆扎靠著身體沒受傷的那一側躺下，仍無法避免疼痛再次襲來，只得與擠睡成堆的船員拉開距離。過了一會兒，哈姆扎更是完全抽身離開船員，生怕對方會因他失眠而受干擾。他擠進一個狹窄的空間，不舒適的感覺反而分散了他的疼痛，不知何故竟然睡著了。

黎明時分，他們把船撐到碼頭邊，在淡紫色的晨曦中安靜幹活。海水已完全漲潮，船在海面浮得很高。船長並未採納哈姆扎幫忙卸貨的提議，只是以善意又自大的神色，咧嘴一笑，愉快露出髒兮兮的牙齒。

船長一面上下打量著哈姆扎，一面友善地揶揄道：「你以為輕輕鬆鬆就能完成卸貨？需要技巧才辦得到，還得具備牛的蠻力才行。」

於是哈姆扎向讓他免費搭船的船長道謝，然後與船員握手道別。他小心翼翼踏著木板走向

69 東非肯亞赤道地區，每年十二月至翌年三月中旬從東北吹向西南的季風，為期約四個月，可以帶商人沿著海岸南下。

碼頭，因竭力抑制臀部疼痛以致全身緊繃，先前擠在船肋間將就一夜，如今情況更惡化了。船上無人問起他的疼痛，那些人不可能沒注意到他走路一瘸一拐。他對這點心存感激，因為在這種情況下，倘若接受了對方的同情，還得回應，也需交代來龍去脈。他沿著幾乎空無一人的碼頭走向前去，途中並未回頭，不過他很想知道，船長和船員是不是正在注視自己，也許還在談論他呢。

他穿過無人看守、敞開的港口大門，朝鎮上走去。迎面而來的是大步走去港口上班的人。他不熟悉鎮上這一帶。他以前一直住在小鎮的邊緣，幾乎沒去過市中心，但他不願別人覺得自己路況不熟或是迷路，所以也盡量讓自己看來像知道目的何在似的，在臀部疼痛還足以忍受的範圍內，闊步向前走去，一面設法辨認熟悉的街道或建築。剛開始，他行經的道路十分寬闊，兩旁種滿了印度苦楝樹，但過不久，大街就變窄了，兩邊還岔出其他的小巷。等到走得更遠，哈姆扎開始微微感到驚慌。居民走出小巷，知道往何方去，而他連自己所在的位置都不確定。人潮越來越多，讓他難以辨認方向，卻仍保持平靜。他身處在繁忙的街道上，所以他的猶豫和疑惑並不那麼顯眼。自己遲早一定能認出一些東西。最後，他偶然間發現舊的郵局大樓，不禁如釋重負，坐在外面的台階上，靜待驚慌之感消退。汽車偶爾才會出現，有耐性地駛過群眾，與經過旁邊的行人和騎腳踏車的人混在一起。

過了郵局之後，哈姆扎挑了一條安靜的街道繼續前行，現在他對身處的地方雖仍不太確定，但至少較先前清楚一些。他漫無目標地走在涼爽陰暗的小巷裡，經過半敞開的門及滿溢的排水溝。他穿過寬闊的馬路，經過擠滿了吃早餐的顧客的咖啡館，然後再度溜進狹窄的巷弄裡。那裡的房子彼此前傾貼近，親暱到令人生畏的地步。街道上飄著烹飪香氣與陰溝的死水味，婦女迴盪的聲音從封閉的院子裡傳出來，身處這樣的街道，哈姆扎感覺不太自在，覺得自己像個不速之客。儘管如此，他還是繼續往前走，品賞小巷在他心中所激起的痛苦的陌生感，這種感覺令他熟悉又畏懼。過了一會兒，他發現自己又繞回相同的幾條街，甚至引起別人好奇的目光，於是他強迫自己離開一再重複的路線，朝不同的方向走去。

他來到一個木門敞開的大院，這時上午已經過去一半。一條土路從中穿過，民居分立路的兩側，這使大院融入街坊生活之中。突然有些什麼吸引住他，令他駐足片刻，然後又向前靠近一些，他想那裡很有可能找到工作，或是至少可供休息片刻。從敞開的大門裡傳出吵鬧的人聲、錘子的敲擊聲與踏實苦幹的氣息。有輛貨車被頂起來，置於一堆磚塊上面，兩個男人正在更換車輪，其中一個拿著輪子，並且跪在地上，另外一個站在那人身邊，手裡握著扳手及錘子待命。跪在地上的大個子正扯著嗓門說話，吵鬧聲都是他一個人發出的。他轉頭朝向同伴，而這同伴雙唇張開，差不多要笑出來了。這同伴的腦袋配起身體，顯得過大，大到很難不被注意。哈姆扎朝他們瞥了一眼，聽到許多嘲弄、自誇及幾聲苦笑，這才認出正是他剛才在門外聽見的喧鬧聲，而這種街頭上的戲謔言語常是故意說出來讓人不經意聽進去的。兩人並未理會站在一旁的哈姆扎，但也可能是假裝沒注意到他。

就在兩個男人和貨車後面，大院角落的一棵小椰子樹下，有個男孩正用榔頭把釘子敲進一個木板箱。一旁還有另外三個已經釘牢的木板箱，及一個裡面裝滿木屑但未封蓋的木板箱。另有兩個少年，說是男孩還更貼切，他們用兩根棍子抬著一個金屬的熱鍋，朝大院一側、占整個面寬的建築而去。哈姆扎依氣味判斷，猜測鍋裡裝的不是油就是亮光漆。這棟樓的門敞開著，可以聽到裡面木材加工、鋸子、刨刀的聲音，及斷斷續續的錘擊聲，也可以嗅到木屑刺鼻的香氣。工場建築的一端有扇小門開著，他看到裡面有個男人坐在辦公桌前，低頭在看帳簿，金屬框眼鏡低低架在鼻梁上。哈姆扎一瘸一拐朝對方走去，速度很慢，步子很小，竭力想掩飾自己的傷勢。

辦公桌前的男人穿了一件寬鬆的薄面棉質長袖襯衫，他看起來沉著穩重、從容自在。他的頭髮剪得很短，高低不齊的小鬍子雜了一點灰色。他將繡花帽放在帳簿旁的桌面上，年紀大約三十出頭，身材魁梧，看上去很健壯。他這樣低著頭坐在辦公桌前，看起來就是個全神貫注於自家生意的人，完全說明了他正是大院的主人。哈姆扎沒出聲，只是默默站在門口，等著對方抬頭，或是請他進辦公室，又或者把他趕走。這天早上十分涼爽，哈姆扎也已經習慣了等待。他在原地似乎站了好幾分鐘，始終提醒自己不可流露難耐或不安的跡象。男人猛然抬頭，彷彿早已察覺哈姆扎站在門口，只是突然失去耐心而已。他將眼鏡推上頭頂，注視著哈姆扎，不慌不忙，安然自若，神情如同已在世上找到安身立命位置的模樣。他皺了皺眉頭，但沒開口，只是等著哈姆扎自我介紹並說明來意。過了一會兒，他微揚起下巴，哈姆扎認為這是對方在暗示自己開口。

他開口道：「我在找工作。」

哈姆扎說話的聲音很輕，男人於是併指弓掌，將手貼於左耳後面。

哈姆扎高聲重複道：「我在找工作，拜託了。」同時彎腰行禮，他猜想對方也許是在等他懇求自己，等他表現出謙恭的態度。

男人向後靠上椅背，雙手手指交叉放在腦後，放鬆肩膀，暫停了一下手邊工作，藉機休息片刻。他問：「你想找什麼樣的工作？」

哈姆扎答道：「什麼工作都可以。」

男人露出笑容。是一個懷疑的苦笑，一個疲憊之人夠累了還得浪費時間的那種笑。他問：「你能做什麼工作？幹體力活？」

哈姆扎聳聳肩答道：「可以，不過，其他工作我也能做。」

男人用一種想打發他走的語氣突然說道：「這裡不需要幹體力活的人。」接著又低頭繼續看起帳簿。

哈姆扎補充說道：「我還會讀會寫，」他的聲音中帶著一絲挑釁，隨後想起自己的處境，又接續道：「先生。」

男人直視著他，等待他交代更多更精確的細節。

他問：「你上過什麼學校？」

哈姆扎答道：「我沒上過學，但有人教了我一點……然後，我大部分是自學。」

男人問他：「你是如何自學的？」然後指著帳簿追問：「喔，沒關係，你懂得記帳嗎？」哈姆扎知道對方不是認真的，做買賣的怎麼可能讓外人幫忙記帳呢。

過了好一會兒，哈姆扎才答道：「我可以學。」

男人嘆了口氣，摘下頭頂上的眼鏡，並用右掌揉揉頭皮上直豎的毛髮，發出輕微的沙沙聲。他問：「你會做木工嗎？我可以在工場那邊安排一個人。」

哈姆扎重複道：「我可以學。」男人又笑了，但這次沒那麼苦，甚至有點和善。哈姆扎從那笑容中感受到一絲希望。

他繼續問：「所以你不會做木工，但是懂讀懂寫。那麼你最近做了什麼工作呢？」

哈姆扎沒料到對方會這麼問，只能怪自己未先考慮到這點。過了半晌他才交代，而那人則把眼鏡架回鼻梁上，又低頭看起帳簿。哈姆扎仍原地站在門口內側等著，而對方自顧自地不知在寫些什麼。哈姆扎不知道該不該離開，就怕對方發起脾氣讓他難堪，但他又無法動彈，好像全身麻痺了似的。幾分鐘後，那人終於抬頭，一臉倦容，注視著他好久，然後蓋上筆套，拿起帽子，對哈姆扎說：「跟我來吧。」

哈姆扎完全沒料到，自己就這麼開始為商人納索爾．比亞沙拉幹活了。商人後來告訴哈姆扎，之所以聘用他，只因他看起來順眼。哈姆扎那時二十四歲，身無分文，無家可歸，而這小鎮他以前雖住過，卻所知甚少。他很疲倦，身上還有點疼痛，實在無法想像，商人究竟喜歡自己長相的哪一點。

納索爾·比亞沙拉先帶他回到外面的大院，然後叫喚站在木板箱旁邊的那個男孩。商人比坐在辦公桌前時看起來更矮，但在男孩還來不及移步走向他們之前，他已邁著輕快、急迫的大步走到男孩身邊。

商人告訴男孩：「把這個人帶去倉庫。對了，你說你叫什麼來著？你告訴哈利法，我回頭就過去。」這個男孩叫孫古拉（Sungura），只是綽號，並非真名。孫古拉是斯瓦希里語「兔子」的意思。後來哈姆扎才知道他並不是男孩，而是成年男子，只是身材纖細，像個十二、三歲的男孩。他那張機靈、灰白、飽經風霜的面孔所流露出的氣息，與乍看之下給人的印象很是不同。他的五官讓人覺得似曾相識，稜角分明，顴骨高、下巴尖、鼻子單薄，眉頭緊鎖，如同科伊人（Khoi）[70]的臉。過去幾年來，哈姆扎見過許多科伊人的臉。那張臉配上看似生病少年的瘦弱身軀，感覺有些陰險。不過更可能的是，那不是科伊人的臉，而是一張他從未見過的臉，也許來自馬達加斯加、索科特拉島（Socotra）[71]或他從未聽說過的遙遠島嶼。最近這場戰爭開打以後，他們的世界便開始出現許多陌生面孔，沿海城鎮尤其明顯，這裡總是從海洋和陸上吸引人群

70 非洲西南部以游牧維生的土著居民。

71 非洲之角以東，印度洋西部一群島，地處阿拉伯海與亞丁灣的交接處，屬葉門索科特拉省。氣候乾燥、終年罕雨，自一千八百萬年前與大陸板塊分離而擁有奇特地貌，被稱為「地球上最像外星的地方」。二〇〇八年，聯合國教科文組織將該地列入世界遺產名錄。

到來，有些出於自願，有些身不由己。不過也許這個人的遭遇並非如此，也許只因他是在貧困和病痛中長大，或者經歷人生諸多苦惱，才會有了那樣的臉。

孫古拉帶路，哈姆扎緊隨其後。他們經過修理貨車那兩人的身邊，跪在地上的大個子發出吸吮、親吻的聲音，並對孫古拉使了一個富暗示意味的痴迷眼色，赤裸裸流露出幾乎不加抑制的慾念，一張圓臉因粗硬的鬍渣而顯粗糙。第二個人穿著一條長及小腿的破爛印花布短褲，一勁咯咯陪著傻笑，分明是院中霸王的小嘍囉。孫古拉不加搭理，臉上表情亦無變化，但哈姆扎察覺到他的身軀在顫抖，並能從他的一些舉止推知，他已習慣了這種對待方式，而且常被迫去做些貶抑尊嚴的雜事。轉到馬路之後，孫古拉放慢腳步，並瞥了一眼哈姆扎的臀部。這等於是告訴哈姆扎，他已注意到哈姆扎跛行的樣子。受傷的人會將心比心，孫古拉請他以自己方便的速度走在前面。

他們慢慢走過塵土飛揚的擁擠街道，兩旁的商店裡擺滿各式商品：布料、煎鍋燉鍋、祈禱跪墊、涼鞋、籃子、香水以及熏香，不時出現水果販子或是咖啡攤。早晨的天氣逐漸暖和起來，但還不熱，人群你推我擠，不過態度仍然和善。手推車穿過行人，司機高呼注意，腳踏車鈴叮噹作響，騎車的人在擁擠的群眾之間蛇形前進。兩個年長主婦滿不在乎地拖著腳步行走，人潮從她們的周圍岔開，彷彿她們是溪中的岩石般，讓水自動分流。

他們步行幾分鐘後，轉入一條寬闊而陰涼的小巷，終於可以鬆一口氣。小巷通向一片空地，空地周圍則有幾間倉庫。倉庫共有五間，三間在同一棟樓裡，另外兩間是獨立的，不過距離相近。納索爾・比亞沙拉的倉庫是獨立一間，位於空地上靠著巷口的一個角落。未上漆的木門半開，但室內陰暗，從外面幾乎什麼也看不見。孫古拉走到門口喊了一聲。他倆等著，哈姆扎覺得似乎已過了好幾分鐘，孫古拉不得不再喊一聲，這時只見一個人從倉庫的陰影中走出。對方是個五十歲左右的高瘦男人，頭髮花白，鬍子刮得乾乾淨淨。他的衣著整齊，格子襯衫搭卡其褲，不像管倉庫的，倒像辦公室的職員。他看看第一個訪客，再看看第二個訪客，眉頭皺著，表情並不友善。他對孫古拉道：「吵什麼吵？怎麼回事，你這白痴？」他的語氣輕蔑而且大驚小怪，彷彿隨時可能吐出什麼粗話似的。他從口袋掏出一塊乾淨手帕，擦了擦手。

在哈姆扎聽來，孫古拉方才喊那兩聲似乎也沒多大聲，但孫古拉並未出言抗議。「納索爾先生要我帶他過來，先生自己隨後就到。我先走了。」說完這話，孫古拉轉身就要離開。

倉庫管理員說：「嘿，你在說什麼？」但孫古拉沒有回答也沒有回頭，他的步態雖無自信卻又固執。男人對著遠去的背影哼了一聲，又說了些哈姆扎沒能完全聽懂的話。倉庫管理員舉手向哈姆扎打招呼，然後把門又推開一些，指指裡面的一張長凳。哈姆扎按指示坐在上面，感覺那個人正看著他，打量著他。

他問：「有什麼事？你是顧客對吧？」

哈姆扎搖搖頭。

「那麼他派你來做什麼？」

哈姆扎答道：「我來上班。」

「可是他什麼也沒告訴我呀。」

哈姆扎認為對方就是那個名叫哈利法的人，他在等自己陳述下去，但是哈姆扎未再開口，惹得他煩躁地搖了搖頭。對方又站了一會兒，控制住自己的情緒，然後帶著慍怒但逆來順受的神情慢慢點了好幾次頭。他又看了哈姆扎一眼，長長嘆了口氣，然後走回倉庫的暗影裡。不管怎麼看，即便他是個尖酸刻薄的人，似乎也沒必要擺出方才那些態度。如果商人安排他在這種人的手下工作，那麼就這樣吧。他會適應的。

從外面看，那不像是座大倉庫，頂多大概六十步長，相當於一棟六間房的兵舍，以硓砧石和砂漿營造，有些地方因為外壁已被侵蝕而剝落，露出內部建材，而屋頂則覆以錫板。就算有窗戶，也始終關著，只有些微光線從屋簷下透射進來。哈姆扎的眼睛逐漸適應黑暗後，看到了近處放置的是木板箱和盒子，而更深處則有成堆鼓脹的麻袋。他覺得能聞到木材和獸皮的氣味，也許還有機油及黃麻纖維晾乾後的濃烈氣味。這些氣味勾起了哈姆扎早年對小鎮的記憶。哈姆扎向空地望去，有個男人從較遠那端走過，除此之外，再無任何動靜。那是一大片空地，也許因空無一人而更顯寬闊。其他幾座倉庫的門全都關著。雖然沒有哪棟建築遭到破壞，這個場所仍然寂靜、荒涼，像是被遺棄，無人聞問，此番景象足以讓人的意志一點一滴地耗盡。

哈姆扎搖搖頭以驅散腦海中這類想法，同時不讓自己的心情陷入消沉。帕斯卡曾說過，悲傷會降低抵抗力。想起帕斯卡，他不禁面露微笑。他很幸運，剛到鎮上工作，這麼快就有了不錯的前景，不過他應該保持謹慎和感恩，先保住這份工作才是。哈姆扎已經流浪了好幾個月，好幾年了，如今又要和一群愛挑剔且精打細算的人開始過日子。他回到這個小鎮並非意料中事。以前他逃離這裡正是因為當年生活毫無指望，結果白忙一場，如今重返舊日居地，不僅年歲徒長，而且心力交瘁、兩手空空。

哈姆扎不知道商人要他做什麼工作。他坐在長椅上等著，低眼避開眩光，能坐在陰涼的門前休息，能有這一切，他已覺得感激。他確知自己臀部的疼痛已經逐漸減輕。特別是這一天他四處奔波，即使傷勢好轉，但仍無法一口氣走太久，需要經常休息。他現在所能做的，只有想法子讓自己面對疼痛。也還有另一個辦法，就是放任疼痛壓倒自己，索性讓自己變成個傷殘軍人，就像其他人戰後的下場，但這念頭讓他更難以多想。康復之路十分漫長，但是他最終痊癒了。然而，離開傳教據點之後，他給自己太多壓力，忘記自己受傷的身體所能承受的十分有限。他應該更妥善地對待自己的身體才對。他坐在長椅上，知道自己已幾乎被磨耗殆盡，心感悲苦，瀕臨衰竭邊緣。他頭痛欲裂、兩眼發疼，急需睡眠。他的身體已習慣靠極少的食物為生，可是還無法適應長期的睡眠不足。

哈姆扎似乎聽到黑暗倉庫深處傳來了微弱的聲音，而且他一直十分好奇哈利法怎能在如此的黑暗中看見東西，還能安靜地四處走動而不被貨品絆倒。他在長椅上坐了好一會兒，眼角餘光突然瞥見些許動靜。哈利法就站在距他幾呎遠的地方，就在倉庫裡面，炯炯目光朝他投射而來。哈姆扎先把視線移開，但不一會兒，又覺得哈利法的眼睛在注視自己腦袋的一側。等他再次轉頭，那裡竟然沒有半個人影。他倒也不驚慌。哈利法這個人似乎只是太過挑剔、難以討好而已，不致構成什麼威脅。哈姆扎非常倦怠，只是對他古怪的行為感到些微困惑。

納索爾．比亞沙拉匆匆忙忙趕過來，他身穿淡黃色的亞麻夾克，戴著帽子，在去辦其他事的半途上順便進來。哈姆扎從長椅上站起身，準備執行他的吩咐。納索爾．比亞沙拉喊道：「哈利法！他在哪裡？哈利法！」

過了一會兒，哈利法現身了。他以挖苦戲弄的語氣答道：「我在這兒，大老爺（Naam, bwana mkubwa，斯）。」

納索爾．比亞沙拉說：「這是剛僱用的人。我派他來倉庫幫你。」

哈利法傲慢問：「幫我什麼？你在動什麼腦筋？」

商人根本不理會他蠻橫的態度，只以公事公辦的堅定語氣說：「新的一批貨，幾天內就會送到，你騰出空間了嗎？他可以幫你。」

哈利法答道：「做好了。」同時擦擦手以示強調。

納索爾．比亞沙拉繼續說：「好的（Sawa，斯）。等輪子一換好，貨車就來搬木材。他們會把另一個輪胎送去給技工修理，可能還需要一點時間。那輛貨車花了我一大筆錢。反正你先給他指點一下竅門。他可以幫忙裝貨，從現在起，他還要當夜班守衛。門鎖上後，帶他去院子裡，教他認路。我現在得跑銀行一趟。」

商人離開後，哈利法問：「你叫什麼名字？」

他回答：「哈姆扎。」

哈利法追問：「你姓什麼呀？」哈姆扎認為他語氣粗魯得讓人驚訝。於是只以聳肩回應。用這種語氣問話，他可沒義務回答。哈姆扎坐回長椅，哈利法似乎以為他沒有聽懂問題，於是追問：「你都和哪些人來往？」

「不關你的事。」

哈利法微笑道：「哦！我明白了。想遮掩什麼，對不對？沒關係。」他指著倉庫門前的區域說：「你就從清掃那裡的垃圾開始吧。」但那裡幾乎沒有垃圾。「掃把放在門後……不要掃得灰塵漫天飛。快點快點（Haya haya，斯），不是請你來這裡納涼的。」

這種無禮的態度令哈姆扎感到困惑。他按照指示打掃了院子，將一小堆灰塵和垃圾積在門口，然後坐回長椅。貨車來取木材時，哈利法打開一扇設有柵欄的窗戶，倉庫裡登時充滿了近午的陽光。哈姆扎早些時候在院子裡見過的那兩個人，其中那個愛大聲吵嚷的名叫伊德里斯（Idris），此刻正在倉庫的陰涼處閒晃，一面抽菸，一面叫囂喊著「加油加油」，而哈姆扎正幫著他那衣褲襤褸的伙伴裝載木材。這些都是準備運往工場的板料，只先粗略刨平加工而已。木材呈現淡粉紅色，哈姆扎忍不住彎腰嗅聞香氣。哈利法站在倉庫門邊袖手旁觀，目光跟著他們移動。裝貨上車只花了幾分鐘，接著，哈利法便在長椅上坐下，而哈姆扎則坐在旁邊的一個木板箱上。看起來該忙的都忙完了。他想問哈利法那種木材的名稱，但見到他臉上挑剔的表情，便忍住了。

哈利法反覆叨唸：「夜班守衛！」他輕蔑地對哈姆扎微笑，目光掃過空地。「他把你安插在這裡，到底耍哪門子的心機？他打算怎麼樣？他答應僱你當倉庫管理員是嗎？什麼夜班守衛！強盜一看到你，轉身就逃，生怕慢了半步就要把一條命斷送在你手裡了，嗯？我們的大富翁僱了個夜班守衛！怎麼現在才想到僱人呢？幾年來這裡多得是值錢的東西，他可想過找人看守？他給你一條坎加蓋蓋身子，再給你一根小棍子，就指望著讓你整晚坐在這裡陪著那些妖魔（shetani，斯）和鬼怪。他有時花錢根本就放不開，今天卻捨得買來這些新設備。你怎麼看都不像守衛，人家守衛都是肌肉發達，皮膚光亮，外加一付大蛋蛋。實在搞不懂，他竟然挑了個像你這樣弱不禁風的人來當守衛。」

哈姆扎對這番沒來由的羞辱只能報以微笑，也想不出該如何反駁。今天若是換成他來做主，他也不會選自己當守衛啊。

「你看起來病懨懨的。」哈利法說道：「一定是你激發了他本能比較像樣的一面，讓他想起自己過往那些焦慮的歲月。他有時會迸出愚蠢的想法。你聽見他說的話了吧？『我現在得去銀行一趟』，好一個大忙人！」

哈利法重重嘆了口氣，同時閉上眼，靠在倉庫門邊。那張窄窄的臉，多少有一些苦修禁欲的氣質，那是張屬於一個生活節制有度的人的臉龐，也可能是屬於一個經歷過苦痛和挫敗的人的臉龐。想到得在這樣一個悶悶不樂、脾氣暴躁的人手下幹活，哈姆扎不禁悄悄嘆了口氣。

哈利法沉默半晌，嘴唇動了一動，好像準備吐出什麼東西似的。他開口道：「這裡很快就會消失。可惜你無緣見識以前的榮景：四下都是商人、民眾混在一起討價還價，賣咖啡的攤子就在那個角落，馬車從港口把貨物運來，賣水果的、賣冰淇淋的小販推著手推車，到處都是喧囂忙碌，到處有人高聲交談。你看，那個現在已用木板封起來的地方，原來可是家咖啡館，外面的中間位置有人賣果汁和木薯。這側原來豎立著一根供水管，水質乾淨，可以生飲。現在，再看看這個地方吧，誰還要來呢！到處死氣沉沉。」他一面指著那些連棟的倉庫，一面說道：「有個承包商向大富翁博赫拉（tajiri Bohra）[72]阿里迪納（Alidina）租了那三間。了不起的人啊！你聽說過博赫拉阿里迪納嗎？那幾間都是他的倉庫。他在這一帶的每個地方都有貨棧和倉庫，一直到大湖區（Great Lakes）[73]那邊。他和印度、波斯、英國和德國做買賣。以前裝滿這幾間倉庫的有穀物、糖和白米，現在專門用來存放水泥、廁所設備和管材。很快的，你會看到承包商每隔一天就派一輛卡車來這裡，把貨物裝上車運走，拿去裝修有錢人的豪宅。以前有多少人在這裡進進出出做買賣，整個地方充滿生氣和商機，但現在呢，這裡成了比我們有辦法的人堆置貨物的地方，收的都是一些我們買不起的東西。」

哈利法又沉默了一會兒，心中燒著一把怒火，不時瞥哈姆扎一眼，目光帶著不滿，彷彿在

72 tajiri在斯瓦希里語中為大富翁、有錢人之意，Bohra則為伊斯蘭教分支中的一個宗教派別。數量最多的地區是印度、巴基斯坦、葉門、東非和中東，在歐洲、北美、東南亞和澳大利亞的數量也在增加。

73 指東非大裂谷中和裂谷周圍湖泊的總稱。這些湖泊包括世界水面面積第二大的淡水湖維多利亞湖，及世界容積第二大和第二深的淡水湖坦干伊喀湖。

等對方回應。他終於問：「你這個人怎麼回事？不能說說話嗎？」然後抽一口氣，臉頰肉如同被他吸陷似的，接著又動動下顎，好像在嚼什麼酸溜溜的東西。哈姆扎一聲不吭，坐在原處。他們就這樣靜靜等著。過了一會兒，他聽到哈利法呼吸的節奏改變了，強度也減弱了，感覺對方的氣消了。等到哈利法再度開始說話，怨氣已比剛才少了很多，好像之前激怒他的事，就逆來順受算了。

他指指另一棟獨立建築說道：「那個倉庫租給了中國人。他在裡面存放乾魚翅、海參、犀牛角和中國那邊喜歡的其他東西。他把貨品堆在那裡，每隔幾個月，等湊足了量，就全部裝上船運往香港。我猜那種交易應是非法的，但他知道如何避開麻煩，也知道怎麼讓海關人員開心。中國那邊的人就追捧那些能讓屌硬起來的東西。那個中國人從不休息，也不讓家人休息。你見過他的房子嗎？後院晾曬著一盤盤的麵條，幾群鴨子在前面的爛泥巴裡搖擺來去，他的雜貨鋪從天剛亮一直營業到夜深……那個人始終穿著短褲和汗衫，像幹體力活似的，而且日以繼夜分分秒秒都在忙碌。你聽過他說話嗎？聽起來和你我沒什麼不同……完全不是你印象裡中國人開口閉口的那種口音。他的每個孩子也都一樣。如果閉著眼睛聽他們說話，你絕對猜不到開口的是中國人。你有沒有聽過他們說話？」

哈姆扎答道：「沒有，沒聽過。」

哈利法看了他一會兒，然後又道：「你不認識那個中國人嗎？我記得以前沒見過你。你是外地人嗎？」

哈姆扎沉默了一會兒，然後答道：「也不真是。」

哈利法厭煩地笑了笑：「什麼真不真的？還在閃躲。你為什麼不乾脆說謊算了？說謊更容易些，還可以省些麻煩。丟句謊話，然後就結束了。不然你這話聽起來好像在隱瞞什麼。」

「幾年前，我是住過這裡，但後來離開了。」

哈利法又問：「你都和哪些人來往？」

既然哈利法要他說謊，他就從命：「他們住在很遠的地方。」

哈利法臉上帶著略微輕蔑的表情追問：「你是不是去過很遠的地方？看起來好像是。告訴我，你打過仗嗎？我第一眼看到你就這麼想。一副流浪漢的樣子。」

哈姆扎聳聳肩，沒有回答，而哈利法也不再逼問下去。晌禮的喚拜聲才一落下，哈利法便鎖上門，和哈姆扎走回大院。現在天氣很熱，但不至於熱到讓人難忍，他們一起散步走到店鋪林立的繁忙街道前，還挺愉快的。貨物堆得到處都是，加劇了馬路和人行道的壅塞情況。中午人群雜沓、喧囂盈耳，還有急躁的咒罵聲，迫使他們擠過人群，這些人也打算盡快回家，不然就是去市場或是去清真寺。納索爾．比亞沙拉去銀行還沒回來，於是哈利法坐在他的辦公室外面等著，而哈姆扎受木料和樹脂的氣味吸引，便走去此刻已悄然無聲的工場。他發現角落坐了個老人，正在繡一頂帽子。他抬眼從眼鏡框的上緣瞅了一下，然後繼續繡帽子。哈姆扎猜，現在是木匠的午休時間。於是他打了聲招呼，準備離開。

工場裡有各式木製產品：活動躺椅、小桌子、雕刻華麗的長椅、上面擺放了例如碗和小匣等小物件的餐具櫃，用的木料有些是青銅色的，有些則是淺色的，不過有很多件還沒完工。感覺上好像是一個木匠同時在做幾樣東西，又或者不止一個木匠。

這裡的木材香氣很濃，哈姆扎想知道都是些什麼樹種。他在傳教據點曾經負責修理家具，然而他只算做工的新手，只是把鬆動或是散架的東西復原而已。他對木材一無所知，但是認為其氣味自然、有益健康。他從地板抓起一把刨花嗅著。老人暫停繡工，抬頭說道：「非洲柚木（Mvule，斯）。」哈姆扎心懷感激地記住這個樹名，接著又走向另一堆刨花，刺鼻的氣味就是從那裡傳來的。還沒走到那兒，老人就漾著微笑說了聲「松木（Msonobari，斯）」，好像在玩遊戲似的。他說：「非洲柚木經久不壞，比金屬還要硬。你想買點什麼？」

哈姆扎答道：「不，我是來商人這裡工作的。」老人應了一聲，繼續繡起帽子。

等哈姆扎再度走回院裡，卻發現哈利法已經走了。他坐在陰涼處，等著商人指派其他任務。到了下午，大家開始悠閒返回工作崗位之際，哈姆扎仍坐在那裡。這時，只見一個他從沒看過的人正穿過院子走向工場。他的頭髮烏黑閃亮，紮成馬尾辮子。他無拘無束走進來，一派從容不迫，但是邊走邊對著孫古拉大罵粗話。「喂，你這小雜種，叫你媽媽多抹一點油，今晚我過去搞她。」孫古拉只顧著咯咯笑，露出一口雜亂的牙齒，像個被逗樂的小孩。

哈姆扎整個下午都坐在原處等著。他看著伊德里斯和他的老搭檔在貨車裡伸懶腰，前後約一兩個小時，然後就開溜了。等到老木匠和他那個頭髮烏亮的助手關上工場的門離開，哈姆扎依舊待在那兒。一等便等這麼久，他覺得自己很傻，但也無處可去，況且又很疲累，不曉得商人記不記得他還在等著。幾小時後，商人回到院子，這時正值穆安津喚拜晡禮的時間。孫古拉在等著鎖門，他是唯一還留在現場的人。納索爾·比亞沙拉發現哈姆扎仍在等他，感到十分驚訝。

「你在這裡做什麼？」他說。「你一直都在這裡嗎？怎麼了？現在快回家去吧。明天，你就去倉庫開始上班。」

9

哈姆扎無處可去，當天晚上打算睡在倉庫門邊。他到街上閒晃了好一會兒，想尋找自己熟識的地方，卻發現認得出來的少之又少，而且常常不知自己身在何方。他跟著人潮前進，沒多久竟發現走到了岸邊的路上。他認出了這個地方，心中有點激動，接著又繼續向前走，尋找年少時住過的房子，卻未能如願。他認為這個街區正確無誤，也許是房子拆除了，原處又起造了其他的建築。當年這裡是德屬東非的一個小鎮，現在變成了英國的殖民地，不過單憑這點也說不通為何那棟附帶圍牆花園、門面開店營業的房子已不見蹤影。好像這座小鎮發展過速，一些街區都消失了。他才離開七年，小鎮不可能在這段時間發生這麼大的變化。或許他找錯地方了。以前他住在這裡時，很少出門，總是待在一家店鋪後面，過著驚恐的生活。也許他已忘記曾經認識的那幾條街道，也許這幾年間所經歷的殘酷現實淹沒了他，讓他喪失了部分記憶。哈姆扎太累了，或許也因此讓他感覺那裡一切都很陌生。有些人像認識他似的向他致意、微笑，或是友善地揮揮手，甚至握手，但他知道對方並不認識自己。他們一定是認錯人了。總之，他不認識那些人。

天快黑了，哈姆扎又回到倉庫。空地遠處的角落裡有盞路燈，雖然光線昏暗，陰影深濃，但那燈光也多少緩解了令人不安的空虛。他知道那條小巷的盡頭有一座清真寺，因為中午可聽見穆安津晌禮的喚拜聲。他走進去洗漱，然後加入禱告。信眾挪挪身子，為他騰出位置，他待了一會兒，只因為這裡有人能和他作伴。清真寺夜裡閉門後，哈姆扎回到倉庫，在門口伸了個懶腰，然後在當天稍早掃過的地方躺下，以裝著所有個人物品的布包當作枕頭。他雖然很疲倦，但幾乎沒法入睡。半邊身體仍然疼痛，蚊子又不饒過他。貓在附近徘徊，在他看不見的地方哀叫，不時從暗處瞪著他。難得昏沉入睡，又被夢境攪得心神不寧：他從漆黑的空無中墜落，爬過橫陳死屍，被一張臉嚇倒，那是一張無法平息仇恨、扭曲的臉。夢中有喊叫聲，有擊打聲，遠處山丘有著半透明的紅色臟腑流淌下來。

他不斷受噩夢驚擾。直到聽見晨禮的禱告聲，回清真寺洗漱打理後，才覺得如釋重負。

哈利法到來時，看到哈姆扎倚著倉庫的門，垂頭喪氣坐在地上，感到十分驚訝。他駐足凝視，故意誇大了愕然的表情。他問：「你這麼早來幹什麼？現在還不到七點鐘。你住在附近嗎？」

哈姆扎累到懶得掩飾，指著地面答道：「我睡在這裡。」

哈利法說：「他可沒要求你這樣啊。你到底是做什麼的？睡在街頭的混混嗎？」

哈姆扎不作聲，自顧自的小心翼翼站起身來，避開哈利法的怒視。

哈利法就像在對個傻瓜說話似的，開口解釋：「他是說貨送到後才需要有人看守。他新設了一條製造魚撈設備的生產線，擔心哪個漁民闖進來偷走。那些漁民抽了印度大麻，腦袋簡直壞掉一半，但我認為他們還不至於幹出那種事。你沒必要睡在這裡。他可沒要你這樣做，對吧？」

哈姆扎答道：「我沒有地方可睡。」

哈利法瞪了他一眼，等著他繼續哄騙。眼見他並未如此，哈利法便一步踏到門前，解開掛鎖，而哈姆扎則忙不迭地讓開了。哈利法打開一片門板，走進去一會兒，然後又衝出來問：「你是說沒地方睡？你什麼人都不認識嗎？我記得你說過曾住在鎮上啊。」

哈姆扎答道：「很多年前，我住城外，但是不知道那些人是不是還活著。就算還活著吧，恐怕也不想聽到我的近況。」

哈利法沉默了一會兒，皺著眉頭，似乎拿不定主意，眼神飽含疑問。他生氣說道：「所以你就像流浪漢一樣露宿街頭？你都和哪些人來往？你怎麼能睡在街上？這樣會受傷的！你不知道找誰才好嗎？沒有錢嗎？」

哈姆扎答道：「我才剛到。」好像這樣的說法已足夠解釋一切。

哈利法惱怒質問：「你昨天怎麼不跟他要錢？我是說納索爾，你為什麼不向商人預支一點錢呢？」眼見哈姆扎又不吭聲，他追問：「你上一頓飯是什麼時候吃的？你到底在搞什麼，是白痴還是想當什麼聖人啊？」他抓起哈姆扎的右手腕，將一枚硬幣塞進掌心。「去找家咖啡館，喝杯茶，吃個麵包。去，快出去，等一下再回來。」

預支工資這件事，哈姆扎一直羞於啟齒，生怕商人因此拒絕或是轉念不僱用他。他甚至沒敢問對方工資多少。這些他沒對哈利法交代，而是按照吩咐找了家咖啡館，點了一個麵包以及一大杯茶。他回來後，哈利法也沒理睬他。哈姆扎猜，可能哈利法覺得自己太離譜，所以懶得搭理他了。上午晚些時候，承包商的卡車來了，他的三個手下把一袋袋的水泥和金屬桿搬上去，然後開走。司機靠著喇叭，好像要在熙攘的馬路上爭出一條通道。那個中國人也來了，穿著襯衫和長褲，停下腳步和哈利法說話。哈利法和對方說話的時候瞥了哈姆扎一眼，像在暗示：你聽……他說起話來和我們大家一樣，一點也沒有中國人那種奇怪的口音。

商人院裡的貨車也開過來了，運來了孫古拉前一天忙著打包、裝滿碗和小櫃子的木板箱，接著又運來了一些木材。哈利法向哈姆扎說明木板箱要堆放在哪，並且說明倉庫中存放的其他商品，還有商品儲放的位置如何安排。這裡是木材，那裡有一批木板箱，裡面放著裝飾盒，再過去那邊是一袋袋小米，而這邊的架子上則放著稻草包起來的乳香精油。他把分類帳簿拿給哈姆扎看，上面記錄了所有貨物進出的數字。你看得懂嗎？他問。哈姆扎點點頭，只見哈利法射來一道銳利的目光。你會寫字嗎？他又追問。哈姆扎再度點頭，哈利法則苦笑了一下。他曾懷疑商人僱用哈姆扎的動機，現在得到了證實。他安插你，是為了日後來接替我，是吧？無論如何，哈姆扎第二天上班從一早就開始忙碌，這片空地是工作的場所，不是一片寂靜沒人來的荒地。直到近午時分，一切重歸平靜，哈姆扎才能暫歇一下痠痛的雙腿。

「你怎麼了？」哈利法指著他的臀部問道，目光也來回掃視了一遍哈姆扎的腿，然後抬眼看著他的臉。「是生病嗎？還是受傷？」

哈姆扎答道：「受傷。」

哈利法再度問道：「發生什麼事了？」接著又說：「你是不是打過仗？」他問這個問題時，不耐煩地向前揚起下巴，彷彿哈姆扎這樣緩慢的回答態度惹惱了他。

「一場意外。」哈姆扎說著，移開了視線。如果哈利法還要繼續逼問，他就準備起身離開。他不喜歡被人審問。

哈利法露齒笑了笑，說道：「像你這樣守口如瓶，不用懷疑，一定是藏了什麼不光彩的祕密。但我喜歡你的長相。我看人可是很準的。聽我的，你不能光天化日下就睡在這裡，這個地方不安全。誰知道夜裡有什麼人還是什麼東西在這空曠地方遊蕩，也不知道歹徒會摸黑來這裡幹什麼勾當。晚上在這裡出沒的人，會幹出什麼好事呢。萬一有個差錯，沒人會來幫你。你應該睡在倉庫裡，把自己反鎖在裡面。但是，除非讓納索爾信任你，否則他不會把鑰匙交給你的。」

他停頓片刻，等著哈姆扎開口，但他什麼也沒說。哈利法無奈地嘆了口氣，然後說道：「你聽懂了我的話嗎？睡在街上不安全。我家外面有間儲藏室，你不妨暫住幾天。我曾租給一個理髮師。他在那裡待了兩年左右，突然就離開了，椅子和鏡子都還在裡面。可憐的傢伙，不知道他發生什麼事了。也許有一天他準備好繼續營業，會回來搬走那些東西。

「如果你要的話，那個房間可以借你住幾天，但就幾天而已。我看你比乞丐好不到哪裡去，所以沒必要跟你收房租，至少現在不會。你可以在那裡住一兩個星期，等你解決了住的問題再搬出去。不要以為可以長住下去，我也不希望你把女人或狐群狗黨帶回那裡。我只是提供一個能讓你睡得安穩的地方。房間一定要確實保持乾淨，明白嗎？」

聽到這番話，哈姆扎又看了哈利法一眼，這個提議如此慷慨，當天稍早他還塞給自己一枚硬幣，這一切善意伴隨著的是他那易怒的脾氣和惹人厭的表情。我喜歡你的長相，他剛才這麼說。納索爾．比亞沙拉也曾對他這麼說過。哈姆扎以前也遇過這樣的事，他的外表總能以意想不到的方式為自己帶來好事。德國中尉也曾這麼說過，而且不只一次。

⁂

哈利法的房子只有一層，一間平房（nyumba ya chini，斯），沒有二樓。房子的一側與一棟更高的房子相連，另一側則是一條小巷。他稱那房子為「我家小屋（kibanda chetu，斯）」，不過事實並非如此。房子前面有一個很深的、帶頂棚的門廊，旁邊是內縮的前門。門廊屋頂由兩根上漆的厚實木柱支撐。充作哈姆扎房間的儲藏室位在門廊另一邊，房門直接面向街道。這只是個小房間，就像哈利法先前描述的，裡面放著一把理髮椅，桌上有面鏡子，靠牆還放了一張長椅，以供顧客坐著等候。哈利法打開安裝了堅固護窗板的窗戶，小房間登時亮了起來。哈姆扎很容易想像這個房間以前租給理髮店的光景，或許是一兩位顧客坐著聊天等候，又或者是理髮師的朋友來串門子找他說話，打發空閒的時光。他彷彿還看到水泥地上有幾團混雜頭髮的塵絮，但那也許只是想像。哈利法站在窗邊看著哈姆扎，一隻手放在窗框柵欄上，同時皺著眉頭，臉上仍是一如既往愛挑剔的神情，不過嘴角此刻卻得意地抽動著。「閣下覺得合適嗎？」他問。

哈利法遞給他一把掛了扣鎖的鑰匙，還帶了一支掃把給他。哈姆扎清除蜘蛛網，打掃地板，又將鏡面轉向牆壁，調整家具位置，騰出一個睡覺的地方。然後，他坐在理髮椅上，將頭靠著理髮的頭枕，對自己如此好運感到高興。門外的街道籠罩在高大屋舍的陰影中，未鋪石塊的路面被人流擠得水洩不通。哈姆扎坐在那裡，行人走過窗前，從敞開的門向裡面斜眼瞥了一下。他關上門，坐了很長時間，幾個小時，一動不動，在逐漸變暗的斗室裡，享受著這份安全感。

他聽到穆安津昏禮的喚拜聲，但是聲音順序有點凌亂。他數了數，共有四個不同來源的喚拜聲。根據多年前的記憶，鎮上的清真寺多不勝數。他打算去找一間，洗個澡，找人作作伴。他足跡所至的許多地方都沒有清真寺，他很想念這種地方，不為禱告，只為重溫清真寺裡那種身處群眾之間的感覺。趁著念頭尚未打消前，他連忙站起身，出門找間清真寺。到達清真寺後，他也無須和人交談，只要垂眼靜靜坐著，等著與其他做禮拜的人一起排隊就行了。禱告之後，他默默與兩旁的人握手，然後步行離開。

街道燈火通明，哈姆扎路過商店、售貨亭和咖啡館，人們三三兩兩，有些在閒逛，有些只是坐著，不是在聊天就是看著往來的路人。那些人看起來平靜而滿足，他心中想著，是因為這裡是鎮上比較繁華的地段？抑或是他出來散步的此刻，恰巧碰上一天之中人們最容易處於這種心境的時候？或是那些人的安靜只因百無聊賴罷了。等他回到屋裡，卻發現哈利法坐在門廊的墊子上，門廊當時已亮著燈。他示意哈姆扎在他身邊坐下，並從隨身的扁壺裡為哈姆扎斟上一小杯咖啡。

「你吃過了嗎？」哈利法問道。

他走進屋裡，拿出一盤煮熟的青香蕉和一壺水，哈姆扎感激地接下。等哈利法的朋友到來後，哈姆扎向他們打了招呼，出於禮貌，停留了幾分鐘，才告退回到自己的房間。黑暗之中，他躺在光禿禿的地板上，躺了很久，遲遲無法入睡，腦海掠過一幕幕早年在小鎮度過的時光，回想著所有失去了聯繫的人，回想著那些遭受的屈辱。他別無選擇，只能接受生命中的一切。早年，他害怕受屈辱，因而犯下在鎮上那段期間最嚴重的錯誤，結果失去一位如兄如弟的朋友，也失去一個自己漸漸愛上的女人。戰爭摧毀了他心中美好的柔情，向他展現了殘酷駭人的景象，更教他學會謙卑。一想起這些事，他就滿心悲傷，認定那是人類無法擺脫的宿命。

隨後的幾天裡，哈姆扎覺得哈利法對他不再那麼嚴苛，還會給他建議，而他也毫不猶豫聽從了那些建議。某天下午，哈利法堅持要哈姆扎開口向商人預支薪資。他們走回家時，在院子裡停下腳步，哈姆扎走進辦公室找到商人，請對方先撥一些工錢給他，哈利法站在門外，雖然看得見他們，但聽不見他們的交談內容。哈姆扎看得出商人很不高興，但他不確定商人的不悅究竟是因為哈利法在場，還是因為自己開口要錢。

「你上工才三天，怎麼就開口要錢了。你把工作做完，工錢不會少給你的，但先拿可不行。」納索爾．比亞沙拉堅持立場說道。哈姆扎來幹活已經第五天了，但他只是默默站在雇主面前，對剛才表達的期望既未辯解也未進一步懇求。最後納索爾．比亞沙拉給他五先令，接著又把目光移回帳本。「不要食髓知味。」他一面低頭審視帳目，一面交代。

在兩人回家的路上，哈利法咯咯笑起來。「可悲的守財奴（bakhili maluun，斯）！他以為可以待人如糞土。他還欠隔壁那個做小米麵包的老太太錢呢。要人家每天送一個軟扁麵包過去卻不付錢。你應該看一看，老太太烘焙那樣小小一個麵包要花多少工夫：她必須先將小米浸泡一夜，放進缽中搗爛，然後混合均勻，加以揉捏，最後再放進自家後院的土爐裡烘烤。忙碌一場，每個麵包才賣二十分，而那個大富翁臉皮真厚，非得等到老太太開口索討才付錢。」

在哈姆扎眼裡看來，哈利法因為成功讓商人難堪，心情特別愉快。他們兩個回到家，他大方招呼道：「進來吃點東西吧。」打開門後，又對裡面喊道：「喂（Hodi，斯）！客人上門了。」

這是哈姆扎第一次踏進他的屋裡，不免覺得對方是否太快對自己熱情過頭。一個幾乎算是陌生的人，竟然就這樣被邀進屋裡，這可不是尋常的事。他已逐漸明白，哈利法的性格是很難捉摸的，兩人第一次見面才會讓他留下錯誤的印象。哈利法的壞脾氣沒持續多久，即對他表現驚人的大度。除了童年時的短暫階段，哈姆扎幾乎不曾享受正常的家庭生活。後來他住進一家店鋪的後間，又過起很長一段時間的漂泊生活，所以他不真正記得自己曾經歷過或不曾經歷過什麼，關於家庭生活，只剩下童年時的記憶。

屋子裡有兩個房間，一進門左右各有一間，然後一條走廊直通到後面，盡頭則是一個有牆圍起來的內院。哈姆扎之前沿著小巷子走的時候，曾從屋外那側看過這堵牆。哈利法將他領進了左邊房間，只見地板鋪著編織墊子，牆腳放了幾個靠枕，顯然是待客的房間。他讓哈姆扎留在房間裡片刻後，才又回來邀哈姆扎過去向他的家人致意。哈姆扎跟隨他來到後院門口，等待哈利法喚他。一個四十多歲的豐腴女人，坐在涼棚下的矮凳備餐。她的左邊是一個架著鍋子的火盆，另一邊的腳旁則放一個附帶稻草蓋的陶罐。她的頭上包著一塊坎加，布料緊緊蓋住了她的額頭以及臉頰周圍，以致臉龐看上去圓鼓鼓的。很顯然的，是因為哈利法宣布有客人到訪，她剛剛才嚴實包覆好的，不過仍有幾縷白髮露了出來。她看著哈姆扎，沒有說話，也沒有微笑，只是目不轉睛地盯著他，眼神帶著反感。哈利法向他介紹了妻子阿莎夫人，而哈姆扎則以敬稱「您好」向她問候，但她似乎不為所動，只是發出一個聲響權充回應。

妻子以尋釁的堅定語氣問道：「這就是你一直跟我提起的那個人？你把房間借他住，那間房是你的嗎？你就會給家裡找麻煩。」她發牢騷時瞥了哈利法一眼，然後又將目光投回哈姆扎身上，眼神不見絲毫動搖。「他是哪裡人？誰知道他哪裡來的？根本就是個徹頭徹尾的陌生人，你就把房間借他住了，好像這房子是你的呢！」

哈利法不耐煩地反駁道：「妳別那樣說話。」

阿莎夫人提高音量回嘴：「你看看他，掃把星（Balaa，斯）！」她的聲音明顯飽含怒氣。「不是麻煩還是什麼？你把他帶回來，管他睡、包他吃，好像我們是慈善機構似的，誰曉得你名下根本一無所有。早先弄進來一個還不夠，今天又舊戲重演了。現在你引狼入室，這樣他就可以好好觀察我們，再決定如何對我們下手。你不明白他都和哪些人來往，不知道他去過哪裡，也沒摸清他幹過什麼勾當，但這些在你看來都無關緊要。你硬是要把他弄回來，好讓他為所欲為，傷害我們。你滿腦袋都裝垃圾！」

哈利法答道：「別再說這種話。妳完全不認識他，別這樣貶損他。」

阿莎夫人仍繼續說：「我告訴你，看看他那個模樣，沒用的東西（Hana maana，斯）。」她的臉孔因憤怒而扭曲。「掃把星（斯），不然還是什麼。就會自找麻煩。」

哈利法說道：「夠了，快去準備吃的。」他輕推哈姆扎，示意哈姆扎回到屋裡。「你先到裡面去，我回頭來找你。」

哈姆扎回到客廳坐下等著。這句出乎意料之外、輕蔑的「沒用的東西」令他震驚不已，但他並未進一步多想自己的感受，留待以後再來細思好了。現在，他只求哈利法回來請他離開。或許阿莎夫人因身體不適，脾氣變得暴躁，不過更有可能的是，她只是個心胸狹窄、精神錯亂的女人。他覺得在女主人的眼中看到了一份狂怒。哈利法端著兩盤飯和魚進來，也是氣呼呼的模樣，好像剛和妻子吵了一架。他們默不作聲，迅速地把飯吃完了。之後哈利法出去洗手，才把哈姆扎也叫出去。阿莎夫人不在場，他依照哈利法的指示在水槽裡洗了手。方才他第一次看向院子的時候，發現有個女孩還是婦人，蹲在遮陽棚另一邊不知是倉庫還是房間門旁的角落裡。哈姆扎猜她是僕人，現在他來洗手，又看到那個女子在角落裡的水管邊擦洗鍋具。她蒙著頭，沒有抬眼，所以哈利法看不見她的臉。他向對方打招呼，她雖回應，但頭依舊低垂。

哈利法和阿莎夫人越來越常用這種態度交談。她對丈夫不假顏色，表現出比實際更誇張的怒氣，說出的話也越來越離譜。倒不是說她心口不一，或者因此無法按自己的方式行事便如此離譜，而是她已習慣主導家裡大多數的事務，而且一直都是如此。哈利法扮演的則是寬容的丈夫，受氣包的角色，雖然樂得與人為善，但必要時也會堅守立場。有時夫妻意見分歧，會以細微到難以察覺的笑意收場，彷彿彼此看穿了對方的心計。然而，近來，阿莎夫人對他說話的語氣常是尖刻又語帶懷疑，而他為自己辯解時也總是滿嘴牢騷，或者乾脆直言不諱，甚至不把她放在眼裡。

阿菲亞不明白哈利法爸爸為什麼會帶一個男人回家，而且登堂入室一路進來。爸爸以前不曾那樣，或者說精確些，自從阿菲亞搬來同住後，從沒見他那樣。以前伊利亞斯來作客時，都由阿莎夫人親自迎接，而且從不踏出客廳。爸爸必定知道，阿莎夫人不樂見素昧平生的人就這樣被帶進家裡。就連賣魚的、賣炭的這些常來走動的人，也絕對不會踏進院門一步。就她記憶所及，唯一的例外只有那個年事已高的床墊工匠，這還是因為阿莎夫人從小就認識他，而且一直請他維修床墊。

爸爸應該也記得，阿莎夫人不喜歡這個人。部分原因是，他自己把這年輕人的底細都告訴了她：哈姆扎看起來健康堪慮，不但從未透露自己和哪些人來往，而且對於自己曾去過的地方三緘其口。

「聽起來就是個流浪漢。」阿莎夫人鄙夷說道。

爸爸回道：「我猜他打過仗。」

「那麼可能是個殺手，危險得很。」阿莎夫人故意惹惱丈夫道。

「不不，他的日子一定過得很艱苦。伊利亞斯可能也是這樣。」爸爸說。

阿莎夫人反駁道：「胡扯！伊利亞斯有自己的親友。可是你告訴我們說你不清楚那個人和誰來往。正派的人怎麼可能無親無故？根本是個不踏實的人。」

也許爸爸並沒忘記，阿莎夫人不喜歡陌生人。也許他把哈姆扎帶回家自有盤算：讓他親口說說，伊利亞斯也有可能倖存下來，而且或許已經踏上漫漫歸途。戰爭結束已經三年，始終沒有他的消息。阿菲亞不曾對誰吐露過，但在內心深處，她覺得已經失去了這個哥哥。爸爸把那個人帶回家裡，如果目的是在讓大家想起伊利亞斯，那就是弄巧成拙了，因為此舉只會激怒阿莎夫人，令她說出那些惡毒的預言。掃把星！她和爸爸相處起來變得既古怪又粗魯。阿菲亞深知自己也是讓阿莎夫人不耐煩和激動的因素之一，因為她已經十九歲，卻還遲遲不嫁，不過她不明白，為何阿莎夫人如此看重她的親事。阿菲亞猜，阿莎夫人已和一些熟人提過自己仍然待字閨中。雖然先前兩度有人登門提親，不過都遭她回絕了。

打頭陣的是一個四十多歲的男人，在英國政府新設立農業部辦公的一名職員。阿菲亞從未見過他，也沒聽人說起，但對方曾見她路過，探聽一下後就找人來提親了。爸爸不同意，說對方聲名在外，急什麼呢？他說這話的時候，阿菲亞也在場。

阿莎夫人以尋釁的口氣問道：「什麼聲名？人家捧的可是政府的鐵飯碗，為他登門說親的又是體面人物，何況還願意付可觀的新娘彩禮。不准我贊成這門婚事？你倒說個充分的理由。」

爸爸氣憤難平地道：「人家求婚的對象是阿菲亞，不是妳，這理由充不充分？嫁不嫁是她說了算。」

「怎麼是她說了算？要給她建議，她才能做出正確的決定。你剛才說什麼聲名？」

爸爸回答：「以後會告訴妳。」阿菲亞明白，有些話，哈利法不想在她面前說。

阿莎夫人嘲笑一聲，然後說道：「還以為我瞎了眼。你想把她占為己有是吧？但凡來提親的，你全部拒絕了，因為你一直在等她長大成人，然後娶來當小老婆。」

這句話重重地在阿菲亞胸口一擊，她瞅了爸爸一眼，只見他驚訝得嘴巴都闔不攏。過了片刻，他壓低聲音說：「外面傳言，他迷戀那些放蕩的女人……那些女人會從他那裡拿錢……他迷戀妓女。那是他的娛樂消遣。別讓我們家女孩受罪了，直接推掉。」

幾星期前，來了第二個提親的，是一位年長的咖啡館經理。阿菲亞知道這個人，因為他也算和不少人熟識。他的咖啡館開在大街上，阿菲亞曾路過好幾次。咖啡廳經理和前一個沒結過婚的求婚者不同，他對結婚倒是樂此不疲。阿菲亞如果嫁給他，那就是他的第六任妻子，不過人家向來一次一個，不喜歡腳踏兩條船。無論誰是他現任的妻子，他都不改忠實丈夫的本色。這個人偏好年輕的孤女或是窮人家的女兒，因為她們對新郎拿出來的聘禮會感激萬分。他娶了這些女人，養她們養了幾年，一旦另一個年輕女孩吸引他注意，他就離了舊人，迎娶新的。他的咖啡館經營得有聲有色，所以這個嗜好他還供得起。阿莎夫人這一回不需旁人大費唇舌說服，直接拒絕了這次提親。

阿莎夫人罵道：「色鬼，齷齪，我們還沒窮到要巴望他那噁心的聘禮。」

她對爸爸的責難等於也把阿菲亞罵進去，在阿菲亞心目中，自己已成為阿莎夫人敵意箭靶的一部分。阿莎夫人害怕阿菲亞和自己丈夫聯手背叛她，這點讓阿菲亞深感難過。她無法想像自己竟會引發女主人的恐懼。阿莎夫人說完這話，爸爸便起身離開屋子了，留下阿莎夫人和阿菲亞。兩人沉默呆坐了幾分鐘，最後阿莎夫人也起身回房去。往後她沒再提出這種指控，可是也沒打消努力把她嫁出去的念頭。阿菲亞想知道，這究竟是不是爸爸把陌生人帶回家的另外一個原因。哈姆扎跟她打招呼，她很想回應，卻只能按捺住，不敢抬頭，但稍早他剛走進後院時，她還是瞥了對方一眼。她從爸爸的描述得知對方是個年輕人，所以，也許爸爸是想讓她見見一個和自己年齡相仿的人，而不是受她吸引而來的那類年長且放蕩的追求者。

阿菲亞不清楚，有人登門求婚的消息是怎麼傳出去的，只知道賈米拉和莎妲拿這事揶揄自己。也許是媒人，不管是誰，反正是放消息來搗亂。賈米拉結婚了，並且已懷了第一胎。卡莉達的朋友一說到那些求婚遭拒的人就笑個不停，並告訴阿菲亞，她應該配得上更理想的對象，應該繼續等待，最終來向她求婚的必然是個有錢又年輕的英俊男子。誰甘心嫁去當小老婆呢？卡莉達說出這句話的時候，阿菲亞的心猛然一顫，對於爸爸的指控該不會也不知何故張揚出去了？不過她們說完這些話並沒有心照不宣似的互使眼色，也沒有在一番評論後陷入意味深長的沉默，因此，阿菲亞認為她們只是普遍瞧不起嫁人當小老婆的行徑，而非針對哪個人有感而發。

10

在哈利法家裡吃完了那頓悲慘的午餐之後，當天下午，哈姆扎就上市場花掉了預支的五先令，為自己的房間買了一支蠟燭、一卷厚草蓆和一條棉布床單。他在草蓆上伸了個懶腰，那熟悉的劇痛又襲向全身，他不禁發出一聲呻吟。幾分鐘後，痛感減弱，他便換了個讓身體放鬆的姿勢，好獲得充分休息。他伸手撫過臀部醜陋的傷疤，再按摩已癒合的肌肉。情況有所改善。日後還會更好。不必再擔心了。這個小鎮是他離家最近的地方，但他幾乎認不出來了。痛苦會好轉的。

哈姆扎每天早早離家，先去清真寺裡洗漱沐浴，做做謝恩禱告，接著再到咖啡館買一壺甜茶。之後，他會去倉庫等哈利法。幾乎每天都有東西在院子和倉庫間搬進搬出，有時貨物會從倉庫運往碼頭，隨著商品逐漸分派到目的地，倉庫就慢慢清空了。伊德里斯和他的伙伴幾乎每天都會開著那輛嘎吱響的貨車過來送貨取貨。伊德里斯似乎只要一張開口就會吐出淫穢的話，他的伙伴杜布（Dubu）則克盡職責地笑到直不起腰。

哈姆扎須負責清掃倉庫前的空地，若遇上風大的時候，還得在地面灑水以防塵土揚起。偶爾，他還要跟著貨車到院子裡或其他地方幫伊德里斯和杜布裝卸貨。他和哈利法仍然有很多空閒時間可以坐在倉庫的陰涼處，凝視著空地，聊聊天。哈利法愛說話，而哈姆扎則是個永不厭倦的盡責聽眾。他猜哈利法也許自認為該受這種尊重。哈利法也沒再提起他和阿莎夫人那次相遇的事。

哈利法說：「伊德里斯這個人很卑鄙。一看見他到處晃，我就不寒而慄。他下流兇殘，愛欺凌別人，像一頭發春發個沒完的野獸，髒話滔滔不絕。他對待杜布就像對待奴隸。你知道杜布的名字怎麼來的？他小時候，旁人都認為他很笨。你看，他的頭那麼大，活像個畸形兒。現在他看起來還過得去，但小時候……有時這類嘲笑會跟著人一輩子。這個令人難堪的名字就算不是伊德里斯取的，也一定是他讓杜布接受的。伊德里斯會取笑他，天曉得下班以後還會怎麼折磨他。杜布就是個呆頭呆腦的蠢蛋，軟弱的傢伙。

「你知道孫古拉閒暇時在幹什麼？小兔子是拉皮條的，你知道嗎？你猜過嗎？你怎麼看不出他多麼下三濫？當然，他和其他人不一樣，不走暴力路線，但只要一看到他，你一定會想：他一定會做一些叫人作嘔的勾當。他為兩個女人拉皮條，這是誰都知道的。如果哪個男人想玩其中一個，只需和孫古拉說一聲，就給你安排妥當。這就是他被稱為小兔子孫古拉的緣故，因為他像兔子，體型又小又怯懦，但是狡猾過人。誰也不敢碰他，因為有那兩個女人做他的靠山，包庇他就像祖護自家的孩子。孫古拉叫她們媽媽，兩個都是沒廉恥的大嗓門，靠一條舌頭就能把人剝個精光。你離他遠一點，不然他會把你帶壞。」

哈姆扎安安靜靜住在他那間儲藏室，盡可能低調地溜進溜出。不再有人邀他二度上門作客，但他還是能聽到阿莎夫人的聲音。現在他也知道了，阿莎夫人只要火氣一上來或碰上什麼緊急狀況，就會抬高音量說話。哈利法有時晚上會來找他，邀他過去和那群路過駐足的人一起坐在門廊聊天。其中兩個男人尤其經常來訪，加入他的「論壇」，一位是學校老師馬利姆·阿布達拉，另一位則是住在附近的洗衣工托帕西（Topasi），他同時也是哈利法和馬利姆的兒時玩伴。門廊的地板鋪著厚厚的編織草墊，藉一盞油燈（kandili，斯）照明，油燈用鉤掛住，從天花板的橫梁懸垂下來，照射出柔和的金色光芒，將開放區域變得如同室內空間一般。街上路過的行人會低聲向他們打招呼，彷彿音量太大就是擅闖私宅似的。這三個人都喜歡聽八卦。

馬利姆·阿布達拉通常是最後一個發言的。他是個聰明人，經常在托帕西轉述新近聽來的謠言後再說些持平的話。這就是托帕西之所以叫托帕西的緣故，因為他太喜歡聽蜚短流長了，這個字在斯瓦希里語中就是「收垃圾的人」。托帕西講了一件最近發生的事，令哈利法憤慨得出「萬般世事皆沉淪」的結論。最後才輪到馬利姆·阿布達拉開口，為這場談話平添一點智慧光彩。

馬利姆·阿布達拉在尚吉巴開始受教育，接著進入了鎮上的高級德語學校，完成師資培訓課程。他認識一個在該鎮英國殖民政府總部任職的人，此人擔任區級專員辦公室的傳令員。因為這個人的緣故，他能讀到已被歸檔的舊報紙，包括政府出刊的《坦干伊喀[74]領地公報》（*Tanganyika Territory Gazette*）和服務定居肯亞之殖民者的《東非旗報》（*East African Standard*）。

馬利姆．阿布達拉的英文程度僅算粗淺，只有早年在尚吉巴唸書時學過一點，但他的職業生涯和在論壇時的閒聊都對他的英文大有助益。他偶有機會翻閱他所謂的國際出版刊物，因此他的觀點和判斷具有無與倫比的分量，至少他自己看來如此。這些人好發議論，自以為是，談話過程笑聲不斷，語不驚人死不休。大家不要求哈姆扎抒發己見，不過都知道他在座，因為他們當中總有人會打斷話題，向他解釋某一細節。因為這樣，他才明白托帕西是如何贏得這個綽號。由於沉默寡言，哈姆扎不時成為眾人取笑的對象，不過他仍和大家坐在一起，只圖有人作伴，而且他也清楚，自己在場即提供了旁人一種無傷大雅的消遣。

宵禮的喚拜聲傳來，三個朋友都沒有理會，這時，房子的大門微微打開，哈利法站起來，接過了上面擱著咖啡壺和杯子的托盤。哈姆扎沒看到送來托盤的人，畢竟盯著人家看是不禮貌的，不過，他猜應是上次他進屋裡時看到的那個女僕。哈姆扎無法想像脾氣暴躁的女主人阿莎夫人會親自用托盤為門廊上那幾個話匣子送來咖啡，她應該不屑做這種卑微的事。托盤首次端出來時，上面只有三個杯子，哈姆扎便以此為藉口，打算告辭。

哈利法說道：「年紀輕輕就當聖人。我想他要去清真寺。算啦！你趕去也來不及了。」

---

74 坦干伊喀（Tanganyika）現為坦尚尼亞的非洲大陸部分，第一次世界大戰結束後，根據《凡爾賽和約》成為大英帝國殖民地，並於一九二二年得到國際聯盟確認。一九六一年獨立為大英國協王國。一九六二年，坦干伊喀共和國成立。一九六四年，坦干伊喀與尚吉巴合併為坦尚尼亞。

馬利姆．阿布達拉答道：「你們蠢話連篇，我想他是聽膩了。年輕人，去吧，賺一點祝福也不錯。」

幾個晚上後，哈姆扎又在聽大家高談闊論，而穆安津的宵禮喚拜聲響起之際，門像以前一樣微微打開。哈利法瞥了哈姆扎一眼，示意他起身去端托盤。他忘記自己的舊傷，站起來時不禁發出一小聲痛苦的喘息。他伸手扶住紅樹木柱以穩住平衡，在其他人還來不及行動或是說話之前，迅速朝門口走去。他將托盤接過，看著站在門口陰影中的女人，發現她眼中有著驚訝，或許還有擔憂。他對她微微一笑，示意她放心，並低聲在口中含糊地表達了感謝，只是不確定自己是否說清楚了。他端著托盤轉身離開時，看到上面放了四個杯子。他把托盤放在哈利法面前，但沒再坐下。

哈利法交代道：「留下來和各位大哥喝杯咖啡。宵禮還趕得及啦。」

托帕西答道：「嘿，你這個卡菲爾（kafir）[75]。人家要去禮拜，你卻在潑冷水。不要多添麻煩，你的罪孽已夠深重，難道還要揹負更多？」

馬利姆．阿布達拉鄭重說道：「千萬不要在真主和世人之間作梗。」

哈姆扎未加回應，只是笑了笑，也沒向大家解釋，去清真寺不單為了禮拜和祈福。遠離所有人，遠離他們的喋喋不休，經常能讓自己鬆一口氣。清真寺裡即使擁擠，也沒必要和人說話。他離開時，心中依然惦記女人眼中那關切的神情，和那神情帶給他的驚訝與輕微騷動，他想不透為什麼。他雖只是短暫瞥見那個瘦弱身影，卻能看出對方的眼神和面貌都透著誠摯，那表情多麼純淨啊。他不知道還能如何形容，但他眼中所見即是如此。不知道為什麼，這次相遇竟使哈姆扎感到難過，讓他因自己生命中得不到愛、因生命中的溫柔片刻如此短暫而感惆悵。他認為對方是女僕，也許真是，但她畢竟是個二十歲左右的女人，不是女孩。他好奇對方會不會是哈利法的二太太。像他這年紀的男人，如要再娶一房，挑個比自己年輕得多的女人，其實並不罕見。哈姆扎在街上閒晃了一個多小時，途中還責怪起自己的幼稚情緒和感傷。這一切都源於他的孤獨以及自憐自艾，好像他短短的人生經歷見識有限，以致無法理解這一切，保持頭腦清醒及身體安全已令他用上了全部的智慧。

過了幾天，商人找哈姆扎過去，吩咐他陪伊德里斯和杜布去港口取貨，說是一直等著的一件設備已經運到港口。自從哈姆扎回到鎮上，這還是他第一次去碼頭。時間過得真快，但是不知怎的，他覺得很充實，彷彿已經回到鎮上好幾個月了。伊德里斯駕駛貨車，那不可一世的樣子，就像貴族乘坐鍍金馬車、從一群敬仰自己的農奴面前掠過那般，一隻手搭在敞開的車窗，另一隻手置於方向盤上，車子在土路上蹦跳前進，一邊還向難得碰見的熟人揮手致意。與此同時，他嘴裡還叨叨絮絮，大部分都是些髒話。坐在駕駛室長椅中間的杜布盡心盡力陪笑，而哈姆扎則將視線移開，盯著窗外。雖然一時還沒想出擺脫伊德里斯滿口下流話的辦法，不過哈姆扎已不像最初

75 伊斯蘭教用語，指穆斯林的對立者，特指對神的否認和隱昧者，即不信神者。類似於基督教用語中的異教徒。

那樣厭惡他們。

商人訂購的設備竟然是一具大型的螺旋槳。伊德里斯直接將車開到碼頭一處倉庫的門口，發現納索爾．比亞沙拉已在那裡等候大家。只見他面露微笑，站在置於一層層麻袋上、閃閃發亮的螺旋槳旁。他說，所有文件作業均已完成，現在就把機器運回倉庫去吧。大夥把螺旋槳搬上貨車，然後跟著爬了上去。納索爾．比亞沙拉和伊德里斯坐在前面的駕駛室裡。商人對新購進的設備頗感興奮，並親自監督進庫存放的過程。先前他已交代哈利法在倉庫的正中央騰出空間，再用其他沒那麼搶眼的貨物保護隱藏起來。設備存放妥當之後，他讓貨車駛離，接著揮手示意，讓哈姆扎跟他出去。哈利法看起來很不高興，隨即遁入倉庫的暗影中。

他們走到外面，站在倉庫門口，這時商人環顧四周，好像要確定沒人注意他們。商人把手伸進夾克，拿出幾張折疊好的鈔票。他說：「這是你過去三週的工錢，三週後，我還會再算下一期的給你。」他的聲音十分嚴肅，好像預期對方會蠻橫無理回應他似的。「因為你的工作表現很好，我就慷慨付給你。我一直認為你可以勝任。從現在起，我要你擔任倉庫的夜班守衛。我要你每晚都在倉庫過夜，負責看守裡面貴重的貨品。你目前暫時做守衛，至於還可以做什麼，以後我們再來討論。白天你就像往常一樣在這裡幹活，到了晚上，就關起門在裡面過夜。明白了嗎？」

商人遞過鈔票，哈姆扎一言不發收下了，數也沒數就塞進了口袋。商人微笑著點點頭，哈姆扎想，他無疑是看到眼前這個窮鬼如此維護自己的尊嚴而覺得逗趣。納索爾．比亞沙拉摘下帽子，用他特有的姿勢揉了揉頭，然後闊步走開。哈姆扎原以為哈利法會立即大步走來，埋怨商人下指示時故意將他排除在外，也許哈利法受的傷比他表現出來的更嚴重。哈姆扎在門口的長椅坐著等他，過了一兩分鐘，他喊了哈利法一聲。對方走出來時，哈姆扎將拿鈔票的手舉起來。哈利法伸出手，好像想要一把抓住，但被哈姆扎放回口袋裡。「今晚開始，我要當班守夜，白天仍在倉庫工作。」他說。

「那個蠢蛋，他付你多少錢？」哈利法說。

哈姆扎答道：「我不知道，沒算。」

哈利法接著道：「你也是個蠢蛋，我真替你難過，你以為這樣做是出於禮貌或是尊嚴，我看你是頭腦不清楚了。相信我，這種人我看多了。那個人呆頭呆腦，從不曾真正長大成人。為什麼他對螺旋槳那樣興奮？他認定鎮上每個船夫、漁夫都等著把那個寶貝偷走。那是他的新點子。好幾年前，他花了幾千塊錢買下一艘船，打算用來在這一帶運貨，等著發財，結果打錯如意算盤。現在他又妄想花幾千塊錢買個螺旋槳當搖錢樹，錢最終可能搖得來，但過程中只會表現得像個笨蛋，而且還會把你推進險境。天黑以後，你務必把自己鎖在裡面，不管誰來都別開門。這種偏僻的老舊地方總有醉漢和吸大麻的人來睡覺。你明白嗎？不論聽到外面有什麼動靜，千萬別開門。讓他們去搞自己愛搞的齷齪事，你待在倉庫裡就是了。」

哈利法似乎非常擔心哈姆扎的安危，以至於哈姆扎原本想說自己見識過比喝醉酒和吸大麻更糟糕的事，卻住了口，只是點點頭說會多加留意。當天下午，他回到哈利法借給他住的房間收拾東西，接著在咖啡館停下，買了一小條麵包和一塊魚肉，最後返回倉庫。夜裡，他聽見貓兒在屋頂疾走，又在巷裡長聲悲號，而在入睡之際，他又聽見外面有人喝醉了唱著歌，接著又抽泣起來，不停地呼喚一個名字，彷彿因極度思慕而痛苦。他在闃黑之中醒來，躺著沉思，等待破曉。

每天傍晚天黑之前，他都會先用好幾個麻袋鋪成個窩，再放上他的草蓆以及棉布床單。麻袋的彈性緩解了他體側的部分疼痛，但睡夢中，翻身之際，疼痛仍未稍減。然後，他會先去咖啡館吃點東西，羊肉咖哩或魚，有時只是塗奶油的麵包，接著再上清真寺沐浴並祈禱，最後才回到倉庫，這時天色已全暗。他點燃請求商人提供的油燈，將自己鎖在倉庫裡，躺下睡覺。睡不著的時候，他就從包裡拿出一本書翻看。燈光頗暗，他無法舒服地閱讀那本席勒的舊版作品，只能重溫自己熟悉的文字。他把書拿出來，既為再讀一遍看得懂的篇章，也為享受捧書在手的樂趣。

他躺在金黃色的燈光下，老鼠在麻袋和木板箱間奔竄，聲音雖然細微，卻是不絕於耳，他也只能設法忽略。有時他覺得自己像一個原始人，一個如同害怕夜色降臨的穴居人，太陽下山就要躲回地洞。他整晚點著燈，防範恐懼襲來，然而，失眠之夜，有個東西他避不掉，就是悄悄掩至他耳畔的喁喁私語。夜裡，他常毫不費勁就睡熟了，然而，有些時候，他會在夢境中看到被扯裂的、缺手斷腳的死屍，又遭受飽含怨怒的宏亮聲音恐嚇，還被凝膠狀的透明眼球瞪視。在倉庫守夜了幾週之後，他總算逐漸能越睡越久，甚至可以一覺直到破曉。每天早上他醒來時都覺驚訝，自己竟有本事睡那麼久。他像守財奴的店主細數錢箱裡積攢的硬幣一樣計算著自己酣睡的時數。對於能如此一夜好眠，充滿感激。

機械師花了將近一個月的時間，才將螺旋槳裝上納索爾．比亞沙拉的獨桅帆船。這個工程在港口後方岸邊的海岬上進行，那裡通常也是修船的場地。港灣裡的潮汐一路退到大海，當天晚些時候才又漲回來。只有滿月時，潮汐才會漫上灘頭。機械師一直說要來，但前後推遲了四次。在他現身前幾天，小船才趁退潮時被拉上了灘頭。船員在岸邊鋪上長長的紅樹圓木，等潮水漲起時，所有可派上用場的勞力，包括商人的手下和感興趣的路人，一起幫忙將船拖上滾動圓木，並盡可能拉到灘頭的最高處，再將其綁上堅固的柱子以防向後滑脫，然後繼續等待說好現身卻一再食言的機械師。哈利法並未參與這些工作，只是話中帶刺地問了些問題，都是關於那個愛來不來的機械師。商人也沒理會工程進度，甚至不因機械師遲遲未露面而發脾氣，彷彿這一切都與對方不相干似的。哈姆扎覺得商人的行為令人費解，不過轉念一想，這或許是他維護尊嚴的方式，免得讓機械師以為自己不可或缺便自鳴得意起來。船就這樣等了幾天，像甲蟲六腳朝天那樣無可奈何。等到機械師終於有空的那天，貨車前來載運螺旋槳，哈姆扎也跟著走一趟去幫忙。機械師確定要出馬來安裝螺旋槳，哈利法也抗拒不了這齣好戲，親自前來觀看這最終的儀式。

這艘船的船長和商人不一樣，不在乎面子問題，所以在機械師終於有空的那天，他倆就花掉一小時彼此指責辱罵一番，杜布和哈姆扎坐在船體旁一丁點的陰影裡，伊德里斯和哈利法則留在貨車的駕駛室裡。船長五十多歲，頭髮花白，個子矮小，由於長年曝曬在陽光下、浸在海水裡，皮膚黝黑、硬如皮革。他罵機械師是個沒見識的蠢貨，傲慢無禮的卑鄙小人，只會浪費大家時間。這位機械師大約三十歲左右，留著修剪過的鬍子，戴了頂大檐帽，騎著摩托車來到現場，顯然十分清楚自己的重要性。他告訴船長應該檢點一下對他說話的態度，他可不是船長能夠戲弄的那種俊俏男孩。他自己有事要處理，如果船長看不順眼，大可另請高明。由於無法確定其他技師是否可以隨傳隨到，所以這種威脅頗能收效。過了一會兒，火氣消了不少，於是他們開始安裝起螺旋槳，不過仍然偶爾口出惡言。潮水漲起，他們將船拖回水中，由機械師完成了安裝的最終步驟。伊德里斯開著貨車回去院子接商人，這樣當機械師啟動螺旋槳時，他才能親自在場為此驚嘆歡呼。這時，船長和機械師沾沾自喜像是認識了一輩子那樣談笑起來，也許他們真的認識了一輩子也說不定。

就在大家慶祝珍貴的螺旋槳安裝成功，商人的笑容卻透著焦慮，也許正在牽掛新事業的前景。大家都站在港邊的海岬，這時商人把哈姆扎叫去告訴他，既然螺旋槳已順利安裝完畢，就不再需要有人看守倉庫了，他可以收拾好自己的東西回家去。隔天早上哈姆扎得將倉庫鑰匙交還商人，同時支領工錢。以後或許還有其他工作找他幫忙，但是商人也沒承諾什麼。

哈姆扎沒想到這麼快就要離職，倉庫的任務結束了，他覺得很可惜。儘管那段時光偶爾會令他感到孤獨和痛苦，但基本上是平靜的：白天在倉庫裡工作，與哈利法交談，或者更確切的說法是當哈利法想說話時就當他的聽眾，然後夜晚在油燈金黃色的光線下、在貨品的霉灰味和奇怪的溫熱中，安然入眠……這讓他有時間休息、思考，並為他的生活增添一點平靜。在這段期間，他也憶起很多遺憾及悲傷往事，不過那些事情只怕終究要永遠伴隨著他，或許永遠無法釋懷。

隔天，他告訴哈利法，守夜工作已經結束。「他要我今天早上把鑰匙還他。我想這是在告訴我，沒有其他工作給我做了，但我也不確定。」

「他是隻黃鼠狼，最工心計又虛情假意，機會主義的小人。」哈利法一面說，一面似乎因能數落商人的卑鄙而不亦樂乎。「你該不會以為，他會送你一套制服，讓你有模有樣地成為保全人員，還會為你增建一間浴室，好讓你在倉庫可以淨身和祈禱吧。你竟低能到相信那個人。」片刻之後，他輕聲發牢騷說道：「好吧，那你回去住儲藏室，說不定下一份工作正等著你。」

哈姆扎在家具工場找到了納索爾．比亞沙拉。他正在和人說話，對方正是哈姆扎幾個星期前在木材工場裡看到在繡帽子的那個人。他去院子跑腿時會路過那個工場，曾進去過幾次，看看裡面都在忙些什麼，順便聞聞木料的香氣。他現在才知道這位長者名叫蘇萊曼尼（Sulemani），是工場的木匠師傅。雖然他可能不過五十多歲，但人人都喊他蘇萊曼尼老爹（Mzee Sulemani）[76]。有個

76 Mzee為斯瓦希里語，老爹之意。

年輕人在他手下工作，那個人留著烏亮光滑的馬尾辮子，且頗為自豪，動不動便伸手撫摸辮子，不過當天早上他並不在場。他名叫邁赫迪（Mehdi），身上老是散發霉臭酒味，好像喝了一整夜酒，才剛睡醒還來不及漱口就上工了。有時他會用手指按壓太陽穴，彷彿頭很痛的模樣。哈姆扎認為這個人宿醉未退就進場，幹起活來一定苦不堪言，又是敲打，又是鍾擊，又是鋸切。他還記得，當年部隊裡的德國人酣飲一晚之後，中尉軍官隔天如何受到宿醉折磨。工場還有一個十幾歲的男孩賽福（Sefu），負責打磨和上漆等工序，下班前還負責打掃。男孩的弟弟有時也會來幫忙，只為有事可做，或許也表示將來若有職缺，他很樂意受僱。他倆就是哈姆扎第一天在院子看到搬著亮光漆的那兩人。納索爾．比亞沙拉自己有時也待在工場裡忙碌。辦公室的所有家具都是他設計的，不過更常經手小件裝飾品的收尾工序。

哈姆扎在工場找到他們時，蘇萊曼尼老爹正在聽商人說話。平時他面無表情，態度高冷，眉間未見皺紋，然而此時他卻眉頭微蹙。商人和他說完話，轉身朝哈姆扎伸手拿鑰匙。跟我來吧，他說完話便走了。哈姆扎瞥了一眼那個木匠，木匠也轉頭看著他，一臉漠然。

當他在工場隔壁的辦公室趕上納索爾．比亞沙拉的腳步，商人對他說道：「你喜歡木材加工業，對吧？我看到你不時進去工場。喜歡木頭的人，我一眼就能分辨出來。我見過你在嗅木材的味道，這一點就洩露了啊。總之，倉庫裡的任務已經結束。當時我只是想拉你一把，因為我喜歡你的樣子，而你也需要工作，不過，最後發現你表現得很好。不知道你是怎麼應付那個老愛發牢騷的哈利法，但他似乎很喜歡你，這可不是他的習性。現在你想不想進工場做事呢？你可以幫蘇萊曼尼老爹，他會教你一些技術。老爹是一流的木匠，話雖不多，但很可靠，你能從他身上學到很多東西，甚至可以成為木匠。如何（Vipi，斯）？你怎麼說？」這番話好像商人一時心血來潮脫口而出的，然而哈姆扎很清楚，對方一直在等著時機成熟以便說出這個提議。

這個安排出乎意料，哈姆扎一時間只能驚訝地咧嘴一笑，商人則點點頭報以淺笑說道：「這樣的笑容更適合你。看來，我這想法很吸引你。邁赫迪不會回來了，誰叫他自甘墮落呢……只會酗酒，搖搖晃晃走到街頭找人打架，接著回家打老婆揍妹妹。我本就不想讓他留在工場裡那麼久，純粹是因為他爸爸的一個朋友正好認識我爸爸的朋友，看在他們面上才留下他。這次他似乎挑起太多爭端了，有人恐嚇要用刀子捅他。現在他媽媽懇求他去三蘭港幾個親戚那裡避避，以為這樣就能擺脫他自己搞出來的爛攤子。總之，不知道你還在等什麼，快去工場開始幹活吧。」

老爹一開始只要哈姆扎做些簡單的工作，例如把家具搬到工場裡的另一處。有時老爹在刨平、鑽孔的時候，會請他抓牢木板一端，同時看著他，指導他。哈姆扎按囑咐執行，哪怕犯了再小的錯誤也會開口道歉。木匠告訴他許多木材的名稱：桃花心木（mkangazi，斯）、柏木（mvinje，斯）、橄欖木（mzaituni，斯）。他讓哈姆扎嗅聞木材的味道，讓他摸摸木板，這樣下次他就能認出來。哈姆扎經常滿腔熱情地提出問題，才過了幾天，他就看出老爹對他的疑心已經不像一開始那麼重了。每天工作結束後，蘇萊曼尼會親自將所有工具收進一個箱子，然後上鎖，再把鑰匙放進口袋。接著，他會關好每扇窗戶，並說明下班時工場應維持在什麼狀況。

下班關門之際，老爹總會直呼他的名字說，哈姆扎，明天見（inshaallah，斯）！聽起來就像在說：歡迎明天回來。午餐時間，儘管蘇萊曼尼老爹不吃午餐，但也會暫時收工做點刺繡。一想到木工這行新職業，哈姆扎心中就充滿熱忱，這份熱忱比過往他記憶中的任何工作所感受到的都還要強烈。

哈姆扎興奮地向哈利法描述新的工作，對方聽得笑了起來，並向和他談天論地的幾個朋友轉述了這段經歷。這班朋友逗弄這年輕人，戲稱他為木工師傅（fundi seramala，斯）。他像以前一樣，住在哈利法家的儲藏室，並且重拾往日的日常生活：到清真寺沐浴，在咖啡館吃晚餐，有時晚上就和哈利法及他的幾個朋友一起坐在門廊，陪伴他們細細思考世局。不過，這樣的生活只維持了幾天。有天早上，阿莎夫人把他叫到家門口，派他去咖啡館跑腿。那天早上常送長條麵包和小圓麵包過來的小男孩沒有現身，所以她請哈姆扎跑一趟咖啡館。自從阿莎夫人在院子裡大發雷霆以來，這是她第一次和哈姆扎說話，但她若無其事，表現得好像彼此間並無芥蒂。這錢你拿去咖啡館買長條麵包和小圓麵包回來，你快走吧。於是，這件事便成為哈姆扎每天早上的例行工作。他敲敲門，那個年輕女子便會把交給咖啡館的錢和盛裝麵包的籃子一併交給他。跑腿回來，他又敲敲門把籃子遞進去。他還能收到一片麵包和一杯茶作為回報，恰好當作他的早餐。那個年輕女子只要喊喊哈姆扎的名字，他就會到門口去接下錢和籃子，也不再把她看成女傭了。她告訴哈姆扎，她的名字叫阿菲亞。

他也會被派辦其他差事：送包裹或一籃食物給鄰居或親戚，或是傳些口信。有時鄰居如果需要人手幫忙，阿莎夫人也會叫哈姆扎過去。她經常在背後生同樣那幾個鄰居的氣，埋怨那些人始終不把她放在眼裡，言行褻瀆聖教。她周圍似乎滿是瀆神辱教的傢伙，所以派哈姆扎去幫忙前，會先朗誦幾段《古蘭經》的卷章，以便給他一些庇佑。阿莎夫人以一貫的唐突方式派他執行差事，理直氣壯，彷彿有權向他發號施令似的。哈利法沒收房租，如此也讓哈姆扎覺得自己依賴這家庭生活，也該對他們盡點義務。但他卻覺得很欣慰，彷彿自己有了歸屬，所以也不介意被來回使喚。他甚至習慣了阿莎夫人的尖刻，而這尖刻也絲毫沒有緩和的跡象。雖說他不得不為人效勞，但是至少人家不再視他為逼在眉睫的災厄。掃把星（斯）。沒用的東西（斯）。

納索爾・比亞沙拉告訴哈姆扎：「蘇萊曼尼老爹很滿意你的工作表現。這是我剛剛才知道的。我之前就猜到你應該很擅長木工。他還說你很有禮貌，要贏得老爹這樣的稱讚可不容易。這不僅是禮貌的問題，箇中意義遠遠不止於此。」

納索爾・比亞沙拉停下來，等著他的反應。哈姆扎覺得自己受到試探，卻不知是什麼試探，只好等著對方進一步說明。納索爾・比亞沙拉又道：「倒不是他和我說了什麼，是我自己的想法。我認識老爹很久了。他一向不用激烈的言詞。我不是指難聽的粗話。我們想表達立場時，常常動不動就丟出『真主為證』之類的口頭禪，而老爹甚至不提真主之名。如果你一開口就把真主抬出來，他必會噓你，認為你在貶低真主之名。他評論別人時，最重的話也不過是『我信不過他』罷了。他最看重真實，雖然這句話聽起來比我的本意要浮誇。也許更貼切地說，他是敬重坦率、開放之類的特質，不要喧鬧，不要故作姿態……而你正是如此，他就欣賞像你這樣周到殷勤的人。這就是他說你懂禮貌的意思。老爹不會親口對你說這麼多，所以我才讓你明白。」

哈姆扎不知該如何應答。收到如此高度的評價，商人又如此好意說給他聽，哈姆扎深感振奮。他覺得自己感動得雙眼刺癢。哈利法總是認為商人可惡透頂，這樣的態度有時還真讓哈姆扎感到困擾。在他看來，商人並沒那麼惡劣。

「他告訴我，你住在哈利法家裡。」納索爾・比亞沙拉一面忙著看帳簿，一面用不是那麼信任贊同的語氣道：「你沒和我說過，看來你也就這麼安頓下來了。你要當心，換作是我，我可不願意和那個老愛發牢騷的人住在一起。」

哈姆扎答道：「嚴格來講，我並不是住在他家裡。他們把外面的一個房間借給我住，以前開過理髮店的那一間。」

商人回道：「那棟房子我熟得很，再說那也不是他的或是他太太的。你是怎麼找上阿莎夫人的？我這麼問有點粗魯，是吧？他倆到底是誰讓誰變得更加尖酸刻薄的，這點我不確定，不過我猜主要歸咎於她。這女人一肚子酸楚。你該不會到處去張揚吧？你知道的，我們是有些關係。沒錯，我們是同一家族的。」最後，他擺擺手，表示就此打住這個話題，無需再加深談，接著全心處理文書工作。

「我聽說你和納索爾．比亞沙拉有些關係，」哈姆扎後來問哈利法：「或者更清楚些，他說，是你們家的親戚。」

哈利法想了想，問道：「他是這麼說的嗎？他和我們家是親戚？」

哈姆扎問道：「為什麼是親戚呢？是指阿莎夫人嗎？」

哈利法點點頭，然後說道：「我告訴過你，他狡猾得不得了，是個詭計多端的兩面三刀，最愛操弄那種老套的花言巧語。他那種人認為，沒教養的人才會談論家戶裡的女眷。」

那天晚上，他們獨自坐在門廊。哈姆扎感覺到，哈利法似乎在猶豫是否還要多抖一些內幕，所以又為對方倒上一杯咖啡，追問：「你們到底是什麼關係？」

哈利法慢條斯理地啜飲一口，整理一下思緒，而哈姆扎則等待著，確信很快就能聽到這個故事。「我告訴過你，我曾為他那個奸商父親阿穆爾．比亞沙拉工作，而且一幹就很多年。我和阿莎夫人就是在那段時間結婚的，阿穆爾先生便是她的親戚，他……耍花樣……好啦，他把我們撮合到了一塊兒。」

接著，哈利法沉默許久，沒有開口，這點很不尋常，他一般是不需要別人提醒就會繼續說話。哈姆扎停頓了好長時間，又問：「你最後又怎麼會在他那裡工作呢？」

哈利法答道：「你真想聽這些陳年往事嗎？你個人的事一點都不透露給我，卻對我的私事這樣好奇，而我忍不住一定會說出來的。人變老了，注定很難閉嘴。」

哈姆扎知道哈利法最終會忍不住和盤托出，於是笑道：「我真想聽聽老奸商的故事啊！」

哈姆扎在那個天色很快變暗的傍晚抵達小鎮，那時正逢夏季季風（kusi，斯）開始吹起，越過大洋來做買賣的商人已經返回索馬利亞、阿拉伯半島南部或印度西部了。他不太記得多年前住在鎮上時的天氣，而他離開後的許多年裡，則都在海風遠遠吹不到的內陸度過艱苦的歲月。人人都說一年中段的這幾個月最讓人暢快，但他剛回來時並未真正理解這一說法。大地長時間受到雨水滋潤，依然綠意盎然，風也徐徐吹拂。年中晚些時候，大約在最後那四個月裡，天氣起先會變得比較炎熱乾燥，接著冬季季風（kaskazi，斯）開始吹起，海面颳起狂風，波濤洶湧，然後是短暫的降雨，到新年時則又迎來穩定的東北風。

東北風會把商人的船從大洋彼岸吹回來。他們真正的目的地是蒙巴薩或尚吉巴，因為這些繁榮的市鎮滿滿是準備開始做買賣的富商，不過，其中也有些人會轉戰其他港口城鎮，包括他們這座小鎮。早在數週前，岸邊的人已在企盼船隻進港，民間再度熱衷談起船長和船員的點點滴滴：他們散居到每一塊空曠土地上紮營，卻也將週遭弄得一片混亂；他們沿街兜售令人眼花撩亂的商品，大多是廉價的小飾品，但也有些東西很值錢，甚至連他們自己都渾然不知；他們常將一大批商品便宜地批發給商人，像是厚厚的地毯和珍稀的香水、一船船的椰棗、鹹梭子魚和鯊魚乾；他們嗜吃水果，尤其芒果；他們不守規矩，犯下暴行，還曾公然在街頭鬥毆，恐懼的居民只好鎖上大門躲在家裡。水手把清真寺擠得水洩不通，而空氣中則飄盪著他們身上堪祖和可費亞散發出的氣味，海鹽和汗漬沾汙了衣物，甚至都染成了棕褐色。港口周圍地區首當其衝，受其過分行為的影響最大。木材場和哈利法的房子距港口較遠，離城鎮也有一段距離，唯一來往的旅客便是在街頭叫賣的販子，他們提著一籃子黏膠、香料、香水、項鍊、黃銅飾品及以中世紀色彩或染或繡的厚織布料。有些時髦造作、趾高氣揚、迷了路的蘇里（Suri）[77]商人會從附近走來，好像穿越敵人領土似的高高揮舞著手杖。孩童們會成群結隊跟在他們身後，大聲喊著這些陌生人聽不懂的戲謔話語，用嘴巴模擬放屁聲響。據說蘇里人認為這種行徑特別無禮，孩子們更愛這麼做。

雖然木材場和哈利法家對外地商人和水手而言有點偏遠，但倉庫前的那片空地可不一樣了。他們每天都聚集到那裡，有些人晚上甚至會就地紮下帳篷，於是賣水果的、賣烤玉米的、賣木薯的以及賣咖啡的小販也聞訊而至，硬是把這個地方變成了熱鬧喧囂的市場，就像幾個月前哈利法熱切地向哈姆扎描述的那番景象。在過去的幾個月裡，倉庫中的貨物漸次清空，如今可以收進新貨了。早上，納索爾·比亞沙拉不進木材場的小辦公室，另在倉庫內擺上一張小桌辦公。到了下午，則回到院裡整理文件資料，並讓哈利法負責貨物的運送和裝載。對哈利法來

77 位於印度西孟加拉邦比爾賓縣的城鎮。

說，這是一段極忙碌的時間，經常忙到很晚，手裡拿著一塊寫字板，神態高傲地團團轉個沒完，登載著新入庫的存貨。哈姆扎見他忙著調度伊德里斯和杜布往來港口，還得監督受僱堆放貨物的搬運工，認為他重拾自己嫻熟的業務且樂在其中，彷彿回到商人手下做職員的年代。

這與他平常的工作日截然不同。哈利法通常會在下午稍早的時刻鎖上倉庫的門，將鑰匙放回木材場後回家。如果工場的工作沒那麼繁重，哈姆扎就會和他一起回去吃午餐，有時在自己的房間吃，有時會在門廊上吃。蘇萊曼尼老爹則留在工場裡，不吃午餐。哈姆扎午餐後會返回工場，直到傳來穆安津晡禮的喚拜聲，他們才開始打掃並鎖門下班。如果哈姆扎沒有回去吃午餐，他的那一份也會暫時收起，等他下班回家再吃。因為這樣，他成了這家庭的一份子，只不過仍住在外面的儲藏室罷了。自從上回首度造訪之後，哈姆扎也沒再進過屋裡。阿莎夫人有時會直接從內院喊他幫忙辦事，聲音很容易傳到他耳裡，他就站在門外等候吩咐。如果她不耐煩地厲聲喊他進去，他也只是站在門口等她來找他。他不願成為僕人，卻又得仰賴那個家庭過活，雖說負有義務，但也不敢妄加推測。他只能想辦法在兩者之間拿捏好分寸。

有天，哈利法在倉庫忙到分不開身，哈姆扎按慣例敲門來端午餐。阿菲亞打開門，遞給他一杯水、一碗菠菜和飯。見她不像往常那樣立刻將門關上，哈姆扎就在門廊前坐下開始用餐，並察覺到阿菲亞就站在門內的陰影中。那時他已在儲藏室裡住了幾個月，雖然時常想起對方，但兩人間的交流也不出必要的幾句話。他吃了幾口，發現阿菲亞一直待在他的身邊。他顧忌屋裡的阿莎夫人會聽到，於是輕聲問：「妳的名字是誰取的？爸爸還是媽媽？」

她答道：「阿菲亞？這是『健康』的意思，媽媽取的。」

他以為阿菲亞會關上門，但她沒有。她留下來是因為想和哈姆扎說說話。他經常想起阿菲亞，尤其是一個人待在房間裡的時候。有時，他的窗戶開著，阿菲亞經過時會一眼也不往裡瞧的迅速打聲招呼，然後哈姆扎會趁她還未走遠時偷偷望她一眼。有時她從哈姆扎身邊走過並沒有打招呼，但他看見她時仍然會感到悸動。每次他被叫到門口，或者見阿菲亞走過，都會說句分寸內且不致冒犯對方的話，只為了聽聽她的聲音。他覺得阿菲亞的聲音低沉渾厚，十分動人。

阿菲亞沒再作聲。他為鼓勵對方再度開口，於是說道：「妳媽媽這麼叫妳，就是為了祝福妳身體健康。」

阿菲亞附和道：「是啊，她身體不太好，或許也等於為自己祈福呢。我聽別人說，她在我很小的時候就去世了，那時我大概只有兩歲吧，也不確定。我已經不記得她了。」

哈姆扎不確定是否應該就此打住，但還是問道：「那妳的爸爸呢？他好嗎？」

「很多年前也過世了，我已經沒有印象了。」

他低語了一句表示哀悼的話，然後看著眼前那一碗飯。他想告訴阿菲亞，自己也失去了雙親。他被人帶走，不知道父母在哪裡，父母也不知道他的下落。他想再問阿菲亞那個不復記憶的父親到底怎麼了：是不是像她的母親一樣在她嬰孩時期就過世了，還是在她母親死後撇下女兒，讓她聽天由命？他終究沒有開口，畢竟這樣的問題只為滿足自己的好奇心，也不知道會否勾起她什麼傷痛的記憶。

阿菲亞問：「你的腿痛嗎？以前看過你痛到畏縮起來，剛才你坐下時，我又注意到了。」

他答：「確實痛，不過情況每天都有改善。」

阿菲亞追問道：「你是怎麼受傷的？」

哈姆扎咯咯地笑了起來，然後輕輕哼了一聲，設法讓回答顯得輕鬆些：「總有一天會告訴妳。」

片刻過後，他聽到對方走開的聲音，遺憾沒能送她一點什麼作為回報。又過了一會兒，阿菲亞回來收拾空碗，並用小碟子端來幾瓣橘子給他。「等你吃完，可以進來洗手。」她說。

吃完橘子，他喊了一聲便逕自走進屋裡，在後院門口等著阿菲亞，見她出現便將空碗遞給她，然後跟在她身後走進院裡。她指指院子左邊靠牆的水槽，哈姆扎便去那裡洗手。怎麼不見阿莎夫人的身影？阿菲亞可以自由與他交談並邀請他進屋，他猜女主人不在家。他在水槽邊洗手，同時好奇地環顧四周。反觀以前，他忙不迭只想逃開，阿莎夫人的待客之道實在太讓人不悅了。水槽同側的角落裡有個水龍頭，正是他第一次看到阿菲亞洗碗的地方。現在他看清楚了，洗手間設在院子的後牆邊，靠近遮陽棚，右側有兩個房間。他曾把其中一間當作儲藏室，那間門前放著兩個火盆（seredani，斯），其中一個裝滿了木炭，隨時可以生火。另一間比他記憶中的要堅固得多，敞開的窗戶裝有紗網和簾子，房門緊閉。如果那是阿菲亞的房間，那麼與一般的居所相比，已經算是很不錯了。僕人有時只能將就睡在走廊一角的墊子上，而且還不一定有這等待遇。也許阿菲亞不是僕人，說不定正如他最初猜的那樣，是哈利法的偏房。

她順著哈姆扎的視線看去，微微點了一下頭。她的坎加滑到了腦後，掛在一枚髮夾或飾簪上，哈姆扎以前不曾如此近距離地看著阿菲亞。她的頭髮梳成了中分，在腦後編成兩條辮子，接著又於背後束在一起。她寬鬆地攬著坎加，哈姆扎可以看見她上半身和腰部的輪廓。過了一會兒，她又將坎加收緊披在頭上，加以調整，保持端莊，這動作再平常不過，可是他很好奇她剛才是否為了讓他看那麼一眼而暫時鬆開了坎加。他向阿菲亞道過謝，離去前，兩人相視微笑了一下，他認為她應明白自己對她的感受。意念及此，哈姆扎的內心十分雀躍。如果阿菲亞看出了他的心思，並以那樣的方式對他微笑，那麼她就不可能是哈利法的妻子。她過來和他坐在一起，又趁阿莎夫人不在家時請他進來洗手，這就代表她在耍小花招。雖說哈姆扎在這方面經驗有限，然而據他揣測，這種態勢已具備求愛的一切條件。哈姆扎懷著略為振奮的心情回到工場。

然而，他的喜悅參雜一絲憂慮。他幾乎沒什麼可給阿菲亞的：工作不算穩定；所謂的家不過是別人施惠借住的房間，而且萬一哪天冒犯了恩人，說收回就收回；一塊鋪在地板上的草墊權充睡床；他的身體受過虐待和傷害。他過往既無法帶給她歡樂，未來更無法給她希望，究竟要拿什麼造福人家呢？只配在她悲慘的經歷添上一筆自己落魄的故事，何況她自己也許已經看到更好的未來。此外，阿菲亞有可能已經嫁做人婦，而他則會因此陷入危險和失態的境地。然而，哈姆扎雖也擔心自己沒有實現期望的可能，但仍無法止住興奮之情。話說回來，他可能全然誤判了剛才發生的事。過往遭逢了太多挫敗，以致現在他想做點什麼時反倒心生徒勞無益之感，裹足不前。哈姆扎每天都在抗拒這種感覺，然而工場環境及他的木作工作，還有老木匠日日和藹可親的陪伴，讓這種感覺漸漸消散了。

那天下午，蘇萊曼尼老爹興致也高，一邊工作，一邊哼著他最喜歡的蓋綏達。也許他聽到值得高興的消息，或者剛剛繡完一頂可費亞帽。哈姆扎的欣喜也隨之增強，忍不住竟笑起來。木匠發現了他的異樣，但仍一言不發，只是疑惑地望著他。有次，哈姆扎心不在焉掉了個鑽頭，後來又丟了一把直角尺——那把尺分明在他眼前，他卻毛躁地四下尋覓。他通常不會犯這類錯誤。還有一次，哈姆扎察覺到蘇萊曼尼老爹正對著自己微笑，連眉毛都揚起來了，彷彿問他開心個什麼勁。哈姆扎都覺得自己好笑。木匠一如既往，沒吐出半個字，但哈姆扎察覺老爹也強忍著笑意。難不成老人家猜到了他的祕密？這種事真有如此明顯？

哈姆扎在工場的一個抽屜裡翻出一盒火柴，將品牌的名稱「燈塔牌安全火柴（Leuchtturm Sicherheitszündhölzer）」大聲唸出。老爹擱下打磨工作，抬起頭來，目光飽含詫異問道：「你說什麼？」

哈姆扎再次唸出Leuchtturm Sicherheitszündhölzer。老木匠走到哈姆扎站的地方，從他手裡接過火柴盒，端詳了一會兒又遞回去。他走到一個架子前，取下一個錫罐，裡面裝的是需要敲直的變形釘子。他把罐子拿給哈姆扎看，哈姆扎唸道：「Wagener-Weber Kindermehl.」

木匠說道：「你能讀德文。」

哈姆扎抑制不了驕傲地回答：「不但能讀，也會寫。」

木匠續道：「能用德文讀寫。」然後指著罐頭問道：「那是什麼意思？」

「瓦格納—韋伯牌嬰兒奶粉。」

「你也會說德語嗎？」

「我會。」

蘇萊曼尼老爹又道：「真了不起（Mashaalah，阿）。」

11

現在，阿菲亞無時無刻不在思念著哈姆扎了。早上他登門拿麵包錢的時候，她只能忍著不和他說話，生怕阿莎夫人聽見。她在那本論罪孽的書讀到過，跟男人說話等同於安排私下與他幽會。哈姆扎道一句，早安（Habari za asubuhi，斯），阿菲亞回一句，你好（Nzuri，斯），然後遞出籃子和錢，不能碰他也不能靠近他。每次經過他的房間，如果看到窗戶開著，阿菲亞都忍不住想探身進去說一下話或把手伸給他。有時她只是打聲招呼，不敢停下腳步。每次哈姆扎來敲門，她總能感到心中一陣喜悅，嘴邊也綻放笑意，但都得強忍下來，以免開門之際顯得急切慌亂。阿菲亞渴望著與他會面的短暫時刻快快到來。她不再喊哈姆扎來吃麵包喝喝茶。這樣你好像是主人的狗似的，有天早上阿菲亞對他這麼說。現在她會用托盤將早餐端過去，然後敲敲他的門。他則時時刻刻以微笑等著阿菲亞。有天早上，她交付買早餐麵包錢的同時，碰了碰他的手，表面看似不經意，實則並非如此，甚至想要證明什麼似的還會多握住一秒，連傻子都不至於不解風情。

阿菲亞問道：「你的腿傷漸漸有起色了，是吧？從你走路的樣子就看得出來。」

哈姆扎答道：「傷勢慢慢好轉了，謝謝。」

時候到了，該說的就該說，但阿菲亞不確定自己是否該主動示意，或是等他開口。她不想讓對方認為自己似乎很明白該怎麼做，誤會自己曾經做過這樣的事。她希望向賈米拉和莎妲吐露心聲，但幾次話到了嘴邊又吞了回去。她想自己或許是害怕兩姊妹揶揄自己，勸她清醒過來，不要對一個陌生人做出這種自貶身價的事。也許她倆會認為哈姆扎是身無分文的流浪漢，卻沒想到她其實也強不到哪裡去。她們可能會說：我們都是女人，到頭來，女人所擁有的唯有名節，妳篤定值得為對方冒這個險？她更加不敢向卡莉達吐露哈姆扎的事，因為對方必會轉述給朋友聽，惹得眾婦哄堂大笑，然後鼓勵阿菲亞勇敢示愛，但她不真想要那麼做。總之，何必那麼急呢？她並沒有不耐煩的感覺，甚至喜歡那種緊張的期盼心情，期盼水到渠成的那一刻。

然而，有時，阿菲亞也很害怕失去哈姆扎，怕他會像當初來到小鎮時那樣，繼續走他自己的人生路，即便不知他會去哪裡，但終究會離開她。阿菲亞平常觀察他、聽他說話，對他已有深刻了解。他是一個離開家鄉、飄來盪去、不受拘束的人。或者——至少她根據己身所見猜想出的——哈姆扎怯於做出什麼重大舉動，也許有一天她如常等著他上門來拿麵包錢時，他就沒再出現了，並從她生命中永遠消失。這份恐懼常令她滿心沮喪，而低落情緒襲來時，她就會下定決心要給哈姆扎一點暗示。但當那一刻過去，她又會掉回自己的戒慎警惕和半信半疑裡。

她太想念哈姆扎了，以至於和別人在一起時常常心不在焉。賈米拉看在眼裡，笑著問她在想誰。是不是有人上門提親了？阿菲亞跟著笑了，但是把話題岔開，並未告訴賈米拉家裡最近發生的事。就在賈米拉發現她陷入遐想的前一天，阿莎夫人下午訪友回來，臉上帶著不尋常的頑皮微笑對她說道：「我想，很快會有好消息告訴妳。」

一定是有人來說婚事了。這又是另一層憂慮。哈利法夫婦謝絕了前兩次的提親，那已是好幾個月前的事。阿莎夫人開始嘮叨說先前他們可能太倉促了，如今可能反要落個挑三揀四的傲慢名聲。阿莎夫人那如釋重負的愉悅笑容令阿菲亞心生驚沮。她不敢開口問求婚者是誰，或是誰代對方前來探詢。阿莎夫人打量阿菲亞一眼便自己得出了結論，而且似乎也不擔憂，臉上仍掛著笑容。先前賈米拉問她那問題時，阿菲亞滿腦子都在想著該如何讓哈姆扎明白自己的感受。該不該寫張便條給他？還是傾身探入他的窗戶向他表白，我克制不了，一直想念你？萬一哈姆扎沒有回應她的感情，那該怎麼辦？這情況確實折磨人，因為她即便心中憂煩，卻也不能和誰談起哈姆扎。

⁂

哈姆扎心裡又何嘗沒有煩惱？他曾多次沿著岸邊的路，朝自己故居的方向走去。從他童年自原生家庭被人帶走，到他逃跑加入保護軍軍團為止，他在那裡住了許多年，那段時間，他始終被關在某商人的店鋪裡，這名商人即是他的主人。這中間有幾個月，他和主人一起去內陸走了一趟艱苦漫長的旅程，與挑夫和護衛連續數週穿行整片領土，過程令他驚恐又害怕。商人從事商隊貿易，不過哈姆扎後來才知道，由於德國人想要掌控從海岸到山區的一切，所以命令商人結束業務。德國人受夠了沿海商人及商隊的抵抗，因此才在阿布希里起義戰爭期間不留情面地加以打擊。當年有必要向那些蓄鬚、吃米飯的奴隸販子證明他們的時代已經結束，現在是德國人當家作主了。即使當時哈姆扎正在內陸跋涉，並聽說德國勢力逼近，他並未完全理解其中的意義。他只清楚自己身陷奴役處境，一切身不由己。他確實難以理解德國的勢力，只能感受到這一切確實壓垮了他，讓他變成了行屍走肉。

住在商人店裡的那段時間，哈姆扎幾乎沒出門逛過小鎮。從天明到深夜，他和另外一個大男孩就站在店裡為川流不息的顧客服務。他們天黑打烊後便到店鋪裡間睡。他現在懊惱極了，他找不到以前那棟房子。當年的店鋪面向馬路，房子一側有座帶圍牆的花園，還有一支供他們沐浴用的水管，現在已看不出昔日的痕跡了。他印象中的房屋舊址，如今矗立著一棟漆成柔和淡黃、外觀宏偉的建築物。這棟屋子共有兩層，樓上從此端到彼端設有帶格狀擋板的陽台，還有個矮牆包圍、礫石鋪地的前院。他曾數次從這棟建築物前走過，但始終鼓不起勇氣敲門，問問他們舊日的房子為何消失了。無論是誰來開門，他都會向對方說，多年前，在這裡，當時我覺得自己的懦弱、膽怯，就像一灘在地面閃閃發亮的嘔吐物。也是在這裡，我看到自己的謙卑和羞澀如何轉變成了屈辱。他最終沒敲門，也沒說這些事，只是繞了一圈，便朝鎮上走了回去。

鎮上有些地方，他已不再陌生，所以午後較晚之際，或是傍晚時分，他會去這些熟悉的地段散步。有時坐在咖啡館裡吃些點心，有時坐在一旁聽人聊天，又或者旁觀別人打牌。有些人會向他打招呼，對他微笑，甚至寒暄幾句，卻不問他任何問題，也不交代任何關於自身的訊息。從無意間聽到的談話中，他可以把某些名字和某些人對上，甚至了解那些人的經歷，即便咖啡館的氛圍很可能讓人誇大其詞。

在某條街道的隱蔽角落，哈姆扎看到一棟房子敞開的門前長椅上，坐了些人，門內有一小團樂手在排練，還有個女人在唱歌。他在那兒駐足了一會兒，站在路旁嘶嘶作響的壓力燈下，明亮的燈光照亮了排練室及戶外或坐或站的人們。女人的歌聲充滿對愛人的思念，歌詞唱著她一個又一個戀情不渝的故事。這些歌詞和女人的歌聲，讓哈姆扎的心裡也同時生出了熱望、悲傷和喜悅。演唱中場休息之際，他問著站在一旁的年輕人，這場演奏會是怎麼回事。

「那些人是在排練音樂會嗎？」

少年一臉驚訝，聳聳肩答道：「我不知道。他們在這裡表演，大家就來聽了。也許，他們也會開音樂會。」

「經常表演嗎？」

少年答道：「幾乎每天晚上。」

哈姆扎知道，自己以後還會再來。

自從得知哈姆扎不僅識字，而且懂的還是德文，蘇萊曼尼老爹對他的好感又更深了。他很喜歡唸個句子給哈姆扎，然後請他譯成德語。哈姆扎也十分樂意加入老爹的遊戲，平時從他那裡習得木工技藝，這點配合恰可當是小小回報。

老木匠問道：「『求祢引導我們走正路，使我們堅定不移，心無疑念，沒有陰影，不留遺憾。』這幾句用德語怎麼說？」他臉上露出幸福的期待神情。

哈姆扎盡心而為，但有時也不得不承認力有未逮，譯到較為玄妙或與虔信有關的宣示時尤其如此。蘇萊曼尼老爹又說出幾句智慧諺語，微笑等著哈姆扎絞盡腦汁將其譯為德語。無論他是否譯得出來，木匠一概對他報以笑聲，同時為他鼓掌。「我是為了讀《古蘭經》才上學的，而且只讀一年。後來，我就在父親和他的主人吩咐下，工作去了。」

哈姆扎雖已猜出怎麼回事，但仍開口問道：「他的主人？」

老爹鎮定答道：「應該說我們的主人。我的父親是奴隸，我也是。主人在遺囑中讓我們恢復自由之身，願真主庇佑他的靈魂。父親希望我學木工、當木匠，而主人也同意了，所以我不得不輟學去工作。我只懂得幾章《古蘭經》，但當年都是十分用心學的。真主啊，即使少少幾章，也足以教我從動物的本性中解脫出來。」

蘇萊曼尼老爹向納索爾・比亞沙拉描述哈姆扎懂德語的事，而納索爾・比亞沙拉好長一段時間都未加求證。有一天，商人終於問道：「你能說德語、讀德文，這是怎麼回事？你在哪裡學的？我記得你說你沒上過學呀。」

哈姆扎答道：「真的沒上過學，只是這裡學一點，那裡學一點。」

「具體是在哪裡？蘇萊曼尼老爹告訴我，他給你《古蘭經》的詩句，你都能翻譯成德文。那種德文可不是這裡學一點、那裡學一點，就能學到的程度。」

哈姆扎告訴他：「翻譯得很蹩腳，我只是盡力而為罷了。」

他們談話時，哈利法也在場，他皮笑肉不笑地對商人說道：「哈姆扎自有他的祕密，人人都有權保守自己的祕密。」

商人追問：「什麼祕密？到底怎麼了？」

哈利法把哈姆扎拉開，同時頂回一句：「那是他的事。」見到納索爾．比亞沙拉的期待落空，哈利法咯咯笑了起來。

那天晚上，朋友聚到家裡聊天，哈利法講述哈姆扎的語言能力和商人的疑問，還有自己如何與商人作對使其無法如願的經過。馬利姆．阿布達拉是教師，而且大家都知道他能讀英文和德文報紙。哈利法也曾先後在開銀行的古吉拉特兄弟和奸商的手下做過職員。因此，只有上不起學的托帕西很高興對哈姆扎的技能表示欽佩，尤其是不用上學就能學會德文這件事。「我早就說過上學是在浪費時間。對不起，馬利姆，當然不是指你的學校，但很多學校確實都是那樣。你不必上學也能學得一樣好。」

馬利姆・阿布達拉毫不猶豫便回嘴道：「胡說八道！」誰也沒有反駁他，甚至托帕西也不例外，因為在這個時候，咖啡托盤送過來了。哈姆扎起身從阿菲亞手裡接下。他從她在暗影中的一抹微笑能夠看出來，她一直在聽大家談話。他把托盤替這些老朋友們留在門廊，便去清真寺做宵禮了。現在這些人對他的離去不會再出言阻撓或者問東問西，直接就放他走了。宵禮既畢，哈姆扎像往常一樣去街上蹓躂了一會兒才回家。他發現哈利法的朋友都回家吃消夜了，於是獨自坐在門廊。

哈利法說道：「我幫你留了一點咖啡。」然後又指著房子的門補充道：「她也會讀書寫字。」毫無疑問，他指的是阿菲亞，只是沒有說出名字罷了。這是哈利法第一次提到她。哈姆扎之前曾想到，她總是默默地、怯怯地四處走動，而哈利法好像視而不見。這可能是他對屋裡未婚女性儀節周到的表現，彷彿不提她的名字或是不引來他人注意，就等於為她蒙上一層面紗了。不過，這也可能是與男性外人交談時，對自己的妻子保持禮貌的方式。哈姆扎不敢問，怕得罪人。他並不是這家人的一份子，那裡的女人和他本不相干。他暗自想，不必急於一時，遲早會想辦法問出來的。兩人靜靜端著咖啡坐了一下，最後同時站起身來。哈利法端著托盤走進去，哈姆扎則捲起墊子，塞進自己的房門裡。

阿菲亞夜裡想到一個主意。她聽人家說起哈姆扎的德語很好，所以打算向他請教一首德文詩歌。一個人再如何不開竅，也不會笨到無法領悟，請他翻譯一首情詩就像是讓他為自己寫一封情書。

早上趁遞麵包錢的機會，阿菲亞對他說：「你能讀寫德文，能不能找一首好詩，翻譯給我看呢？我不懂德文。」

「當然好啊！我知道的德文詩不多，不過還是能幫妳找一首。」

當天下班之後，他又走上海岸邊的公路，在海灘上找到一個陰涼處，小坐片刻。此處滿是嶙峋岩石，並不受漁民和泳客青睞。他喜歡從這裡觀看海浪，目光隨碎浪前沿的線條移動，看著海水低號、拍上岸邊，只是一眨眼的時間，便急匆匆地嘶嘶撤退。下班前，他一面和蘇萊曼尼老爹說話，一面溜進商人的辦公室，從他的辦公桌拿了張紙。紙面上方印有商人的姓名和地址，撕掉就可以用了。情書必須祕密送達，而且越小越容易藏起來。

哈姆扎僅知的幾首德文詩歌，都是在軍官送給他的《一七九八年繆斯年鑑》裡讀到的。他摘出席勒〈祕密〉（Das Geheimnis）一詩的前四行，為阿菲亞翻譯出來：

Sie konnte mir kein Wörtchen sagen,
Zu viele Lauscher waren wach,
Den Blick nur durft ich schüchtern fragen,

Und wohl verstand ich, was er sprach.

哈姆扎把譯好的詩句寫在從納索爾・比亞沙拉辦公室裡拿來的那張紙上，並將紙按照書寫的文字長度剪裁成剛好的大小，折疊成不超過兩根手指的寬度。他能想像萬一紙片被截獲了會是什麼下場。假如真像他擔心的那樣，阿菲亞果真是哈利法的妻子，那他至少會被趕出住處並吃上一頓辱罵，就算被人飽以老拳，也是天經地義。然而事已箭在弦上，由不得他再三踟躕。隔天早上，他在門口遇到了阿菲亞，便把方形紙塊塞進她的掌心，上面以斯瓦希里語寫著：

她想說一句話，然而事與願違——
周圍眾人豎著耳朵，
我只好羞怯探索她眼神，
這時我充分明白了她的意思。

（Alijaribu kulisema neno moja, lakini hakuweza –
Kuna wasikilizi wengi karibu,
Lakini jicho langu la hofu limeona bila tafauti
Lugha ghani jicho lake linasema.）

他從咖啡館連忙趕回來時，阿菲亞已等在門口，不過從他手裡接過麵包籃後就一直沒鬆開他的手。她想確定他並沒有誤解自己的意思，她說：「我也能看懂你眼裡想表達的。」指的是譯文最後那兩行。接著阿菲亞吻了自己的指尖，再碰了一下他的左臉頰。片刻之後，阿菲亞將早餐托盤端給他時，順勢溜進房間，投入他的懷抱。

她說：「親愛的（Habibi，阿）。」

她依偎在哈姆扎臂彎裡，兩人緊緊相擁。這時，他冷不防丟出一句：「妳是他的妻子嗎？」阿菲亞大吃一驚。她正摟著哈姆扎溫柔的身軀，享受著美好當下，而哈姆扎竟問她是不是別人的老婆！阿菲亞從他懷中躲開，卻感覺被他的手臂勾住。他低聲道：「對不起。」

阿菲亞眼中充滿驚恐問道：「誰的妻子？」

他豎起大拇指，朝身後的房子指了一指。等阿菲亞會過意來，眼中的驚恐轉成了淘氣，並且面帶微笑重新投入他的懷抱。她說：「我不是任何人的妻子……目前還不是。」說完話，她就抽身走了。

⁂

某個星期五的早晨，阿菲亞溜進哈姆扎的房間擁抱他，讓他開心得說不出話來。星期五，他們通常只需去大院裡上半天班。中午時分，幾乎所有場所都會關閉，讓人們可以去鎮上主要的清真寺參加主麻日（juma）[78]禮拜。當然，雖說提前下班，但不是每個人都會去清真寺，會去的只有兩種人，一是服從真主命令的人，二是別無選擇的人——主要是兒童和青年。哈利法和納索爾·比亞沙拉都沒去。小聖人哈姆扎和他們不同，因為他喜歡坐在一群心境平和的人群中，不必全神貫注、只需聆聽伊瑪目布道時煞費苦心說出來的虔誠教誨。童年時期也沒有人強迫他上清真寺，不過現在他可以自己做出決定，這點讓他很高興。然後，他明白了，他就是明白，阿菲亞下午會想辦法進入他的房裡。他把窗戶關上，將門稍微打開。在午後逼人的暑氣中，聰明人都足不出戶或是躺下午休，只有阿菲亞會穿著黑色長袍（buibui）[79]，走在前往某處的路上。哈姆扎關上門，房裡飄著她的氣味。他們親吻、愛撫、呢喃私語，享受令人陶醉的幾分鐘。黑長袍的布料光滑，哈姆扎無法完全適切地感受她的軀體，於是輕輕扯動她的衣服，但是阿菲亞搖搖頭，從他旁邊抽身走開。她說她得離開了，不然阿莎夫人會惦念她，難免要一陣大驚小怪。她方才出門前編了理由，說是要去穆卡達姆·謝赫（Muqaddam Sheikh）的店鋪買做甜點用的雞蛋。

哈姆扎說：「急什麼呢？」

阿菲亞答：「她知道穆卡達姆的店在哪裡，走過去只要幾分鐘。」

---

78 又被稱為「星期五禮拜」，在伊斯蘭教中，是穆斯林每週五中午之後舉行的禮拜。在許多穆斯林國家，週末包括星期五，有些則是讓學校和某些工作場所僅需工作和上學半天時間。是最崇高的伊斯蘭教儀式和公認的義務行為之一。

79 指穆斯林女子所著的長袍；多為黑色，從頭包覆到腳踝，只露出眼睛。

他不願阿菲亞離開，於是追問：「妳是她的傭人嗎？」

阿菲亞一臉驚訝：「我不是她的傭人，只是住在那裡而已。」

「妳別走。」他又道。

「我現在就得走，以後再告訴你。」她說。

那天剩下的時間裡，他一直在回味著阿菲亞的摟抱，怪罪自己那麼沉不住氣，未免太可笑。這是齋戒月前最後的星期五，當晚新月出現，讓那一天更令人興奮了。阿莎夫人指派他向左鄰右舍傳話，確定人人都知道新月出現了，如此一來，那些瀆教的人就無法推托說不知此事而在隔天依然照常吃喝。哈姆扎故意繞遠路，也不執行阿莎夫人吩咐的事，因為他不想被人挖苦說他是愛管閒事的假惺惺。

齋戒月期間的生活，步調改變了許多。上班時間較遲，不少店鋪和場所直到下午才開門，這是因為人們晚起以縮短白晝活動時間，同時熬夜熬到很晚。商人認為這種習慣既偷懶又過時，要求員工按正常時間作息，但不是每個人都願意把他的話聽進去。哈利法沒有搭理商人，中午鎖了倉庫的門就回家睡覺。下午才剛開始，伊德里斯、杜布及孫古拉便嚷著又飢又渴、體力不支，都癱軟在院裡的陰涼處睡覺或乾脆溜之大吉。蘇萊曼尼老爹堅持在午休時間祈禱，背誦熟記於心的《古蘭經》經文，然後著手繡起帽子。他告訴哈姆扎，自己深感遺憾，無法按齋戒月的規定每天閱讀《古蘭經》中的一章，如此才能在月底讀完所有的三十章。

飲食安排也有調整，人們不僅白天要受飢渴之苦，日落後的進餐方式也不一樣。齋戒月是一種群體活動，信徒認為日落之後共享一頓晚餐是高潔美好的事，所以哈姆扎沒有去咖啡館吃東西，而是受邀和一家人共同用餐。由於備餐的人需要費心計劃和準備餐點，所以齋戒月的食物也總是很特別。經歷白晝的隱忍堅苦，一頓美味餐食可說是一份獎勵。哈姆扎遵照傳統，在門廊先與哈利法吃幾顆椰棗、喝一杯咖啡，然後便被喚進屋內享用阿莎夫人和阿菲亞慎重準備的盛宴，而這時女眷也坐下來與男眷共食。稱這一頓是「盛宴」並非強調量多，而是指菜餚種類多樣。大家一邊吃一邊談論眼前的食物，並稱讚其準備的工夫。就連阿莎夫人也比過去和藹可親，會找話調侃哈姆扎，說他的木匠手藝已十分不得了，豈料最近又發現他賺來「德文高手」的新名聲。我們知道，你接下來要開始寫詩了。她說。哈姆扎忍住不看阿菲亞，不過依然露出破綻，那短短一瞬已足以讓阿莎夫人順著他原本要投射目光的方向看去，然後又將視線拉回他身上。哈姆扎連忙低頭吃魚。

餐後，他和哈利法又坐回門廊，沒有多久，馬利姆．阿布達拉和托帕西也來加入話局，有時還有其他鄰居過來湊熱鬧。齋戒月的晚上，大家總是聚在一起聊天，來往串門子。在家戶的門廊間，在營業至深夜的咖啡館，紙牌、多米諾（dominoes）或是康樂棋（coram）[80]就如馬拉松似

80 多米諾又稱為西洋骨牌，是由多張骨牌組成的多米諾骨牌組，各國玩法不同，流傳至中國演變為今時的麻將。康樂棋又稱彈局遊戲、鬥球盤，指玩家在一個平滑的板子上，輪流用手指彈動各枚圓片狀物件的桌上遊戲。

的一局接著一局，然而哈利法家的門廊卻不見這些輕浮的娛樂活動。那裡談的主題仍集中在政治內幕、人性弱點以及舊日醜聞。哈姆扎走在人頭攢動的路上，有時歇腳觀看一場牌賽棋局，或者聽聽街頭一些風趣伶俐的人說說笑話。哈姆扎當初偶然聽到的那個樂團，齋戒月開始後就不表演了，但哈姆扎希望他們只是暫停演出幾天。齋戒月前那幾週，每天晚上，他們都會為忠實的聽眾們進行一場短短的演奏，他也成為了聽眾裡的一員。他們似乎單純因喜好音樂而演奏，從不收錢，也沒有人主動付錢。有幾天晚上，有個女人會來唱歌，哈姆扎都及時趕到，聽她唱著情歌總會被其中的情感觸動。他很想帶阿菲亞過來一起聽音樂，卻不知從何下手，甚至不知何時才能向她提起這個樂團。既是齋戒月了，就不能吃早餐，所以不需上門拿錢，也不需再去咖啡館買麵包。每次進屋吃晚飯時，他都小心翼翼地不去看阿菲亞，但他知道，兩人眼神的交流已被阿莎夫人盯上了，因為現在阿莎夫人看他的目光，滿是猜疑。

齋戒月的第一個星期五來臨，哈姆扎讓房門半開半掩，阿菲亞就像前一週那樣溜進哈姆扎的房間。他們相互擁抱，脫光衣服，充滿罪惡感似的飢渴交合，怕被人聽見還不忘相互提醒：噓，別出聲！

她悄聲說道：「我是第一次。」

他停了一秒鐘，然後低語回答：「我也是。」

「你以為我會信嗎？」她回答。

他笑著耳語道：「也許沒什麼差別。」他很高興自己的表現沒有失敗，而且阿菲亞還認定他頗有經驗。

後來兩人赤身裸體躺在墊子上，阿菲亞說：「我們不該在齋戒月做這種事。唯一正當的方法是，你承諾屬於我，而我也承諾屬於你。我先說，我承諾。」

哈姆扎答道：「我也保證。」兩人都為自己可笑的綿綿情話而嗤嗤輕笑起來。

她的右手越過哈姆扎的身軀，放在他左臀部的傷疤上，接著指頭又在上面游移了幾秒鐘，輕觸著、感覺著，彷彿想要撫平那凹凸不平的表面。她才打算開口，哈姆扎就已伸出左手摀住她的嘴。

他說：「現在不行。」

阿菲亞輕輕移開他的手說：「好吧，那是你的祕密。」話才說完，便看見他的眼眶噙著淚水。「怎麼回事？你怎麼了？」

「不是有意瞞妳。但是，拜託，不是現在。」哈姆扎懇求道：「別在做愛後問這個。」

她要哈姆扎別勉強，接著又吻了他。見他情緒恢復平穩，阿菲亞抬起左手靠近他的臉，彎曲手指，像要握拳似的卻握不起來。「這隻手廢了，握不住東西。」她說。

哈姆扎問道：「發生什麼事了？」

她微笑著用那隻受傷的手碰觸他的臉。「剛才我問你受傷的原因，你卻淚流滿面。」她說：「我這隻手是叔叔打殘的。他不真是我的叔父，我只是小時候住過他家而已。他說我學習寫字是錯誤的行為，就打傷了我的手。他說，將來妳能寫些什麼？還不是寫些傷風敗俗的東西，寫給拉皮條的。」

他們靜靜躺了一會兒。「我為妳難過，請多說一點這方面的事吧。」哈姆扎說道。

阿菲亞答道：「他發現我會寫字的時候，怒氣衝天，抄起棍子打我。是我哥哥教我寫字的，但後來他不得不離開，所以又送我回叔叔家住了。叔叔看我會讀會寫，就大發脾氣打我的手，幸好他打錯了手，我如今還能寫字，只是切菜切得很辛苦。」

「妳從頭說起吧。」他說。

她站起來開始穿衣，哈姆扎也跟著起身穿衣。阿菲亞坐在理髮師的椅子上，而他則將上身倚著牆，坐在地板。「好吧，但我說完後，也會問你的遭遇，你不會把我推開吧？」

「我發誓，不會。妳是我的心上人。」他說。

「長話短說，我還得回去幫女主人做飯。她認為這時候我應在鄰居家，如果遲遲未歸，她會託人來找我。」

然後，她告訴哈姆扎，她十歲時，哥哥如何登門接她，而當時她甚至不知道自己還有個哥哥。後來和他同住一年，他教會她讀書寫字，最後便出發打仗去了。「我哥哥叫伊利亞斯。」她說。

哈姆扎問：「他現在在哪裡？」

「不知道。自從他入伍後，就沒再見過他，也沒聽過他的音訊。」

「探聽不到嗎？」

她說：「不知道，都試過了。」然後低頭看著哈姆扎的臀部。「你這是在戰場上受的傷？」

他答：「沒錯，在戰場上。」

當天晚上開齋之後，哈利法又像往常般坐在門廊上，然而不知何故，兩個老友遲未現身。哈姆扎坐在一旁陪伴他，但其實他寧可去散散步，看看樂手是否又回來表演了。兩人閒聊了一會兒，哈姆扎便提起了那個樂團。哈利法和往常一樣，即使不離開門廊也聽說過那些人，明白該樂團的淵源。他微笑道：「坊間的小道消息不可小覷啊！他們暫停公開演奏，只在室內排練。虔誠信徒認為齋戒月很神聖，所以反對舉辦任何歡聚活動。他們巴不得大家都受苦挨餓，最好額頭觸地跪禱，把皮磨破了才滿意。」長長的沉默過後，哈利法看也沒看哈姆扎一眼，便說：「你喜歡她。」

當他轉頭來看時，哈姆扎點了點頭。

哈利法再次移開視線道：「她是個好女孩。」他說話的語調輕柔，聲音沒有一點質問的火氣。「這事必須審慎處理。「她和我們一起生活了很多年，阿莎夫人和我，一直像照顧自己的孩子那樣照顧她。我得知道你的打算。這是我的責任。」

「我不知道你們是親戚。」哈姆扎說道。

哈利法回答：「我答應過她的哥哥。」

「伊利亞斯？」哈姆扎問道。

「所以，你也聽說過他了。沒錯，伊利亞斯。他在外地飄盪過一陣子，後來和妹妹一起住在這個鎮上。他能說一口流利的德語，因此在一家大型的瓊麻莊園找到了工作。他們喜歡這樣的人。我們就是在那陣子結為朋友。當時，我和阿莎夫人婚後住在這裡還沒有太久。伊利亞斯有時會帶小女孩來作客。接著，戰爭爆發，他從軍了，我也不知道他是為了什麼。也許他開始認為自己是德國人了，或者他一直想當一名阿斯卡里兵。他曾講過一段往事，有個出身尚干部族的阿斯卡里兵綁架了他，把他擄到一個山區小鎮，不過那裡的人將他釋放了，並由一位德國地主負責照顧。有一次，他還告訴我，自從那次碰上尚干人後，他就暗自想著，如果日後能加入保護軍軍團就太好了。戰爭最後開打，他果真也無法抗拒。我們不知道他是生是死。他參戰已經八年了，我們再也沒聽說過他的消息。我答應過伊利亞斯，要細心守護他的妹妹，」哈利法說，「我不知道你對她了解多少。」

「她提過鄉下的一些親戚。」

「那些人對待阿菲亞，就像對待奴隸一樣。她告訴過你嗎？那個她稱為叔叔的人用棍子打她，還打斷了她的手。事後，她託人捎來一張便條。沒錯，就是這樣。伊利亞斯教過她讀書寫字，所以，那時我告訴她，如果遇到麻煩就寫張便條，託村裡的店主轉給我。勇敢的小女孩啊，她依了我的話做。她寫了張便條託店主交給一位車伕，最後再由車伕轉給我。所以我去把她帶回來了，過去八年，一直住在這裡。現在，她該開始獨立生活了，這樣對她比較好。」哈利法問：「你跟她說過話嗎？」

「說過了。」哈姆扎道。

哈利法說：「這樣啊，我很開心。關於你的親友、家族，你應該多告訴我一些。你的父母叫什麼名字？父母的父母又叫什麼名字？你可以稍後再告訴我。我觀察你很久了，久到可以信任你，但我向伊利亞斯保證過，所以我該負責。可憐的伊利亞斯啊，他的人生險阻重重，誰料他又滿腦幻想，認定不會再有一丁點的壞事降臨在他身上。可事實是，他始終處在眼看就要摔倒的境地。想不出有誰比伊利亞斯更慷慨大方，也找不出比他更會自我欺騙的人了。」

哈姆扎開始覺得，哈利法是一個愛擔情感包袱的人，為他人的麻煩擔起責任，為遭受時代不公對待的人擔起義務，例如阿莎夫人、伊利亞斯、阿菲亞，以及現在的哈姆扎。他默默關心這些人，說話直言不諱，揶揄挖苦，其實都只是在掩飾他的體貼之心。

又到了星期五，阿菲亞再次來到哈姆扎的房間，但這次她是向阿莎夫人報備要去好友賈米拉的家裡作客。那時對方已經搬出父母家的房子，遷到小鎮另一邊定居，所以預計整個下午都待在一起。

她告訴哈姆扎：「我大膽的程度連自己都驚訝了呢。又是撒謊，又在齋戒月的午後偷偷溜進愛人房間，只為了和愛人膩在一塊。我從來沒想過自己的個性竟有這一面，一旦想到你就躺在離我幾呎遠的地方，就不明白為什麼不能來找你。」

他們做愛，低聲呢喃，然後一起躺在午後的幽暗中，不發一語，只是靜靜相伴。最後，他說：「我永遠忘不掉，此時此刻多麼美好。」

她的手緩緩滑過哈姆扎全身，撫摸他的眉毛、他的嘴唇、他的胸膛、他的腿和腿的內側，像是想要把他深印在心田裡似的。「你怎麼叫了一聲？腿又痛了嗎？」她問。

哈姆扎笑答：「不是，太銷魂了。」

她開玩笑地拍拍他的大腿，然後像以前那樣按摩他臀部的傷疤。告訴我吧，她說。

他向阿菲亞說起在軍中度過的那幾年，從那天早上行軍前往訓練營講起，接著提到軍營閱兵場的操練是如何繁重卻又令人振奮，還有軍中紀律多麼嚴酷。哈姆扎描述了那位中尉軍官，以及對方如何教他德語的事。想告訴阿菲亞的事太多，一開始，他說得很快，她只是聽著，沒有插嘴，也沒發問，只是偶爾低嘆一聲。不過等他談到中尉軍官，阿菲亞輕輕搖頭，請他把說過的再說一遍，他才看出來她不希望他講得這麼急躁，於是放慢速度交代了更多細節，包括軍官那雙眼睛、令自己不安的親暱，還有對方喜歡玩的語言遊戲。他也提到了班長、下士以及中士。

「我這個傷，就是中士的毒手。」哈姆扎說：「戰爭打到最後階段，多年的浴血殘酷戰爭，已讓大家精力透支、半瘋半癲。他很殘忍，本性殘忍。他在盛怒之下，用軍刀劈向我，也許他一直想傷害我，只是我不知道原因。大概是中尉軍官的緣故，我想。」

「為什麼扯到軍官了呢？」阿菲亞問。

他猶豫了片刻才答道：「這位軍官很保護我，希望我和他親近些。不知道為什麼……我也不確定為什麼。他說過：我喜歡你的長相。我想有些人……中士，也許還有其他德國人……認為這裡面有什麼不可告人之事，有什麼不乾淨的……有什麼……超過分寸，寵過頭了。」

她希望哈姆扎實話明講，希望對方想說什麼直說便是，於是輕聲問道：「他碰過你嗎？」

「他打過我一次耳光，和我說話時偶爾會碰我的手臂，但不是摸，只是輕碰。我想他們誤以為中尉在……摸我。中士對我說過類似的話，用不堪入耳的話責罵我。中士一意遂行暴虐，讓我覺得羞恥，好像我真做出了什麼罪有應得的事。」

阿菲亞在黑暗中搖頭道：「我心心念念的人啊，你對這個世界太友善了。不要覺得羞慚，該恨他，咒他倒楣，吐他口水。」

哈姆扎沉默了很久，而她只是等待。接著，她說：「繼續說吧。」

「我受傷後，軍官把我帶到一個叫基雷姆巴的德國傳教據點。那裡的牧師也是醫生，他治好了我的傷。那是一個風景很漂亮的地方。我在據點裡待了兩年多，幫忙做點事，身體也逐漸康復，同時讀讀牧師夫人借我的書。過了一段時間，英國醫療部門介入，並且通知牧師，他的醫術背景不符官方要求，所以不是完全合格的醫生。英國人打算將那傳教據點的醫療室升級為鄉村診所，但不能讓牧師負責，所以他決定回去德國，而我也該繼續踏上人生的旅途。不管去哪裡，只要找得到工作，我就往哪裡去，因此就繼續上路，去農場、咖啡館和餐廳裡打工，有時當清道夫，有時到人家裡幫傭……反正找到什麼就做什麼。有時因為腿痛，工作變得很不輕鬆，最後可能超出我的體力所及。我先後在塔波拉、姆萬扎（Mwanza）、坎帕拉（Kampala）、奈洛比（Nairobi）[81]、蒙巴薩工作。我心裡沒有預設任何終點，或者，至少當時沒有。」他笑著說：「直到現在，我才有了打算。」

又是一陣長長的沉默，阿菲亞聽懂了這句話，起身開始穿衣。

「時間應該不早了，我很想聽你講的每一件事，也想更深入了解那位好牧師以及他的傳教基地，還有他如何治癒你，可是，現在我得走了。」她說：「她已起了疑心，如果我回去晚了，她會生氣。她告訴我，有人想來提親，可是現在木已成舟，我不可能嫁給別人。每天你進屋裡吃飯的時候，我都還會聞到你的味道。下次相聚前，我會想念著與你歡愛的種種時光。每次聽你說話，我都想起伊利亞斯。他的年紀比你大。他唱歌也很好聽，我跟你說過嗎？我想像著戰爭期間他必定遭遇了什麼事。如果他在什麼地方還過得好好的，應該也會像你和我說話一樣，在和別人說話。」

哈姆扎答道：「可以把他找出來呀。」繼而又改口道：「試試看無妨嘛。德國人最會做記錄了，到時就知道他出了什麼事。」

「我們能查出什麼呢？如果不試，也許我就不必確實知道他的情況，反正發生的事已經發生。如果他在哪個地方安然無恙過活，那我知不知情，對他也沒有影響。如果他在那個地方平安度日，說不定還不希望被人找到呢。」她說：「我得走了。」

81 姆萬扎是位於坦尚尼亞西北部維多利亞湖南岸的一座港口城市，是姆萬扎區的首府，坦尚尼亞繼舊首都三蘭港之後的第二大城市。坦尚尼亞與鄰國烏干達和肯亞經維多利亞湖的貿易大都經姆萬扎處理，有鐵路連接三蘭港和新首都杜篤瑪。坎帕拉則是烏干達的首都。奈洛比為肯亞首都，雖位於赤道附近但地處高原，所以氣候涼爽。居民大多說英文與斯瓦希里語，聯合國人居署（UNHABITAT）與環境署（UNEP）的總部皆設在該市。

12

開齋節第三天晚上，他們坐在門廊時，哈利法開口說道：「好運即使真的降臨了，也難長久。你才來幾個月，但我似乎已經習慣和你相處，好像與你相識已久。從一開始，我就知道，你的外表雖像行屍走肉，但心中必定藏著一些充滿活力的部分。你剛到的時候，看來好像就要在我面前癱成一堆。但是現在，看看你，不但找到一份合適的工作，連我們那個呆頭呆腦的守財奴都高興起來了。如今你已經成了能幹的木匠，倒是該跟他說說加薪的事。哦，不對，你是聖人，只會謙卑地等著甜頭自己送上門來！

「但是，請聽我說：好運從來不會恆久。我們無法確定美好的時刻能夠持續多久，或者何時還會出現。人生充滿遺憾，所以，一旦美好時刻來臨，你得心存感激，並以堅定信念行事。抓住機會。我可不是瞎子。我一直在觀察，也理解自己看到了什麼，但有些事卻讓我大感焦慮。我本來想等你準備好再主動來跟我開口，我不想催你，也不讓你難堪。我也認為，這段期間應該不至於發生什麼不得體的事。現在，齋戒月結束了，一切聖事都已過去。開齋節已開始，新的一年也將拉開序幕，也許是你拿定一些主意的時候了。如果你拖得太久，可能會錯過美好的一刻，或者落入令人遺憾的情勢中。所以，現在我要來催催你。

「阿莎夫人也是個聰明人，長了一對明察秋毫的眼睛，而且我相信你也注意到，她的口才也不差。我不知道她是否已和阿菲亞說過了，不過，我想，要是已經說過，我們終究會知道的。她有她的想法，也許不適合你。我知道你對阿菲亞的感情，這是你自己告訴我的。如今或許正如我告訴你的，是所謂的關鍵時刻，希望你不要錯過。我在跟你玩猜謎嗎？你該看得出我的用意吧？我想你看得出來。我沒有催促你的意思，也不急著嫁掉阿菲亞。上回我問過你，是不是和阿菲亞談過了，你說已經談過。如果你們之間意見一致，那我就太高興了。想到你們情投意合，我就開心，不過你得先透露一些有關你親族的事，這樣我們才能確定不需要掛心任何事。為什麼不談談自己？你這樣看起來很可疑呀，活像幹了什麼壞事。」

哈姆扎確知自己接下來要說什麼，而且對於結果充滿信心，便以挑釁的語氣問道：「為什麼我不能像你以前教我的那樣，乾脆撒謊算了？為什麼我不能編一套故事呢？」

「沒錯，我的確說過，你撒個謊就成了，但這次不一樣。這可不是開玩笑，不是隨便搪塞一句，皆大歡喜，一切順利就好。說不定你認為我這個家長愛管閒事，干涉年輕女孩選擇的生活方式。我不是阿菲亞的父親或兄弟，但是她從小和我們一起過活，我對她有責任。我們想了解你，這樣才能放心，這點很重要。你沒地方住，將來很可能還會繼續和我們住在一起。我很希望你繼續和我們住在一起，這也是另一個我們需要更深入了解你的原因。我猜不出你是什麼人。當然，我從沒想過你來這裡之前幹了什麼壞事，或者甚至比我們過得更糟，但我仍想聽你親口告訴我。看著我的眼睛，回答我。如果你對自己的事情說了謊，我會從你的眼神中看出來的。」

哈姆扎說道：「你對自己的能耐很有把握嘛。」

「要不然，試試看。告訴我實情，我馬上能分辨真假。」哈利法說得如此激昂，以至於哈姆扎臉上的笑容頓時消失了。「好吧，我來問你一些問題，你愛怎麼回答就怎麼回答。你說，多年前很年輕時住過這裡。告訴我，怎麼回事。」

哈姆扎一時拋不開挑釁的語氣：「這不是一個問題啊！」

哈利法並未被哈姆扎的玩笑話逗笑，沒好氣的問道：「別激動，我知道沒什麼不能說的。好啦，你小時候怎麼會住在這個小鎮？」

哈姆扎答道：「爸爸為了還債，把我送給了一個商人。直到商人把我帶走後，我才知道原來爸爸做出了這樣的決定，所以我根本不清楚父親欠了人家什麼，也不明白為什麼非得把我送走。也許商人是在懲罰父親欠債不還。商人就住在這個鎮裡，雖然不是店主，但帶我來這裡的店工作。他是做商隊貿易的，這家店只是他龐大事業的一小部分。他就像你們那個商人阿穆爾．比亞沙拉一樣到處做生意。有一次，他帶我到內陸做買賣，一去就是好幾個月。真是難忘的經驗。我們一直走到湖邊，甚至還到了對岸的山上。」

哈利法問道：「他叫什麼名字？」

哈姆扎答：「我們叫他哈希姆（Hashim）叔叔，但他不是我真正的叔父。」

哈利法想了想，又點點頭道：「哈希姆．阿布巴卡爾（Hashim Abubakar），我知道你說的是誰。所以，你曾經幫他工作。後來呢？」

「我們不是主雇關係。我像是爸爸債務的擔保品或者類似的東西。商家沒有一句解釋，也沒付錢給我，對待我的態度就像對待屬於他的財產。」

接著，他們靜靜坐了片刻，各自沉浸在思緒中。哈利法又問道：「後來怎麼了？」

哈姆扎答道：「我再也忍受不了那樣的生活，所以就跑去打仗了。」

哈利法不屑回道：「和伊利亞斯一樣嘛。」

「沒錯，就像伊利亞斯。戰後，我回到小時候和爸媽住過的小鎮，但他們都不在了，沒人知道他們的下落。把我從爸媽身邊帶走的商人，哈希姆叔叔，在我脫逃前幾年就告訴過我，他們已經不住在那裡了，但我還是想確定一下。很長一段時間，我都不想去找他們。我認為他們把我扔了，不要我了。直到戰後，我才想辦法找他們，可是已經找不到了，所以也無法告訴你，我都和什麼人來往。我不知道爸媽的去向，因為很小的時候就和他們失散了，所以也很難告訴你，他們的事，無法像個對他人負責的成年人那樣交代自己親人的事。你希望我談談自己，好像我的人生真有什麼完整而連貫的故事，無奈我擁有的只是支離破碎的片段，而片段之間只有令人懊惱的空乏，唯有結束得太快或是不見結局的時刻。要是我辦得到，我也想問問，這一切是為了什麼。」

哈利法問道：「你告訴我的已經不少了。以前你在這個小鎮想必受夠了屈辱，為什麼還要回來呢？」

「屈辱？什麼屈辱？」

「因為受制於人，你的身體、心靈都由他支配，難道還有比這更大的屈辱嗎？」

哈姆扎答道：「商人不可能控制我的身體和心靈。誰都無法支配他人的身體和心靈，這點我很久以前就領悟了。他利用我，而我缺心眼缺技巧，不知逃脫，也不清楚如何保障自身安全，後來竟跑去當兵了。如果要說屈辱，那也是為了我的爸媽而感受到的屈辱，不過那也是我長大後的事，那時我才了解屈辱的意思。我不知道去哪裡，所以才又回到小鎮。之前我四處晃蕩，從事的工作只是逐漸讓自己身心疲倦，最後只好流浪回來這裡。

「我剛來這裡的時候交了一個朋友，如今回想起來，我想他是我一生中唯一的朋友。後來只要我對許多事情感到迷茫悲傷，就有股衝動想回來。他和商人也是欠債抵身的關係，後來我回小鎮，發現商店不見了，也找不到他了。我不敢向人打聽哈希姆叔叔，就怕爸爸的債務會由我來揹。」

「你真聰明，謹慎總是最好的，我清楚你知道這點。我倒是可以告訴你商人哈希姆・阿布巴卡爾發生了什麼事。」一如往常，哈利法因有機會透露消息、傳播八卦而喜不自勝。他微笑著說道：「幫他經營店鋪的那個年輕人，把藏在屋裡的所有現金都帶走，捲款逃了，商人那個年輕的二太太也跟著他私奔了。兩人不知去向，音訊全無。那是戰前發生的事，所以，誰知道那一對後來下場如何呢？戰爭期間死了那麼多人！在商人看來，這簡直是天大的醜聞，於是他把能賣的都賣了，搬到別處去了。最後一次聽人說起他的消息，他應該是在摩加迪休、亞丁、吉布地

（Djibouti）或者那一類的地方。他也是屬於那批撐到最後的商隊商人，所以，不管怎樣，他的風光年代是一去不復返了。德國人想要杜絕商隊貿易，並將一切掌握在自己手裡。你那位也在哈希姆·阿布巴卡爾手下工作的朋友，叫什麼名字？」

哈姆扎答道：「他叫法里迪（Faridi）。」

「就是那個年輕人啊。」哈利法拍了一下大腿，故事越來越緊湊了，他興致高昂道：「他真是惡棍，嘿嘿！錢和老婆都騙走了！你這個朋友一定是個貨真價實的流氓。」

「我被人帶到這裡時還很年輕，他就像哥哥一般照顧我。我們兩個和外人都沒交情，只是沒日沒夜地在店裡工作。有時，我們會去鎮上走走，但他也不知道我們走到了哪裡，所以我們只能四下亂逛。如果他戰前就捲款潛逃的話，那一定是我當兵後不久的事。那個和他一起逃走的年輕二太太是他的妹妹。她和哈希姆叔叔之間也是欠債為奴的關係。」

哈利法聽後不禁嘆了一口氣，添了這個新的細節，他的故事會豐富到匪夷所思的地步，任誰聽了都不相信。他說：「哦！原來這就是你的故事。當年我在這裡為那個奸商做事的時候，你和朋友正在鎮上的另一端合謀搞垮另一個奸商。不知道為什麼，一想到你的朋友法里迪一走了之，讓商人自己去面對羞辱，我就快活極了。那時我們一致認定，必定是那個年輕的二太太一手策劃的，不然他怎麼知道商人把錢藏在哪裡呢？那對兄妹一定都是無賴，才能全部吃乾抹淨。好吧，希望他們永遠不要被逮住，不過話說回來，即使法里迪是你朋友，捲走那筆錢還是不對。」

哈姆扎問道：「那棟矗立在海岸公路盡頭的房子，後來怎麼了？那裡還有一座漂亮的花園。我確實沒記錯，對吧？」

「有個印度商人買下了那棟房子，然後拆了房子蓋起豪宅，就是今天你看到的那棟。不是每個人都喜歡花園。那個印度商人是隨英國人一起來的。英國人從德國人手中接管了小鎮，並從印度和肯亞招收自己的人來這裡做生意。新來的印度人很快就在這裡全力深耕發展，現在都還在這裡。他們包辦了所有的商業活動，並且告訴政府說他們也是英國公民，必須享有與白人（mzungus，斯）相同的權利，不能像對待我們這些當地人似的對待他們。」

開齋節第四天，也是最後一天。清晨的空氣中還殘留一絲歡慶的氣息，阿菲亞推開哈姆扎的房門，端來一個早餐托盤，上面擱著一片麵包及一杯茶。因仍在開齋節期間，她送來的是浸過蛋液並油炸過的節日麵包。哈姆扎從她手裡接過托盤，放在桌上，而她則自在地鑽入他的懷裡。該是問問她的時候了。他告訴哈利法，自己會親口問她，因為他想聽她親口表示，這確實是她想要的安排。但哈利法說，事情不是那樣處理的。哈利法說他應先向哈利法表明心跡，讓哈利法跟阿莎夫人商量，再由阿莎夫人出面探問阿菲亞的想法，最後才讓阿菲亞的答案回到哈姆扎這裡。這才是做事的規矩，就算哈姆扎先跟她說了，程序仍得照走，不過如果他也想親口問問阿菲亞本人，那就應該去問。

他說：「我們結婚吧，妳覺得合適嗎？」

阿菲亞抽身看著他，也許是為了確定他不是鬧著玩的。當她見到他那張神情嚴肅的臉，不禁面露微笑把他抱得更緊了。最終，她說：「過節快樂（Idd mubarak，阿）[82]，我覺得很適合。」

他說：「但我一無所有。」

她說：「我也是啊，只要在一起，什麼都沒有也無所謂。」

哈姆扎回道：「我們也沒地方住，只有這間儲藏室，連蚊帳都沒有。應該等我有能力租到比較合適的地方再說。」

她說：「我不想等。以前我認為自己找不到可以真心相愛的人，總認為有人會來提親而我卻別無選擇。現在，你來了，我不想等了。」

哈姆扎說道：「這裡甚至沒有地方可以洗澡，只能睡在墊子上，像穴居的動物一樣過活。」

阿菲亞笑道：「你太誇張了。我們可以進屋裡洗澡做飯，想要做愛，地板上就行。就像結伴旅行一樣，哪怕身體都是汗臭，總是能找到辦法的。多年來，她巴不得我嫁出去。從我成年以後，她就說不喜歡哈利法爸爸看著我的樣子，硬指他想討我當二太太。她說男人就像動物那樣沒

---

82 這句阿拉伯文的原意為「開齋節快樂」。

有自制力。」

哈姆扎說道：「以前真沒想到這些。妳一直告訴我，這是妳的家。」

「阿莎夫人一肚子怨氣，看不慣我年輕，想要我走，但年輕人看著我的時候，她又更不開心。即使有人只是在街上瞥我一眼，也夠她嘀咕半天。阿莎夫人說男人看我的眼神令她反胃，又說一個巴掌打不響，但我明明什麼也沒有做。她想讓我嫁出去，但是不想讓我覺得自己迷人又年輕，所以只屬意年長的男人娶我回去當二太太，充作玩物，滿足他們的色慾，貶抑我的人格。正是她心底的這抹酸楚，讓她變得如此刻薄。我小的時候，她不是這樣對我的。現在，你看她兇巴巴的模樣，但她本性不是如此。是在我成年後，她才變了樣。」

哈姆扎又說了一遍：「真沒想到。有人來提過親嗎？」

她聳聳肩答道：「兩個。其中一個我不認識，另一個是大街那家咖啡館的經理，曾看見我路過。他看著我在大街上來來往往很多年了，從我十歲起就這麼看著我了。他們就是這樣，男人就是那副德性，一旦有了錢，就想討個年輕女人來玩幾個月。他們看到妳走在街上，就會開口問那個女的是誰，供得起就直接來提親了。哈利法爸爸就是這麼說的。」

「妳沒答應？」

「我拒絕了，哈利法爸爸也不同意。阿莎夫人說，那是因為他想把我據為己有。阿莎夫人那時是第一次把這個想法說出來，接下來很多天，她還拿這個來繼續說嘴。那天他帶你回來，帶你進屋裡的時候，我想他是有意讓我看看你。我不確定爸爸是不是真做此想，也許他只是對你有好感。但我看到你了，而且之後每次一看到你，對你的思念就多了幾分。我也沒料到事情會變成這樣。所以我才不想再等了，這個房間對我來說，也不只是一個容身的洞穴。」

「阿莎夫人有沒有跟妳談過我們的事？哈利法說，他也不確定。」

「兩天前，阿莎夫人才告訴我，別做出讓家裡丟臉的事。不過她以前也這麼說過，」阿菲亞微笑答道：「現在也來不及了。」

哈利法從哈姆扎的口中得知，小倆口打算先住在儲藏室，他說什麼都不答應。哈姆扎不願把阿菲亞受阿莎夫人逼迫婚嫁之事再轉述一次，但經過一陣無助的支吾，還是說出了阿莎夫人的名字。哈利法聳聳肩，用力搖搖頭說道：「你搬來和她一起住吧，住在家裡，和我們待在一起。總不能放任你們無家可歸，住家裡舒服多了。你這種人已習慣像混混般四處遊蕩，那個房間你住還可以，但絕對不適合我家女兒。」

哈姆扎說道：「我們自己會租地方住的。也許最好再等一段時間，等我有能力去住更好的住所再說。」

哈利法問道：「還等什麼？你可以現在先搬進來，等你準備好在外租房了，再搬也不遲啊。」

哈姆扎答：「好吧，我們再看看。」其實他不願被人逼著搬進去，被迫與壞脾氣的阿莎夫人朝夕相處。

十四天後，小倆口結婚了。婚禮辦得低調，商人納索爾・比亞沙拉和木材場的人直到婚禮結束後才得知消息。哈利法邀請以瑪目和那班平常和自己談天論地的朋友一起吃飯，而阿莎夫人則邀來幾名女鄰。他們僱了一名廚師到府外燴，在家裡的後院烹煮印度香飯（biriani，斯）。83女客們聚在阿莎夫人和哈利法的臥室中，床鋪已先豎直推靠在牆上，而男客則集中在客廳裡。以瑪目請哈姆扎向阿菲亞求婚。儀式一般會要求在證人的面前達成協議，因此男方通常需當眾說明打算致贈何種聘禮，並由新娘或其代表表示是否滿意。這種事本來應該事先談好，然後再當著證人的面進一步確認。說到聘禮，哈姆扎是拿不出什麼的。他把這個難處告訴了哈利法，但哈利法說收不收聘禮全由阿菲亞決定。阿菲亞揮揮手表示不必談——我們兩人同樣一無所有——所以現場也就悄悄略過儀式的這部分。哈姆扎只問阿菲亞是不是願意嫁給他，而哈利法則代替女兒表示同意。消息傳到隔壁房間阿菲亞和阿莎夫人的女客那裡，她們一致歡呼叫好。然後開始送上餐食，婚慶過程就此結束。

哈利法要他們搬進家裡，不准他們另做打算。他堅持這點沒得商量，阿菲亞只好聳聳肩，表示可以一試。就算終究合不來，總還有儲藏室這條退路。哈姆扎把自己的幾樣東西拿進阿菲亞的房間：一張墊子、幾件衣服，及一個裝了兩本書的小肩包，一本是中尉留給他的《一七九八年繆斯年鑑》，另一本是牧師夫人送他的臨別贈禮，海因里希·海涅（Heinrich Heine）的《論德國之宗教與哲學史》（*Zur Geschichte der Religion und Philosophie in Deutschland*）。

阿菲亞的房間比儲藏室大，不但舒適，離洗手間也近。房間的窗戶和門上都掛著簾子，她常拉開簾子，讓微風吹進來，直到就寢前才放下。床頭緊緊抵住一面牆壁，兩側僅留下恰好足夠行走的狹窄空間。天花板懸掛著一個可供吊掛蚊帳的長方形木框，有一個搖搖晃晃的薄板舊櫥櫃靠在對面牆上，哈姆扎才看了第一眼便告訴她，會去工場做個新的，算是給她的聘禮。櫥櫃裡放著一個帶鎖的小盒子，上面塗飾著紅綠相間的斜紋。她打開盒蓋，向哈姆扎展示裡面的寶貝：第一件是當年哥哥教她讀書時使用的筆記本；第二件是哈利法爸爸送給她的分類帳本，封面有著大理石的花紋；第三件是兄妹同住的那一年裡，伊利亞斯買給她的開齋節禮物金手鐲，不過這件現在已經太小，無法戴了；第四件是一張明信片，畫著一座可以俯瞰小鎮的山，伊利亞斯就是在那個小鎮的德國農場工作和上學；第五件則是哈姆扎為她寫下席勒詩歌譯文的小紙片。

阿菲亞的房門面向院子，那裡是一家人做飯、用餐和洗東西的地方，也是女眷每天度過好幾小時的角落。這是女眷禁地，陌生男性不會涉足。哈姆扎雖不再是陌生人，卻也不覺得是這家庭的一員。自從聽說阿莎夫人有著滿腹苦情，他對這樣的安排便起了疑懼，同時擔心對方如何看待自己出入後院的事。遇到阿莎夫人時，他都會問好，她似乎也表達謝意，只是始終避免眼神接觸，而且從不開口交談。他覺得空氣中瀰漫著拒人千里之外的氣氛，自己也因心中不安和自我嫌惡而開始畏縮。他不想待在那裡。哈姆扎早上一起床就去洗手間，然後和哈利法在院子裡一起喝茶——他堅持這麼做，最後再和他一起出門。下午，哈姆扎回來時，院子裡沒有

83 源自波斯語 berya (n)，意為「烤製的」，為中東和南亞菜餚，用香料、米（通常是印度香米）、肉、蔬菜和酸乳混合烹製。

人，阿菲亞在房間等著，他就直接進門。晚上，阿莎夫人和阿菲亞會在院子準備晚餐，偶爾有女鄰來串門子，哈姆扎也會離開房間，這樣她們才可放心說話，不怕隔牆有耳。這就是哈姆扎所理解的禮貌規矩。這樣戰戰兢兢的情況持續了幾天之後，阿菲亞告訴他，不要再如此惶惶走避了。

她說：「別操心（Usijitaabishe，斯）。不要擔心，是他讓你住在這裡的，不必理會阿莎夫人，她總會適應的。」

哈姆扎回答：「她不想讓我住在這裡，掃把星，還記得嗎？她認為誰碰到我誰倒楣。」

阿菲亞說道：「她只是刀子口，她的脾氣沒那麼壞。」

阿莎夫人令他焦慮，不過他和阿菲亞新婚燕爾的親密歡愉並未因此減少。這種歡愉是自從兩人可以名正言順獨處後才體會得到的。他很幸運，並未在戰場上丟掉性命，此後又走進了阿菲亞的人生。儘管世界滿是混亂和荒蕪，但總是向前發展的。

不過，住在院子裡畢竟緊張。有時和阿莎夫人閒聊，他總能感到對方語藏芒刺，彷彿下一刻就會拋出什麼損人的話。她用尖刻的口氣對哈利法說話時，哈姆扎就裝得若無其事，好像她什麼也沒說。甚至只是談到日常瑣事，例如魚肉價格或是市場有沒有賣菠菜什麼的，似乎也能觸發她的苦楚不滿。他不知道還能忍受這個壞脾氣的恩人到什麼時候。

商人納索爾．比亞沙拉對他說道：「哎，你為什麼總是苦著一張臉呢？我老婆跟我說，你前幾天結婚了，我們這些人怎麼都沒請？照理說你應該很快樂才對呀！還是睡眠不足？嘿嘿嘿。我認識阿菲亞，從她小時候就認識了。我太太告訴我，她現在出落得非常漂亮。恭喜你啦。一切都順利，對不對？不過這也是你應得的。你看，現在謀到了好差事，又娶到一個能幫你挑起重擔的好女人，你要感謝我才是。我不求你感恩，畢竟全部是你辛苦掙來，不過這一切還是因我當初的決定而起，我也算得上有功勞。當初，我看到你便心想：為什麼不給這個愣頭愣腦的年輕人一個機會呢？他看起來雖然一事無成，但是給他機會說不定一切就能變好。你說我看人準不準？你在別人眼中不過是座肉身廢墟，而我在其中看出了一些苗頭。你和以前的差別可真不小。你還住在那間儲藏室嗎？但願不是，可別虧待了新婚妻子啊。希望你能找個體面的住處……不要和那兩個愛發牢騷的住在一起！你的婚姻生活才剛開始，這樣將就實在不夠聰明。你該不會認為租不起房子吧？你在考慮什麼？是想租棟豪宅，附帶蒸汽浴室、圍牆花園，陽台還設格子擋板是嗎？還是你另有盤算，想來和我談加薪了？我的薪水付得夠大方，對吧？對待你也一向周到。我可不是唯利是圖的人，這點你是知道的，現在總不能討了老婆就貪心。是哈利法唆使你這麼做嗎？」

蘇萊曼尼老爹聽說哈姆扎結婚的消息，便對他說：「去找那個守財奴加薪吧。酒鬼邁赫迪離開後，你在這裡做了那麼多事，這是他最起碼該付出的。感謝真主，願你多子多孫。這句話你能用德語說說看嗎？」

「Mögest du mit vielen Kindern gesegnet sein.」

就像過去那樣每次哈姆扎說出譯文時那樣，蘇萊曼尼老爹樂得咯咯笑了起來。

第四部

PART FOUR

與前幾年相比，這個時期對哈姆扎來說比較輕鬆。幾個星期、幾個月過去了，他們和哈利法夫婦一起生活的壓力減輕了，也或者是已經適應的緣故。他們找出了彼此避讓，又不至於看起來像失和的方法，這樣一來，不必看阿莎夫人非難的臉色，也無需聽她嘟噥抱怨的聲音。哈姆扎很懂得如何躲開阿莎夫人，所以通常只會在下午下班回家時匆匆看她一眼，不過她的聲音始終繚繞在耳邊。阿菲亞總是最早起床，哈姆扎那時通常已經醒來，因為天一亮他就睡不著。她會趁丈夫在洗漱時把茶泡好，然後哈姆扎會趕在哈利法和阿莎夫人從臥室出來前離開房子。

當等他來到工場的院子時，納索爾．比亞沙拉總是已經在那裡了。他們打過招呼後，商人沒多說一句話，便把工場的鑰匙交給哈姆扎，有時目光甚至沒離開他寶貝的分類帳本。蘇萊曼尼老爹到達之後，他們三人會先開個小會，討論當天如何安排工作，納索爾．比亞沙拉有時會進工場加入他們，對碗盆和櫥櫃進行完工修飾，或對新設計案提出批評及意見。他正在擬定生產軟墊沙發的計劃，需再僱用一名家具組裝工，不過目前仍留在試驗框架的階段。家具的市場需求不斷增加，他的貨運業務也繼續擴大，事實證明，螺旋槳方面的投資大獲成功，吸聚而來的業務，單一艘船已不足以應付，所以必須購進一艘更大的機動船，這是哈利法始料未及的。納索爾·比亞沙拉喜歡稱其為「我的汽船」。商人生意興隆，因此專門設計了一塊招牌，自己雕刻上色，然後要孫古拉固定在院門上：比亞沙拉家具及日用百貨。

「我認為我們需要擴建工場，引進新設備。」他說，先看了蘇萊曼尼老爹一眼，對方依舊面無表情，再看看哈姆扎，哈姆扎則點頭表示支持。「這個院子很大，不是嗎？可以在這裡蓋間新的工場，添購設備，然後爭取政府合同，製造課桌和辦公家具類的東西。舊工場就專接家庭訂單，生產梳妝台等奢華的家具。你們覺得如何？」

接下的幾週裡，他越來越常談起新工場，哈姆扎也越來越常成為他說話的對象，看起來，他有意安排哈姆扎接手這個計畫。英國政府宣布擴大學校建設以及掃盲運動，這點正是納索爾·比亞沙拉對政府合同如此感興趣的原因。此外，政府也加深在農業、公共工程和醫療保健方面的參與。別的不說，單是這些就足以向德國人闡明何謂管理殖民地的正確方法。所有的新部門和新計畫都需要成立辦公室，而辦公室又少不得桌椅。納索爾·比亞沙拉現在寧願別人稱他「企業家」而非「商人」，他下定決心試試新的風險投資，而哈姆扎在審慎的判斷後才表示出熱忱。哈姆扎心想，日後得要求大幅加薪，這是早晚的事，目前暫且等候時機。

為讓哈利法和阿莎夫人先吃午餐，他會刻意晚些回家。所以等到他進門時，那對夫妻通常已經吃完飯、準備上床睡午覺了。他吃得很清淡，一點米飯配上菠菜，外加時令水果，有時會吃一份印度甩餅、一小塊魚肉和一碗酸乳就回去上班。下午下班回家，他會先洗個澡，躺下來休息一個小時左右。如果阿莎夫人在家，阿菲亞就回房找他，兩人會聊聊天，回顧一下當天的點滴。那時她經常外出探望已為人母的朋友賈米拉或是納索爾．比亞沙拉的妻子卡莉達，不然就是盡義務參加一些婦女日常生活中的活動：葬禮之後的追悼會、訂婚儀式、婚禮、探病、看望產婦及嬰兒。

到了晚上，哈姆扎會上街閒逛，和自己認識並結為朋友的人見面，尤其是他一有空就會去聽的那支樂團裡的某位樂手。對方名叫阿布（*Abu*），也是木匠，比哈姆扎年長幾歲。昏禮結束後，他們會在小河對面橋邊的一家咖啡館見面，並與其中幾名常客交談，而那些人總會挪出位置讓他坐下。和這群大嘴巴相比，哈姆扎算不上健談，所以總是受人歡迎。眾人談話時的語氣輕鬆愉快，不講禮數，並且多涉淫穢。在哈姆扎看來，那些人似乎在相互較量著誰能開出最離譜的玩笑。有時這些笑鬧雖然低俗，他卻又忍不住想聽，然後笑得兩肋發疼，事後他才發現整場對話往往言不及義，只是讓他在可恥的輕浮中虛擲光陰。有些晚上，哈姆扎會和阿布一起去排練室，坐著大約一小時，聽聽那些樂手練習和演奏消磨時間。

然後，他會再回到屋子——只能說是「屋子」，不能稱之為「家」，和哈利法、馬利姆．阿布達拉和托帕西坐在一起，聽他們評論世界的局勢，細辨剖析最近的暴行和流言。當時政府已經開始出版斯瓦希里文的月刊《今日要聞》（*Mambo Leo*），向識字的民眾披露新聞，其中包括國際以及國內事務、農事良方、醫療衛生甚至體育新聞等訊息。哈利法會買一份，讀完後交給哈姆扎和阿菲亞。馬利姆．阿布達拉參加討論會時，則會自己帶來《今日要聞》。無論什麼內容，只要引起他的注意，他都會與朋友分享，不過這些訊息都仍需要加以解構、深挖、揭穿。有時候他會帶來舊的《東非旗報》，這是一份在奈洛比出刊、服務定居當地殖民者的報紙，也是他那位在區級專員辦公室工作的朋友為他借來、可延期歸還的刊物。《東非旗報》的一些報導則成為討論會三辯士引人入勝的著墨題材，尤其殖民者彼此針鋒相對的一些言論：有些定居的殖民者主張將所有非洲人遷出肯亞，以便該地成為所謂的「白人國家」（A White Man's Country）；另外一些殖民者則倡導趕走所有印度人，只准許歐洲人遷入，但留下非洲人做勞工或是僕役，並在保護區內留下零星未開化的牧民以充獵奇觀覽之用。這些辯護主張聽來怪異，彷彿鼓吹的人一概不食人間煙火。

哈姆扎從阿菲亞的手中接過咖啡托盤後，便離開那群朋友，前往清真寺做宵禮。哈利法總是語帶歡欣催促道，去吧，小聖人。回來時，他則會逕自回到房間，和阿菲亞一起度過一天最甜蜜的時光。他們會聊幾個小時，讀讀舊報紙，了解彼此的生活，展望未來，享受魚水之歡。

⁂

有天晚上，她在哈姆扎的身旁驚醒過來，抓住他的上臂，輕聲呼喚他的名字：「哈姆扎，噓，噓……停下來。」

他的臉濕成一片，全身也都被汗水浸透。醒來時，喉嚨仍發出抽泣聲。夫妻倆一動也不動，靜靜躺在黑暗中，妻子緊緊抓住丈夫的上臂說道：「怎麼在哭，又是他嗎？」

「是他。有時是中尉，或是牧師。總是他們。」哈姆扎答：「但通常不是哪個特定的人，而是他們給我的感覺。」

「什麼感覺？告訴我。」

「一種危險而恐怖的感覺。就像極大的危險逼過來，我卻無處可逃。到處是嘈雜聲、尖叫聲，還有鮮血。」

然後他們又在暗夜中靜靜躺了很長時間。過了很久，她問：「一直夢見戰爭是嗎？」

哈姆扎答道：「一直都是。我童年時常被噩夢驚擾。有動物在啃食我，我只能俯臥著，身體無法動彈。不知什麼原因，那種感覺不像危險，反而更像挫敗，凌虐。現在只要噩夢襲來，我就嚇得魂不附體，好像有東西欺近我，將用巨大的痛苦壓垮我，讓我遭受折磨，溺死在自己的鮮血中。我覺得那種痛苦充塞了我的喉嚨。我怕的是這種感覺，而不是某個人。不過有時是他，那個中士。但是我不明白，為什麼牧師竟然也讓我產生這種感覺。我不明白他為何會出現在夢中。他治好了我的傷。我在他的傳教據點待了兩年。」

她說：「多說一點牧師那裡的事吧，菸草棚、果樹或是夫人借你讀的書。」

她感受到哈姆扎在黑暗中綻放了笑容。「所以妳都聽見了。我以前告訴過妳牧師夫人的事，我以為妳睡著了。牧師是個本性專斷的人，我猜菸草棚帶給他很多樂趣。在那裡，他能完全掌控一切。他總認為自己是對的。好像傾聽別人的話、叫自己要善良都是被逼出來的。一切不免讓人好奇，他為什麼偏要選擇傳教士這門職業。我想是夫人教會他如何節制嚴厲的本性，學會忍讓。她自然而然就能表現出善良、體貼和慷慨的個性。我絕對不會忘記她。是的，她借書給我讀，也把他們在德國的地址給了我，並說我應該不時把近況告訴他們。我告訴過妳，她送給我一本海涅的書。地址就寫在裡面。」

阿菲亞說道：「也許改天你可以寫信給他們。說不定哪一天，你雖然仍記得她，卻也忘了那段可怕的時光。有時，我外出時會亂猜，說不定等一下回家就會發現你離開了，拋下了我，沒有交代一句話就消失了。我不知道自己是否了解你的一切，只是很害怕有一天會失去你。我認識這家人之前，爸媽就雙雙亡故了。我甚至不確定是不是還記得他們。後來，哥哥伊利亞斯出現了，那是我童年時的福氣，誰料後來也失去了他。如果連你也不見了，我該如何承受？」

哈姆扎答道：「我永遠不會拋棄妳。我也是小時候就沒了父母。我不顧一切想逃跑，失去家園，幾乎賠上性命。直到我來了這裡，遇見妳，以前的人生都不算人生。我終生都不會離開妳。」

阿菲亞說道：「說話算話喔。」並開始撫摸他，向他示意自己已準備好迎合他。

婚後第五個月，阿菲亞初次懷孕便流產了。於是，這回第二個月經期沒來，她告訴哈姆扎的同時也吩咐他不要對外張揚。還能告訴誰呢？他問。他倆談起阿菲亞體內的生命，推測性別、預想名字，不禁莞爾，愉快耽溺在對未來的幻想中。她提醒哈姆扎，伊利亞斯曾告訴她，他們的母親曾流產過，且不止一次，所以現在她甚至不敢說自己是懷孕。到了第三個月，她又等了九天，才向哈姆扎宣布，確定自己已懷孕了。

她說：「會是男孩。」

他說：「不對，會是女孩。」

隔天下午，也就是她第三次月經沒來後的第十天，阿莎夫人來和阿菲亞說話，先是瞥了一眼她的小腹，然後盯著她的眼睛，看了很久。

她問：「月經沒來，是吧？」

阿菲亞答：「應該沒來。」夫妻倆如此小心翼翼、守口如瓶，但仍讓阿莎夫人猜到了，阿菲亞對此很感驚訝。

夫人阿莎追問：「幾個月了？」

阿菲亞語帶猶豫答道：「三個月吧。」她不想說得太肯定，生怕引起阿莎夫人的輕蔑。

她說：「也該是懷孕的時候了。」她的聲音不帶一絲喜悅。「只是……女人經常保不住第一胎。」

隔天，阿菲亞在院子裡晾曬洗好的衣服，感覺到大腿上一片濕答答的。她趕緊跑回房間，卻發現內衣被血染成了暗紅色。那時阿莎夫人正好也在院子裡，於是跟她進了房間，幫她脫去衣服。她將舊床單鋪好，讓阿菲亞躺下。

她說：「衣服上的血漬不算多，胎兒也許保得住。休息一下，我們再觀察看看吧。」

整個上午，滲血情況一直持續，染紅了墊在阿菲亞身子底下的床單。她從頭到尾一動也不敢動，對於流產的事逐漸感到認命了。哈姆扎回來吃午餐，阿莎夫人起初還設法想把他趕出房間，說這些事情讓女人處理就好了，但他甩開對方阻攔的手，逕自走到妻子身邊坐下。

阿菲亞含淚道：「我們慶祝得太早了。真不明白她怎麼會知道。她說我保不住第一胎，巴不得我流產。」

哈姆扎答道：「別亂猜，只是運氣不好而已。妳不要在意她的話。」

隔天早上，雖然還有點出血，不過最嚴重的失血現象終於消失了。三天後，流血跡象就停止了，但阿菲亞疲憊不堪，不剩半點力氣，還要努力避免傷心。阿莎夫人吩咐她要休息，但她搖搖頭，起身去忙自己仍做得來的家務。風聲總有辦法走漏出去，她流產的消息同樣不脛而走，朋友賈米拉和莎妲都來看望她。卡莉達因丈夫與阿莎夫人不睦，所以未出面探視，不過也向她轉答了慰問之意，並表示願提供一切協助。在此期間，阿莎夫人儘管態度霸道，但一直在她身邊忙得團團轉，用帶鬚的玉米燒出一道湯品，強調對阿菲亞有益，還親手烹煮了據她說適合阿菲亞虛弱狀態的餐食：炒肝片、清蒸魚、牛奶凍、燉水果。她就像阿菲亞小時候認識的那個阿莎夫人，聲音依然冷硬，但是伸手撫觸卻很溫柔可親。

康復期間，阿莎夫人一直寵溺著她。三週過後，特殊膳食不再供應，說話的聲音也如同往日那樣尖銳。流產之後，阿菲亞覺得自己更像哈姆扎的妻子了。接連幾天，他對她十分溫柔，甚至睡夢中也緊捱著她，會將手放在她的肩膀或大腿上。和她說話時，聲音放得很低，彷彿太大聲會攪亂她的心緒。哈姆扎一連好幾天皆如此謹慎，克制慾望，不與她行房，後來她只好伸手拉住他，低聲對他說不必再這麼小心翼翼了。他說怕阿菲亞會痛，不過她很快就證明哈姆扎的擔憂是多此一舉。同樣奇妙的是，流產之後，她覺得自己比較不在意家中的束縛，更像個成年人，儼然為人母的樣子。她每天早上都會去菜市場，無需事先詢問阿莎夫人的意見，自行便拿定主意為全家人準備午餐。她會買最好看、最合心意的東西，雖說沒什麼特別稀罕的，只是看起來深綠肥碩的香蕉，或者剛從土裡挖出來的山藥、木薯，或者剛剛收成、泛果蠟光澤的南瓜。出乎她意料的是，阿莎夫人也絲毫沒有反對之意，只是偶爾覺得東西買貴了或是某道菜做錯了，才會批評幾句、嘲笑兩聲。這秋葵哪裡弄來的？是爛的，諸如此類的話。

阿菲亞下午常常去賈米拉和莎妲那裡，姊妹倆如今在家經營小規模的製衣生意。阿菲亞會和她們坐在一起，做做她們放心讓她幫忙的一些不需技術的工作：縫鈕釦、量尺寸，及剪裁每個人都喜歡用來搭配衣服的花邊和絲帶。做久了，姊妹倆便讓她負責比較複雜的任務，因此，她漸漸學會如何根據顧客想仿製的某件連衣裙，在布料上量出尺寸、裁剪以達最佳效果。此外，姊妹也會帶著她去一家印度人開的縫紉用品店，因此她也學會了如何挑選花邊、絲帶和鈕釦。由於所有顧客都是姊妹倆的熟人和鄰居，所以她們只會收取微薄的工資。做衣服既可以填補日常家務勞動後的閒暇時間，又可以賺點錢，她們很樂意投入這些能讓人全神貫注的手藝，也可以緩解身不由己的封閉生活所帶來的沮喪。

幾個月後，也就是夫妻倆結婚一年多以後，阿菲亞再度懷孕了。月經兩個月沒來，她告訴了哈姆扎，於是兩人禁慾等待，直到安全度過第三個月，才又開始談及即將到來的事，而且也不向人提起。

大約是同一時間，阿莎夫人的身體忽然開始痛起來了，她平日偶爾也會像其他人那樣，有些小傷小痛，可是這次不同。當時兩人正在準備午餐，阿莎夫人覺得很熱，於是從廚房的凳子站起來拿扇子，卻忽然感到下背部一陣劇烈刺痛。這痛來得突然，來得兇猛，令她驚叫一聲，立即又癱坐回凳上。

「夫人！」阿菲亞喊道，張開雙臂站了起來。阿莎夫人握住她伸出來的手，發出不尋常的嗚咽。阿菲亞在她身旁跪下，握住她顫抖的手，輕聲道：「夫人，夫人。」阿莎夫人無聲無息喘了幾分鐘，長嘆了一口氣，拱起背想試試是否疼痛依舊。阿菲亞扶著她站起來，讓她在院子裡走上幾步，沒再出什麼問題。

阿莎夫人以雙手按摩骨盆上方兩側，一面說道：「唉唷，就像有人一刀把我劈成兩半。給我拿張墊子來，我想在地板上躺一會兒。一定是抽筋了。」

那天夜裡稍晚，阿莎夫人讓阿菲亞幫忙按摩背部，這是阿菲亞從小就做慣的事。阿莎夫人伸展四肢，躺在房裡的墊子上，阿菲亞跪在她身邊，從肩膀一路按摩到臀部。阿莎夫人滿足地哼唧一聲，立刻覺得舒服多了。然而，疼痛並未消失。她每天都抱怨身體兩側會痛，有時痛感來得突然，她忍不住還會哭起來。時間推移，她的情況變本加厲，幾乎是一起床就開始疼，整天都無法停止，即便到了夜裡躺下想要休息的時候，也是一樣。

「該去醫院檢查一下。」哈利法說道：「總不能整天呻吟抱怨，卻什麼都不做。」

她答：「去醫院？去哪家醫院？他們不收治女人。」

哈利法不想太認真看待她的怨言，只回答道：「胡說！我指的是政府醫院。從德國時代開始，他們就收治婦女。」

她說：「只治孕婦。」

「就算以前真是那樣，今天不一樣了。政府希望我們每個人都健健康康，這樣我們才能更加賣力工作。《今日要聞》裡是這麼說的。」

她反駁道：「蠢話連篇！一無是處的傢伙！你覺得這樣很有趣嗎，少來煩我。」

他又建議：「不然試試那位印度醫生如何？他能出診，可以請他來家裡啊。」

「浪費錢才找他。他收錢，然後開給你染色的水，硬說那是藥。」

哈利法面露微笑，逗她道：「妳只是怕打針。妳知道他不管什麼病症幾乎都要病人挨針。有些人打針打上癮，不幫他們打一針還不願付錢。請他來看看妳吧，只要打上一針，妳很快就會好起來。」

如今一切都很明顯了，阿莎夫人痛的地方不是後背，而是體內某個地方，就在她臀部上方的柔軟部位。她常閉著眼坐在後院的墊子，一坐就是好長時間，不由自主發出呻吟。她的表情陰沉，帶有慍色，痛苦的根源無疑藏在體內。阿莎夫人想要做些家務，阿菲亞會設法攬過來做。每次看到阿莎夫人拿著掃帚出去後院，或者收拾衣物、被褥準備清洗，阿菲亞都會說：「夫人，讓我來吧。」但她總是自傲地推開阿菲亞並回道：「我又不是病人。」

她的胃口變小，體重開始下降，才吃下一兩口木薯或米飯便會作嘔，根本無法吞嚥。阿菲亞為她熬煮肉骨湯，還搗碎些水果，加入酸乳，坐在她身邊陪她吃，以備隨時協助。最終，阿莎夫人的自尊心終於崩解，因為她痛得倒臥床上呻吟，幾乎已語無倫次。哈利法懇求她去醫院，或是至少請印度醫生來家裡，但被阿莎夫人拒絕，她說自己不需要那種關懷，她可不想讓陌生男人用掛在脖子上的那個工具戳她，從她的心臟吸血，反而想請智者先生過來——伊斯蘭教的醫生。

哈利法問：「他能幫什麼忙？唸唸禱詞，妳就會好起來了？妳這個女人真無知。妳的身分地位不夠重要，智者先生不會過來看妳的。他只去權貴和富豪家裡走動。而且他的禱告也不便宜。妳的身體出狀況，需要的是醫生。」他轉頭示意阿菲亞幫他，希望她能勸說幾句。

阿菲亞建議道：「也許我們可以請醫生過來。他有時會出診到病人家，聽說，這是可以的。」她沒說那位醫生曾在卡莉達的兒子患黃疸時登門看診，生怕這個名字激起阿莎夫人進一步的頑抗。

阿莎夫人譏道：「他塞垃圾給你，反而收得更貴。去智者先生家，把我的病說給他聽，問問他有什麼辦法，應該怎麼處理。」

阿菲亞遵照囑咐去了智者的家。他的家位於一座清真寺旁，一側還有片古老的墓地。德國人擔心汙染和疾病傳播，多年前就禁止繼續使用墓地，並且揚言挖除，後來戰爭爆發才未付諸行動。英國政府沒有再啟掘墓之議，但也明令禁止新葬，同時為防瘧疾傳播，規定墳墓地面不得留有灌木。

他們將阿菲亞帶進樓下前門旁的房間。她懷孕將近六個月，為等智者現身，只能小心翼翼地跪下，盡量調整出舒服的姿勢。地板上鋪著厚厚的草蓆，書架上放著一本《古蘭經》和一個香爐，香爐沒有點香，仍散發出沉香的味道。設有柵欄的窗戶敞開著，柔和的光線從室外印度苦楝樹懸垂的樹枝間透進來，這是一旁空曠墓地上唯一倖存的植物。

智者先生是位年長的苦行者，地位顯赫，受人景仰。他身穿一件棕色的無袖長袍，戴著一頂緊貼的白帽子。阿菲亞以前沒有和他說過話，眼見他的自信神態，不免感到有些敬畏。他沒有微笑，也沒有招手，而是悄然走到書架旁的位置，一言不發，聽著阿菲亞描述阿莎夫人的病情。阿菲亞說完後，對方問了阿莎夫人的年齡和健康狀況。他習慣對大眾講話，聲音低沉柔順。智者先生要阿菲亞當天下午再來一趟，領取一些他準備用來緩解患者病情的東西。

阿菲亞下午依言回去智者的家。對方給她一個鍍了金邊的小瓷碟，上面用深棕色墨水寫了幾行《古蘭經》。他解釋道，這個墨水是核桃果肉的萃取物，本身具有藥用價值。此外，智者還給了她一個護身符。根據他的指示，必須非常小心將半杯咖啡杯的水倒入碟子，然後等待聖言溶解，過程中不能攪拌或者添加任何東西。字跡一旦溶解，她就可以把碟子遞給病人喝，而護身符則須綁在病人的右腳踝上。隔天早上，阿菲亞再把碟子送回去，這樣智者先生就可以準備第二劑讓她當天下午再去領。阿菲亞伸出雙手接下這些東西，再把哈利法交給她的小錢包遞給智者先生，智者先生並未查看金額就直接收下。這種療法持續了數週，但阿莎夫人的疼痛並未緩解。

日子一天天過去，阿莎夫人身體不適的消息已經傳開，鄰居和熟人紛紛來探望。她不想讓訪客認定自己病得不輕，所以選在客廳接待他們，但是後來不得不讓人家直接來到床邊。大家都勸她看看住在附近的草藥巫醫。以前看過她，沒什麼用。阿莎夫人說。訪客堅稱：「不對，不是那個。這個人人說好，她才懂藥。」

草藥巫醫進來屋裡，與阿莎夫人獨處了很長的時間，一面檢查，一面問她問題。阿莎夫人要阿菲亞陪在身邊。草藥巫醫是一個十分瘦弱的婦女，看似中年，無法推斷實際年齡。她的眼睛四周塗了眼影，目光炯炯有神，架式威嚴，動作精準。和阿莎夫人獨處時，話幾乎沒停過，甚至還會使用腹語來回答阿莎夫人的提問。第一次出診後，巫醫留下一些草藥，讓阿菲亞先用溫水浸泡，然後在阿莎夫人臨睡前餵她服下。她說這樣有助睡眠。之後，草藥巫醫每天都會上門在阿莎夫人的痛處塗抹藥水和香膏，阿莎夫人呻吟著說感覺舒服多了。她讓阿莎夫人仰面躺在地板，並用厚厚的藍色印花布將她嚴實蓋住了幾分鐘，接著讓她向左側臥，從頭到腳晃動身體，然後再換右側重複一遍，同時在她身體上方唸著祈禱文，吟唱阿菲亞聽不懂的語詞。這個儀式前後進行了四天，就算阿莎夫人每天只吃得下一兩匙食物，巫醫還是會交代進食的注意事項。但是，最終，疼痛仍未治好，巫醫低聲對阿菲亞交代，也許他們需要另外請人實施心靈療法，因為問題可能不出在病人的身體，而是無形之物占據了她。

巫醫說道：「我告訴過她，只有靈醫才能聽到那東西的要求然後離開她。但她搖搖頭，彷彿自己才更清楚似的。沒有靈醫介入，如何知道無形之物所為何來？要設法讓它說話才是。」

阿菲亞並未將話轉述給哈利法聽，她知道哈利法必然嗤之以鼻。不過她告訴了哈姆扎，但他什麼也沒說。不久，阿莎夫人便臥床不起，需要使用便盆，就在這時，阿菲亞看到她尿中帶血。由於盆裡也有小塊糞便，她起初不確定血跡源自何處，但第二次，她又看到了，盆裡只有尿液和小血塊。

阿菲亞遞出便盆並說道：「夫人，有血，黑色的血。」

阿莎夫人將臉轉向牆壁，顯然不覺意外。

阿菲亞說道：「夫人，妳得去醫院。」

她的臉仍沒轉過來，只是搖頭，然後全身一陣發抖。

阿菲亞把情況告訴了哈利法，他毫不猶豫便動身去找印度醫生，但是對方正好出診在外，隔天早上才來。醫生是五十多歲的矮胖男人，一頭銀髮，彬彬有禮。他穿著白襯衫和卡其褲，像個政府官員。他要求哈利法離開房間，只留下阿菲亞在場。他先提出問題，並向阿菲亞求證病人的答覆。阿莎夫人的倔脾氣已消失得無影無蹤，只以認輸般的口吻回答醫生的問題，毫無抗拒。尿液帶血的情況持續多久了？早餐吃些什麼，午餐吃過什麼？嚥得下食物嗎？哪裡最痛？據她所知，過去有無親人受過類似苦痛，她的母親或是父親？然後，醫生檢查了她體側最疼的部位。事後，他告訴哈利法和阿菲亞，起初他以為尿液中的血跡是膀胱血吸蟲引起的，但更有可能是腎臟衰竭。腎臟衰竭本身可能是血吸蟲病未經治療的後果，因此她必須去醫院接受檢查。雖說一切皆是推測，但是病情或許更加嚴重，因為他在阿莎夫人的體側摸到了一團腫塊，情況可能十分危險。他們不該拖那麼久。

她在醫院接受X光檢查，結果發現左腎臟長了一顆大腫瘤，膀胱也長了一顆較小的。此外，她還感染了血吸蟲，不過可以確定，這團腫瘤已屬晚期，而且很可能是惡性的。印度醫生告訴他們，醫院要求阿莎夫人再回去接受進一步的X光檢查，以確定有無更多的腫瘤，但他也說，是否回院檢查，由她自己決定。院方發現的腫瘤已無法治療，只能開些治療血吸蟲的藥給阿莎夫人。醫生對哈利法說，看樣子，現在只剩幾個月的時間，他能想到的上上策，就是為她注射止痛藥。哈利法認為應該告訴阿莎夫人才對，這樣她才能為自己做好準備，安排身後的事。哈利法告訴妻子，如果她願意，醫生可為她打針止痛，說這話時，他臉上不禁泛起笑意。他說，是辛達諾（Sindano）醫生建議的。哈利法想，現在是不是該讓妻子與她的表弟納索爾．比亞沙拉和解了，儘管他這人不值得去和解。但他沒對阿莎夫人說什麼，只向阿菲亞吐露了這個想法。人死怨恨未消，這樣是不好的。他未向阿莎夫人表達這個念頭，因為她聽到的病況已經令她難以承受。妻子總是那麼堅強，他萬萬沒想到竟會比自己先走一步。

阿菲亞特地登門拜訪納索爾．比亞沙拉的妻子卡莉達，向她說明了阿莎夫人的病情。阿菲亞現在挺著大肚子，妊娠已至最終階段，她爬上他們家的樓梯幾乎力氣用盡。她告訴卡莉達：「爸爸要我來告訴你們這件事。」同時明確表示，她說這話的意思，在於邀請他們來探視這位臨終的親戚。

那天下午，卡莉達第一次來到這間房子。阿莎夫人臥病在床，卡莉達吻了她的手，然後坐在她身邊的凳子上，進行病榻旁那類的交談。雙方的和解十分低調，沒有一把鼻涕一把眼淚的激動場面。大約一小時後，卡莉達祝福她病情好轉，就離開了。訪客告辭之後，阿莎夫人深深嘆了一口氣，彷彿經歷了一場磨難。生命走到最後時日，阿莎夫人全然不再抗拒，只是時而精神錯亂，時而喃喃說著旁人聽不懂的話，時而淚流滿面。

14

阿菲亞在家中分娩，由一位助產士幫忙接生，鎮上許多嬰兒都是在她手中出世的。阿菲亞和許多婦女一樣，臨產陣痛之際，寧可自己熟識的婦女在場，也不願讓完全陌生的人特別前來照護。因此，儘管政府推廣母嬰健康計畫，她並未去新式診所臨盆。她的羊水一破，助產士就被請來家裡，而賈米拉也答應在她生產時陪在身邊。她從下午近晚時分開始陣痛，持續到了夜裡，再到隔天早上近午時分，一直沒有間斷。哈姆扎被請到客廳待著，哈利法也是。在這段緊張的時光裡，誰也無法安睡。他們把門開著，這樣就能聽到阿莎夫人的聲音，一旦病人疲倦呻吟起來、呼喚他的名字，哈利法便能趕到她身邊。後院的門也開著，如此一來，病人瀕死的呻吟聲與產婦斷續的痛苦喘息聲，反倒全部交織在一起。哈姆扎覺得留在室內毫無用處，又不想走得太遠，以免他們需要幫忙，於是便出來走到後門台階坐下。才一會兒，助產士出來看見他，卻把他攆走了。她說，長夜漫漫，丈夫坐在一旁這麼殷切期待也不太恰當。他想不透此舉有何不妥，不過依然照辦，又回去了房裡。

早上，有位鄰居過來照顧阿莎太太，哈利法就可以去上班了。女眷們也勸哈姆扎，他留在這裡也無濟於事，不如去上班，一有消息自會派人找他回來。哈姆扎像是被逼迫似的，很不情願地離開了，他原本希望阿菲亞陣痛時能守在她身邊，嬰兒出生時才能一傳就到。結果整個上午都沒接到音訊，讓他幾乎無心工作。晌禮的喚拜聲才剛落下，哈利法即現身在工場裡，出於多重原因，一心急著回家，兩人於是一起離開。照料阿莎夫人的熱心女鄰告訴他們，阿菲亞產下了一名男嬰。哈姆扎看見她躺在床上，十分疲憊卻又得意洋洋，賈米拉站在一旁咧著嘴笑，助產士則默默忙著工作。

賈米拉說道：「我們本想清理一下，再派人去找你回來。」

他們為嬰兒起名伊利亞斯。名字是嬰兒出世之前就決定好的，生男的就叫伊利亞斯，生女的則叫露琪亞（Rukiya）。

阿菲亞分娩後，阿莎夫人似乎陷入昏沉，沒有完全睡著，但也沒有清醒。她已不再進食，無論是鄰居或哈利法幫她翻身取下裹在她腰部充作尿布的毛巾時，她好像也沒有醒來。她的呼吸深沉吃力，但是已聽不到幾天來持續發出的疲倦呻吟。嬰兒出生後第三天，賈米拉為他們準備好午餐就回家去了，臨行前表示隔天早上還會再來。阿菲亞已能下床走動，並在嬰兒入睡後忙起平口的家務。嬰兒出生後，阿莎夫人再也沒醒來，當天下午稍晚，便在不尋常的安寧中嚥氣了。

接下來的幾天，一家人忙著依禮俗為她辦理喪事。儀式結束後，這個家庭開始呈現出阿莎夫人不在的新面貌。在公開場合時，出於對亡妻的尊重，哈利法臉上總是掛著丈夫哀悼妻子的陰鬱表情。儘管幾個月前他們就知道阿莎夫人撐不久了，但現在即使在家裡，似乎偶爾也能聽到哈利法在嘆氣。

他說：「結局竟是這樣，一個人就這樣走了，實在讓人驚訝，我以前沒真正體會這點。」他看著哈姆扎，忍不住頑皮了一下：「你相信死人總有一天會復活的童話嗎？」

阿菲亞說道：「噓，爸爸，現在別說這個。」

他又說道：「好吧，但是，不管怎樣，家裡總要做點改變。總不能讓你們兩個和小傢伙窩在院子裡的儲藏室，我卻像個貴族似的占住這棟空房子。所以，現在，我建議你們兩位搬進來，使用那兩個相鄰的房間，我搬出去住在院子裡。你們需要空間，我想呼吸新鮮空氣。這樣好不好？我們買些新家具，把另外的房間布置一下，這樣你們就可以在裡面接待客人，小王子有地方玩耍，也可以邀請他的玩伴。」

阿菲亞則提議，在前面的儲藏室開個洞，把那個空間與房屋內部相連起來。如此一來，他們仍然可以保留客廳接待訪客，或者有人入住也可以使用。會有誰來住呢？話雖沒明講，但大家都猜得到她的意思，她指的是伊利亞斯哥哥。他們花了一點時間討論這些方案，決定如何處理最理想，但哈姆扎同時提醒他們兩人，房子畢竟不是他們的，所以不管敲掉哪片牆壁，事先最好和納索爾·比亞沙拉談談。哈姆扎說，如今，毫無疑問，這房子確定是納索爾·比亞沙拉的財產了，他很可能希望我們搬走。哈利法擺擺手說，料他不敢。

哈利法一向頭腦冷靜、務實，但現在聽他說話似乎有些不對勁。早上去倉庫時，他就埋怨每天都在浪費時間。晚上和朋友坐在門廊時，表達憤怒也較以往克制，甚至當托帕西將八卦說得太離奇時還會對其嗤之以鼻，然而，反觀從前，他會興高采烈地闡述一番。他告訴哈姆扎夫妻，自己需要構想新的計畫，做些比較有用的事，而不是坐在倉庫外的長椅上虛擲餘生。他說，政府不斷開設這麼多新學校，說不定可以去當老師。

納索爾·比亞沙拉也有新打算。新工場的興建工程正在進行，也已訂購新的機器。他對哈姆扎說：「再過幾個月，新工場便要竣工了，等一切就緒後，我希望交由你來營運。等到機器送來，我會從三蘭港請人來帶著你做。蘇萊曼尼老爹會待在舊工場，繼續生產常規品項。我們同時還需新聘一位木匠，讓他和老爹一起在沙發和扶手椅的生產線工作……也許賽福這小夥子可以派上用場，你覺得呢？不然，你的朋友阿布如何？他也是木匠，不是嗎？我覺得目前他只是幫人打打零工而已。你去問問他，要不要來我這裡謀一份固定的差事。另外還需要一名受過適當訓練的副手和你一起工作，如果業務推展順利，僱用的人可能不止一個。也許這份工作更適合賽福。他還年輕，很快就能學會。」

哈姆扎說道：「讓阿布跟我一起去新工場吧，他會學得和我一樣快。賽福已經跟著老爹工作了，他在那裡也熟門熟路。」

納索爾·比亞沙拉答道：「就按你的想法去辦。」

哈姆扎建議道：「可不可以加薪？」

「我會提高你的酬勞。等你過去新工場那邊，我會加倍給薪。搬出那間蹩腳的房子，去租別的地方住吧。」

「哈利法怎麼辦？」

納索爾・比亞沙拉答：「他可以找別的地方去住呀。」

他追問道：「你該不是想把他趕出去吧？」

商人回答：「我正有這個意思，那房子租出去，收益應該很好。」

哈姆扎說道：「不如租給我吧。」

納索爾・比亞沙拉驚訝笑道：「你真是個感情用事的傻瓜。為什麼要擔心那個愛發牢騷的人呢？」

哈姆扎說：「因為他是阿菲亞的爸爸。」

「我再考慮看看。不過，你憑什麼自認為負擔得起租金？」納索爾・比亞沙拉說道。「你是位優秀的企業家，不會收不合理的租金，讓你新工場的經理過著苦日子。」

「看你年紀輕輕，怎麼就成了老謀深算的高手！你第一步先是迷住那個滿肚苦水的，讓他把你引回家裡，下一步就勾引他的女兒，再用你的德語翻譯逗老木匠開心，現在又來勒索我了。」納索爾・比亞沙拉答道：「我說了，我會考慮的。」

❖

新工場的建造進展迅速。納索爾・比亞沙拉對自己的新計畫頗感興奮，就像幾年前他見到螺旋槳的心情一樣。他說這是另一個絕妙的主意，連哈利法也沒說風涼話。蘇萊曼尼老爹則以寬容的態度看待一切，並把注意力轉向訓練新學徒，一旦哈姆扎調往新工場，便可讓他接手。送達的新設備光潔閃亮，並已接上電源，一名印度機械師兼木匠也從三蘭港來訓練哈姆扎和阿布。這名印度人的父親擁有一家專營機械進口經銷的公司，名下還有一間鋸木廠和一家運輸公司。他為哈姆扎和阿布示範了三天，而納索爾·比亞沙拉則在一旁看著。在這三天期間，印度機械師用鋸子、磨輪和線鋸反覆測試，並在返回三蘭港前承諾，除了年底定期的售後檢查外，需要時還會再來。他說，慢慢來，機器的事冒險不得。納索爾·比亞沙拉期待這一家新的合作夥伴日益壯大，也希望他們的鋸木廠成為自家新企業的木材供應商，並向那年輕人表達謝忱和善意。

阿菲亞和哈姆扎這些年過得十分滿足。孩子身體健康，學會了走路和說話，看來沒有一點缺陷。兒子還在襁褓中，哈姆扎便聽從建議，帶他上醫院接種疫苗，並細心觀察他的健康狀況。兒童夭折並不罕見，但許多致命疾病都可以預防，當年保護軍軍團對士兵的健康照顧得十分周到，他就知道這個道理了。伊利亞斯出生那一年，英國剛受國際聯盟（the League of Nations）[84]委託管理舊德屬東非，國際聯盟並責成英國為該地區的獨立預做準備。但這策略卻是歐洲帝國末路的第一步，而當時並非大家都注意到這點。在那之前，沒有哪個帝國曾考慮幫助殖民地為獨立做準備。英國殖民政府認真看待此項授權，而非做做姿態走走流程，或以更糟的態度搪塞。也許因為有擔當的行政官員正好湊在一起，又或者因為人民忍受了過久的德國統治及戰亂，加上隨之而來的饑荒與疾病，個個心力交瘁，如今只要平安無事，人們都願意無條件聽令行事。英國行政人員不懼怕那片領土上的游擊隊或土匪，而且被殖民者亦無抵抗，所以可以在這些有利的條件下繼續推行殖民行政管理。殖民政府優先辦理教育和公共衛生等事項。他們盡力讓民眾了解健康議題，訓練醫療助理，在偏遠地區開設藥房。他們分發傳單，組織醫療隊巡迴服務，教導人們育兒良方及預防瘧疾。阿菲亞和哈姆扎吸收了這類新訊息，盡其所能保護自己和孩子。

夫妻倆還對房子做了一些改動。他們徵得納索爾．比亞沙拉的同意，在舊儲藏室的牆上鑿開一扇門，將那空間布置成夫妻臥室的一部分，如今這間臥室變得更寬敞通風，開窗還可以面向街道。當伊利亞斯長大到可以四處走動了，每個房間還有院子能任他來去，甚至也包括哈利法的房間。哈利法喜歡他在自己的房裡蹣跚學步，也會和他一起爬上床去。

哈姆扎和阿菲亞沒能為伊利亞斯添個弟弟或妹妹，這是他們的第一個遺憾。在接下來的五年裡，阿菲亞曾兩度懷孕，但都是到第三個月就流產了。他們習慣忍受這樣的失望，畢竟其他事情都很順利。每當阿菲亞因未能再度懷孕而難過時，哈姆扎也是如此安慰她。另一件讓夫妻

84 成立於一九二〇年，第一次世界大戰結束後組成的跨政府組織，也是世界上第一個以維護世界和平為主要任務的國際組織，為現今聯合國之前身。

倆遺憾的事就是，哥哥伊利亞斯依舊渺無音訊。他沒捎來隻字片語，也沒聽過任何人傳來他的消息。戰爭結束已經六年，阿菲亞一想到就覺痛心，她不知道究竟是要放棄希望、不再悲傷，還是繼續想著哥哥依然活著並已踏上歸途。畢竟哥哥一度與她失散將近十年，後來不也奇蹟般的出現了。

「一切都會順利的。」哈姆扎堅持道。新工場運作很成功，事業一帆風順的納索爾．比亞沙拉對他們也很慷慨。「我會請馬利姆．阿布達拉再問問。」

馬利姆．阿布達拉現在是一間大型學校的校長。透過那位在區級專員手下任職的朋友，他與英國行政辦公室的聯繫管道十分暢通。他問哈利法是否願意到小學教英語，但哈利法不確定自己是否受得了那些目無尊長、十二歲的孩子們，所以一直猶豫不決。生意日益興隆，他在倉庫忙得十分愉快。如今家裡重新布置，他搬到院子裡，也覺得十分輕鬆自在，滿足之情溢於言表。哈利法也不太確定，到了他這年紀，是否適合再換新的工作。他這個祖父可忙得很，總是在為伊利亞斯張羅這個那個：市場上最甜的香蕉、一片成熟的紅肉番石榴、一塊烙餅。他一進門就喊著：乖孫在哪裡呀？爺孫倆最喜歡玩的遊戲，就是伊利亞斯躲起來讓哈利法去找，他的藏身之處往往容易猜到，不過哈利法仍會假裝四下找人。

他是個俊俏削瘦的男孩，不過隨著年齡漸長，明顯地越來越沉默了。這份沉默似乎沒什麼大不了，但阿菲亞總是不太安心，很想知道兒子是否心裡有什麼悲傷的事卻不知如何表達。哈姆扎聳聳肩，嘴上沒說，但心想憂傷之事總是難以避免。有時，伊利亞斯和哈姆扎待在同一間房，兒子坐著，父親則平躺在軟墊上，兩人好長時間沒有交談。在哈姆扎眼裡，兒子似乎能在沉默中找到慰藉。

伊利亞斯長到五歲左右，世界經濟陷入嚴重蕭條，他自然不懂怎麼回事。納索爾．比亞沙拉的生意再次走下坡，伊利亞斯即在這種匱乏的歲月中成長，日常生活的所需物品變得稀缺、昂貴。政府放棄新建醫院和學校的計畫，工人紛遭解僱，輾轉在城鎮、村莊和鄉野挨餓度日。艱困歲月似乎不斷捲土重來。納索爾．比亞沙拉並未解僱任何工人，只是減少工資，同時悄悄重操舊業，經營當年戰爭時的走私生意，亦即從奔巴島購買物資，不繳關稅便運進來，然後再以高價出售。他們總得活下去。

哈利法的空閒時間變多，便開始教伊利亞斯讀書。他說：「你很快就要上學了，最好現在就先準備。」哈利法會講故事給伊利亞斯聽，為了讓他感興趣，哈利法還會將這些故事與閱讀和寫字練習結合起來，讓他聽得目瞪口呆，張大了嘴。他的故事總以「從前從前」開頭，伊利亞斯一旦被故事吸引住，眼睛就會變亮，嘴唇也會慢慢放鬆。

「海邊的一棵棕櫚樹上，住著一隻猴子。」

伊利亞斯已經聽過這個故事，不過並未因此露出已經聽過似的微笑，只是目光中的期待變淡了些。

「有條鯊魚游過附近海面，雙方交了朋友。鯊魚向猴子描述自己在對岸『鯊魚樂園』裡的生活，又說那裡風光明媚，鯊魚都很快樂。牠向猴子提起自己的家庭和朋友們，每年都會定期舉辦慶祝活動。猴子答道，鯊魚世界聽起來好美妙，可惜自己不會游泳，硬要嘗試只怕會淹死，不然多麼希望親眼一睹。鯊魚說沒關係呀，你就騎在我的背上，抓牢我的鰭，這樣很安全的。於是猴子從樹上爬下來，坐上鯊魚的背，這趟旅程便穿過海洋，開始前往……」

「鯊魚樂園！」伊利亞斯填上了哈利法留給他的空白。

「鯊魚樂園之旅太刺激了，以至於猴子驚呼：你能這樣幫我，真是個好朋友。鯊魚問心有愧，只好明講：不瞞你說，我們的國王病了，醫生說只有猴子的心臟才能治得好，你去鯊魚樂園，國王就有救了。因為這樣，我才帶你去樂園啊。猴子毫不猶豫地說：為什麼不早說？」

伊利亞斯接道：「我沒有把心帶來呀！」同時因接上了下文，高興地咧嘴笑了。

「鯊魚說：唉，真糟糕。現在可怎麼辦？猴子又道：帶我回去，我爬到樹上去拿。於是鯊魚把猴子送回岸邊的棕櫚樹旁，只看到猴子立刻衝上去，之後鯊魚就再也沒有見過牠了。那隻小猴子好聰明，是不是呀？」

伊利亞斯不太記得自己早些年的在校經歷，但後來老師們都會稱讚他作業整潔、十分乖巧。老師有時會拿他當榜樣：看看伊利亞斯，為什麼你們不能像他一樣，安靜地坐著做算術題？儘管如此，其他孩子並沒有欺負他，但也沒有太注意他。他常常站在一旁，看著其他男孩喧鬧玩耍，有時如果需要多一個人才能組隊，他才會被拉進去參加。

童年難免都有丟臉的經驗。有一次，他急著想小便，卻誤以為從教室到廁所沒那麼遠。還有一次，他被班上某個男孩傳染了蝨子而不得不剃了光頭。有一天，回家途中，他的腳趾絆到路上一塊石頭，跌倒時被一塊破瓶子的碎片劃破小腿。回到家時腳上全是血，阿菲亞目睹傷勢竟哭了起來。她包紮好伊利亞斯的小腿傷口，送他去醫院，母子在診所外等候，他掃視醫院的四周，目光一次次投向在微風中優雅搖曳的木麻黃樹。

有一天，他和父親去海濱觀看划船比賽，結果走失了。船隻即將駛抵終點，哈姆扎伸長脖子想看一眼比賽的結果，這時他才發現伊利亞斯已不在身邊。哈姆扎四下忙著找兒子卻不見蹤影。最後，確定遍尋不著一家鍾愛的小寶貝，哈姆扎急瘋了。他匆匆趕回家，盼望哪個認識孩子的人會發現他在街上閒逛且帶他回家，豈料兒子也沒在家。於是他連忙前往政府醫院，想著兒子也許是受傷被人送去那裡，結果卻發現他默默坐在木麻黃樹下，望著枝葉在微風中款擺生姿。哈姆扎坐在他身邊，深吸了幾口氣，讓自己平靜下來。

阿菲亞問丈夫：「孩子會不會有問題？」哈姆扎用力搖了搖頭。

他說：「他有時會忘我，如此而已。他愛做夢。」

阿菲亞說：「像他爸爸一樣。」

「我倒覺得他像媽媽。」

「你覺得他像不像我哥哥伊利亞斯？」

他搖搖頭答道：「不知道，我從沒見過妳哥哥。」

她說：「應該不像，我們的伊利亞斯帥多了。我去問問爸爸。」

哥哥生死未卜，但始終縈繞在她的腦海，哈姆扎有時會想，拿他的名字為兒子命名是否妥當，因為這樣會讓那個不在的人永遠存續，並且不斷提醒著親人承受失去他的痛苦。阿菲亞有時會想起與哥哥共度的快樂時光，然而，這些回憶也常令她悲傷。哈姆扎察覺到，他們有時談到哥哥之後，阿菲亞會沉默下來，久久才能從過往回憶解脫出來。

她說：「要是知道哥哥發生什麼事就好了。我多麼希望知道如何找出他的下落，可惜辦不到。你曾到處旅行、工作，也在不少地方打過仗。有時聽你談起見識過的人和地方，我就覺得難過，我一生都侷限在這裡。」

他說：「別難過，事情不像妳想的那樣。」阿菲亞在黑暗中輕輕落下眼淚，哈姆扎將她摟住。

他又去詢問了一次馬利姆．阿布達拉，那位在英國政府工作的朋友是否捎來了消息，對方回答沒有。誰會關注一名下落不明的阿斯卡里兵？未登記在案的死者多不勝數，根本無法取得特定某人的訊息。死多少人甚至都不清楚，可能多達數十萬人，包括交戰雙方的運輸兵及南部因流感疫情餓死或病死的平民。阿斯卡里部隊中也有許多人病死。馬利姆說，他的姊姊與他失聯已有很長一段時間，他怕結果只有一種可能。

阿菲亞聽哈利法說起一項助產士幫手的培訓計畫，專門招募年輕媽媽。新的婦產診所大受歡迎，但準媽媽通常只去那裡接受產前檢查，大多數人還是不願意在那裡分娩。當局想招募更多的助產士幫手來提供全面的服務，包括上門探視孕婦。申請人必須具備足夠的識字能力，懂得書寫簡單筆記、閱讀淺易的手冊，並能說流利的斯瓦希里語。一般認為，她們的分娩經驗能幫助其他的準媽媽，交流也可以更細膩些，而非僅是死板地指示對方什麼該做、什麼不該做而已。她告訴哈姆扎這個想法，他的反應也充滿熱情。他說，妳符合所有的要求，孕婦需要幫助，妳也能學習新的技能。

❖

伊利亞斯十一歲時開始自言自語。他是獨生子，已習慣一個人玩。對哈姆扎而言，他認為或許兒子天生脾性如此，樂於沉默。玩遊戲的時候，伊利亞斯會讓各種物品在自己的故事中扮演重要角色：火柴盒變成了房子，小鵝卵石是他在港口看過的英國軍艦，棄置線軸則是呼嘯駛入小鎮中心的火車頭。每當他操縱調動這些物品時，都用一種只有自己與玩具聽得到的親暱聲音講述故事。

某天傍晚，夜幕即將落下，哈姆扎午後在海邊散完步，正要回家。依照習慣，他會在下午稍晚時分去海邊散步，然後再去清真寺參加昏禮。這一天他回來得有點早，所以決定返家一趟。赴寺之前，他打算先到後院的洗手間行淨禮。這時，他看到伊利亞斯背對著門口，坐在靠近側牆的凳子上。他似乎沒有注意到哈姆扎走過來。伊利亞斯抬著臉，用奇特的低語方式說話，不是在講故事，也不是扮演房子或兔子，而顯然是對著站在面前的高個子說話。哈姆扎必定發出了聲響，要不然就是他的舉止擾動了空氣，因為伊利亞斯迅速環顧四周，閉上了嘴。

哈姆扎事後想，兒子當時也許正在背誦英語課堂學的一首詩或一段文章。也許他的老師喜歡這種教學方法：讓學生把詩歌抄在練習本上，藉此熟記背誦，老師則在旁糾正發音，同時幫學生打分數。如此一來，老師既能節省時間，教學也能輕鬆愉快。老師更希望學生將這些詩歌視為值得一輩子珍藏的東西——或是每當看出學生表現出抗拒學習的跡象，就會如此告誡他們。哈姆扎看過老師挑選的一些詩歌，不免感到吃驚。他不了解那些作品，或者該說，他不熟悉英文詩歌，可是在他看來，兒子這個年齡就得學習這種教材，似乎要求過高，甚至超出兒子的理解能力。雖然哈姆扎本人的英語程度只算粗淺，但他知道自己的閱讀能力至少要比伊利亞斯強。他很疑惑，十一歲的孩子讀了〈人生禮頌〉（The Psalm of Life）或〈孤獨的割麥女〉（The Solitary Reaper）[85]能有什麼感觸。但，從另一角度來看，牧師曾認為席勒和海涅對哈姆扎來說太艱澀了，但他也仍以自己的方式從兩者的作品中讀出了一些什麼。因此，他第一次目睹伊利亞斯那樣低聲細語之後，曾花時間反覆思索那幕景象，最終推測，兒子只是在練習背誦。

隔天傍晚，他又在同一時間回到家，但伊利亞斯出去了，反而沒待在後院說著奇怪的話。為了查明真相，哈姆扎一連觀察了幾天。如今阿菲亞和他睡在屋前舊的儲藏室，這裡新開了一扇門，連接哈利法夫婦以前的臥室。伊利亞斯就是睡在裡面這個房間，房裡擺了一張哈姆扎親手做給他的桌子，讓他能在房裡寫功課。兩房之間的門很少關上，只在門口掛了簾子，以便父母需要隱私時可以放下。有幾個晚上，哈姆扎站在門口細聽伊利亞斯是否喃喃自語，並未發現動靜。他連續這樣守了好幾夜，最終，他確定，前幾天黃昏聽到的應該是兒子練習背誦的聲音。

哈利法現在快六十歲了，常說自己「一隻腳已踏進了棺材」。偶爾突然轉身或者盤腿久坐起立，身子難免搖晃，然而此話一出，阿菲亞就生氣。她勸爸爸不可詛咒自己，唯恐哪天真的應驗。馬利姆·阿布達拉現在是教育部的高級官員，擔任學校督學，已經不再教書。他聽哈利法這樣說也發火了。他喜歡對哈利法講道理：如果他能找一份合適的工作，不要暗地裡在倉庫處理走私貨物，就不會老說自己即將不久於人世了。一到晚上，哈利法、馬利姆·阿布達拉和托帕西依然常在門廊咯咯笑、扯閒話，討論世界新局，揭露其中沒完沒了的暴行。哈姆扎有時會來和他們坐一會兒，有時會像往常一樣，為這些人端來咖啡托盤，而如今，伊利亞斯會與他一起分擔這項任務。不過，晚上他更喜歡在屋子裡待上一段時間，坐在客廳，聽阿菲亞描述自己如何在診所裡度過一天，順便瀏覽哈利法以及馬利姆·阿布達拉留給他們的舊報紙。那些年有幾份新報紙創刊，斯瓦希里文和英文都有，甚至有為戰後留下定居的人創辦的德文報紙。伊利亞斯有時會和父母坐在一起，讀書或聽他們說話，不過他通常是第一個上床睡覺。

85〈人生禮頌〉是十九世紀美國詩人朗費羅（Henry Wadsworth Longfellow）最為著名的抒情詩作之一，因詩歌激揚向上的人生鬥志與十九世紀四〇年代美國進取的時代精神非常吻合而在美國廣為流傳。〈孤獨的割麥女〉則為英國浪漫主義詩人華茲華斯（William Wordsworth）的著名詩作，其詩作以描寫自然風光、田園景色等聞名於世，呈現出樸素清新、天然成趣的境界，開創了新鮮活潑的浪漫主義詩風。

哈姆扎有天晚上讀到德文報紙上的一則新聞，開口說道：「這裡提到保護軍軍團退伍金和欠薪的問題。根據報導，德國經濟漸漸脫離大蕭條的困境，有人發起請願運動，主張德國政府應重新開始支付退伍金。好幾年前，當局就停辦了，妳記得嗎？」

阿菲亞道：「我不記得，難道你領過錢？」

哈姆扎答：「得拿出退伍令才行，我是逃兵，哪來的退伍令。」

「伊利亞斯哥哥能領退伍金嗎？也許順著這條線索可以找到他。」

「要是他還活著的話。」哈姆扎這句話一說出口就後悔了。阿菲亞用手摀住嘴，彷彿怕自己說出什麼話似的，他看到妻子的眼眶一下子噙滿了淚水。之前她曾說過哥哥可能還在人世，是哈姆扎勸她不要放棄希望。現在，他突然又說哥哥可能已經死了。

阿菲亞哽咽道：「我好難過，我們還是不知道他的下落。」

「對不起……」他才開口要說話，阿菲亞便制止了他，並瞥了一眼仍在房間裡的伊利亞斯，只見他睜大了眼，盯著母親。

她回答：「再怎麼說，你都不算逃兵，你受了傷，還是被一個發瘋的德國軍官砍傷的。文章沒提到傷兵的撫卹金嗎？」

他知道妻子這番話是為了分散伊利亞斯的注意力，所以沒再深入交代，牧師曾告訴過自己，在德意志帝國的軍隊中，他會因逃兵和丟棄軍裝而被送上軍事法庭並遭槍決。他不確定這一說法是否屬實，或是牧師只想讓他有點自知之明。他離開眾人那時根本沒辦法逃跑，何況還是牧師下令燒掉他的制服，因為牧師擔心英國人會以包庇保護軍軍團的罪名將他和妻女送進拘留營裡。總之，哈姆扎也不想領取他們的退伍金。他接著說：「文章提到，將軍仍在柏林努力為當年的部隊爭取權益，所以也許每個人都領得到錢。定居這裡的人都很喜歡將軍。」

遇到學校放假而阿菲亞仍需去助產士服務站上班的時候，伊利亞斯便會陪父親一起去木材場，有時停留整個上午，有時自己閒逛，等父親準備返家時再會合。蘇萊曼尼老爹會面露微笑，和他打招呼，讓他在工場做些簡單的工作，甚至教他繡帽子。伊德里斯大放厥詞、滿嘴汙言穢語，現在除了杜布之外，還多了伊利亞斯這個入迷的聽眾，有時他似乎會使出渾身解數來取悅男孩。納索爾．比亞沙拉儘管事業有成，但是仍在那間小辦公室裡處理業務，不得不經常出面干涉，讓那個總沒能吐出正經話的司機閉嘴。你說話不乾不淨，別毒害小孩子的心靈。而伊利亞斯對這一幕只是咧嘴一笑，等著看好戲似的。回家吃午飯的路上，父子倆會順道去市場買水果和沙拉，有幾次，哈姆扎下午下班，兒子也會先陪他去海邊散步一會兒再回家。他們並不常交談，這不是他們的溝通方式，不過伊利亞斯和父親走在一起時，都會牽著父親的手。

門廊上的話局結束後，哈利法通常會鎖上前門，然後回到後院的房間。在回房睡覺前，如果哈姆扎夫妻還沒上床，哈利法有時候會停下來說幾句話，但通常只是揮揮手就走過去。某天晚上，他經過時叫了一聲哈姆扎的名字，卻沒停下腳步。哈利法這冷不防的一聲讓阿菲亞和哈姆扎驚訝地互看了一眼。她沒出聲，只是呶呶嘴問丈夫：「你幹了什麼事？」他聳聳肩，然後夫妻相視一笑。他伸出大拇指朝門廊比了比。也許他們不知為何在外面吵起來了，最好去看看。

哈姆扎看見哈利法盤腿坐在床上，於是一如往常，恭敬地把身子放低，方便彼此臉對著臉。

哈利法說道：「托帕西剛剛告訴我一件事，所以我想單獨找你談談。沒什麼要緊的，但我想先問你一句，看你是不是知道些什麼。我是指伊利亞斯這孩子。人們都在談論他，說他會單獨一個人遠遠走到郊外去。大家都覺得很奇怪，一個十二歲的鎮上男孩，為什麼一個人徒步走到幾哩外的荒郊野外去？」

過了一會兒，哈姆扎道：「他就喜歡走路。」他雖面帶微笑地說出這句話，但也因兒子竟成為議論的焦點而感到不安。他接著補充道：「他經常陪我走路，但我只能一瘸一拐慢慢走。也許他偶爾想盡情地伸展一下雙腿吧。」

哈利法搖搖頭：「他邊走邊說話，在寬寬的鄉間路上自言自語。」

「啊！他都說些什麼？」

哈利法再次搖搖頭。「有人靠過來時，他就閉上嘴巴，所以沒有人聽見他說什麼。你明白的，在很多人看來，這孩子可能是……」哈利法停頓了一下，這個詞他說不出口，因為他對這種詆毀十分反感，連眉頭都皺了起來。

「也許他是在背誦學校老師教的詩歌。我聽過他這樣練習，也有可能正在編故事。孩子喜歡那樣編故事，不過，我會要他小心。」

哈利法點點頭，繼而又搖搖頭，然後將目光投向站在房間門口處的阿菲亞。他揮手示意她進來，等她關上門，哈利法問道：「妳沒告訴他？」阿菲亞搖搖頭。接著他壓低聲音對哈姆扎道：「兩天前的下午，接近傍晚時，我在這裡休息。你也知道，我那時通常不在房裡。當時房門雖然關著，但面向院子的窗戶卻是開著。我突然聽到有人說話的聲音，非常靠近，是個陌生的聲音，一個女人的聲音。我聽不清內容，但是語氣悲淒。起先我還以為是她，是阿菲亞，但馬上就察覺不是她了。她的聲音不是那樣的。接著，我又以為應該是哪個訪客在向阿菲亞傾訴什麼傷心往事，但我猛然想起，剛剛才聽見阿菲亞叫著伊利亞斯說她出門去了。真讓人驚恐，竟然有人沒告知屋主就擅闖進來。

「我從床上起身打算一探究竟，但一定發出了一點聲響，因為那個聲音立刻停止了。我把窗簾拉開，只見伊利亞斯坐在牆邊的凳子上。他很驚訝，沒想到我會在那裡。我問他，誰在跟你說話？他回答，沒有人呀。我說：我聽到有個女人在說話。伊利亞斯看起來很困惑，只是聳聳肩說不知道。你笑什麼？」

最後這個問題是在問哈姆扎，他回答：「這點不難想像。人家問他問題，要是不想回答，他最愛搬出『不知道』這個答案……你在擔心什麼，爸爸？他一定是在編故事，扮演一個悲傷的女人。」

哈利法用力搖搖頭，開始露出不耐煩的樣子。「阿菲亞回來後，我找她談，告訴她，我聽到一個陌生的聲音。當時你不在場，哈姆扎。那個聲音陌生而且蒼老，同時透著悲傷、怨恨。我發現，才一開口說出這事，她就明白那是誰的聲音。告訴他吧。」

哈姆扎已站起身來，倚靠在床柱上，面對著阿菲亞。她走近丈夫，然後壓低聲音說道：「我聽過那個聲音。他一直這樣玩，包辦遊戲中所有角色的口白。直到現在，我已聽過兩次，他在後院用爸爸描述的那種方式說話，那是個哀傷的聲音。他沒看到我站在門口，我不想嚇著他或是讓他覺得難受，所以只是在一旁等著。我覺得那就像夢遊，應該讓他自己清醒過來。有天晚上，你在睡覺，我聽到他的房間裡有動靜，發現他一面發出那些聲音，一面畏縮、翻身、呻吟。」

哈利法道：「孩子不知被什麼東西纏上了。」

哈姆扎轉過身看著他，臉上帶著怒意，但一時間也沒開口。他知道哈利法和阿菲亞都在等他說些什麼。「也許他只是做了噩夢。也許他的想像力太豐富了。為什麼你要這樣說他，好像他……健康出了問題似的？」

哈利法沒好氣地提高音量說道：「他走在鄉間的路上自言自語。」阿菲亞立刻請哈利法就此打住，但他還沒說完：「外人在議論他，如果我們不為孩子想想辦法，到時候那些人才真會讓他出問題。一定有東西纏上了他。」

哈姆扎道：「我會找他談談。」他的語氣透出毋庸再議的意思。他看了阿菲亞一眼，便朝門口走去。

等到夫妻獨處之時，她對丈夫說道：「別嚇著孩子了。」

哈姆扎答：「我知道怎麼和兒子說話。」

其實他不確定該如何跟兒子說起這件事。幾天過去，哈姆扎始終沒付諸行動。每當哈利法投來質疑的目光，他就板起臉來回應。一連數天，他們沒有再聽到關於伊利亞斯奇怪的自言自語等等閒話，哈姆扎不禁認為這件事也許到此為止，他們安全了。到了星期六，哈姆扎要去音樂俱樂部，伊利亞斯問父親可不可以跟著去。俱樂部是幾年前他第一次聽演奏的那些樂手們在經營的。如今他們已經組成了一支管弦樂團，在星期六免費為少數聽眾表演。樂團只會演奏一個小時，五點就結束，接著便閉門繼續排練。父子倆沿著海邊散步回家，方才哈姆扎聽音樂聽得津津有味，見到身邊的伊利亞斯也全神貫注，安靜聆賞，他覺得十分溫暖，相信兒子也陶醉其中。後來，父子倆看到岸邊有一張空長椅，便坐下歇腳、眺望大海，太陽正從他們身後落下。哈姆扎想著該說些什麼作為開場白，以便切入兒子自言自語這件事。他好幾次想開口卻又放棄，最後，他說：「這個週末，學校有沒有出作業？」

「星期一考代數，得要複習。」

「代數？聽起來很複雜。你知道吧，爸爸沒上過學，所以沒學過代數。」

伊利亞斯答道：「對，我知道。代數並不真的很難，現在做的都很簡單。我猜接下來才會變難。」

「沒有詩歌的作業嗎？英文老師這週沒有出什麼新的功課嗎？」

伊利亞斯說道：「沒有，老師讓我們一遍又一遍背誦同樣的東西。」

「你去鄉下走路走那麼久，沿途都在背誦那些東西嗎？都在背那些詩歌嗎？」

伊利亞斯轉頭看著哈姆扎，好像在等父親的下一句話。哈姆扎堆起笑容，表示並不是在責怪他。

「聽說你走路去鄉下，一走就是很久，聽他們說，你還會一邊走，一邊大聲說話。是不是在背那些詩歌？」

「有時候是，」伊利亞斯答道：「這樣錯了嗎？」

「沒錯，可是有些人會覺得那樣很奇怪，他們說你在自言自語。所以，你以後如果想要背誦詩歌或編故事，最好是在家或是在學校裡。你不想讓那些無知的人說你瘋了吧？」

伊利亞斯搖搖頭，有點落寞的樣子。轉眼之間，熾熱的太陽便隨著光線緩緩下沉到他們身後小鎮的天際線下，哈姆扎趁著此時換了話題。不一會兒，天色隨著薄暮逐漸昏暗，父子倆才走上回家的路。

義大利人於一九三五年十月入侵阿比西尼亞（Abyssinia）[86]，同時再啟戰爭之議。他們於一九三六年五月占領阿迪斯阿貝巴（Addis Ababa），此舉驚動了英國人，導致在接下來兩年裡，英國開始為殖民地的國王非洲步槍團招募新兵，因為該團先前在大蕭條的撙節階段中，基本上已經解散。英國政府不僅憂慮義大利人對其殖民地的意圖，還顧忌昔日德屬東非殘餘的德國勢力，因為根據英人判斷，後者的立場將是反英、親希特勒的。他們還擔心義大利對於阿比西尼亞抵抗運動的暴力鎮壓，包括對於平民動用化學武器，會激起索馬利亞人（Somali）、奧羅莫人（Oromo）和加拉人（Galla）的叛亂，因為這些[86]生活在英國殖民地北境的種族還未完全接受英國的統治。報刊滿紙戰事報導以及衝突傳聞。

伊利亞斯自言自語的症狀令母親和哈利法震驚，不過那次在海邊和哈姆扎談過後，幾個月間都沒再復發。大家逐漸認為那不過是暫時性的幼稚行為，都鬆了口氣。然而，隨著戰爭傳言散播開來，當局開始募兵，也讓伊利亞斯又開始自言自語了。某天，夜深時分，阿菲亞發現兒子跌落在床邊的地板上，並用雙手摀住耳朵。

她跪在兒子身旁問道：「怎麼啦？頭痛嗎？」接著看見他的淚水沿著臉頰流下來。伊利亞斯現在十三歲了，看他流淚實在不尋常。

他搖搖頭說：「那個聲音。」

阿菲亞驚慌問道：「你說什麼？哪個聲音？」先前以為就此可以鬆一口氣，誰知現在麻煩又回來了。

「那個女人，我沒辦法讓她停下來。」

---

86 今日東非國家衣索比亞共和國的前身。

阿菲亞問道：「那個女人說了什麼？」伊利亞斯搖了搖頭，不再說話，自顧自的抽泣微喘，看起來無法停歇。最後，阿菲亞扶他站起來，讓他躺回床上。令她寬心的是，兒子很快就睡著了，或者也可能裝睡。隔天早上，母親問他是否恢復正常，他只敷衍地表示安好。她問：「那個女人還在嗎？」他搖了搖頭，就去上學了。

然而，這只是短暫的平靜。過了幾天，另一幕又開始上演了。他們半夜醒來，聽見兒子在哭，他叫嚷著自己的名字，伊利亞斯，伊利亞斯，卻是個女人的聲音。哈姆扎爬上兒子的床，將掙扎的兒子摟進懷裡。約莫好幾個小時之後，他才平靜下來，哈姆扎開口問他：「她想要什麼？」

男孩答道：「伊利亞斯在哪裡？她一次又一次地問，伊利亞斯在哪裡？」

哈姆扎回道：「你不就是伊利亞斯？」

他說：「不是我。」

哈利法對阿菲亞說：「他要的是你哥哥伊利亞斯。我就知道不該給他取名伊利亞斯。如今大家都在議論戰爭，所以往事又被喚回來了。也許他在責怪自己。或者在責怪妳。所以他才用女聲說話。他是在為妳說話。這裡沒有人可以幫得上忙。如果把他帶去醫院，院方會把他送到遠在一百哩外的精神病院，然後用鏈條把他綁起來。我們得自己照顧他。」

從此之後，那個女聲每晚都來找伊利亞斯。阿菲亞表示：「我們必須想個辦法。賈米拉說也許該找智者先生，看看能不能幫上忙。」

「她是在鄉下長大的。」哈利法以嘲笑的口吻對哈姆扎道：「鄉下人相信巫婆和惡魔這些怪力亂神的東西。你信教如此虔誠，不妨看看智者先生是否可以弄點藥粉，幫你驅走惡魔。」

儘管哈姆扎不信那一套，但還是說：「為什麼不試試看呢？」因此，阿菲亞又像當初阿莎夫人生病時那樣，登門求助智者，然後又帶回一個上面寫了《古蘭經》經文的鍍金邊碟子。她在碟子上倒了一點水，字跡溶解以後，再讓伊利亞斯喝下。即使喝下多劑聖言溶解的水，兒子的症狀也不見緩解。現在，伊利亞斯連家門也不出了。他變得越來越瘦，而且由於夜裡遭受攪擾，白天的睡眠時間也變長了。阿菲亞心神不寧，越來越感絕望。某天晚上，伊利亞斯低聲呻吟著自己的名字，她痛苦地大聲說道，哦！天哪，我無法再忍受這種折磨。阿莎夫人死前的那幾天，常來探望她的巫醫鄰居曾向阿菲亞推薦一位治療師。那天晚上過後，她決定去找那個人。

哈姆扎問：「她能做什麼呢？」

「萬一孩子被纏上了，治療師會告訴我們。」

哈利法說道：「被什麼纏上了？我告訴妳，那不就是個鄉巴佬。我們竟在家裡搞起巫術。」說完話，他便一臉厭惡地回房去了。

治療師似乎籠罩在一團香霧中，走進屋裡。這個女人身材嬌小、膚色淺淡，俊俏的臉龐五官分明。她脫下黑長袍的頭巾，隨之飄散出另一股香水以及熏香的氣味。她伶俐地向阿菲亞打招呼，神色愉悅地打開話匣子，然後坐定在客廳的墊子上。她說：「外面陽光毒辣，我這一路走來，見到陰涼的地方就停下來休息，但是，妳看，我還是汗流浹背啊。碰上這種高溫，只能盼著冬天的涼爽季風快吹起來。嗯，孩子，妳好嗎？家人好嗎？真主啊真主。是啊，我知道，妳的親人一定遇到麻煩了，不然怎麼會來找我呢。真主在上，快告訴我碰上什麼事了。」

治療師低垂著眼，聆聽阿菲亞描述事發經過以及那些奇怪的聲音，手指同時撥弄著一串赤褐砂岩唸珠。她披著一條材質輕薄的紅圍巾，身著一件包覆全身的寬鬆白罩衫，只露出臉和手。阿菲亞說話的時候，她也沒有提問，只是不時抬起頭來，彷彿哪個細節觸動了她。阿菲亞反覆地描述整件事情的經過，不確定所描述的內容是否確實傳達出她想要表達的意思，直到最後開始覺得自己是不著邊際地東拉西扯才停止。

治療師說道：「他呼喚著伊利亞斯的名字，這是他的名字，也是妳哥哥的名字，而哥哥自從上次去打仗之後就沒再回來。妳不知道哥哥是生是死，對他的一切毫無頭緒。孩子他爸也打過仗，但回來了。」說完話，她等阿菲亞確認之後，接著說：「現在，我要見見那個男孩。」

阿菲亞喊了一聲，伊利亞斯便走了進來，看上去很虛弱，還有點兒緊張。治療師露出一臉燦爛笑容，拍拍身旁的墊子，邀他坐下。她注視著男孩好一會兒，面漾笑意，卻未向他提出任何問題。她闔眼良久，面色凝重而鎮定，一度將掌心朝外舉起雙手，卻未碰觸他的身體。最後，她睜開眼睛，再次對顫抖著的伊利亞斯微笑。她說：「好了，你去休息吧，我想單獨和你媽媽談談。」

治療師道：「不必懷疑，妳兒子被纏上了。有個鬼魂壓在他身上。妳明白我在說什麼吧？是個女人，這樣我倒覺得很有希望。女人願意正經說話，男人只會氣急敗壞胡謅一通。女人對妳兒子說話——這也讓我看到希望。從妳告訴我的情況來看，女人並沒有傷害他，而且，剛才男孩在我身邊時，我也能感覺到，這個附上來的女人並沒有傷害他的意思，但我們還是得弄清她的意圖，怎麼做才能安撫她，如果辦得到，就盡量滿足她吧。如果妳同意的話，我會帶人過來這裡，在這間房裡淨化妳家的孩子，同時聽聽這個女人有何要求。做儀式的費用，不太便宜。」

有幾個人逐漸知道即將舉行儀式的事，哈姆扎原本還擔心遭人譏笑，結果除了哈利法之外，根本無人嘲弄。蘇萊曼尼老爹問起伊利亞斯的狀況，但未提及儀式一事。哈姆扎沒想到老木匠也表示贊同。他說，我會禱告，祝他恢復健康。納索爾·比亞沙拉從妻子那裡得知細節，而他的妻子是從阿菲亞那裡聽來的。他也問起伊利亞斯，然後聳聳肩說不妨都試試。哈姆扎也明白，儘管自己對儀式的功效深感懷疑，但現在已別無選擇，只能硬著頭皮完成。他在保護軍軍團時聽說過這種事，當時軍營旁的村裡，每週定期有努比亞人的家庭舉行儀式；反倒是阿菲亞為此變得煩躁驚懼，焦慮得快發瘋。她快把自己逼出病了。

他不像哈利法那樣對儀式加以爭論或嘲諷。他的心中只有內疚，他認為兒子受此折磨乃源自於他的創傷，是他在戰爭期間的某些作為所導致的後果。但他想不透是哪些作為，所以這種感覺也無法理出邏輯，只是隱隱覺得自己過去不知做了什麼，才造成如今的戾氣。然後是下落不明的伊利亞斯。他們以他的名字為兒子命名，結果令甥舅之間形成某種連結，讓男孩去承受了阿菲亞失去兄長的慘事。此外，他們雖然努力探聽兄長身在何方或是生是死，卻仍以徒勞告終，因此兒子也分擔了她這份未能得知親人下落的內疚。

牧師夫人在海涅那本《論德國之宗教與哲學史》裡留下地址。後來牧師見哈姆扎將書拿在手裡，便問：「你拿那本書做什麼？」

他答：「是夫人借給我讀的。」

「她把海涅借給你讀！」事隔多年，回想起牧師那震驚的反應，哈姆扎仍會心一笑。牧師問道：「到目前為止，你看懂了多少？」

「我進步得很慢。」哈姆扎謙虛答道，他知道有一回夫人稱讚他的德文閱讀能力，惹得牧師十分不悅。「但我讀到一段文字，覺得很有意思，以前德國人聽見夜鶯鳴唱，便會在胸口劃十字。他們認為夜鶯是罪惡的化身，正如同他們將所有一切讓人愉快的事視為罪惡。」

牧師答道：「沒見識的讀者果然這樣，只看得懂海涅作品中瑣碎的東西，更深刻的思想卻無從掌握。」

後來牧師決定返回德國，哈姆扎也準備離開傳教據點。夫人把書送給了他，並在內封面寫下她的名字和地址，是一個位在柏林的地址。她說，你若遇到什麼好事，寫信跟我分享。哈姆扎之前曾想過寫信給她打聽，是否有辦法從德國的檔案紀錄中找出伊利亞斯的下落。但後來他覺得這盤算太冒昧，便了洩氣。人家為什麼要費心幫他找呢？她怎麼可能查得到阿斯卡里部隊的紀錄呢？不過是弄丟一個保護軍軍團的小兵，誰會在乎他發生了什麼事？此外，他自己也沒有可供回覆的地址，因此更沮喪了。最近比亞沙拉家具及日用百貨公司申請到了郵政信箱，所以現在這個難處已經解決了。他寫了一封簡短扼要的信給夫人，提醒對方自己是誰，並解釋尋找妻舅的原因。大人知道他們該如何查出伊利亞斯的下落嗎？他把信謄到一張印有公司抬頭的紙上，然後在航空信封寫上地址，當天就把信送去郵局寄了。那是一九三八年十一月的事。

哈姆扎將信寄出去後，沒隔多久，便到了約定儀式的那天。晚上完成宵禮後，治療師以及隨行人員便來到這間房子。她從頭到腳穿著黑衣服，眼皮和嘴唇也塗成墨色，手下的唱咒女和兩個男鼓手穿著則比較隨意。她關上窗，點了兩支熏香蠟燭，然後在房裡噴灑玫瑰水，點燃兩具香爐，一是沉香，一是乳香。等到房裡充滿了香氣和煙霧，她才把伊利亞斯和阿菲亞叫進來，並讓母子兩人靠牆坐下。沒有其他人會進來，她也未將房門關上。她闔上眼，盤腿坐定在伊利亞斯和阿菲亞面前。鼓手開始拍出柔和節奏，唱咒女也同時哼起調子。

哈姆扎獨自坐在臥室裡，但敞開著房門，以防有人喊他過去。他記得這樣的儀式往往會持續很長一段時間，有時會喧鬧、混亂，甚至有人受傷。哈利法和幾個朋友則坐在門廊，想辦法不理會鼓聲和吟唱聲。那天晚上，路過的人比平時多，都好奇地想看看發生了什麼事，但他們失望了。大門和窗戶都關著，只有三位老者坐在廊下，且做出一付若無其事的模樣。

鼓聲持續一個小時，兩個小時，單調，卻越來越響。唱咒女提高了音調，歌詞和先前一樣難以理解，可能甚至連歌詞都稱不上。治療師吟誦著禱文，但被嘈雜的鼓聲節拍聲響蓋了過去。她讓香爐繼續冒煙，從放在她身邊的一個鍋子裡取煤添入。到了第二個小時，阿菲亞垂下了頭，過了一會兒，伊利亞斯也跟著垂下了頭。她開始喃喃自語，不久後便簡略成一個詞：雅拉。雅拉。到了第三個小時，阿菲亞和伊利亞斯都在恍惚之中來回搖晃，治療師也如此。忽然間，伊利亞斯側身倒地，阿菲亞見狀尖叫起來。鼓手和唱咒女恍若未聞，治療師也沒有停止祈禱。

這時哈利法已鎖上屋子的門，回去坐在房間床上，哈姆扎則陪在他身邊，一同等待戲碼結束。將近午夜時分，鼓聲停止，兩人走近房間，結果看到伊利亞斯側躺在地板上，而阿菲亞則靠著牆，興奮地睜大了雙眼。治療師未轉身，只是揮手示意兩人進入房間，而鼓手和唱咒女則疲憊地站起身，走進院子裡享用他們事先便要求準備好的食物。

治療師接著告訴他們：「附身靈住在這房子裡，男孩出生時，她就已經在這裡了。他出生不久後，有人死了，附身靈便離開死者，轉而纏上了這個男孩。她在等待伊利亞斯，但她感到痛苦的時候，男孩也會連帶受折磨。除非找到伊利亞斯或是弄清他的下落，否則治癒無望，只有找到或是弄清他的下落，附身靈才能學會如何忍受伊利亞斯不在她身邊的痛苦，同時不再折磨這個男孩。在你們探聽到伊利亞斯的行蹤前，男孩一旦發作了，就去請我過來，我們再舉行另一場儀式來安撫附身靈。這個女人沒有傷害男孩的意思。她只是深陷痛苦之中。她想見見伊利亞斯。」

治療師收下索求的費用和禮物，便與助手在深夜時分離開屋子，留下一片芳香與沉寂。

哈姆扎扶著倦怠不堪的伊利亞斯站起身，讓他在他們夫妻的床上躺下，以防兒子夜裡需要照顧。我去睡小孩的床吧，他說。他轉身回房裡想檢查一切是否正常，卻看到哈利法站在客廳門口。

他說：「胡搞一通！就是噴香水、打打鼓，哭成那樣真是蠢透了！那個女人一看到機會就知道有錢可賺。她知道阿菲亞想聽什麼，編出了這些蠢話：去找妳的哥哥。這種惡魔被愛沖昏頭的故事根本就是垃圾，連托帕西都不會相信。好吧，也許這樣能讓孩子安靜下來，平息他的噩夢或類似的東西。有惡魔盤踞在阿莎夫人體內，被她說中的事只有這件。我對她這個說法一點也不覺得奇怪。」

⁂

冬季季風乾燥而且穩定，治療師作法的時間正是季風吹起前的幾週，就在學年開始之前。那幾個星期裡，纏人的女聲消失了，男孩臉上原本特有的那些緊張與期待的表情也逐漸消失了。起初他表現得悶悶不樂、沉默寡言，但是舉止卻隨和親切。看來治療奏效，足以讓他擺脫那個聲音及隨之引發的恐懼，至少暫時如此。哈利法說，那是因為老巫婆嚇壞了孩子，他才不再低聲胡謅。阿菲亞則憂慮地觀察兒子，暗自擔心著這樣的療法是否能徹底將他治癒。

那年年初，伊利亞斯的學校換了新校長。這個人同時也是伊利亞斯的英文老師。他不會要求學生背詩，反而是讓學生練習書寫及寫作。學生每一節課都要練習寫字，老師會先在黑板寫好短文，然後讓他們認真地用最美觀的字體抄錄下來。以前的英文課，男孩一個接著一個站起來背誦同一首詩，老師則心滿意足地坐在桌前，這種偷懶乏味的課程沒有了。現在可不同，他們每週必須根據老師給的題目寫出一篇故事，並在星期一的早上由班長將作業收齊。伊利亞斯對於這樣的新課程表現出極大的熱情。有了老師的鼓勵，他的故事越寫越長，而且寫得十分用心，連連獲得老師稱讚。那一年有幾個月，他在故事裡寫過猴子、野貓、鄉間小路遇到的陌生人、握劍狂奔且兇殘的德國軍官，甚至還寫過一篇神靈（jinn）[87]的故事：神靈住在附近，而且年齡高達一千五百歲，曾經纏上一個十四歲的少年。為讓兒子寫作業時不受干擾，哈姆扎將他的書桌搬到客廳，伊利亞斯因此得以專注編寫故事，興致十分高昂。他在桌前一坐就是好幾個小時，他會先在筆記簿打草稿，星期日晚上再將已完成的作品謄到作業本上。阿菲亞、哈姆扎和哈利法都讀過他寫的故事。如果他對哪篇故事特別滿意，有時更會自告奮勇地大聲朗讀給他們聽。

哈利法讚嘆道：「這孩子的想像力很豐富。他開始寫故事，不再自言自語，真讓人鬆了口氣。」

哈姆扎沾沾自喜道：「我就說嘛，他喜歡編故事，也許他一直以來都是在做這件事。」

阿菲亞半信半疑地看著兩人。難道他們忘了那個令人毛骨悚然的聲音，忘了伊利亞斯半夜落淚、痛苦哭喊的場面嗎？那只是等待他寫出來的故事素材嗎？在她看來，全都是一場煎熬。她覺得再也無法忍受治療師一行人沒完沒了的鼓聲和熏香。兒子現在似乎對新的成就感到振奮與自信，但她仍害怕那個恐怖的聲音再次出現。

---

87 在阿拉伯和穆斯林、伊斯蘭教中對於超自然存在的統稱，以無煙之火而造，有善有惡，會助人也會害人，還能任意改變形體，有時也被視為惡魔的一種。

15

翌年三月，某天上午，有個警察騎著腳踏車來到比亞沙拉家具及日用百貨的木材場。天空中飄著細雨，不過幾乎沒沾濕他的卡其色衣服，這是秋末雨季（vuli rains，斯）短暫的小雨。警察一副中等身材，削瘦的臉看起來很溫和，左眼周圍因緊張而輕微抽搐。他把腳踏車牽到遮蔽處靠好，然後走進納索爾・比亞沙拉的辦公室。

他禮貌地問候道：「您好（Salam alaikum，阿）。」

納索爾・比亞沙拉回敬：「平安（Waalaikum salam，阿）。」然後身子向後靠上椅背，將眼鏡推上額頭，一臉疑惑。警察沒理由找上門來。

「哈姆扎・阿斯卡里在嗎？」他問話的聲音和表情一樣溫和。

納索爾・比亞沙拉回答：「這裡有個叫哈姆扎的，但不姓阿斯卡里。他一直只有名沒有姓。為什麼找他？」

「是他，錯不了。他在哪兒？」

「為什麼要找他？」納索爾・比亞沙拉又問了一次。

「大老闆（Bwana mkubwa，斯），我有職責在身，您也有事要忙。我不想浪費您的時間。總部在通緝他，我得帶他回去交差。」警察說完，甚至堆起笑容。「謝謝您（Kwa hisani yako，斯），麻煩幫我叫他出來。」

納索爾．比亞沙拉站起身來，帶他進了工場。警察要哈姆扎立刻跟他去警察總部。商人問道：他幹了什麼事？但警察沒理會，只是面對著哈姆扎，伸出左臂，指著門口。

哈姆扎問：「到底怎麼回事？」

警察答道：「不關我的事，走吧。相信你很快就會明白。」

納索爾．比亞沙拉抗議道：「總不能上門抓人，卻不給個理由吧。」

警察說道：「先生，我想完成任務。我不是來抓人的，但如果他不願意跟我走，我就得這麼辦了。」說話的同時，他將右手伸向掛在腰帶上的手銬。

為了安撫對方，哈姆扎舉起雙手。他們穿過街道，哈姆扎稍稍走在前面，警察則騎著腳踏車緊隨其後。警民兩人吸引路人目光，但誰也沒過來和他們說話。到了警察總部，另一名警官將哈姆扎的名字登記在一本冊子上，然後指指一條長凳，要他坐下來等。他開始猜起被傳喚的原因。警察問他是不是哈姆扎．阿斯卡里，所以這和保護軍軍團脫不了關係。他從未提起自己當過阿斯卡里兵」一事。都過了這麼多年，難道當局還要來拘捕他嗎？根據傳聞，定居該國的一些德國人正準備離開。有關英德兩國再啟戰事的議論越來越頻繁，大家難免擔憂當局動手拘捕敵國人民。

感覺像過了一小時，但也可能沒那麼久，有人叫他，並帶他穿過一條短短走廊，來到一間辦公室。桌子後面坐著一位頭髮稀疏、豎著小鬍子、目光炯炯的歐洲警察。對方沒穿警察制服，而是身著短袖白襯衫、卡其布短褲、白色長筒襪和擦亮的棕色皮鞋，穿著英國殖民地官員的制服。另一名身穿卡其布制服但未戴帽子的警察，坐在他附近的一張小桌子前，準備寫下筆記。英國軍官不發一語，只是指指旁邊一張椅子。他讓哈姆扎坐定，然後又等了一會兒。

他用斯瓦希里語問道：「你叫哈姆扎嗎？」聲音粗澀且帶威脅，話語似乎是從嘴角冒出來的。他的眼中瞬間閃過一抹意想不到的笑意，然後用較溫和的聲音重複剛才的問題：「哈姆扎？」

他覺得對方的語氣透著一股收斂的暴戾，以前也常聽德國軍官如此說話。這位警官和一般英國官員不太相似，是哈姆扎在鎮上首次見到。他答道：「是的，我是哈姆扎。」

英國警官用粗澀的聲音再度問道：「哈姆扎，你識字嗎？」

他驚訝地回答：「是的。」

警官追問：「會讀德文？」

哈姆扎點點頭。

警官又問：「你認識德國的什麼人？」

哈姆扎答：「誰也不認識。」但這句話才一脫口，他立刻想起牧師夫人。

警官手裡揚起一個已經打開了的信封說道：「這是寄給哈姆扎．阿斯卡里的信，地址是比亞沙拉家具百貨的郵政信箱。是寫給你的嗎？」

她回信了！哈姆扎站起來，伸手去拿那封信。穿制服的警察也跟著站起來。

「坐下。」英國軍官語氣堅定，目光分別看向他們兩人。

哈姆扎沒坐下，只說：「信是我的。」

軍官以較溫和的口氣重複道：「坐下。」一直等到哈姆扎坐下，警官才說出夫人的名字，問道：「你怎麼會認識這個女人？」

沒錯，她回信了！他答：「多年前，我曾在她那裡做事。」軍官點了點頭。本地人為歐洲人工作，這很尋常。軍官拿出信，似乎從頭到尾默讀了一遍。

哈姆扎大聲質問：「這是我的信。為什麼不還給我？」

警官用流利的德語回道：「出於安全考量。不要對我大聲說話，不然永遠別想看這封信。為什麼一個受人敬重的德國女人，要寫信給你呢？德文那麼複雜，你這種人怎麼可能讀懂？你跟她有其他的信件往來嗎？」

哈姆扎用斯瓦希里語回答：「我這輩子還沒收過任何人寫來的信。」現在他明白了為什麼警官對他的信那麼感興趣。「多年來，我們一直在探聽我哥哥的消息。他是阿斯卡里兵。我懂一點德文，所以最後才寫信給那位女士，請她幫忙問問。信上有提到我哥哥的名字嗎？」

警官將信遞來，哈姆扎站起身接下。警官說道：「告訴我，裡面說些什麼。」

哈姆扎默讀了一遍，然後再讀一遍。這封信很長，寫了兩頁信紙，他慢慢讀，偽裝出理解得十分辛苦的模樣。他說：「信中說他還活著，而且人在德國。真主啊真主，她想辦法找到了。她託人幫忙，對方在保存阿斯卡里部隊相關資料的辦公室裡發現了檔案，資料裡兩度提到我哥哥的名字，一次是一九二九年，他申請退休金時，另一次是一九三四年，他申請頒發勳章時。所以，他還活著，真主啊真主，但其他的事她就不知道了。不過，她說她會繼續探詢。太不可思議了。她說因為已經搬家了，我的信經過了很長一段時間才送到她手裡，但總算也收到了，然後，她便聯繫了……」

英國警官打斷他的滔滔不絕，說：「夠了。我看過信。海涅的書又是怎麼回事？你讀過這本書嗎？」

哈姆扎答道：「哦，沒有！夫人明知這本書超過我的程度，卻還是送給我，我想她是在開玩笑，況且，這本書，我在很多年前就弄丟了。」

英國警官思索一下，然後決定不再追究：「我們目前和德國的關係非常緊張。如果再和住在那裡的任何人有信件往來，我們都會介入調查，也許還會扣押信件，這樣一來，你可就麻煩了。務必注意，從現在起，我們會密切監視你和這個地址。你可以走了。」

哈姆扎把信塞進口袋，閒步走回木材場，一面喜孜孜地盤算著如何與阿菲亞分享這一消息。他一回到院子，大家便圍過來，但他一派輕鬆，只說有個英國警官盤問了他在保護軍軍團的經歷。他希望這封信的消息能讓阿菲亞第一個知道。他說：「英國人一定是在調查以前當過阿斯卡里兵的人，想招募他們加入國王非洲步槍團。我告訴英國人，我受過傷，所以不了了之。」

哈姆扎等著大家回來吃午餐。哈利法已不在倉庫任職，早上只待在家裡，或者路過某家咖啡館時進去和人談論一下當天新聞。阿菲亞上午都在助產士服務站工作，沒辦法上菜市場，於是哈利法便依她的吩咐，去那裡採買水果和蔬菜。等到她回來準備午餐時，伊利亞斯通常已經放學在家。他們通常要到下午兩點才吃午餐。哈姆扎安靜且津津有味地吃著香蕉（matoke，斯）配魚，一直等到用餐完畢，手也洗淨後，才要求大家聽他說話。

阿菲亞笑道：「你要說什麼？我猜有大事。」

哈姆扎從襯衫口袋裡掏出信封，在座的人立刻知道怎麼回事，他們之中從沒有任何人收過信。哈姆扎讀給大家聽，並同時翻譯：

親愛的哈姆扎，收到你的來信，真是太驚喜了。我們經常談起當年在東非和傳教據點度過的歲月，那是多少年前的事了。很高興聽到你身體健康，不但成了木匠，而且已經結婚。

你的信花了很長時間才送到我們手裡。我們已經離開柏林，搬來符茲堡（Würzburg），所以你的信是別人轉來的。聽說了你妻舅的遭遇，我們非常難過，因此立刻著手調查。非常幸運，我們有一位朋友在柏林的外交部辦公室任職，那裡正好存放了保護軍軍團的檔案紀錄，他在其中找到了兩筆關於伊利亞斯．哈桑的參考資料，所以，你的親戚人在德國。這個名字如此特殊，我想整個軍團不會再有第二個伊利亞斯．哈桑吧。這個名字第一次出現是在一九二九年，當時他是申請領取退休金，第二次則是一九三四年，那次他則申請了頒發東非戰役勳章。他提出申請的地點，兩次都在漢堡，所以很可能就住在那裡。許多外國人在船上工作，所以都住漢堡，說不定他也在船上工作。他提不出退伍令，退休金沒能申請成功，此外，勳章只須給德國人，不須給阿斯卡里兵，因此這次申請也沒能如願。

這些年對德國而言，是十分艱難的歲月，在我看來，你的妻舅身為外國人，生活應該過得不容易，但，現在你至少知道他還活著。我們那位朋友查不出他是何時來到德國，也查不到他之前住過什麼地方。我們會再進一步探詢，但願還有更多相關的訊息。如能拿到更多資料，我們會通知你，要是找到你的妻舅，也會把你的地址告訴他。如果你們能聯絡上，那就太好了。

順帶一提，當年人家把我們的郵件從傳教據點轉來德國，其中有一封是中尉寫的，就是以前把你送到據點的軍官。一九二〇年他被遣返德國後，就寫了信給我們，而那時我們已經搬來這裡了。看來他是先被拘留在三蘭港，然後又移送到亞歷山大港。他問起你的情況，我回覆他，你不但完全康復，而且德語程度突飛猛進，還說你是席勒的忠實讀者呢。牧師向你問好，想知道你讀海涅讀得如何。在他的記憶中，你不是那個讓他救回了腿甚至性命的人，而是那個敢讀他的海涅作品的阿斯卡里兵。我給你的那一本，是他的藏書。獻上我們對你及你的家人們，美好的祝願。

他們從此再也沒收到來信。哈姆扎回信給夫人且表達了謝意，但也許信件根本沒從國內寄出，否則夫人肯定會提供更多的線索。又或者，英國警官小心提防，不肯讓信過關。同年九月，英國向德國宣戰，兩國間的郵政來往就此中止。雖然國王非洲步槍團已在坦噶部署，準備發動戰爭對抗阿比西尼亞的義大利人，但是小鎮似乎距離戰爭十分遙遠，民眾只是偶爾在新聞得知相關訊息。哈利法沒能活到戰後。一九四二年的某個晚上，他悄然離世了，享年六十八歲。他的遺體放進棺材，舉行了葬禮祈禱儀式，這是他幾十年來第一次進清真寺。除了幾件破衣服及一堆舊報紙，他什麼也沒留下。

伊利亞斯於一九四〇年讀完了標準八年級（Standard VIII）課程，但鎮上並無深造的機會，而且在許多人眼中，讀完標準八年級已足夠，因為一畢業即有資格在衛生、農業或海關等政府部門接受公職培訓。伊利亞斯於一九四二年十二月加入國王非洲步槍團，那時哈利法剛過世不久，而且幾個月前阿比西尼亞的義大利人也才戰敗。他那年十九歲。一年多來，伊利亞斯不斷提起從軍的事，但哈利法堅決反對，於是他也不敢違抗。他對伊利亞斯說道：「別蹚這灘渾水。你爸爸、你舅舅為那些虛榮的好戰分子去拚命，還不夠傻嗎？」

哈利法去世後，哈姆扎夫妻拗不過伊利亞斯一再懇求，只好准他入伍。英國政府承諾，戰爭結束後可讓合格的國王非洲步槍團退伍軍人繼續進修，這個誘惑令伊利亞斯無法抗拒。他被派往肯亞殖民領土高地上的吉爾吉爾（Gilgil）接受軍事訓練，再被調到三蘭港，在戰爭結束前與沿岸的軍團一起駐守該地。他始終沒上過戰場，倒是因此深入理解了英國人及其追求之事，同時也學會了騎摩托車和開吉普車，甚至還學會修理引擎。他踢足球也打網球，穿蛙鞋拿魚槍標魚，有段時間還抽起菸斗。

戰爭結束之後，根據政府所承諾的退伍軍人進修計畫，伊利亞斯得以在三蘭港接受學校教師培養課程，接著在城裡的一所學校找到工作，並在卡里亞科（Kariako）街租了個房間。那幾年，新一波的反殖民情緒正在蔓延，印度獨立運動成功、恩克魯瑪（Nkrumah）[88]在黃金海岸獲勝、荷蘭人在印尼失利，在在成為反殖民運動的借鏡。學生們由於加入馬克雷雷大學（Makerere University）[89]的「非洲協會」（African Association）或參與英格蘭和蘇格蘭的學生組織而產生政治覺醒，積極投身運動。這群學生和理解運動者對於定居殖民者傾向支持的新殖民政策感到憂心。伊利亞斯當時並未參與運動，不過稍後也加入了。那時他已年近三十，一面教書，一面從事體育活動。隨著時間推移，他也開始以斯瓦希里語撰寫故事，有時會在報刊發表，因此出名。一九五〇年代，殖民政府推出無線廣播的服務，播放新聞、音樂節目以及改善保健、農業和教育的專題報導。肯亞茅茅舉事（Mau Mau atrocities）[90]很快成為新聞撻伐的對象。那些暴行令人深深震撼，以致小孩不聽話時，媽媽就會嚇唬他們，再不乖，叛亂分子就要來了。

每逢假期，伊利亞斯都會回家幾天，探望哈姆扎和阿菲亞。鎮上部分地區已經接上了電，包括他們的老房子也是。他興致盎然地在街上閒逛，但很快就焦躁不安起來，渴望回到城裡。父母喜歡聽他說起城裡的事，要他說說教學心得及在報刊發表文章的詳細情況。阿菲亞對他的運動成績讚嘆不已，甚至會表現出誇張的驚喜之情，這讓伊利亞斯十分得意，自己終於克服了年輕時的膽怯。他問起舅舅伊利亞斯的情況，不知父母是否又探得了更多音訊。他總是隨口問問，心中其實未抱任何期待。父親告訴伊利亞斯已再次寫信寄給牧師夫人，可是一直沒有回音。德國戰時遭嚴重破壞的消息也逐漸傳到他們耳裡，哈姆扎擔心夫人和牧師也許沒能倖存下來。哈姆扎如今已五十多歲，放慢了生活步調，過得舒適滿足，為納索爾管理比亞沙拉木材工

88 全名夸梅・恩克魯瑪（Kwame Nkrumah），一九〇九年～一九七二年，迦納政治家及革命家，於一九五七年帶領英屬黃金海岸獨立，是首任迦納總理及迦納總統與非洲獨立運動領袖，也是泛非主義與非洲統一組織（後來改名為非洲聯盟）主要的倡導者，一九六二年獲得列寧和平獎。

89 一九二二年成立於烏干達坎帕拉，創立時為一所技術學校，後於一九六三年成為東非大學的一部分。一九七〇年東非大學一分為三，馬克雷雷大學成為一所獨立院校（另兩所為肯亞的奈洛比大學和坦尚尼亞的三蘭港大學），烏干達、坦尚尼亞和獨立後的肯亞有多位領導人畢業於此校。

90 英國殖民政府時期，一九五二年至一九六〇年間發生在肯亞的軍事衝突。舉事的反殖民主義團體稱為茅茅，對抗的是英軍與當地親英的武裝成員，最終失敗，而英軍在肯亞的行動也終告結束。部分學者認為這一事件為肯亞日後獨立打下基礎。但亦有學者認為舉事只是為肯亞製造混亂，推遲了英國賦予當地獨立地位的時程。這一事件不但造成肯亞歐裔居民與倫敦當局間的裂痕，還造成了親英、反英非裔居民族群的對立局面。二〇一三年，英國政府公開為茅茅起義期間的作為向肯亞人民道歉。

場。納索爾如今已非普通商人，而是將觸角伸向多種產業的巨擘，包括製藥公司、家具店以及新近開始經營包括收音機在內的電器生產業務。哈姆扎和阿菲亞家裡也添了一部收音機。

廣播電台推出了邀請聽眾發表故事的節目，十分受到歡迎。節目製作人的助理向老闆提起伊利亞斯的一個故事。製作人說想見見他。製作人是個和藹可親、個子高大的英國人，長了一張闊臉，留著古銅色小鬍子。他穿著白色襯衫、卡其短褲、白色及膝長襪和棕色皮鞋，這是殖民官員的制服。裸露出來的胳膊和腿部肌肉發達，和他的臉龐一樣覆蓋著古銅色的細毛。

「敝姓巴特沃斯（Butterworth），是從農業部借調來的，並非廣播或故事敘述方面的專家。他們還不如把我調去國家錨地和隧道管理局算了，」他對伊利亞斯說，「但是，既來之則安之，總是要和大家打成一片。現在我知道自己喜歡故事，特別是有教育意義的。這篇故事談的是學校老師的經歷，想必會大受歡迎。你能寫一篇和農業相關的東西嗎？」

巴特沃斯先生也是國王非洲步槍團的後備軍官。他得知伊利亞斯是退伍軍人，對他更有好感了。正因如此，伊利亞斯獲得機會在廣播節目唸出自己筆下的故事，甚至變得小有名氣。一九五〇年代中期，巴特沃斯先生解除了借調工作，被派往西印度群島，不過那時伊利亞斯已在新職業中站穩腳步，並闖出自己的道路。後來他成為廣播電台製作團隊的全職員工，主要在新聞編輯室服務，有空就寫寫故事。二十世紀，五〇年代中期，正逢坦干伊喀非洲國家聯盟（TANU）在朱利葉斯·尼雷爾（Julius Nyerere）[91]的領導下開始鼓吹獨立。尼雷爾小時候曾就讀於教會學校，成為激進的獨立運動家之前，曾考慮進入天主教教會擔任聖職。到一九五八年的選舉時，英國殖民政府很明顯已亂了陣腳，處於敗退態勢。一九六〇年的選舉雖在殖民政府的監督下舉行，但是坦干伊喀非洲國家聯盟和尼雷爾仍獲得百分之九十八的議會席次。這不是哪個貪腐的選舉委員會憑空揑造出來的成績，而是在不甘心的殖民政府官員滿腹怨言的監視下所取得的勝利。英國人沒辦法反抗這波浪潮，隔年就撤走了。

一九六一年，哈姆扎夫妻見證了坦尚尼亞獨立，一九六三年，伊利亞斯便獲得了德意志聯邦共和國的獎學金，可赴波昂（Bonn）一年學習高階的廣播技術。那年他三十八歲。德意志聯邦共和國就是通稱的西德，是二戰後被美國、英國以及法國所占領地區的聯邦，而被蘇聯占領的德國領土則成立了德意志民主共和國。民主德國在殖民政治中非常活躍，並且與蘇聯的其他東歐盟友站在一起，為非洲許多地區的起義解放運動提供訓練、武器及庇護。該國將自己定位為去殖民化運動的急先鋒，而西德提供獎學金的策略是為了與民主德國的貢獻互別苗頭，也為了在聯合國等論壇上贏得貧窮國家的支持。伊利亞斯通過面試評定後獲得了獎學金，甚感喜悅。除了在吉爾吉爾接受基礎軍訓的那幾個月，他從來不曾去過其他地方。而現在，他終於能帶著成熟的人格與好奇心，踏向世界，拓展眼界。

---

91 一九二二年～一九九九年，坦尚尼亞政治家，首任坦干伊喀總理，唯一的一任坦干伊喀總統，首任坦尚尼亞總統，執政共二十四年。TANU全名為Tanganyika African National Union，是東非坦干伊喀（現為坦尚尼亞）爭取獨立的主要政黨，於一九五四年七月由朱利葉斯·尼雷爾在坦干伊喀非洲協會（Tanganyika African Association）的基礎上成立。

在波昂的前六個月，伊利亞斯只參加了德語的密集課程，十分享受那段時光，每堂課都會去，花上幾個小時不停練習，每天走在街上四處瞧瞧，逛商店、看展覽，寄明信片給父母和工作夥伴。伊利亞斯住在一棟三層樓的成年學生宿舍裡。宿舍每一層樓都有六個大房間和一套共用衛浴，不但距離大學食堂不遠，而且非常舒適，已足夠滿足他的需求。他看來必定遺傳了父親的一些特質，因為他的德語進步很快，幾位老師交相稱讚他的能力。

前半年結束後，他開始接觸訓練課程的廣播技術部分。根據課程要求，他必須完成一項需要做研究、寫採訪紀錄的新聞案子。為此，他獲得了一筆預算及導師六個小時的技術諮詢。他來之前就已知道此一安排，也擬妥研究主題：探訪舅舅伊利亞斯的下落。他從哈姆扎那本海涅作品中抄下了牧師夫人的地址，並且在上語言課時便開始閱讀有關符茲堡的文章。他讀到的資料顯示，在一九四五年三月十六日，數百架英國蘭開斯特轟炸機投下燃燒彈空襲轟炸這座城市，結果該城百分之九十被夷為平地。這次進攻並非出於軍事的急迫需求，純粹只為打擊平民士氣。他在大學圖書館找到了該城重建後的地圖，搜尋夫人地址上的那條街道。如此大規模的慘烈空襲令伊利亞斯懷疑街道是否還在，結果竟然仍在。等到德文程度夠水準了，他寫了封短信給牧師和夫人，解釋自己是阿斯卡里兵哈姆扎的兒子，希望向牧師和夫人轉達父親的問候。他在信封的左上角寫下自己的地址。過了十天，他的信原封不動退了回來，信封下端以德語標註著「該址查無此人（Nicht bekannt unter dieser Adresse）」。

指派給伊利亞斯的導師科勒（Köhler）博士聽完伊利亞斯所陳述的計畫，皺起眉頭說道：「五十年前發生在非洲的一場戰爭，戰後的德國還不得安寧啊。」

科勒博士四十出頭，身材高大，一頭金髮，在單位裡總是大步行走、面露微笑。導師不同意伊利亞斯的構想，這點令他頗感失望。他沉默了一會兒，開始解釋，自己打算追查的那個阿斯卡里兵是他的舅舅，東非戰爭結束之後來到德國。科勒博士揚起下巴，輕輕點頭，示意他繼續說下去。伊利亞斯提起牧師，說他救了父親的一條腿，甚至可說是救了他一命，然後描述牧師在基雷姆巴的傳教使命，還有牧師夫人寫信來交代他舅舅情況的事。他也告訴科勒博士，寄去符茲堡那地址的信被退了回來。克勒博士聳了聳肩。伊利亞斯覺得他明白了對方聳肩的意思。

科勒博士說道：「『牧師』一詞說明他是路德教徒。符茲堡普遍信奉天主教，因此一位路德牧師應該不難追查出來。你打算從哪裡入手？」

「我前陣子在想親自去那裡走一趟，看看是否能找到有關那條街的紀錄，同時探聽牧師或夫人的一點音訊。」

「越快越好。」科勒博士展現出一絲熱忱。「那麼你打算上哪兒查檔案呢？」

伊利亞斯回答：「還不知道，到了那裡再問。」

克勒博士臉上泛起笑意：「換作是我，就會從市政廳查起。如你所知，你可以為自己的案子申請旅費和生活費，不過只能事後申請。我國的官僚機構對財政支出非常認真……哦，其實對每一件事都非常認真。德國的行政制度，全世界都羨慕。但願你有足夠的經費可供支出，回來再去核銷。這是你的案子，不妨按自己的意願執行，但我希望我們每週能像這樣見一面，你便能向我報告進度。錯不了的，先去符茲堡的市政廳找找看。那裡以前是個很迷人的小鎮，不過開戰後我就沒再去過了。」

伊利亞斯從波昂乘火車到法蘭克福（Frankfurt），再換車到符茲堡。進了市政廳，有人指引他到戶籍登記處去。在那裡的檔案中，他發現牧師及其家人居住的街道已被徹底摧毀，牧師、夫人及一名女兒據信已在空襲引發的大火中喪生。他記得牧師有兩個女兒，不過其中一個當時顯然已經不在父母身邊。這是在戶籍登記處能查到的所有紀錄，包括一家人的名字、所居住的街道及其破壞情況。登記處的女職員解釋道，如果他要找的人是路德教會牧師，那麼該去紐倫堡（Nuremberg）的巴伐利亞路德教會檔案室查一查。

他向科勒博士報告查詢的結果，科勒博士建議他去檔案室前先打個電話過去。與此同時，博士也向伊利亞斯展示了飛利浦公司幾個月前才推出的一款袖珍錄放音機。他說學校系院裡已經購入兩部，伊利亞斯何不帶去一個，或許能錄下與檔案管理員的談話？他撥通電話，再次啟程前往巴伐利亞，二度行經法蘭克福和符茲堡。在上回旅程中，他並不知道自己離紐倫堡這麼近。檔案管理員是個身材瘦削的老人，身上穿著的深色西裝略顯寬鬆。他將伊利亞斯帶進一個房間，裡面有張長桌，上面擱著一小疊文件。檔案員手裡拿著一些資料，坐在長桌另一端，大概是來監視他的。如果需要什麼幫助，不必客氣，請隨時提出來。他說。

伊利亞斯在資料上讀到，牧師從東非返國後，便加入符茲堡路德福音派的聖斯蒂芬教堂（Church of St Stephan）。教堂於一九四五年三月遭到徹底摧毀，後於一九五〇年代重建。牧師一度還在尤利烏斯—馬克西米連—符茲堡大學（Julius-Maximilians-Universität Würzburg）兼任教職，教授一門新教神學課程。資料並未提及夫人從事何種職業。夫妻和小女兒在空襲中全數罹難。您清楚另一個女兒的下落嗎？伊利亞斯開口詢問管理員，對方沒有開口，只是搖了搖頭。在這些資料中，有一篇不知是從報紙或雜誌上剪下來的文章，介紹了基雷姆巴傳教據點，僅有區區幾段文字，提到一間診室、一所學校以及牧師名字，沒有照片，連刊物的標題和日期也被截去了。伊利亞斯詢問管理員是否知道那一份剪報的來源。

他走到伊利亞斯的座位旁看了一下剪報，然後說道：「很可能是《殖民地與祖國》（*Kolonie und Heimat*），只不過是被帝國殖民地聯盟（Reichskolonialbund，德）[92]接管前的舊版。」

伊利亞斯問道：「什麼是帝國殖民地聯盟？」

管理員表情嚴厲，幾乎瞧不起對方的孤陋寡聞了。「這是一個聯盟，為了推動再殖民化的

92 第三帝國時期吸收所有德國殖民組織的集體機構，活躍於一九三六年至一九四三年間。帝國殖民地聯盟成立時，德國已經失去了所有海外殖民地，故該組織成立的目的旨在收回德國於第一次世界大戰結束後因《凡爾賽條約》而失去的海外殖民地。

一體化（Gleichschaltung）[93]運動，目的在奪回被《凡爾賽條約》搶走的殖民地。」

伊利亞斯又問：「一體化又是什麼意思？麻煩您了，感激不盡。」

管理員點點頭，也許是對方詢問的態度軟化了他。「這詞指的是納粹政府將多個組織納入同一套體系的做法，等於……協作、控制。帝國殖民地聯盟將所有以支持第二波殖民運動為宗旨的協會聯合在一起，並將其置於黨的控制下。」

伊利亞斯說道：「我對第二波的殖民運動一無所知。」

管理員聳聳肩。笨哪（Dummkopf，德）。「《殖民地與祖國》是舊帝國時代的刊物，後來該聯盟將其復刊。我認為這份剪報來自舊版。」他說。然後在伊利亞斯寫筆記時，他又回到長桌另一端的座位。就在這時，伊利亞斯突然想到忘了打開飛利浦的袖珍錄放音機，但是他覺得這位管理員很嚴厲，不可能要他重述一遍帝國殖民地聯盟的事。臨別之際，伊利亞斯忽然想問他是否待過東非？等到兩人都已站在外面門口，他才開口提問。管理員回答是，可是伊利亞斯還來不及追問下去，對方就已轉身離開。

伊利亞斯沒聽說過第二波的殖民運動，這點也令科勒博士感到訝異。「這可是件大事，也是國家社會主義分子可以大肆利用、實實在在的積怨。我還記得當年的示威遊行呢。有沒有用那台袖珍錄放音機錄下來？哦，真可惜。你正好在製作廣播節目，所以能從檔案員之類的人那裡錄來一些片段是再好不過。也許，下次訪談的時候再來使用吧。」

伊利亞斯發現，帝國殖民地聯盟的檔案室位於離波昂不遠的科布倫茲（Koblenz），那是座落於萊茵河和摩澤爾河交匯處的美麗古城。他事先打電話申請參閱《殖民地與祖國》的檔案，而這次接待他的是一位女管理員。對方領他來到一個大房間，裡面設有一排排的書架，又說如果需要協助，她的辦公室就在隔壁。根據檔案中的資料，他知道帝國殖民地聯盟成立於一九三三年，並於一九三六年併入國家社會黨。《殖民地與祖國》於一九三七年復刊，既是期刊，又是攝影雜誌。翻閱這批刊物時，他看到許多有關殖民者家園和典禮的照片，都是在失去殖民地前的年代拍攝的。他同時也找到帝國殖民地聯盟的活動照片，當時的活動目的無非鼓吹思想、煽動人心，以求收回殖民地。無論身在集會或是講台，成員個個身穿保護軍軍團的制服，手舉特別設計的旗幟。在一九三八年十一月的那一期裡，他看到一張模糊的照片，有一群人站在舞台上，其中站在麥克風前面的，是兩名身穿制服的德國成年男子，以及一名穿著白襯衫及黑短褲的德國少年，而站在少年身後，也就是畫面的左側，另有一名身穿保護軍軍團制服的非洲男子。這群人背後有一面帝國殖民地聯盟的旗幟，其一角可以看到納粹的符號。照片的標題為〈漢堡帝國殖民地聯盟慶祝活動〉，但未標明那四個人物的姓名。他請教管理員，是不

93 也譯為均質化、同質化等，是一個納粹術語，指納粹政權將整個公眾和私人的社會與政治生活一體化，建立協調並加以絕對控制的進程。一體化的目的在於使國民參與到納粹黨建立的組織中，雖非強制性質，但通常會讓不參加的人面臨工作職位的壓力。這一運動限制了個人的獨立人格及自由思想發展，藉由建立規則和秩序將大眾統一。該運動受一九二二年義大利「向羅馬進軍」事件啟發，墨索里尼藉此取得權力並控制了義大利的社會。

是有辦法找到原始照片，抑或有關照片來源或拍攝場合的細節。這次，他沒忘記打開那台飛利浦袖珍錄放音機。

她懷著歉意答道：「這裡的原始照片雖不少，但我不確定那些照片實際存放在哪裡，也不確定分類是否正確。我手邊正好有幾件工作必須限期完成，但如果能給我幾天時間，我會回覆你的。我有你大學系裡的電話號碼。」

幾天過後，他回到了科布倫茲，先打開袖珍錄放音機，再讓女管理員幫他翻找按年份典藏的照片盒。他們輕而易舉便找到了原始照片，背面貼有一張標籤，寫著攝影師以及畫面人物的名字，想必圖像編輯決定不把這些細節放進標題。那張標籤同時交代了該次活動是漢堡一場電影放映會結束後舉辦的集會，而影片主題正好是德屬東非的某一社區。根據記載，那位穿著保護軍軍團制服的非洲人名叫埃里亞斯・艾森（Elias Essen）。那雙眼睛，那對眉毛。

他向檔案員索取了一份原件，然後寄給母親。過了幾天，阿菲亞回覆道，這個人正是他的舅舅伊利亞斯。

他在波昂的住所，步行即可到達包括外交部在內的政府各辦公室。他具備聯邦政府廣播技術獎學金生以及專業記者的雙重身分，因此得以接觸不少官員。對方即便無法提供他需要的訊息，也常會建議他去哪裡查詢。他寫信回家讓父母知道調查進度，不過有些發現尚無定論，在信中便略過不提。

伊利亞斯前往弗萊堡（Freiburg）的軍事史研究所（Institute of Military History）和柏林殖民協

會（Colonial Association）的檔案室，並赴柏林東方語言研究所（Institute of Oriental Languages）拜訪幾位語言學家，在他們的檔案中找尋殖民地收復後的警察和行政人員語言訓練計畫。有些研究工作是為了補強已蒐集到的資料，有些是為了提供更多的背景訊息。他訪談的對象包括軍事迷、業餘和專業的歷史學者，如果對方允許，他就一直開著袖珍錄放音機。於是，他逐漸勾勒出一個梗概，一個故事，但仍需要挹注更多時間、做好更扎實的研究，以便補足細節，不過對於他的廣播計畫而言，已經足夠。見到伊利亞斯如此盡心盡力，科勒博士感到十分高興，並認為袖珍錄放音機的音質雖不理想，卻也多少提升了計畫的情感張力。

一直等到回國後，他才把伊利亞斯舅舅遭遇的事全部告訴父母。如下便是他的敘述。伊利亞斯舅舅在一九一七年十月的馬希瓦戰役中受傷（哈姆扎說，當時我也在，這是一場可怕的戰役）。他被俘擄後，先是被關押在林迪，然後轉送蒙巴薩監禁（所以，那時他離我們只有一天路程，阿菲亞說）。戰後，英國人將德國軍官遣返德國，但沒有周全計畫便釋放了阿斯卡里兵，只管放人出去，任由他們盡量設法自謀生路。伊利亞斯並不確定伊利亞斯舅舅獲釋的時間和地點，因為找不到任何相關訊息。他獲釋的地點可能是海岸某處，甚至也可能是海洋的彼端。伊利亞斯也不確定舅舅獲釋以後從事何種工作。有段時間，他在船上當侍者，或是一般的打雜僕役。有一點倒可以肯定，他曾在一艘德國的船上工作，而且一九二九年時，人在德國。這點牧師夫人來信曾經提及，他也在外交部辦公室查得的紀錄得到證實。那時舅舅已改名埃里亞斯・艾森，並在漢堡唱歌維生。眾人記住的只有他的新名字埃里亞斯・艾森，知道他在漢堡一家底層人士才去走動的歌舞場表演，站上舞台時會身穿阿斯卡里軍裝，頭戴飾有帝國鷹標徽章的土耳其帽。舅舅於一九三三年與一名德國女子結婚，生下三個孩子。伊利亞斯根據一項記載得知了這點：他的妻子不甘心從租來的房屋中被趕出去而提起訴訟，為此提供了結婚和孩子出生的詳細證明，還有丈夫具有保護軍軍團退伍軍人資格的紀錄。另外一筆資料提到，他在一九三四年曾申請頒發戰役勳章，不過這點先前夫人來信已有著墨，所以哈姆扎夫婦也已經知道了。但他們不知道的是——因為夫人也不知道——伊利亞斯舅舅曾參加帝國殖民地聯盟這個納粹組織的遊行。納粹想奪回殖民地，而伊利亞斯舅舅想要德國人重返東非，所以才會現身遊行隊伍，舉著保護軍軍團的旗幟，並且站到台上唱起納粹歌曲。所以當年你們在這裡為他悲傷時，伊利亞斯舅舅正在德國城市載歌載舞，在遊行隊伍中揮舞著保護軍軍團的旗幟，要求奪回前殖民地。伊利亞斯說。在納粹的眼裡，「生存空間」（Lebensraum，德）[94]不僅涵蓋烏克蘭和波蘭，甚至還做著遠及非洲那座雪山（snow-capped mountain）[95]腳下的丘陵谷地以及平原的大夢。

一九三八年時，伊利亞斯舅舅住在柏林，也許就在夫人幫忙他們調查的時候，他因違反納粹的《種族法》（Race law）[96]，玷汙了一名雅利安婦女而遭逮捕。倒不是因為娶了德國老婆！他們是在一九三三年結婚的，而《種族法》直至一九三五年才通過，因此並不適用。他在一九三八年與另一名德國女子發生婚外情，這時《種族法》就發生作用了。他在一九三八年犯法，但一九三三年不算犯法，因為當時《種族法》尚未通過。伊利亞斯舅舅被押往柏林郊外的薩克森豪森（Sachsenhausen）集中營，而他一個名叫保羅（Paul）的兒子（根據東非戰爭德國將軍的名字命名）自願陪伴他入營服刑。目前還不知道他妻子的下落。伊利亞斯舅舅和兒子保羅都於一九四二年在薩克森豪森集中營去世。舅舅的死因不見記載，不過從一名倖存囚犯的回憶錄中得知，這位自願陪伴黑人歌手父親入營的兒子，後來因企圖脫逃而遭槍殺身亡。

所以，我們能確定的是，伊利亞斯告訴父母，有人很愛伊利亞斯舅舅，為了陪伴他，甘願隨他到集中營裡送死。

---

94 一八九七年提出的構想，源自德國地理學家拉采爾（Friedrich Ratzel）提出的國家有機體學說。他結合生物學概念與當時流行的社會達爾文主義，以類比生物的方式研究國家政治。他將國家比擬為具有生命的有機體，如同生物一樣，需要一定的生存空間，一個健全的國家透過武力侵略，擴張領土來增加生存空間是必然的現象。希特勒上台後，該學說成為納粹主義的意識形態原則及德意志帝國向中歐和東歐地區的擴張藉口。

95 指非洲第一高峰吉利馬札羅山。

96 主要針對猶太人而頒布的法令。一九三五年在紐倫堡舉行的納粹黨年度集會上，黨人宣布新法案，將納粹意識形態中多項種族理論形成制度。該法案剝奪了德國猶太人的帝國公民身分，並禁止他們與「日爾曼或相關血統」的人通婚或發生性行為。該法案的補充條例還取消了猶太人的公民權，並剝奪了他們的大多數政治權利。該年年底，紐倫堡法案擴大適用範圍，禁止可能產下「種族退化」後代的男女通婚或發生性行為。

特別收錄

二〇二一年諾貝爾文學獎獲獎致辭

寫作

——阿卜杜勒拉扎克·古納

寫作一向是種樂趣。學童時期，我所期待的就是故事寫作的專門課程，或是老師判定能激發學生興趣的其他事物，總之都勝過課表上的其他安排。這時，每個人都會沉靜下來，伏案寫出值得一記的東西，有些源於記憶，有些出自想像。在這些年輕的作品中，無人企望說明特定事情，或是回憶哪個難忘經歷，又或是表達什麼堅定觀點、傾訴何種苦衷。老師藉此引導我們改善論述能力，除他之外，這份成果別無其他讀者。我之所以寫作，單純因為受命提筆，而且這樣的過程令我感到愉快。

多年之後，我成為教師，因此也有了相反的經歷，我坐在安靜的教室裡，學生則俯首寫著作業。這讓我想起Ｄ·Ｈ·勞倫斯的一首詩〈最美好的校園時光〉，下面容我引用其中幾行：

我獨自坐在教室一隅，
看著那些穿夏衫的男學童

伏案寫作，低著圓圓的頭忙碌著：
他們一個又一個
抬臉望向我，
靜靜思考，
實則視而不見。

然後他們在筆下感受到小小的開心振奮，
再次將目光從我這裡偏移開去，
因為他們已找到想要的，也得到了該得到的。

我所描述的寫作課，以及這首詩所刻劃的寫作課，都並非後來我認知的寫作。那些作業未受動機驅使，也未遵從指導、更未一再琢磨或是不斷重新組織。我年少筆耕時，只懷著一份天真，直率地寫，未見太多猶豫，不做什麼改動。我閱讀時同樣不喜拘束，沒有預設方向，當年渾然不知這些行為有何密切關聯。碰上無需早起上學的日子，我一讀書就會讀到深夜，以致有時父親自己失眠，也不得不走進我的房間，囑咐我把電燈關掉。就算我敢，但也不好回嘴說：你自己都沒睡，為什麼偏要我睡呢？畢竟你不能這樣對父親說話。不管怎樣，他雖失眠，但畢竟也會關燈，保持四下暗黑，以免干擾了我的母親，所以關燈指示也算說得過去。

年輕時，我寫作和閱讀的習慣是隨意的，到後來才較有安排，不過終歸是件樂事，幾乎不需特意拚搏。然而，這樂事的性質漸漸發生變化。直到搬去英國之後，我才完全覺察到這一點。當年我為思鄉所苦，同時深陷異地生活的苦悶，這時才開始反思許多自己以前不曾考慮過的事。在長期的貧困和孤獨裡，我開始嘗試不同類型的筆耕。我越來越清楚，什麼東西該說出來，什麼任務有待完成，還有什麼遺憾、悲苦必須加以探究。

首先，我反省自己在輕率逃離家鄉時拋在身後的種種。二十世紀，六〇年代中期，我們的生活面臨巨大混亂，其中的是非對錯都被伴隨著一九六四年革命而來的暴力所遮掩，而這些罪行包括拘留、處決、驅逐及大大小小數不盡的侮辱和壓迫。當年，我還年輕，關於這些事件，我一時還無法清晰思考其中過去和未來的意義。

直到遷居英國後的最初幾年，我才得以關照這些問題，深入反思我們對於彼此施加的冷血行為，重新審視我們如何以謊言和幻想安慰自己。我們的歷史是不公正的，對諸多的兇暴行為保持緘默。我們的政治是種族分化的，直接導致了革命後的迫害，父親在孩子面前被屠戮，女兒在母親面前遭受侵害。我來到英國生活，遠遠避開了那些事件，但仍對其深感不安，也許因為和那些仍遭受災後創傷折磨的人相比，我不太抵抗得住這些記憶的威力。然而，我也為其他與這些事件無關的回憶所困擾：父母殘酷對待子女；囿於社會或性別的愚昧教條，人們無法暢所欲言；因貧困和依賴，對不平等的現象逆來順受。這些問題並非我們特有，而是普遍存在於所有人的生活中，但是除非情況逼你關注，否則你並不會經常放在心上。那些逃開傷害、將昔日人事物拋在身後並得以安全度日的人，我猜這也是他們要承受的重擔之一。最終，我開始將這些反思的部分內容記下來，不是按部就班、有組織的，還沒有到那地步，只是為了澄清我內心一些混亂和不踏實的感受。

然而，隨著時光的流逝，明顯出現了一份深沉的不安。一段新的、較簡化的歷史正在成形，改變甚至抹除了昔日發生的事，將歷史重新建構起來，以符合當前的信念。建構新的、簡化的歷史不僅是勝利者免不掉的任務，他們更隨時可以創立自己所選擇的論述，而且這也適合評論家和學者，適合那些並非真心關注我們、習慣透過自身世界觀的框架來看待我們，或是仰賴他們熟悉的種族解放和進步敘事的作家。

因此，我們必須排拒這樣一套歷史，因為它忽視了那些見證早年歲月風貌的事物，如建築、成就，及讓生活擁有意義的溫情。多年之後，我走過伴隨自己成長的小鎮街道，目睹破敗的事物和場所，看到牙齒掉光、活得灰頭土臉、擔憂失去過往記憶的人。為了保留那段記憶，我必須記錄存在當年的人事物，尋回居民生息於茲並賴以自我理解的片刻與故事，同時應該寫下那些迫害和令人髮指的行徑，也就是我們的統治者自鳴得意、企圖泯除我們記憶的舉措。

我們還需要面對另一種對於歷史的理解，這一點在我搬到英國後，較接近其根源時才變得更為清晰，比我在尚吉巴接受殖民地教育時更加清晰。我們是成長於殖民主義下的孩子，而我們的父母和之後的人則並非如此，或者至少方式是不同的。倒不是說我們與父母所看重的事物不可同日而語，或者我們的後代已擺脫了殖民影響。我指的是，我們這一代人是在帝國高度自信的年代中成長並接受教育，至少在我們身處的地區確實如此。當時的統治者以美言掩飾自己的真實面貌，而我們也同意這樣的欺騙。我指的是該地區在去殖民化運動如火如荼開展前的階段，亦是我們尚未開始關注殖民統治掠奪本質的年代。那些在我們之後出生的人，他們也對後殖民時代感到失望，也拿自欺欺人的東西寬慰自己，也許他們並未清楚地、足夠深入地看到殖民歷史如何改變了我們的生活，而我們的貪腐和不當治理多多少少也歸因於殖民的遺緒。

移居英國之後，我開始更加明白其中一些事情，倒不是與我交談的人或是在課堂上遇到的人讓我茅塞頓開，而是我自己進一步理解到，他們是如何看待像我這樣的人：在文字書寫或是隨意交談中，在電視和其他地方種族歧視笑話所引發的歡鬧，日常在商店、辦公室或公共汽車遇到的那些自然流露的敵意中。面對那類對待，我也無可奈何，不過就在我學會以更深入的理解方式來閱讀的同時，一股寫作的欲望也油然而生，我要以寫作來拒斥那些鄙視和看輕我們的人，那些下筆輕率簡化卻又自信滿盈的人。

但寫作不僅只是爭鬥和論戰，即便那也能振奮、撫慰人心。寫作不能只談一件事，不能只著墨此議題或彼議題，關切某一點或另一點，寫作可關切的不離人生，所以人的殘酷、愛和弱點終將成為主題。我也相信，寫作還須揭示什麼可以改變，揭示專橫目光看不見的東西，揭示讓人們無須在乎自己身材矮小及輕蔑目光而能培養自信心的事物。因此，我覺得有必要寫下這些，並且真誠地去寫，同時展現醜陋及美德，並使人的輪廓從過度簡化和刻板的印象中顯露出來。一旦做到這點，有一種美即會隨之而生。

這樣的觀察角度，為脆弱和軟弱、殘暴中的溫柔騰出空間，也為從料想不到的源頭中湧現的行善能力保留餘地。正是因為這些原因，寫作於我而言，是生活中引人入勝、值得投注時間精力的一環。當然，我的生活還有其他部分，但不是我們在這裡要關注的。說來有點神奇，幾十年過去了，先前我提到的那種年輕時的寫作樂趣依然存在。

最後，讓我對瑞典學院表達最深刻的謝意，感謝院方將這樣的殊榮授予我及我的作品。本人非常感激。（譯者／郁保林）

——本篇致辭獲諾貝爾基金會授權同意潮浪文化翻譯出版

編按：獲獎致辭影片亦可參見諾貝爾基金會官方網站

當代經典 001

來世 Afterlives

作者	阿卜杜勒拉扎克・古納（Abdulrazak Gurnah）
譯者	郁保林
主編	楊雅惠
校對	吳如惠、楊雅惠
封面設計	莊謹銘
總編輯	楊雅惠
出版	潮浪文化／遠足文化事業股份有限公司
發行	遠足文化事業股份有限公司（讀書共和國出版集團）
電子信箱	wavesbooks2020@gmail.com
社群平臺	linktr.ee/wavespress
粉絲專頁	www.facebook.com/wavesbooks
地址	23141 新北市新店區民權路 108-3 號 8 樓
電話	02-22181417
傳真	02-86672166
法律顧問	華洋法律事務所　蘇文生律師
印刷	中原造像股份有限公司
出版日期	2023 年 10 月
定價	580 元
ISBN	978-626-97521-1-9（一般版）、978-626-97521-4-0（誠品獨家書衣版） 9786269752126 (PDF)、9786269752133 (EPUB)

潮浪文化　|讓閱讀成為連結孤島的潮浪，讓潮浪成為連結心靈的魔法|

線上讀者回函

潮浪文化社群平臺

國家圖書館出版品預行編目（CIP）資料

來世 / 阿卜杜勒拉扎克・古納 (Abdulrazak Gurnah) 著 ;
郁保林譯 . -- 新北市 : 遠足文化事業股份有限公司潮浪
文化出版 : 遠足文化事業股份有限公司發行 , 2023.10
面 ;　公分 . -- (當代經典 ; 1)
譯自 : Afterlives
ISBN 978-626-97521-1-9 (平裝)
ISBN 978-626-97521-4-0 (誠品獨家書衣版)

873.57　　112012200